DESTILERÍA LANCASTER
FARO
O
E
S
RESTOS DEL BUQUE MASACRE
CARRETERA DEL FARO
BULEVAR PIPER
TIBURÓNIDES
MONUMENTO A LOS BARCOS PERDIDOS
HOSTAL EL CABO
PUERTO
RESTAURANTE BRUMA NOCTURNA
CARRETERA DEL PUERTO
DEPORTES ACUÁTICOS DE WALLIE
AF413434

TEMPORADA DE TURISTAS

TEMPORADA DE TURISTAS

TRILOGÍA MASACRE

BRYNNE WEAVER

Traducido del inglés por Ana Navalón

CONTRALUZ

Título original: *Tourist Season*

Esta edición ha sido publicada mediante acuerdo
con The Foreign Office Agència Literària, S. L.
y The Whalen Agency, Ltd.

Primera edición: febrero de 2026

Advertencias de contenido

Aunque *Temporada de turistas* sea una comedia romántica oscura y esperamos que te rías con toda esta locura, ¡sigue siendo oscura! Por favor, lee con responsabilidad.

- Trituradoras de madera.
- Uso creativo de los comederos para pájaros.
- Esta vez también tocan cuencas y globos oculares. Puaj. Lo sé. Si llevas por aquí un tiempo, creo que ambos nos hemos resignado ya a que esto sea algo que veremos (y lo digo con toda la intención) en el futuro inmediato.
- Aireadores de césped.
- *Scrapbooking,* pero en versión asesina.
- Jardinería, también en versión asesina.
- Acoso y voyerismo.
- Allanamiento e invasión de propiedad privada, con y sin robo.
- Referencias a tortura física y psicológica.
- Ahogamiento.
- Hamburguesas. LO SIENTO. Creía que no iba a pasar y de repente… pasó, sin más.
- Pájaros que disfrutan de tentempiés humanos.

- Accidente de tráfico.
- Una plétora de armas, entre las que se incluyen hachas, cuchillos, pistolas, agujas, motosierras, nunchakus y perforadoras de papel de tres agujeros.
- Lenguaje explícito y palabrotas.
- Cuerdas usadas para matar.
- Cuerdas usadas para cosas sexis.
- Escenarios y detalles médicos, entre los que se incluyen actividades en respuesta a traumas, RCP, hospitales y recuperación de larga duración.
- Contenido sexual explícito, entre el que se incluye BDSM, *brat/brat tamer kink,* juegos de impacto, sexo duro, juguetes para adultos, infligir dolor y juego con cuchillos moderado.
- Esta novela va de dos asesinos en serie que se enamoran, así que en general hay asesinatos y caos.

Aunque por lo general las advertencias de contenido las hago con un toque de humor, esta la quiero expresar con seriedad: una persona mayor querida sufre deterioro cognitivo leve y principio de alzhéimer. También se describen las responsabilidades y los desafíos de los cuidadores. Como persona que ha perdido a varios familiares cercanos por el alzhéimer y que se ha pasado una década trabajando en la investigación de la enfermedad, soy muy consciente del torbellino emocional que provoca la pérdida de la personalidad de alguien a causa de la demencia. Sé lo difícil que es cuidar de alguien con deterioro cognitivo leve y alzhéimer. Aunque espero mostrar la preciosa complejidad de este personaje anciano, desde el miedo y la confusión hasta su humor y tenacidad, por favor, sed conscientes de que esta exploración de la pérdida de memoria puede ser un detonante para algunos lectores. Más información que os puede resultar de ayuda:

El deterioro cognitivo leve: son cambios sutiles en la memoria y en el pensamiento que pueden indicar un paso previo a afecciones relacionadas con la demencia, como puede ser el alzhéimer. El término puede ser intercambiable con «principio de alzhéimer».

Alzhéimer: es una enfermedad neurológica degenerativa y progresiva con síntomas como pérdida de memoria, dificultad de pensamiento, cambios de humor y de comportamiento, desafíos psicológicos (paranoia, depresión, alucinación), intranquilidad y muchos otros que no se recogen aquí. Se divide en tres fases principales: leve, moderada y severa. Aunque no se indica de manera explícita en la novela, y se ve complicada por otras enfermedades, el personaje del libro que sufre esta enfermedad muestra síntomas de alzhéimer leve y moderado.

Demencia: es un término paraguas que recoge diferentes enfermedades neurológicas que representan la deficiencia de al menos dos funciones cerebrales. Tanto el deterioro cognitivo leve como el principio de alzhéimer están clasificados como demencia.

Parte de los derechos de autor de la venta de esta serie será donada a la Asociación de Alzheimer de Estados Unidos y la Asociación de Alzheimer de Canadá.

Cuando anuncié esta serie, muchísimos lectores me preguntasteis: «¿Nos estropearás alguna comida?» y «¿Habrá globos oculares?».

Sois todo un fenómeno y os quiero. Este libro es para vosotros.

… y SÍ.

Playlist

Escanea uno de los QR para escucharla:

APPLE MUSIC 

SPOTIFY 

CAPÍTULO 1: Erosión

«You Don't Own Me», Lesley Gore
«Angry Too», Lola Blanc
«Man's World», MARINA

CAPÍTULO 2: Ancla

«In My Room», The Beach Boys
«Something to Believe In», Young the Giant
«Wicked Love», Naomi August

CAPÍTULO 3: Acimut

«Regulars», Allie X
«Table for One», AWOLNATION (feat. Elohim)

CAPÍTULO 11: Alto

«I'm Fine», William Black (feat. Nevve)
«Panoramic View», AWOLNATION

CAPÍTULO 12: Desviación

«Down on Love», Cannons
«Nightmares», Ellise
«Daylight», Joji & Diplo

CAPÍTULO 13: A la deriva

«Too Late, All Gone», How to Destroy Angels
«I'm a Ruin», MARINA
«Hallucinate», William Black (feat. Nevve)

CAPÍTULO 14: Envuelto en una neblina

«15 MINUTES», Madison Beer
«Numb», Kiiara (feat. DeathbyRomy & PVRIS)
«Think Twice», SMNM

CAPÍTULO 15: Arpón

«Sloth (I Feel It Too Much)», Erin McCarley
«The Sun», The Naked and Famous

CAPÍTULO 16: Corriendo en la oscuridad

«Help I'm Alive», Metric
«Backbone», DROELOE (feat. Nevve)
«Self Destruct», Slayyyter (feat. Wuki)

CAPÍTULO 17: Fantasmas

«Obsessed», Sophie Powers (feat. Ashley Sienna)
«Monster Hospital», Metric
«Chokehold», Sleep Token

EROSIÓN

Harper

Estoy segura de que nadie espera que lo desmiembren y lo metan en una trituradora de madera cuando se va de vacaciones, pero algunos turistas son gilipollas y se merecen acabar así.

Como ese tipo que acorraló el año pasado a Selma Dayton en los baños del pub La Boya y la Baliza. Lo vi con estos ojitos. Cuando giré la esquina de la barra, ahí estaba él, intentado besarla y meterle la mano por debajo de la camiseta. El muy pedazo de mierda.

A la trituradora de madera.

O el tío ese que se emborrachó y se puso hasta el culo, se estampó contra una verja en la granja de Dale Linden y luego procedió a perseguir a los caballos por el campo. Los pobres entraron en pánico, como era de esperar. Uno se cayó y se rompió una pata. Dale tuvo que sacrificarlo. Aunque llamó a la poli, el sheriff Yates es un vago y lo único que hizo fue redactar un informe. Como siempre.

A la trituradora de madera.

O el hombre cuya mano desmembrada sostengo ahora mismo. El señor Bryce Mahoney. Lo vi en supermercado del condado de Masacre: intentaba meter el móvil por debajo de las faldas de las mujeres para sacarles fotos. Cuando le robé la

cartera y lo busqué, me enteré de que ya lo habían descubierto y acusado del mismo crimen en otros dos estados. Aun así, ahí estaba el tío, paseándose por el pueblo como si estuviera en su puta casa; ni se molestó en ocultar que se estaba dedicando a la misma mierda.

Lo tuve clarísimo: a la trituradora de madera.

Dudo mientras le examino la palma de la mano; tiene la piel pálida, como si fuera una imitación de cera de un miembro real. Está fría. Pesa más de lo que esperaba, sobre todo porque tiene los dedos rechonchos. Le doy la vuelta y observo el trazado de venas que serpentea por encima de los huesos. Hace unas horas, estaban llenas de vida. Él conocía el patrón que dibujaban. Quizá podría haberme dicho cómo se hizo esa pequeña cicatriz dentada que tiene en un nudillo. Seguro que contaba alguna batallita sobre cómo lo cosieron y le hicieron esos puntitos que tiene marcados en la piel. Tal vez debería sentirme culpable por haberle arrebatado esos recuerdos.

—Pero no es así —digo, y lanzo la mano a la tolva de la trituradora de madera azul. El Monstruo de las Galletas ha sido mi herramienta fiel a lo largo de doce turistas, contando al señor Mahoney. Y siempre tiene hambre de más. Igual que yo.

El chillido de la máquina desciende un par de notas al tragarse la carne y el hueso; luego los rocía en la lona que he colocado al lado del lecho de flores.

A lo mejor, en algún punto del pasado, habría sentido remordimientos, pero dejé a esa persona atrás hace cuatro años, cuando me vine a Cabo Masacre. Cuando empecé mi nueva vida. Cuando me prometí ocultar el pasado y proteger este santuario de secretos.

Y no voy a permitir que nadie como el puto Bryce Mahoney joda a mi pueblo.

Paso la mirada por mi jardín. Estamos en esa época del año de entretiempo: no llega a ser primavera, aunque tampoco es aún verano. Solo han florecido los narcisos, los tulipanes y las campanillas de invierno. Aun así, los turistas ya han empezado a llegar. Fletan barcas de pesca. Alquilan equipamiento y reservan visitas guiadas al *Masacre,* el buque hundido de la flota real que le dio nombre al pueblo, así como a otros de los muchos pecios que yacen en la costa rocosa. Exploran el museo. Recorren el centro, tan artístico, pintoresco y peculiar. Suben los ciento cincuenta y dos escalones hasta el faro de Cabo Masacre. Van a las destilerías y a los viñedos locales para catar el whisky y el vino.

Puede que sea raro. Un tanto macabro a veces. Pero, para mí, esto es el paraíso.

El pueblecito solo tiene unos pocos miles de habitantes permanentes, entre los que me incluyo. Cuando el peso de la temporada alta de turismo llega a su punto álgido a finales de verano, durante el festival gastronómico El Sabor del Terror, los visitantes nos superan en número con creces. Y lo entiendo, de verdad que sí. Sobre todo teniendo un nombre como Cabo Masacre. Tiene sentido que el pueblo quiera sacarle partido a una denominación y una historia tan poco habituales para atraer turistas. Estos preciados meses de verano, aunque cortos, nos sustentarán durante el pleno invierno, cuando ya no venga nadie. Así que me tomo muy en serio mi misión de conservar la belleza del pueblo. Cosa que hago manteniéndolo *a salvo.*

Vuelvo a centrar la atención en la bolsa de plástico ensangrentada que tengo a los pies. He guardado lo mejor para el final: la pantorrilla de Bryce Mahoney. Por debajo de la pelambrera, en una zona que se depiló con cera, tiene un tatuaje barato de una trucha. Un único pez espantoso que oculta

una cicatriz insulsa. Arrugo la nariz, meto la pierna en la tolva y me preparo para esa sensación profunda de serenidad que de manera inevitable me recorrerá de la cabeza a los pies mientras la máquina devora hasta el último pedazo de carne y hueso.

Pero no es lo que ocurre.

La trituradora chilla y gimotea. Me llevo las manos a la cabeza. El olor de la goma quemada me inunda las fosas nasales. Es un ataque a todos mis sentidos. Ensordecedor, penetrante y confuso. Tardo demasiado en percatarme de que tengo que hacer algo. Le doy al interruptor de parada de emergencia que se encuentra en el guardabarros del tractor, aunque no antes de que emita un estallido tan fuerte que provoca que me piten los oídos.

Apago el motor y me quedo en shock mirando a la trituradora.

—Por Dios, Monstruo de las Galletas. ¿De qué vas? —siseo.

Me quedo sin aliento. Miro al Monstruo de las Galletas como si me hubiera hecho una afrenta personal. Cuando por fin abro los paneles y accedo a las cuchillas, me doy cuenta de que el problema no es la trituradora. El problema es Bryce, joder, que se está burlando de mí desde el más allá. Saco de un tirón la pierna que se ha quedado atascada en la máquina. El hueso está hecho astillas, la mitad ha desaparecido. La otra mitad está unida a una placa de titanio mediante unos tornillos quirúrgicos. La cola de la trucha sigue intacta sobre la piel desgarrada. Está claro que he subestimado la cicatriz que se escondía tras la tinta negra, gris y verde. No se me había ocurrido que este cabrón tuviera una placa de metal debajo de ese pez tan espantoso, pero ahora soy consciente de que este error tan tonto me va a reconcomer hasta el final de mi maldita existencia.

Suelto la pierna en la bolsa de plástico y dejo escapar un suspiro cansado.

—Hijo de la gran puta.

Antes de empezar a imaginar que Bryce me dedica una sonrisilla burlona desde la ultratumba, voy hasta el cobertizo para coger los pernos de seguridad de repuesto y las herramientas. Tardo casi media hora en quitar las partes rotas y reemplazarlas. Las cuchillas están dañadas, pero de momento harán su función. Con el hacha de mano, corto el hueso de Bryce por encima de la placa de titanio y la deshueso, luego vuelvo a encender el motor y lanzo lo que queda de la pierna en la tolva. Esta vez, el asunto sí sale como había planeado. Aun así, sigo demasiado inquieta: hemos estado al borde de la catástrofe. El Monstruo de las Galletas casi se rompe, así que no siento mucha paz cuando los últimos restos del cuerpo de Bryce Mahoney salpican sobre la lona.

Cuando dejan de borbotear cosas por la salida curvada de la máquina, lo apago todo. Al arrodillarme al lado del montón de carne picada, me llama la atención un graznido familiar que proviene de un árbol cercano a la puerta del jardín. Miro hacia una sombra negra que se oculta entre las ramas.

—Om nom nom. Comida —exige el cuervo.

—Dame un minuto —digo.

Sin embargo, el pajarraco no hace más que graznar y repetir su petición con una voz que es una réplica casi perfecta de la mía. Resulta facilísimo enseñarle a hablar a un cuervo huérfano a cambio de un poco de carne fresca. La única pega es que el tío es bastante insistente cuando ve algo que quiere.

—Ya sabes lo que toca ahora. Como no te tranquilices, vas a atraer a las gaviotas.

Con la mano enguantada, cojo un poco de chicha y la llevo al comedero, una plataforma negra con pilares góticos que

sujetan un tejadillo en forma de pico. Lo construí para Morfeo, que ahora mismo baja de un salto a la pared de piedra que rodea el jardín para no perderse detalle de todo lo que hago. Las plumas color tinta brillan con destellos negros, índigo y verde bosque muy oscuro. Dejo la amalgama de carne y hueso en la plataforma. Apenas me he alejado dos pasos cuando el cuervo aterriza en el comedero y hunde el pico en esa bazofia. Hay una cierta armonía en ello. Una mierda de persona nutriendo a una criatura salvaje. Es un círculo que se cierra, un no sé qué que me aporta un instante de paz.

Vuelvo al montón que antes era Bryce Mahoney y cojo la pala que descansa junto a la lona. Palada tras palada, meto el pringue y los huesos partidos en los hoyos que ya había cavado antes en el lecho del jardín y me detengo para ir plantando las flores que aún no están listas para florecer. Azaleas. Iris. Dalias. Lilas. Enterrado entre las plantas, el cuerpo no tardará mucho en desaparecer. Las alimentará, igual que ha alimentado a Morfeo. Igual que alimenta algo en mí, algo que se vuelve más hambriento a cada temporada que pasa. Algo que nunca se queda saciado durante demasiado tiempo.

Limpio el estropicio. Guardo las herramientas. Rocío la trituradora de madera con un limpiador llamado «¡A la Mierda!»; teniendo en cuenta que dejó blancos los muebles de plástico del jardín cuando limpié el pis de Doug, el gato callejero del barrio, supongo que también servirá para la sangre. Me llevo a la casa el resto del hueso de la pierna de Bryce, lo envuelvo en papel de aluminio y lo meto en el congelador; luego subo las escaleras para ir a la planta de arriba. Enciendo la ducha y, mientras espero a que se caliente el agua, me miro en el espejo. Tengo la cara llena de manchurrones de sangre y tierra. Y entre los mechones oscuros del pelo brillan pedacitos de Bryce. Tengo un aspecto fiero. Muy parecido al que tenía cuando me escapé de aquella casa del terror en la que los buitres observaban posados en un árbol. Tenía una mirada salvaje y un corazón roto. Puede que ahora esté más estable que entonces, que el miedo y el dolor crudo no me atormenten tanto, pero en mi reflejo sigue habiendo algo temerario. Como si pudiera desprenderme de ello en cualquier momento y salir corriendo a los rincones indómitos del mundo sin mirar nunca atrás.

No obstante, estoy decidida a no hacerlo. Este es mi lugar seguro. Acabar en Cabo Masacre después de intentar sin éxito alejarme de mi pena fue como descubrir un portal mágico a un país en el que podría convertirme en quien yo quisiera. Puede que aquí no fuera a empezar de cero, pero jamás esperé encontrar algo que se le pareciera tanto. Ahora este es mi hogar. Y aquí la gente me necesita.

Me inclino un poco más hacia el espejo, me acerco a mi propio reflejo hasta que el aliento empaña el cristal. Me aparto el flequillo de la piel blanca de la frente. Hay una delgada franja de pelo más claro antes de pasar a ser un marrón tan oscuro que casi parece negro. Raíces rubias. A veces me da la sensación de que mi cuerpo lucha contra la persona en la que he decidido convertirme.

Me mordisqueo el labio y cojo el teléfono que he dejado encima del lavabo. Inicio sesión con mi cuenta falsa y accedo a los mensajes privados de Verdades Sin Resolver, un grupo de detectives aficionados al que le echo un ojo de vez en cuando. Este foro en particular es el que ha estado más activo buscándome desde que desaparecí y, en ocasiones, mi nombre todavía aparece por ahí. Abro el hilo general donde tienen lugar las conversaciones principales y paso las publicaciones más recientes. Están hablando de un caso sin resolver en el estado de Washington. Un asesino en serie al que han matado en

Luisiana. Unas cuantas personas desparecidas. Pero no encuentro nada específico o preocupante en el reguero de mensajes que hay en los últimos posts. Sin duda, no hay nada que haga mención a mi pasado de mierda. Incluso las historias como la mía se acaban diluyendo en el tiempo. Es fácil desaparecer cuando no tienes una familia que mantenga vivo tu recuerdo.

Suspiro de alivio y, antes de dejar el móvil y meterme en la ducha, tomo nota de que tengo que comprar más tinte.

Ya es pasado mediodía cuando salgo de la casa anexa que se encuentra en el extremo sur del extenso terreno de la finca. Con el hueso mutilado de Bryce en el bolso, me dirijo hacia la mansión Lancaster, una estructura de piedra imponente que lanza una sombra de riqueza generacional sobre Cabo Masacre. Aún más intimidante que el edificio en sí es el hombre que vive en él. Es mi persona favorita del pueblo. Mi mejor amigo. Soy una de las dos únicas personas que pueden plantarse en su casa sin más.

Nadie sale a recibirme cuando entro en el vestíbulo. Un leve escalofrío de miedo me recorre las venas. Siempre hay una cortina constante de ruido que parece caldear la piedra austera: música clásica, películas antiguas o Arthur mascullando por lo bajini para sí mismo. Pero hoy hay un silencio extraño.

—¿Arthur...? —lo llamo conforme me adentro en el salón de las visitas.

No hay respuesta. Frunzo el ceño y continúo hasta la biblioteca, donde se pasa la mayor parte del día leyendo junto a la chimenea, aunque ahora haga mejor tiempo.

—Arthur..., he venido a hacerte la comida...

Estoy a punto de llegar al final del pasillo que conduce hasta la cocina cuando el viejo sale de detrás de una estatua con un cuchillo entre los dientes, lo cual es toda una hazaña para un octogenario que va con andador.

—Por Dios santo, Arthur…

Se endereza antes de agarrar el mango del cuchillo para apuntarme con él.

—¿Quién eres tú?

—Soy yo. Harper.

Se acerca un paso con el andador y retuerce el cuchillo a modo de amenaza.

—Como hayas venido a robarme, te rajo…

—No he venido a robarte. Soy Harper. La jardinera. Vivo en la casa anexa del jardín. —Al escuchar mis palabras, un atisbo de confusión le recorre por un instante el rostro envejecido—. He venido a hacerte la comida. Como hago todos los días.

—¿La comida…?

—¿Qué te parece si hoy te preparo tu sándwich favorito? Pastrami con pan de centeno. ¿Tienes hambre?

Arthur parpadea, levanta las pobladas cejas blancas y la neblina parece desvanecerse lo suficiente para que baje el cuchillo. Un cachito de alma se me cae con él. Extiendo la mano y el hombre la observa fijamente, como si intentara descubrir los secretos que se ocultan tras las líneas que me recorren la piel.

—Harper —dice al fin, dejándome el mango del cuchillo en la palma—. Por supuesto. Pensaba que eras un ladrón.

Cuando levanto una ceja a modo de duda, él entrecierra los ojos.

—Hay alguien que se cuela en casa para robarme.

Intento mantener una expresión neutra mientras lo cojo del brazo y lo llevo hacia la cocina.

—¿Por qué piensas eso?

—Me han desaparecido los zapatos.

—¿Alguien te ha robado el calzado?

—Sí.

—¿Por qué…?

—Porque son unos Stefano Ricci —refunfuña, como si yo debiera saber lo que significa eso.

—Y alguien querría llevárselos porque…

—Porque son unos Stefano Ricci —repite entornando los ojos como si yo fuera el mayor grano en el culo que jamás ha pisado la faz de la tierra—. Son exquisitos.

—De acuerdo —digo cuando entramos en la cocina y lo guío al rincón del desayuno. Una vez acomodado, dejo el bolso encima de la isla de mármol antes de lavarme las manos—. Así que te han robado unos exquisitos zapatos de señor mayor usados. Pero, en el improbable caso de que nadie se haya colado para llevarse tu precioso calzado, puedo buscarlos luego, por si da la casualidad de que los has puesto en otro sitio. ¿Te falta algo más?

—Mi azucarero de Swarovski Signum.

Me quedo pasmada.

—Un azucarero. Te han robado un bote donde guardas el azúcar.

—Es una pieza cara.

—¿Estamos hablando de caro en plan la tienda de empeños de Pauly o caro en plan mercado negro internacional de azucareros?

Arthur me contempla fijamente, pero sé que disfruta cuando lo pincho. Por eso nos hicimos amigos.

Cuando vine a Masacre hace cuatro años, no sabía que esa actitud de gruñón y su riqueza considerable me tenían que intimidar, cosa que a él le pareció toda una novedad.

—Serás maleducada: Pauly no distinguiría un Wassily de un Modway de imitación.

—No he entendido nada de lo que acabas de decir.

—Hablo de sillones, por Dios santo, Harper.

—No empieces con las sillas Wassily. —Me llevo el reverso de la mano a la frente—. Estoy horrorizada.

—Creía que me habías prometido pastrami.

—Por supuesto. —Hago una leve reverencia, me dirijo hacia la nevera y abro la puerta de acero inoxidable con la intención de sacar el pastrami y el provolone, pero encuentro algo más que la carne y el queso. No me doy la vuelta cuando digo—: Ese azucarero tan especial... ¿no será verde?

—Sí. Tiene un cristal de Swarovski en la tapa.

Destapo el bol que hay en la balda del frigorífico a la altura de mis ojos y suspiro.

—Entonces... ¿se parece... a este?

Me vuelvo hacia Arthur con el azucarero en la mano. El estallido de sorpresa momentáneo que le veo en los ojos enseguida se convierte en una mirada asesina, como si fuera culpa del cacharro.

—Yo no lo he puesto ahí —afirma.

Aunque podría discutirle que nadie ha entrado en la casa para robarle los zapatos o esconderle el azucarero, no digo nada. Lo único que conseguiría sería disgustarlo, porque no se acuerda, así de simple. Igual que algún día tampoco se acordará de mí. Arrastra el periódico por la isla para acercárselo y juguetea con la esquina de una página mientras me observa un buen rato antes de apartar la vista. Eso antes no lo hacía. Lo de juguetear con las cosas. Lo de mirarme fijamente como si no me ubicara. Desde que vine a Cabo Masacre, este hombre ha sido la única persona que de verdad me ha entendido; pero ahora es como si hubiera un muro entre nosotros, el cual hemos levantado para proteger a la persona que él todavía quiere ser. Y quizá eso sea lo más duro de verlo apagarse poco a poco.

Carraspeo, me saco el móvil del bolsillo trasero y empiezo a escribir un mensaje.

—Estoy segura de que Lukas ha metido el azucarero en la nevera sin darse cuenta. Le escribiré para que lo sepa.

> Te he lanzado a los leones
> criticones de tu abuelo.

—Sí. Gracias. Que no lo vuelva a hacer —dice Arthur disgustado, y chasquea la lengua—. Debe de haber sido Lukas. Dile que trate mis pertenencias con más cuidado la próxima vez que venga.

El móvil vibra.

> Me cago en todo, Harper. Acaba de explotar un
> destilador. No tengo ni idea de lo que estoy
> haciendo, joder. No me viene bien que me lancen
> a unos leones criticones.

> Demasiado tarde. Se alegrará.
> Allá vas, a los leones. Quédate
> ahí tumbado y acepta tu destino.

> Vete a la mierda.

—Creo que últimamente Lukas anda distraído —comento, y me muerdo el labio para contener la sonrisa, pues ya preveo que esta ronda de nuestro juego de sabotaje la voy a ganar yo y la anticipación me zumba en las venas.

—Tienes razón. Lleva un tiempo despistado. Dile que necesito que venga a limpiar los canalones. Le vendrá bien tomar un poco de aire fresco.

—Hecho. Lukas vendrá el miércoles. —Sonrío y me guardo el teléfono en el bolsillo, luego me lavo las manos por segunda vez bajo la punzante mirada airada de Arthur. Enseguida suelta su gruñido de aprobación—. ¿Qué tal le va en la destilería? ¿Te ha contado algo?

Si la reforma de la destilería Lancaster hubiera sido hace dos años, Arthur me habría dado una lista completa de todo lo que iba bien y de todo lo que iba mal. Pero ahora duda. Tamborilea con los dedos retorcidos encima de la mesa de madera de cerezo.

—Va bien —dice al fin, y vuelve a centrarse en el periódico. Y yo sonrío porque, aunque sé que las obras no van bien, no quiero estresarlo y que luego salga con cosas raras. Como lo del azucarero en la nevera. O el ladrón de zapatos fantasma que se le cuela en la casa mientras duerme.

—Me alegra escucharte decir eso.

Termino de prepararle el sándwich. Me pide que le ponga un poco de música de fondo: la ópera de Mozart *Don Giovanni*. Supongo que no hay nada como el relato de una estatua sobrenatural superando a un noble arrogante para amenizar la comida después de encontrar tu azucarero obstinado.

Pero ¿quién soy yo para quejarme? A él le hace feliz. Y a pesar de las palabras mordaces que a veces suelta por la boca, es un buen hombre… creo. Como mínimo es un hombre solitario. Así que me siento con él mientras come. Hablamos del pueblo. De los turistas que ya empiezan a venir. Él comenta cosas de hace tiempo, las que todavía le resultan fáciles de rememorar, pues el alzhéimer hace que le cueste recordar las más recientes. Me habla del Cabo Masacre de antes, cuando era un lugar aislado. Antes de los festivales de comida y las visitas guiadas por los pecios de los barcos hundidos y los paseos nocturnos sobre leyendas con linternas y disfraces. Antes de que repintaran la moldura de las casas victorianas y organizaran el karaoke en el pub La Boya y la Baliza.

Habla de un pueblo en el que el duelo no solo era un legado, sino una presencia tan real como la niebla que oscurece las rocas que descansan bajo las olas, esperando a aplastar cascos de barcos y reclamar vidas. Cuando Arthur era joven, la vida no era fácil en un pueblo pesquero aislado como Cabo Masacre, que depende de las aguas traicioneras de la remota costa del norte de Maine para sustentarse. La muerte se encontraba detrás de una mala tormenta o en una roca oculta o un invierno duro. Ese no es el pueblo que yo conozco, aunque su eco todavía persiste en los monumentos a los barcos perdidos que se erigen en lo alto del promontorio con vistas al mar. Pero, cuando me cuenta esas historias, me siento como si yo fuera su representante. Como si quisiera que yo conservara esos recuerdos que sabe que se le están escapando.

Cuando Arthur termina de comer, le doy las pastillas y lo aseo antes de acomodarlo en la biblioteca. Aunque me rugen las tripas y me empieza a doler la cabeza por la falta de cafeína, me quedo con él hasta que se duerme en su sillón favorito para echarse la siesta, con un libro abierto sobre el regazo.

Le dedico una última sonrisa agridulce, abandono la finca y camino hacia Cabo Masacre.

Mi pueblo.

ANCLA

Nolan

El viento arrastra el salitre del mar. Respiro hondo y dejo que me inunde los pulmones. Siempre pensamos que el aroma del océano nos refresca. Que nos limpia. Al ser humano le parece que es algo que está bien. Decimos que nos aporta paz cuando en realidad es el olor de la muerte y la descomposición.

Una sonrisa me levanta la comisura de los labios al mirar hacia el agua. Es cierto, sí que siento que el olor de la muerte me revitaliza.

Y qué ganas tengo de vengarme de Cabo Masacre.

Me dirijo hacia el maletero del coche de alquiler y saco las maletas. Le lanzo un último vistazo al mar antes de subir los escalones del hostal El Cabo. Todavía tengo la rodilla resentida de conducir tanto rato. Y el codo. Cuando muevo la cabeza hacia un lado y hacia el otro, las vértebras me crujen y chascan. Mentalmente, organizo el *planning* del primer día. Primero, hacer el *check-in* en el hotel. Segundo, dar un paseo para desentumecerme un poco. A lo mejor encuentro un sitio donde comerme un sándwich. Tercero, empezar a perseguir a esa zorra para que tenga esa muerte lenta y dolorosa que se merece por hacerme sufrir lo indecible a base de pena y sufrimiento y tortura e indignidad. Cuarto, darme un baño en el jacuzzi.

Se me ensancha la sonrisa cuando entro en la recepción.

Todos los años, en el aniversario del atropello que mató a mi hermano y que casi se me lleva a mí también, reclamo otra vida. Esa mujer es el premio final de mis expediciones anuales en busca de justicia. El trofeo que más ansío.

«Estas vacaciones van a ser increíbles».

No hay nadie en recepción cuando dejo la maleta en la alfombra carmesí, pero oigo un leve ronquido en una habitación a oscuras que hay a la izquierda, detrás del mostrador. Carraspeo, sin que pase nada. Los ronquidos continúan. Digo: «Disculpe», y sigue sin haber respuesta. Es entonces cuando me fijo en el letrero enmarcado que hay junto a un timbre de latón. «Si no tocas la campanilla, seguiré roncando», anuncia con letras grandes. Y debajo, en una fuente más pequeña, pone: «No es mentira. Si no tocas, no te voy a dar las llaves».

Toco el timbre.

Se oye un bufido en la oscuridad. Y luego:

—Estoy aquí. Abróchense los cinturones.

Desde la salita se acercan unos pasos arrastrados. Una mujer mayor y bajita avanza hacia el mostrador de recepción, le echa vaho a los cristales de las gafas y los limpia con el delantal bordado. Tiene una nube de pelo blanco en la cabeza que se le mece cada vez que da un paso y la sonrisa le dibuja surcos en la piel color sepia. Cuando por fin se detiene en la mesa, se pone las gafas y se fija en los detalles de mi rostro con unos ojos neblinosos. Tarda más tiempo del que debería en hacer cualquier cosa. Hasta parpadear. Hasta respirar. Se aclara la garganta. La oigo tragar saliva. Y entonces:

—¿*Check-in?*

—Sí —respondo y le tiendo el carnet de conducir y la tarjeta de crédito por encima del mostrador—. Una reserva a nombre de Nolan Rhodes.

La mujer recoge la documentación con los dedos retorcidos y la deja a un lado mientras abre un libro con tapas de cuero.

—Bienvenido a Cabo Masacre —dice pasando las páginas—. Yo soy Irene.

—Encantado de conocerla, Irene… —respondo, aunque ella en realidad no me hace ni caso. Empieza a repetir mi nombre conforme recorre las anotaciones del libro de registro con un dedo. Se acerca un poco más a la página, y más y más. Luego coge una lupa y se aproxima aún más.

—Nolan Rhodes —anuncia triunfal cuando encuentra mi nombre—. Salida el 15 de julio. Habitación 117.

—Esa es la que tiene el jacuzzi, ¿verdad?

—Sí, por supuesto. —Se vuelve hacia un panel que hay en la pared, donde cuelgan las llaves en sendas clavijas de latón—. ¿Ha venido de vacaciones?

—Sí, señora.

—¿Ha venido a ver el *Masacre*?

Disimulo el bufido que se me escapa con una tos.

—Algo así, señora.

—El agua todavía está fría, pero debería estar clara. Wallie alquila trajes de neopreno de invierno si no ha traído uno. Su tienda de deportes acuáticos está junto al puerto. Coja la carretera del muelle por el acantilado y siga los carteles, no tiene pérdida —me indica señalando en dirección general al mar.

Me sé el mapa de la ciudad de memoria y ni por asomo está apuntando en la dirección correcta; aun así, asiento. Satisfecha, la mujer me da la llave.

—El desayuno se sirve todos los días de las seis a las diez en el comedor. En su habitación dispone de una pequeña cocina, pero también hay buenos restaurantes en el pueblo.

Desliza unos panfletos por encima del mostrador, luego pasa la tarjeta de crédito por el datáfono mientras declara que

me ha puesto la tarifa de temporada baja porque le gusta mi «actitud», aunque no tengo ni idea de lo que eso significa. Me limito a recuperar la tarjeta y el carnet con un «gracias» alegre y cojo las maletas para ir a mi habitación.

Pese a que la dueña es viejísima, el hotelito tiene un aire tradicional, pero sofisticado y atemporal al mismo tiempo. Mi cuarto es una *suite* de paredes pintadas de azul pálido, muebles de caoba y puertas francesas que dan al mar. Hay un pequeño patio con una valla que le otorga privacidad y un jacuzzi que borbotea bajo la cubierta. Me quedo ahí plantado y contemplo los acantilados un buen rato antes de volver al cuarto, detenerme delante de la cama, extender los brazos y dejarme caer sobre el edredón mullido. La empuñadura del cuchillo que tengo metido en el cinturón se me clava en las costillas y me recuerda lo bien que me lo voy a pasar. He tenido que luchar con uñas y dientes para que me concedan seis semanas libres. No es una hazaña fácil cuando te dedicas a la búsqueda y rescate, por cierto. Me he imaginado este viaje muchísimas veces a lo largo de los últimos cuatro años. Y ahora por fin estoy aquí; lo que he estado cazando está al alcance de mi mano. Lo que me ha hecho seguir adelante en los momentos más oscuros: la venganza.

Desenfundo el cuchillo y le doy la vuelta para comprobar con el pulgar lo afilado que está. Cuando me corta la piel y aparece un perla de sangre, sonrío.

—No puedes esconderte de mí. Ya no.

Dejo el arma en la mesilla de noche y me levanto para sacar una tirita de la maleta antes de deshacerla. Coloco la ropa limpia. La bolsa de aseo. El portátil y el cargador. Y entonces, tras mirar a mi alrededor como si alguien pudiera verme, saco mi posesión más preciada.

Mi libro de *scrapbooking*.

Paso la primera página. Por mis pintas, no dirías: «Sí, a este tío le mola el *scrapbooking*», pero cuando te pasas dos meses en el hospital consumido por la pena, sufriendo, y necesitas venganza, a veces te da por probar aficiones nuevas. Las primeras páginas son un tanto caóticas. Fotos y recuerdos pegados con arrugas en los bordes y burbujillas bajo la superficie. Dispuestos por una mano inestable. Sin embargo, conforme avanzan, el trabajo es más limpio. Hay fotos de los primeros pasos que di cuando aprendí a caminar en rehabilitación, yo de pie con un andador junto a mi hermana y mis padres. Recuerdo lo que me dijo mi padre aquel día con lágrimas en sus ojos cansados: «Estamos orgullosos de ti, hijo. En este mundo no hay nadie más decidido que Nolan Rhodes».

Es posible que fuera un tanto exagerado, pero es un buen padre, y esas son las cosas que dicen los padres buenos cuando su hijo sobrevive a un atropello y el conductor se da a la fuga. Y en lo de la determinación sí que tenía razón… Tengo un montón, eso está claro. Aunque a lo mejor no la canalizo del modo en que él esperaría.

Puede que la mayoría de la gente te diga que tienes que encontrar la luz en la oscuridad para recuperarte del dolor que yo padecía. Mi familia esperaba que me apoyara en ideales positivos para seguir adelante después de aquel accidente que transformó mi vida. Como aceptar que las cosas no podían cambiar. Liberarme del dolor y la rabia. Catarsis. Perdón. Pero me da asco la idea de perdonar a nadie.

Así que no es lo que hice. La esperanza y la positividad no fueron lo que me llevó a dejar la medicación para el dolor o a volver a aprender a comer solo o a superar la indignidad que sentía cuando otra persona tenía que bañarme y vestirme. Eso no fue lo que me ayudó a sobrevivir a lo que perdí.

Nunca encontré luz en el abismo del dolor.

Lo que sí hallé en mi interior fue el vacío más profundo y oscuro. Un lugar en el que el hombre que fui se desvaneció y uno nuevo tomó forma.

¿Por qué debería perdonar a las cuatro personas que iban en el coche aquella noche por atropellarme y abandonarme para que sufriera una muerte lenta y dolorosa solo en la oscuridad? ¿Por qué debería perdonarlas por arrebatarme a mi hermano?

—Billy.

Me llevo una mano al pecho, que todavía me duele cuando pronuncio su nombre en voz alta. Apenas lo digo ya. Cada vez que el nombre de mi hermano me cruza los labios, lo primero que me viene a la memoria no son los recuerdos de la infancia. Ni el sonido de su risa despreocupada. Tampoco es la imagen de su sonrisa.

Son sus ojos ciegos clavados en los míos. Los riachuelos carmesíes que le surgían de la boca y formaban un charco en el asfalto. El leve silbido que se le escapaba de los labios entreabiertos. El último aliento que me calienta la sangre por las noches.

«No, nunca los perdonaré».

Así que me aferro a la oscuridad. La nutro. Le doy toda mi amargura.

Todo mi odio. Y, a cambio, ella me nutre a mí.

Me da un propósito. Fuerza. Un objetivo hacia el que trabajar. Una misión por la que luchar.

Paso la siguiente página.

Marc Beaumont.

Su cara no solo está estampada en la página de mi libro. Está impresa en mi memoria; es una imagen que siempre llevaré grabada en el pensamiento como una cicatriz. Igual que la cálida brisa estival o la última luz del sol poniente o el olor de las agujas de pino en las escaleras que conducían a la playa en los acantilados Calvert, en Maryland. Recuerdo cómo crujían bajo nuestras botas cuando Billy y yo subíamos por el sendero. Fue el fin de semana del 4 de julio. Me cogí unos días libres para ver a mi hermano pequeño. Hacía unos meses que se había mudado a Baltimore y todavía lo echaba muchísimo de menos. Recuerdo que pensé que qué bien estaba volver a escuchar su risa mientras le pasaba un brazo por los hombros. Cuando empezamos a cruzar la carretera para regresar al camping, él iba hablando de las cervezas que nos íbamos a tomar. Pero nunca llegamos. Un coche tomó la curva pronunciada a toda velocidad y nos atropelló a los dos.

Y ese momento es el que recuerdo con más claridad. Todavía veo el estupor en la cara de Marc Beaumont desde el asiento del copiloto. Todavía oigo el chirrido de los neumáticos un instante antes de sentir el dolor cegador. Todavía escucho el grito de mi hermano diciendo mi nombre, el último sonido que emitió.

Tardé meses en reponerme de las heridas. Varios más en recuperar la fuerza. Dediqué cada segundo libre a aprender nuevas habilidades, a estudiar cómo dar caza a diferentes tipos de presas. Y, cuando se cumplió un año del accidente, fui primero a por Marc Beaumont.

—Dime quiénes eran los dos hombres que iban contigo en el coche —susurro. Es el eco de un recuerdo. Puede que esté sentado en mi habitación en el hostal El Cabo, pero lo que veo es el terror en los ojos de Marc. Paso el dedo entumecido por su cara en la foto. Todavía oigo sus plegarias amortiguadas cuando cierro los ojos. Me acuerdo de la satisfacción que sentí al arrancarle la cinta americana de la boca—. Si me dices cómo se llaman, a lo mejor te dejo vivir.

—No sé de qué estás hablando. Por favor, te lo suplico, suéltame.

El miedo que le impregnaba la voz me abrió los ojos. Fue una revelación. Lo que me hizo darme cuenta de que esa venganza que estaba a punto de realizar era justo lo que necesitaba. Una droga que me tranquilizaría. Una adicción con la que nunca tendría suficiente.

Ya tenía una idea de quién iba con él en el coche aquella noche, pero quería cerciorarme. Marc le aseguró a la policía que estaba en casa solo y no con su novia cuando esta nos atropelló, aunque los vieron juntos en una fiesta menos de una hora antes de la catástrofe. Él dijo que no sabía nada del accidente que le había costado la vida a mi hermano y que casi me la arrebató a mí. El mismo que supuestamente también le costó la vida a la conductora cuando huyó, pues el coche se salió de la carretera a poca distancia de donde nos había dejado morir y se precipitó por un acantilado y cayó al mar.

Pero yo sabía la verdad. Él estuvo ahí, sentado en el asiento del copiloto, y otros dos hombres en la parte de atrás. Lo recuerdo: vi sus formas y sus rostros borrosos a lo lejos cuando se bajaron del coche y se pusieron a discutir sobre si se quedaban o huían.

Solo tardaron unos instantes en decidir que se iban por patas, pero mientras debatían la conductora se montó en el coche y se largó con el chirrido de los neumáticos. Lo único que recuerdo de esos breves momentos antes de que el dolor consumiera mi consciencia son los ojos sin vida de mi hermano devolviéndome la mirada mientras yo gritaba su nombre.

Paso la vista de la fotografía de Marc a la siguiente página del libro.

—Trevor Fisher… y Dylan Jacobs. Este trabaja en un estudio de tatuajes que hay en Graywood, Tinta Instintiva —confesó Marc al fin, apenas unos cuantos puñetazos después.

Le había atado los brazos a la silla y recuerdo el modo en que se miró el antebrazo al decirlo. Cuando le retorcí la piel, las letras todavía se veían nítidas; los bordes se habían curado, pero estaban limpios. El tatuaje no podía tener más de un año o dos.

Memento mori.

—Déjame adivinar —le dije soltándole el brazo—. ¿A que Dylan y Trevor tienen el mismo tatuaje?

—S-sí.

—Eso es bueno. —Me volví hacia la mesa de herramientas que esperaban a ser bautizadas con sangre—. Sabía que necesitaba un trofeo.

Respiro hondo y parpadeo para dejar atrás los recuerdos y vuelvo a mi habitación de hotel. Miro el cuchillo que he dejado en la mesilla de noche; está tan afilado como el día en que lo usé para reclamar mi primer trofeo. Mi primer ajuste de cuentas. Y luego bajo la mirada al parche de cuero de bordes irregulares que cosí a la página.

Memento mori.

Recuerda que morirás.

ACIMUT

Entro en la cafetería Un Grano Náufrago con el bolso al hombro y echo un ojo a ver si hay algo fuera de lugar en el pequeño local. Están los sospechosos habituales. Los tres Roberts: Bob, Bobby y Bert; se tiran más tiempo aquí que en el trabajo tapando los baches que aparecen todas las primaveras. Maddison, una adolescente estudiosa y calladita que en verano trabaja a jornada completa como barista. Alex, un chico un año mayor que ella que tiene el pelo lacio y una actitud de «a quién le importa». Maddison está coladita por él y, a pesar de que he intentado un par de veces entrometerme en sus turnos de trabajo cuando el dueño está en su otro restaurante, no consigo juntarlos. Me pongo a la cola y me esfuerzo por no lanzarle una mirada asesina al chaval. Estoy bastante segura de que es su estupidez obvia lo que les impide estar juntos. Estudio por última vez a la clientela y me acerco al mostrador.

—¿Qué te pongo, Harper? —pregunta Maddison, que me dedica una sonrisa dulce y tímida mientras coge un vaso para llevar. Ya sabe que estoy a punto de pedirle un americano, incluso empieza a tocar la pantalla para meterlo en el sistema.

—Lo de siempre, por favor —respondo, buscando en el bolso para sacar la cartera. Hago una mueca cuando no la encuentro—. Mierda. Me he olvidado el monedero.

—No te preocupes, me lo pagas luego.

—No, no pasa nada. Sé que tengo algo de suelto tirado por aquí.

Saco la pierna de Bryce envuelta en papel albal y rebusco entre el resto de cosas que llevo en el bolso hasta que localizo un billete de diez pavos descarriado y se lo paso por encima del mostrador mientras me disculpo. Maddison abre la caja registradora para darme el cambio y a mí se me van los ojos a las tartaletas, los pasteles y los dónuts glaseados. Me merezco un caprichito por la mañana tan ajetreada que he tenido. No es fácil rastrear y asesinar a un hombre y luego hacerlo picadillo antes de la hora de comer. A lo mejor un rollito de canela…

—¿Me recomiendas algo? —pregunta un hombre a mi espalda.

Tiene una voz suave. Decadente. Cálida, con un sutil acento sureño. Su tono es aún más delicioso que cualquiera de las tentaciones que se encuentran en la vitrina de cristal. Me giro. Pero, por muy atrayente que sea la voz, nada se compara con verlo a él por primera vez.

Es tan alto que me fijo en la diferencia que hay entre nosotros, cosa que no resulta tan difícil cuando mides poco más de metro y medio. Se pasa la mano por el pelo en un gesto casi obsceno. Y es consciente de ello. Lo sé por esa sonrisa torcida que tiene, por el modo en que la comisura del labio se le levanta y revela unos dientes perfectos. Rebosa un encanto confiado. Cuando deja caer la mano a un lado, el pelo vuelve a su sitio como si le resultara físicamente imposible tener un aspecto que sea menos que perfecto, aunque vaya desaliñado. Sobre todo aunque vaya desaliñado. Los mechones de un intenso castaño que le acarician los pómulos están salpicados de hebras color miel, ese tono rubio que solo se consigue cuando pasas muchas horas al sol. Es magnético. Y tremendamente… peligroso.

Trago saliva, intento recuperar la compostura y él se fija en mi garganta; los ojos verdes le brillan divertidos. En la parte inferior del iris izquierdo tiene unas manchas marrones poco habituales y que logran que los tonos claros destaquen aún más.

—Depende de lo que te apetezca. —Trato de parecer imperturbable—. ¿Dulce o salado?

Él ensancha la sonrisa, tan solo un poquito, lo suficiente para que le aparezcan dos hoyuelos en esas mejillas bañadas por el sol y salpicadas de unas cuantas pecas.

—No estoy seguro. ¿Por qué te has decantado tú? —Al principio no entiendo lo que quiere decir, hasta que señala con la cabeza el bulto de papel de aluminio que tengo en la mano—. ¿Qué has pedido?

—Mmm. —Juro que solo parpadeo, pero siento que ese movimiento tan ínfimo dura como mil años mientras repaso todas las opciones de menú que he memorizado y me inclino por la única palabra que parece que soy capaz de convocar—: Carne.

—¿Carne…?

—En rodajas. —El guaperas ladea la cabeza. La garganta se me tensa de la saliva disecada—. Rodajas de carne. Bueno, fiambre. Un bocata de fiambre. De medio metro. Más o menos.

Ambos bajamos la mirada al papel de aluminio que sostengo en la mano. Apenas mide diez centímetros de largo y puede que cinco de ancho en el mejor de los casos. Nos miramos a los ojos, no puedo evitar encogerme. Aunque me lanza una sonrisa educada, el gesto encierra cierta compasión.

—Creo que voy a probar otra cosa —dice.

—¿Qué le parece el de pavo? —propone Maddison pasándole un bocadillo al cliente que está delante de mí. Es enorme, el papel de cera que lo envuelve apenas lo cubre del todo. Puede que sea el triple que el bulto de papel de aluminio que oculto tras el bolso que descansa contra mi cadera. «¿Por qué le he mentido?». Supongo que porque no iba a decir: «Oh, es la tibia cercenada de un gilipollas», pero aun así. Se me podría haber ocurrido algo mejor, ¿no? Es culpa de este tío. De sus ojos. Esos iris verdes tan extraños ribeteados de marrón, colores que parecen cobrar vida cuando se divierten. Igual que sucede ahora mismo.

La sonrisa de este hombre me está provocando.

—Con que no sea el de fiambre, de acuerdo.

Yo resoplo. Literalmente.

Y luego me muero. No literalmente, aunque ojalá.

El tío se ríe como si mi carcajada de cerdito fuera adorable que te cagas. Me giro lo suficiente para meter el cambio en el bote de las propinas y guardarme el hueso de Bryce en el bolso. Juro que me arde la piel. El sudor me cae por la columna vertebral. Pero, cuando vuelvo a mirar a los ojos al adonis, él se limita a sonreír. Se echa para atrás un poco. Me escudriña el rostro con esos ojos cálidos y radiantes.

—Bueno ¿y qué me recomiendas que beba con mi bocata de no fiambre? —Se me acerca un poco y observa la pizarra que hay sobre el mostrador.

—Quizá debería decir que té en bolsas para terminar por todo lo alto mi mortificación.

Él se muerde el labio para no reírse y baja la vista para contemplarme.

—Lo de té en bolsas pega mucho con lo del fiambre. Bien hecho.

—Si algo soy es coherente.

Maddison estira el brazo por encima del mostrador para pasarme el café. Lo acepto y, cuando miro de reojo al hombre que tengo al lado, veo que está siguiendo con la vista el movimiento de mi mano; tiene las cejas fruncidas y se le va borrando la sonrisa como si este momento fuera a acabar pronto. A lo mejor siente el mismo tirón en el pecho que yo y no quiere que el hilo se rompa.

Debería darme la vuelta. Largarme de aquí. Dejar a este turista atrás. Tampoco es que necesite tontear desastrosamente con un tío cualquiera que lo más probable es que solo haya venido a pasar un par de días como máximo. Yo no me comporto así, da igual lo mucho que a veces eche de menos una conexión que no estoy segura de estar preparada para tener. Debería marcharme. Seguir paseando hasta el faro, pues me gusta quedarme ahí mirando el mar. Lanzar el hueso mutilado de Bryce al agua y que se hunda hasta el fondo para que no vuelva a aparecer, que solo sea otro recuerdo que ha reclamado el agua negra.

Pero, antes de poder convencerme a mí misma de que me mueva, el tío me toca la manga. Es un roce delicado. No es más que un susurro de calor y presión. Y, por simple que pueda parecer, este mero contacto provoca que una corriente eléctrica me recorra la piel. Me deja sin respiración. Me acelera el pulso, me calienta el vientre y se estampa contra mis pensamientos, apartándolos de un plumazo. Hace un segundo, me estaba aferrando a todos los motivos que se me ocurrían para marcharme. Y ahora se han esfumado… sin más.

—Te preguntaría si te puedo invitar a un café, aunque parece que ya estás servida. —Señala con la cabeza el vaso para llevar que sostengo en la mano. Esa luz provocadora ha vuelto a sus ojos—. Pero, si no quieres comerte sola el fiambre, me encantaría acompañarte.

El calor me enciende las mejillas. Parece que le brillan los ojos. Debería decir que no. Lo sé. Sin embargo, en lugar de eso, contesto:

—Vale.

—Vale. —Me observa durante un momento, como si necesitara asegurarse de que me voy a quedar, luego levanta la mano y se vuelve hacia Maddison—. Ponme un bocadillo de pavo para llevar, por favor, y un té Earl Grey con dos bolsas.

Sonrío y sacudo la cabeza. Cuando alzo la vista para mirar a mi acompañante, su expresión es un reflejo de la mía.

Hay algo adictivo en el hecho de que me preste atención. Me había olvidado de lo divertido que es bajar un poco la guardia. De repente, me encuentro a mí misma deseando decir algo ingenioso o cuqui. Meterme un poco con él. En plan: «¿Pavo y té? Eres un chico peligroso». Dios mío, no, eso es horrible. A este paso, no debería confiar en que me vaya a salir nada digno de la boca.

¿Y si me limito a sonreír de cierto modo? ¿Y si me aferro a esos ojos verdes que se apartan de los míos para ver cómo me coloco un mechón de pelo detrás de la oreja? Creo que he olvidado cómo se hace esto, lo de tontear con un chico. Pensaba que había renunciado a todo eso hace años. Puede que solo me falten unos meses para cumplir los veintinueve, pero creía haber enterrado esas habilidades hace mucho tiempo. Que habían muerto el mismo día que yo.

El siguiente de la fila se interpone entre nosotros para pedir y se carga la tensión del aire, que crepita como un conjuro. Mi nuevo amigo se desplaza a la zona de recogida mientras Maddison le prepara el pedido y, aunque yo me aparto de su lado para ir a la pequeña repisa que hay en la pared para echarme crema y azúcar en el café, siento que me observa. Sin embargo, no vuelvo con él cuando acabo.

Finjo que contemplo a la gente que me rodea y que está charlando de grutas y barcos hundidos y cotilleos del pueblo, o de museos y rutas de leyendas y obras de teatro en el auditorio municipal. Pero, en realidad, le estoy robando miradas. Me fijo en los detalles, porque me he entrenado a mí misma para hacerlo. Como las botas de montaña desgastadas, el cuero rayado, las suelas cubiertas de una capa fina de barro seco como si pasara la mayor parte del tiempo de pie. Registro los mechones de pelo más claros. El tatuaje que le envuelve el antebrazo, un uróboro. La cicatriz que sigue la curva del codo y desaparece por debajo de la camisa arremangada. Reparo en el modo en que ladea la cabeza de lado a lado, como si destensara los músculos agarrotados. Sobre todo, me fijo en la forma en que pasa la mirada por el resto de clientes con un desinterés frío y clínico, pero siempre vuelve a centrarse en mí. Y, cada vez que lo hace, sonríe. Parece observador, aunque distante. Como si tuviera un pozo del que sacar su encanto a voluntad. Pero ¿el resto del tiempo? Es estoico, como si ese pozo estuviera oculto en un paraje remoto. Un lugar que protege con cuidado. A lo mejor debería asustarme, cuando en realidad lo único que hace es aumentar la fuerza gravitacional que me atrae hacia él.

Una vez tiene el bocadillo y la bebida en la mano, viene a donde estoy para echarse un chorrito de leche en el té. Barre la pequeña cafetería con la mirada y luego se centra en mí con el ceño fruncido.

—Esto está a reventar. No hay donde sentarse.

Me encojo de hombros, pero mi indiferencia parece forzada.

—Típico, aunque recién ha empezado la temporada alta. Podemos dar un paseo, si quieres.

No estoy segura de por qué me acaba de salir eso de la boca. Apenas consigo contenerme para ofrecerme a enseñarle

el pueblo a este desconocido. Ya no soy ese tipo de persona, de las que se exponen ante extraños así como así. Antes sí lo hacía. Pero un precioso e inocuo día de agosto me costó más de lo que nunca creí posible.

Este hombre, sin embargo, tiene algo que parece diferenciarlo del resto de turistas que pasan por aquí, gente a la que solo le presto atención el tiempo que tardo en decidir si son una amenaza o no para mi pueblo. Este tiene algo que me resulta casi familiar. A lo mejor es el modo en que parece distinto al resto de los clientes cuando le echa un último vistazo a la cafetería. Quizá me tranquiliza que estudie el local como si estuviera buscando amenazas. O puede que sea la manera en que se le cambia la expresión cuando vuelve a fijarse en mí y sonríe.

—Me encantaría —responde y, en un parpadeo, en apenas un segundo, el mundo que nos rodea desaparece.

Carraspeo. Asiento con un gesto leve. Luego me giro y me encamino hacia la puerta, pero él me adelanta antes de que pueda tocarla y me la abre para que pase yo primero. Y no puedo contener la emoción que me aletea por debajo de las costillas.

—Bueno, ¿y cómo acaba alguien viviendo en un pueblo que se llama Cabo Masacre? ¿Viniste por el nombre y te quedaste por el fiambre? —me pregunta antes de darle un mordisco a su bocadillo mientras bajamos hacia el pintoresco centro del pueblo por la calle principal, que está llena de tiendas independientes y restaurantes poco convencionales.

Me atrevo a lanzarle una mirada y me encuentro con su sonrisa burlona y, aunque esperaba que me atrajera, siento que no estoy preparada para la fuerza magnética que ejerce sobre mí.

—El fiambre es un gran incentivo, no te lo voy a negar. Fiambre prémium en Masacre. —Le sonrío a la tapa del café antes de darle un sorbo.

—¿No comes?

—No, me lo guardo para luego —digo dándole unas palmaditas al bolso, donde tengo escondido el hueso envuelto en papel de aluminio. Lo miro a los ojos solo por un instante, esperando que la sonrisa me salga menos forzada de lo que siento en la piel—. ¿Por eso has venido tú? ¿Por el fiambre prémium?

—Si te soy sincero, no. Ha sido por el té en bolsas. —Suelto una carcajada y siento la calidez de su diversión a mi lado—. He venido de vacaciones.

—Nunca lo habría adivinado.

—¿Qué me ha delatado?

Me encojo de hombros.

—Conozco a todo el pueblo. Y no me sonaba tu cara.

—¿Cuántos habitantes tiene Masacre?

—Cuatro mil doscientos diez.

—Y los conoces a todos.

Cuando levanto la vista, lo sorprendo escudriñándome con los ojos entrecerrados; su calidez sigue ahí, aunque está cubierta por una fina capa de sospecha.

—Sí. Los conozco a todos.

—¿Naciste y te criaste aquí?

—No —respondo saludando con la mano a Diane Montgomery, la dueña de la *boutique* Luz de las Estrellas, que se encuentra al otro lado de la calle. Ella me saluda también antes de entrar en la tienda de ropa—. Supongo que lo he conseguido con tiempo y motivación. —Me encojo de hombros y miro a mi acompañante. Aunque la sospecha sigue sobrevolándole la arruga de la frente, se le suaviza—. ¿Y qué me dices de ti? ¿Por qué has venido precisamente a aquí?

—Avistamiento de aves.

Me detengo y me giro hacia él, frunciendo el ceño.

—Avistamiento de aves.

Los ojos le bailotean de una forma que me hace creer que disfruta de mi incredulidad.

—Ya me has oído, fiambre.

—Ni te atrevas. Que te tiro el café encima —lo aviso casi gruñendo. Él sonríe ante mi amenaza y le da un sorbo a su té—. ¿Qué tipo de aves?

El tío se encoge de hombros; sigue teniendo una ligera expresión de burla, pero con cierto destello oscuro, como la luz que se refleja en un cuchillo. Es como si ese supuesto avistamiento de aves fuera más bien una caza, la emoción de encontrar algo escurridizo en las sombras de bosques remotos y desolados. Una alarma distante se me enciende en el fondo de la cabeza, aunque él suaviza el gesto y aplaca mi paranoia.

—De todo tipo, supongo. Águilas de cabeza blanca. Águilas pescadoras. No soy quisquilloso. Me interesan todas las aves, desde halcones hasta estorninos.

Reducimos la marcha hasta detenernos delante del escaparate de una de las tiendas más raras de todo el pueblo. El corazón se me sube a la garganta mientras sopeso lo siguiente que voy a decir. No recuerdo la última vez que sentí esto. Deseo. Atracción. No quiero preguntar lo que voy a preguntar, pero estoy desesperada por saberlo.

—¿Tú solo?

Pero no me escucha, no solo porque hablo muy flojito, sino porque él dice mucho más alto:

—¿Cadáveres a Medida? ¿Este sitio va en serio?

Me aclaro la garganta e intento quitarme de encima la sensación de que me encojo sobre mí misma.

—Sí —contesto demasiado alegre y ligera para cómo me siento por dentro—. Lo han abierto este año. Es como las tiendas esas de hacerte un osito de peluche. Pero… no es igual.

Señalo uno de los expositores, donde hay una hilera de manos falsas en diferentes estados de descomposición. Algunas sostienen flores de seda o aferran armas de plástico, otras están congeladas en diversas posturas. Veo los ojos de mi acompañante en el reflejo del escaparate, un fantasma sobre los miembros cortados que se encuentran al otro lado del cristal.

—Es para la carrera de coches sin motor que se celebra durante la Feria de Masacre. Montar un buen cadáver como copiloto es crucial para conseguir los puntos de estilo. Ser el más rápido bajando una cuesta es una cosa, pero a veces la calidad del muerto es lo que decide quién gana, ¿sabes? Y es más fácil construir un cadáver aquí que venir de fuera con una maleta llena de partes del cuerpo falsas, supongo.

—Mmm. En cierto modo, es una buena idea de negocio —admite mi nuevo amigo.

El dueño de la tienda, Henry, nos saluda con una mano cortada mientras los clientes pintan varios miembros con sangre falsa. Y a mi acompañante no parece importarle la escena macabra que forman las entrañas, los ojos y los miembros cortados hiperrealistas que cubren todo el escaparate. Termina de comerse el bocata mientras inspecciona la exposición con un gesto de apreciación.

—Me gusta —dice, aunque no estoy segura de si se refiere al bocadillo, a la tienda o a ambos.

—Sí, está guay. Sin duda se ciñe al espíritu de Masacre. —Dibujo las comillas en el aire. Me despido de Henry con un ademán de la mano, nos volvemos y continuamos el paseo.

—Sí que lo es —confirma mi acompañante—. Y sí.

Cuando lo miro con una pregunta escrita en la cara, él ya me está esperando, con esa burla cálida tras esos ojos verdes y brillantes que atrapan el sol. Bajo esta luz, le veo el borde cas-

taño del iris izquierdo con más claridad; es una franja sombría junto al verde que parece transmitirme un confort familiar.

—He venido solo.

Me arden las mejillas. No logro ocultar con el vaso de café que me he puesto roja, pero lo intento de todos modos y no aparto los ojos de los suyos al darle un trago a la bebida. Él tampoco me deja que me escape. Sonríe como si me hubiera pillado y, aunque una parte de mí quiere desviar la mirada, se la sostengo.

Al menos, hasta que me suena el teléfono.

—Lo siento, disculpa. —Rebusco en el bolso mientras trato de dejar a un lado la decepción de que hayan interrumpido nuestro momento. Cuando saco el móvil, el nombre de Arthur aparece en pantalla. Acepto la llamada y me llevo el aparato al oído, lanzándole una mirada de disculpa a mi acompañante—. ¿Diga?

—Harper.

—Esa soy yo.

—¿Dónde estás?

—En el pueblo. Cerca del Grano.

—¿Dónde está mi bolsa negra?

Me flaquea el paso y siento la preocupación de mi compañero al lado. Aunque le dedico una sonrisa despreocupada, creo que a ninguno de los dos nos convence demasiado. Sabiendo lo que hay en la infame bolsa negra de Arthur, me resulta imposible esconder del todo la ansiedad que se apodera de mí de repente.

—¿Tu bolsa?

—Eso he dicho.

—¿Para qué la necesitas?

—Para el Airbnb de Maria Flores. Los turistas que se están quedando ahí son espantosos. Ayer el hombre dio la vuelta en la cuesta de mi garaje y atajó por encima del césped. Y hoy ha permitido que ese perrillo horrible que tiene se alivie entre los rosales y no lo ha recogido. Nunca entenderé por qué Maria convirtió una casa tan grande en un Airbnb. Todos los veranos atrae a los sacamuelas más horribles del mundo.

—Vale… bueno… no estoy segura de que esos traspiés cumplan los criterios para lo que parece que tienes planeado…

—Hoy sí. ¿Dónde está mi bolsa negra?

Mi esperanza de pasar un ratito más con el extraño misterioso que tengo al lado se me escapa entre los dedos. Aunque hace como un mes que escondí el maletín de Arthur, en el que guarda la medicación y las armas y su preciado *Libro de los muertos,* en mi casa en un lugar en el que sabía que se negaría a mirar, no me fío del todo de que no vaya a coger el carrito de golf para ir a husmear. Y la siguiente parada sería el Airbnb de los vecinos, donde Arthur encandilaría a los inquilinos para que lo dejaran entrar y asesinarlos. Es algo que me parecía bien cuando se lo merecían y el viejo se acordaba de lo que había hecho con los cadáveres, pero últimamente no se le da tan bien juzgar lo que es una ofensa digna de asesinato.

Suspiro y le echo un vistazo al reloj. Con suerte, cuando llegue a la mansión ya se habrá olvidado del plan de matar a los vecinos temporales, y si no tendré que encontrar una forma de distraerlo hasta que lo haga.

—Llego a casa en veinte minutos y te ayudo a buscarla, ¿te parece?

—Tráeme un *chai latte* doble con leche de soja y un poquito de canela, ¿quieres?

Entorno los ojos.

—Está bien.

—Muy caliente.

—Sí, lo sé.

—Con canela, Harper. No con nuez moscada.

—Te voy a colgar.

—Muy caliente, Harp…

Corto la llamada y me detengo para guardar el teléfono en el bolso. Mi compañero también se detiene a mi lado, recorre con la mirada mi sonrisa de decepción y me deja una estela de calor en la piel.

—Debo irme —digo apartando la vista para centrarme en la dirección por la que hemos venido—. Tengo que volver al Grano y luego pasarme por casa de mi vecino. Es un señor mayor y a veces necesita que le eche una mano. Se le pierden muchas más cosas que antes, supongo.

—Te acompaño —se ofrece el tío sin dudarlo. Esta vez le toca ponerse rojo a él, ya que se ha lanzado más deprisa de lo que pretendía—. Si quieres, claro.

—Sí. Me encantaría.

La electricidad vibra en el aire entre nosotros, más fuerte que antes de que nos interrumpiera Arthur. Como si se hiciera más intensa a cada segundo que paso con este desconocido. Sé que no debería permitirlo. Este hombre no es más que una presencia temporal en mi santuario permanente. Pero a lo mejor eso es parte del encanto. Saber que vas a perder algo antes de que empiece puede ser el remedio, aunque también la enfermedad.

Hasta la cafetería Un grano náufrago hay un paseo corto y, pese a que la conversación es trivial, hay un cierto trasfondo que me cuesta definir. Cuando me río de algo que dice, siento el modo en que me observa, como si un trozo de él se me hundiera en la piel. Cuando me sostiene la puerta para entrar en la cafetería, mi brazo roza el suyo y la presión de su tacto se me queda en la piel mucho después de que me acerque a la cola con él. Pido el *chai latte* de Arthur y nos apartamos mientras esperamos a que Maddison lo prepare. Siento cada segundo del paso del tiempo. Y creo que él también.

—He disfrutado mucho del paseo, aunque haya sido corto —comenta mi acompañante, mirando hacia el vaso que todavía tiene en la mano—. Es una pena que no haya podido disfrutar de todo el tour en un día tan bonito.

—Es un honor haberte enseñado al menos Cadáveres a Medida. Opino que es una parada imprescindible en cualquier visita guiada a Cabo Masacre.

Él me sonríe y detecto un atisbo de nervios bajo esa máscara relajada que intenta componer.

—A lo mejor, si no estás muy ocupada durante los próximos días, podemos hacer un cadáver… —Se encoge de hombros, como si no fuera para tanto que rechazara su propuesta—. Bueno, si te van esas cosas.

Trato de reprimir la sonrisa solo para que sufra un poco. Pero aun así se me enciende sola, es un fuego que arde bajo la nieve y que no puedo contener.

—Me encantaría.

—Genial. —Se pasa una mano por el pelo y las mejillas se le ponen de un ligero tono carmesí. Debe de tener alguna epifanía repentina, porque abre los ojos como platos y se va poniendo más rojo—. Todo este rato hablando y ni siquiera sé quién eres. ¿Cómo te llamas?

—Eh…

—¿Harper? —Aparto la mirada del hombre para volverme hacia Maddison, que me tiende el *chai latte* de Arthur por encima del mostrador—. Aquí tienes —me dice, pero yo tardo un rato en aceptar el vaso.

Me he quedado pillada, como un insecto atrapado en ámbar. Porque no iba a decirle ese nombre, aunque es el único

que he usado durante los últimos cuatro años. Aunque es mi primera defensa. Aunque juré que dejaría oculta mi verdadera identidad y el pasado que conduce hasta ella. Pero, por alguna razón, he estado a punto de exhumarlo.

Siento que se me rompe la voz cuando le doy las gracias a la barista. Como si alguien hubiera dejado huecas las palabras. Como si las hubieran vaciado y rebañado.

Y, cuando me vuelvo hacia el desconocido, parece que a él también le han arrebatado hasta el último atisbo de luz.

Nos quedamos callados mirándonos el uno al otro en silencio, un momento suspendido que parece alargarse una eternidad. No solo me mira fijamente, sino que mira fijamente en mí. Como si detrás tuviera un tigre que está dispuesto a clavarme las uñas.

A lo mejor soy una paranoica. Puede que el escalofrío que me recorre la piel no sea nada. Ha habido muchos momentos de «nada» en los últimos años. Cuando alguien ha visto las mismas cosas que yo, es fácil pensar que todo el mundo es un monstruo acechando tras una máscara. Así que podría ser solo un instante extraño. Un retraso raro. Bien sabe Dios que durante los últimos minutos mi comportamiento ha sido más insólito que el de este tío.

Después de todo, la asesina soy yo.

Un recuerdo sale a la superficie. Unos buitres en un árbol seco. Salieron en desbandada cuando me arrastraron bajo las ramas que se alzaban hacia el cielo como unos dedos blanquecinos y retorcidos.

—Vienen a por tus huesos —me dijo el hombre que me tiraba del pelo para arrastrarme por la tierra y la hierba del prado. Le clavé las uñas en las manos. Grité. Él no hizo más que reírse—. No dejarán ni una migaja.

«No seré yo», me repito cuando el recuerdo se desvanece tan rápido como ha aparecido. Ahora la asesina soy yo. Soy la que lleva un trozo de pierna de un muerto en el bolso envuelto como si fuera un miserable bocadillo. Así que a lo mejor este tío sin nombre está tardando en reaccionar y se aclarará dentro de un segundo. A lo mejor solo es un leve contratiempo.

Y me hubiera convencido a mí misma de ello si él no hubiera tardado demasiado en parpadear para quitarse esa expresión letal que le ha cubierto los rasgos. Vuelve a sonreír. Pero el gesto no le llega a los ojos. Doy un paso a un lado para alejarme de este tío y de la vitrina de cristal que tengo detrás. Cuando trago saliva, se le van los ojos y sigue mi movimiento. Le brillan las pupilas, pero no desprenden una luz muy tranquilizadora.

—Encantada de conocerte —digo. Mis palabras tienen un deje glacial. No puedo pasar por alto el instinto que ha estallado de repente. No lo ignoraré. Tengo que cortar esto de raíz—. Disfruta del avistamiento de aves. Espero que encuentres lo que estás buscando.

No le doy la espalda. Al menos hasta que no me estampo con otro cliente y me veo obligada a apartar la vista para mascullar una disculpa. Y, cuando me giro de nuevo hacia el turista, sigue observándome.

Pero se le ha borrado la sonrisa.

DECLIVE

Nolan

Voy de la puerta al vestidor. Del vestidor a la puerta. De la puerta a la ventana que da al mar. Vuelvo otra vez.

Pero da igual cuánto camine de un lado para otro, no se me va el nudo de incomodidad que me arde en las entrañas. No sé qué es lo que más me molesta. ¿La interacción que hemos tenido antes de que la barista dijera su nombre? ¿El tono rojizo de sus mejillas cuando se equivocó al decirme el nombre del bocata que llevaba en la mano? ¿El modo en que me ha sonreído con los ojos brillantes? ¿La expresión de vergüenza cuando ha bajado la mirada y se ha colocado un mechón de pelo detrás de la oreja?

¿O lo que me molesta es que me he dejado arrastrar del todo por su hechizo y no me he dado cuenta de a quién tenía delante?

¿O es algo más siniestro lo que me reconcome hasta el punto de que me duele a nivel físico? ¿Es la necesidad de agarrarla del cuello y apretar hasta que una confesión desesperada se le escape de los labios? Tengo que sonsacárselo. Que lo admita. Es la pieza que me falta del puzle. Necesito escucharla contar cómo se sucedieron los acontecimientos desde su punto de vista. Tuvo que haber visto el miedo en mi rostro un segundo antes de arrollarnos en la oscuridad. Su coche a toda

velocidad. El grito de terror de mi hermano. Mi cuerpo que aún no había perdido la consciencia. Un único instante imborrable que nos marcó la vida para siempre.

Y entonces ella me dejó allí. Solo. En la oscuridad.

No sé por qué, pero no la he reconocido. Llevo cuatro años planeando el primer encuentro con Harper Starling. Me había imaginado cómo se desarrollaría hasta el último segundo.

Y no es así cómo ha sucedido en absoluto.

Me siento en el borde de la cama, saco el portátil de la mesilla de noche y me lo pongo en el regazo. Cuando inicio sesión, abro la carpeta de Harper Starling. Hago clic en la primera foto. Es la que sacaron de sus redes sociales los medios de comunicación en Calvert County, Maryland, cuando informaron de su presunta muerte y de que era la culpable del atropello con huida. Yo también me creí que había fallecido… al principio. Como todo el mundo. Era lógico que hubiera muerto, que las mareas y las corrientes de la bahía de Chesapeake sacaran el cuerpo del coche. Pero encontré otro dato crítico cuando buscaba información para averiguar más sobre la mujer que nos atropelló a mi hermano y a mí y luego dejó que muriéramos.

Unas horas antes de que el vehículo se hundiera en el fondo del mar, alguien retiró del banco todos los ahorros de Harper Starling.

Observo la pantalla achicando los ojos. La tía no subía muchas fotos suyas a internet y las pocas que publicaba estaban hechas desde lejos o las editaba con un montón de filtros, como esta. Sin embargo, el pelo oscuro y la piel clara son similares. ¿Será el flequillo lo que me ha descolocado? ¿Las leves ondas de los mechones color chocolate? Porque el resto de detalles parecen casi los mismos. La forma de la cara. El tipo de cuerpo, al menos lo que se ve. Es todo congruente también con la siguiente foto, aunque con ese ángulo y esa luz me cuesta aún más señalar lo que provoca que sus rasgos sean distintivos. Pero, en persona, Harper tiene algo que parece diferente de la imagen estática… Algo encantador y misterioso que me ha cautivado de inmediato.

Me quedo contemplando las fotografías durante demasiado tiempo. No entiendo cómo he podido malinterpretar la familiaridad que he sentido cuando la he conocido en la cola de la cafetería. Le seguí la pista hasta al último retazo de información que pude encontrar de Harper. Y eso que no hay mucho sobre ella. Una mención en un concurso de jardinería en *El Cronista de Cabo Masacre*. Una foto pixelada por allá. Pero consumí esos detalles como si mi vida dependiera de ello. Y así fue en las horas más oscuras. Cuando el sufrimiento y la pena amenazaban con destruirme, perseguir a Harper Starling era lo único que me mantenía con vida.

«¿Cómo narices he podido equivocarme tanto cuando la he visto?».

Cierro el portátil de un manotazo y lo lanzo sobre la cama antes de dirigirme a recepción. A cada paso que doy, intento deshacerme de esta maraña de incomodidad bajo la máscara agradable y nada amenazante que llevo puesta.

Cuando me detengo ante el mostrador, oigo los ronquidos que provienen del cuarto lateral. Suspiro y toco el timbre; un instante después, Irene se acerca arrastrando los pies.

—Señor Rhodes.

—Puede llamarme Nolan, señora.

La mujer asiente una vez.

—Nolan. ¿Necesita algo?

—En realidad, quería pedirle consejo. Estaba buscando un sitio donde comer y me pasé por Un Grano Náufrago. He es-

tado hablando con una chica que se llama Harper. ¿La conoce?

—Sí, Harper Starling. Menuda mano tiene con las plantas, hace magia.

—¿Se dedica a la jardinería? —le pregunto como si no lo supiera ya.

—Se encarga de casi todo el paisajismo del pueblo. Lleva dos años seguidos ganando el premio a mejor jardín con el de la mansión Lancaster. Creo que todavía estarás por aquí cuando empiece a florecer de verdad. Cuando la gente ve el jardín más grande de la comarca, se quedan «oooh» y «aaah», pero el que tiene detrás de su casita, al sur de la propiedad, también es encantador.

Bingo. El único detalle que no había sido capaz de descubrir era dónde vive.

Parece que a Irene se le disipa un poco la neblina de las cataratas y los ojos le revolotean, cosa que no me gusta ni un pelo. Para nada.

—Es una dulzura de niña.

—Estoy seguro.

—¿Qué le gustaría saber? —pregunta y, justo cuando estoy a punto de soltarle alguna respuesta falsa sin sentido, pues no me ha costado nada que me cuente lo que quería saber, se abre la puerta del hotel. Ambos nos volvemos hacia un hombre que entra peleándose con una maleta de ruedas enorme y una mochila. Pero lo que me llama la atención es el tercer bulto: una funda que lleva cruzada con el logo de Canon bordado.

—Ah, señor Porter —saluda Irene mientras el recién llegado se acerca arrastrando el equipaje. Tendrá mi edad, puede que treinta y pocos, y lleva el pelo rubio corto cubierto por una gorra de béisbol que tiene un logo plateado bordado. «Producciones Porter», dice, lo que activa las alarmas en las profundidades de mis pensamientos más oscuros—. ¿Cómo le va?

—No me quejo, gracias, Irene —responde él y me saluda educado con un gesto de la cabeza antes de volverse hacia la anciana—. Aunque me iría mejor si el piloto del dron hubiera podido venir. No tiene usted ni idea de lo que me costó que me dieran todos los permisos y el visto bueno.

Se me ocurre una idea.

—¿Piloto de dron? —pregunto.

Una extraña reserva de precaución le cruza el rostro al desconocido y coge aire como si fuera a lanzarse de cabeza a dar una explicación, pero Irene se le adelanta.

—El señor Porter está grabando un documental —cuenta—. Se quedará aquí las próximas semanas y el chico que lleva el dron se ha puesto enfermo, así que no ha podido venir. —Irene hace un gesto solemne con la cabeza y chasquea la lengua—. Es una pena que se eche a perder un día tan estupendo. Ya sabe lo que dicen: «Si no te gusta el tiempo que hace en Masacre, solo tienes que esperar un par de horas a que cambie».

Me pregunto si este tío estará pensando lo mismo que yo: que las reseñas del hostal El Cabo dan en el clavo cuando dicen que Irene se entera de toda la vida de los clientes.

—Apuesto a que no sabías que en Masacre hay un analista de la CIA retirado. —Lo pongo a prueba tendiéndole la mano—. Soy Nolan.

El hombre acepta la mano que le ofrezco y me la estrecha con fuerza.

—Sam Porter. Ni confirmo ni desmiento que esté en la lista de personas de interés de la CIA en Cabo Masacre.

Aunque le muestro una sonrisa relajada, sé que todavía no lo he convencido del todo. A lo mejor ha sido porque me he

entusiasmado demasiado preguntándole por el dron. O a lo mejor es la emoción que intento que no se me note en la cara con todas mis fuerzas. Me cuesta que no se me cuele en la voz cuando digo:

—Sé un par de cosillas sobre llevar drones. A lo mejor te puedo echar una mano si lo necesitas.

Casi veo que las reservas se disipan de la expresión de Sam.

—Vaya, ¿en serio?

—Trabajo en búsqueda y rescate. Solemos usarlos bastante. —Me encojo de hombros e intento parecer impávido, a pesar de que me estoy emocionando de las ganas—. Si quieres grabar hoy y necesitas que te eche una mano, tengo todo el tiempo del mundo. Tú avísame. Estoy en la habitación 117.

Me despido con una leve inclinación de cabeza y me obligo a alejarme con una expresión neutra. Avanzo con las manos metidas en los bolsillos. Camino despacio.

Apenas he dado tres pasos cuando Sam me llama.

—Ey…, ¿sabes? Me encantaría aceptar la oferta, si hablas en serio. Si no estás ocupado, claro.

La sonrisa que le lanzo a las sombras del pasillo que tengo delante no es la misma que le dirijo a Sam cuando me doy la vuelta para mirarlo.

—Será un placer.

Espero a Sam en recepción mientras lleva las cosas a su cuarto y vuelve quince minutos después con una funda de plástico duro y una mochila. Cuando estamos a punto de salir por la puerta, oímos la voz de Irene detrás. Habla con un tono alegre y vacilón:

—Disculpe, ¿qué quería preguntarme? ¿Algo sobre Harper Starling…?

—Nada, señora. —Le hago un gesto de agradecimiento con la cabeza sin cambiar la expresión afable y tranquilizadora, a pesar de la emoción que me bulle por dentro—. Gracias por su ayuda.

Con poco más que un asentimiento, nos despedimos de la dueña del hostal y echamos a andar hacia el faro. Aunque está en dirección contraria al centro y la posible localización de Harper, sé que sigue siendo un punto alto en la topografía del pueblo y, si tengo suerte, podré acercarme lo suficiente con el dron a la mansión Lancaster y verla.

—¿Así que eres especialista en búsqueda y rescate? —pregunta Sam conforme bajamos por la carretera del faro. Asiento—. No se conoce a alguien así todos los días. ¿Por qué decidiste dedicarte a eso?

Como si esa fuera la señal que estaba esperando, siento un pinchazo en el hombro que me recuerda que en realidad nunca podré olvidar las heridas que me atormentan, ni siquiera cuando consigo enterrarlas en el fondo de la mente.

—Era bombero. Tuve un accidente. No pude seguir trabajando cuando salí del hospital. —Me encojo de hombros y me toco la cicatriz, debajo de la cual tengo placas y tornillos clavados en el hueso—. Búsqueda y rescate era una buena opción. Me fui a trabajar al Parque Nacional de las Grandes Montañas Humeantes y nunca miré atrás. Me paso muchas horas con el dron —digo señalando la funda negra con la cabeza—. No lo uso solo para las búsquedas, sino también para mapear peligros de los senderos, en plan prevención de accidentes y tal.

Sam se ríe por lo bajo, calándose más la gorra de la visera para protegerse del sol.

—Puede que tengas más experiencia con este trasto que el chico que me iba a acompañar. Serendipia, supongo.

—Irene ha comentado que estabas haciendo un documental, ¿no? —inquiero y, aunque no me mira, él sonríe con los labios apretados—. ¿De qué va?

Los ojos azul cristalino se vuelven hacia mí. Casi se está aguantando la sonrisa para no soltarle todos sus secretos a un desconocido.

—Es una especie de *true crime*. —Me mira de nuevo, sopesando mi reacción. Cuando decide que he demostrado la cantidad exacta de preocupación y de intriga, alarga la sonrisa—. Este sitio puede parecer un pueblecito pintoresco que ha encontrado el modo de sacarle partido a su nombre, pero digamos que todo lo macabro que lo envuelve no es solo para aparentar.

—¿Qué quieres decir?

—¿Alguna vez has oído hablar de un asesino en serie que se llama La Pluma?

El nombre me resulta un tanto familiar; aun así, sacudo la cabeza, ya que Sam parece emocionado ante la perspectiva de ilustrarme. Se saca el móvil del bolsillo, abre el navegador y busca La Pluma, luego me tiende el dispositivo para que vea el retrato policial de un hombre.

Tiene el pelo corto peinado hacia un lado y unas gafas de montura negra que le enmarcan los ojos sin alma.

—Tenía un método muy popular —dice Sam guardándose el teléfono. Señala con la cabeza el sendero que surge en la acera por la que vamos andando; un cartel pintado en un trozo de madera machacado por el tiempo indica: «Pico de la viuda»—. Inmovilizaba a sus víctimas y les escribía cosas en la piel con una pluma. Las dejaba con todo el cuerpo cubierto de textos. Y, cuando terminaba, las mataba. Hace casi treinta años, asesinó aquí a una mujer y, de repente, desapareció… sin más. Pero no creo que los crímenes hayan acabado en Cabo Masacre. Desde entonces, de vez en cuando, desaparece gente que ha pasado por aquí. A veces, desaparecen en un pueblecito cercano después de venir. Otras, parecen hacerlo en el propio pueblo.

Miro a mi alrededor como si pudiera surgir alguna pista de esa roca yerma que se encuentra delante de nosotros.

—Y ¿qué…? ¿No los han encontrado?

Sam sacude la cabeza.

—No. Se han desvanecido sin más. Sin dejar rastro. Sin que se vuelva a saber de ellos. Y tampoco es que la policía esté dispuesta a indagar demasiado, ¿sabes? Un criminal y asesino en serie que desapareció mientras estaba de visita no aporta mucho al negocio turístico. Puede que a la gente del pueblo le molen las connotaciones turbias del nombre, pero no quiere que nadie piense que todo eso es real.

Apartamos la atención del sendero cuando un autobús avanza lentamente por la carretera de camino al faro y el museo cercano. A pesar de que acaba de empezar la temporada alta, parece que el vehículo va hasta los topes: tras los cristales tintados se ven siluetas en casi todos los asientos.

—Las leyendas urbanas vienen bien para el negocio, siempre y cuando no sean más que eso: leyendas —puntualiza mi acompañante.

Nos detenemos en un saliente rocoso a mitad del camino que conduce hacia el acantilado. En la distancia oigo el rugido rítmico de las olas contra las piedras, la percusión de una batalla infinita entre la tierra y el mar.

—Pero la leyenda es lo que me ha traído hasta aquí —dice Sam quitándose la funda. Me dedica una mirada sombría y cargada de decisión que me recuerda a la que algunas veces veo en el espejo.

—Creo que alguien muy especial desapareció en Cabo Masacre. Intuyo que La Pluma también la mató aquí. Y así es como voy a abrir en canal este sitio.

No le pregunto qué quiere decir. Ya sé que no me lo va a contar, sobre todo por la sonrisa tensa que me ha lanzado, como

si me hubiera dado migajitas suficientes para despertar mi interés y luego negarme la comida completa. Si quiero descubrir sus secretos, voy a tener que esperar. Me da la impresión de que es una de esas personas a las que les motiva el desinterés. Si cree que estoy demasiado ansioso, lo asustaré y se cerrará. Así que mejor me quedo en silencio mientras él prepara el dron y se centra en los aspectos técnicos y en el tipo de tomas que quiere. Piloto el aparato por encima del pueblo pintoresco.

Apenas consigo contener el subidón de triunfo que me recorre las venas cuando la cámara divisa a Harper Starling paseando por una calle secundaria no muy lejos de la cafetería donde nos hemos conocido. Lleva una bolsa de tela gruesa al hombro, un par de auriculares puestos y una sudadera enorme con capucha que casi le llega al borde de los pantalones de ciclista cortos. Parece que va a entrenar y, justo cuando gira en la acera que lleva a la entrada del gimnasio, un tío sale del edificio. Es un chulo de playa con pinta de capullo que va directo hacia ella. Ella, en cuanto lo ve, se quita los auriculares, dibuja una sonrisa y se detiene. Cuando él la abraza, la euforia que sentía se me vuelve polvo en las venas.

—Vamos a sacar algunas tomas de la zona sur, hay un casoplón enorme a las afueras del pueblo —me explica Sam, aunque apenas registro sus palabras. El corazón se me ha subido a la garganta; intento no ahogarme al ver a Harper y al tío separarse del abrazo. Él la sigue sujetando por los brazos. Me encantaría arrancárselos hueso a hueso y dárselos de comer con esa sonrisa despampanante que está lanzándole a la chica. Me gustaría…—. ¿Nolan…? ¿Hacia el sur?

—Sí, lo siento. Supongo que me he quedado ensimismado —me disculpo con un deje de vergüenza en la voz.

Sam asiente y luego se pone a parlotear sobre unas referencias vagas que le dio un grupo de investigadores aficionados en el que está, como si quisiera contarme más cosas, pero no estuviera preparado. Le lanzo un último vistazo a Harper y a su acompañante, un último estallido de furia me recorre la piel, y me alejo con el dron.

Grabamos algunas tomas del resto del pueblo. Otras de los jardines enormes y de la austera mansión de piedra Lancaster, una finca histórica que se cierne sobre el pueblo como un castillo funesto. Varias de la casa anexa que hay al sur de la propiedad, casi oculta por los robles y los olmos. También de los acantilados que se hunden en el mar. Y cuando empieza a gastársele la batería al dron, lo vuelvo a traer al saliente rocoso para guardarlo. Aunque me esfuerzo por mantener una conversación con Sam, siento que es justo eso. Un esfuerzo. Cuando regresamos al hostal, estamos los dos cansados y rabiosos, y yo me paso el resto del día intentando aplacar el enfado.

Pero no lo consigo.

Solo hay una cosa que me aliviaría de este tormento incesante: encontrar a mi presa.

Y gracias al chivatazo que me ha dado Irene sobre el jardín que tiene Harper en la mansión Lancaster, imagino que quizá sea el mejor punto de partida.

Está oscuro y hace fresco cuando salgo del hostal El Cabo con mi mochila de herramientas y armas. Me dirijo al sur, ciñéndome a las callejuelas poco iluminadas, no por la carretera principal que recorre el centro del pueblo. He memorizado el mapa lo suficiente para saber exactamente adónde tengo que ir, y las vistas aéreas de la propiedad que me ha proporcionado el dron han sido de mucha ayuda, eso está claro. Me pongo la capucha cuando me acerco al muro de piedra que rodea el perímetro de la extraña finca y reduzco el ritmo al pasar por la entrada principal; una puerta de hierro forjado

impide el paso al sendero que conduce a la mansión. Sigo caminando, giro la esquina para rodear la manzana y me dirijo hacia la otra entrada que hay en el suroeste. Esa también está cerrada con una cadena y un candado, pero antes hay una pequeña cancela que lleva a una pintoresca casita de piedra. La puertecilla está abierta. Y las luces, encendidas.

Aprieto los puños en los tirantes de la mochila.

Me adentro en la propiedad. Despacio. Metódico. Sin apartar los ojos de la casa anexa, me deslizo entre las sombras a la izquierda de un jardín enorme, sigo el sendero decorativo hasta una hilera de arbustos y árboles. Hay un semimuro de piedra y lo salto con la cabeza agachada, sin alejarme de la oscuridad. Y entonces me acerco más al edificio.

El muro bordea la casa anexa, los jardines y el césped que se extiende a ambos lados. Tras el edificio, hay robles maduros y más jardines, una mezcla de plantas ornamentales en algunas secciones y verduras en otras, aunque esta parte parece más bien que está a medias, ya que hay una trituradora de madera y un pequeño tractor aparcado junto a un montón de piedras. Hay otra puertecita en la pared que conduce al patio trasero; apenas la veo porque las ramas de los árboles la ocultan casi del todo. Me imagino a Harper trabajando ahí en verano, el sol cubriéndole la espalda desnuda. Las perlas de sudor en su piel. La fuerza de sus brazos esforzándose al máximo al aire libre. El sonido de su voz cuando habla consigo misma. O a lo mejor me habla a mí.

Me imagino agachándome para agarrarla del cuello y estrangularla hasta que confiese. Esas palabras que llevo cuatro años esperando escuchar. Palabras como…

—Sí, cariño. Acércate un poco más.

La respiración se me queda atrapada en el pecho. Ni siquiera parpadeo. Mis extremidades se debaten entre luchar o huir.

—Joder, sí, enséñame esas tetas tan bonitas —susurra la voz de un hombre entre las sombras de un roble extenso—. Muévete un poquito a la izquierda. Eso es.

Harper debe de estar fuera, en el patio, con alguien. A lo mejor el mentecato del gimnasio. A lo mejor están follando bajo las estrellas. A lo mejor ella está arrodillada delante de él. La imagen se me graba a fuego en la mente en cuanto la idea se me pasa por la cabeza. Me deja marca. Sabor a cenizas. Olor a rabia.

Aprieto los puños.

Una parte de mí quiere marcharse. Debería dejar lo de vengarme para otro día. Pero cuando me imagino a Harper con ese imbécil de campeonato, sea quien sea, me irrito tanto que sé que no puedo fiarme de que me encargaré de las cosas de manera limpia. A esta tía, que ha destrozado vidas, no debería permitírsele cometer errores catastróficos sin sufrir las consecuencias, ni tampoco disfrutar de placeres tan sagrados como el amor y la intimidad. Sin embargo, por mucho que tenga ganas de hacernos a todos un favor y eliminarla de la faz de la tierra, no quiero que eso acabe provocando mi propia muerte. Y hay más probabilidades de que eso pase si los tortolitos están fuera.

Doy un paso atrás. Los guantes de cuero crujen cuando se me tensan los puños.

—Ahora saca el juguete de la bolsa. Qué buena chica, joder.

La columna vertebral se me queda rígida.

Ella no está fuera con él, para nada. Está dentro. Puede que ni siquiera sepa que hay un tío aquí fuera.

Avanzo hacia delante despacio, cada paso es lento y metódico. Consigo distinguir la silueta de un hombre agazapado bajo un roble en el otro extremo del muro del jardín. Dentro de la casa las luces están encendidas y, aunque no veo lo mis-

mo que él, me lo imagino. Me acerco un paso a hurtadillas. Otro. La sangre me ruge en los oídos. Los dolores que siempre siento en el cuerpo se desvanecen con el aluvión de adrenalina que me corre por las venas. Me detengo y me descuelgo la mochila del hombro para dejarla en el suelo. Me muevo con cuidado. Con precisión. Deslizo la cremallera lo justo para introducir la mano, cada diente que se abre es un tic silencioso. Agarro la primera arma que toco y no puedo evitar sonreír cuando la saco. «El nunchaku».

Dejo atrás la mochila, oculta en la oscuridad.

—Sí, cariño. Justo así —susurra la sombra que hay debajo del árbol.

Aprieto los mangos del arma con fuerza.

El tío no se da cuenta de que me estoy acercando. Un murete de piedra nos separa, pero aun así sé lo que está haciendo. Mueve el brazo de manera rítmica. Bajo la poca luz que llega de la casa, veo que el aliento se le convierte en vaho. Suelta un gruñido mientras se masajea la erección. Cuando miro hacia la ventana, veo un atisbo de Harper, desnuda en un sofá: la televisión le ilumina las piernas abiertas y el vibrador que tiene en la mano.

—Joder, sí —gime el hombre y vuelvo a centrarme en lo que me tengo que centrar.

Se me acelera el corazón. Una mezcla de furia y satisfacción me corre por las venas cuando me acerco lo suficiente y comprendo que sí es él, el imbécil mazado del gimnasio que he visto con la cámara del dron. Separo ambos mangos del nunchaku y tenso el cable.

—Métetelo en ese coño para mí.

La furia estalla en mis células.

Corro hacia delante. La luz de la luna se refleja en el cable fino al pasárselo al tío por la cabeza. Cuando el arma se le desliza por la mandíbula, se le escapa un jadeo de estupor. Intenta apartarse el cable con las manos. Se somete cuando tiro de él hacia atrás, hacia la pared que nos separa. Tengo que contenerme para no ejercer más y más fuerza hasta que el metal se le hunda en la carne… hasta que llegue al hueso.

—Cierra la puta boca —siseo mientras mi víctima trata de pedir clemencia.

Araña con las botas la piedra. Menos mal que el murete nos separa, porque si no seguro que me habría dado una buena patada en las pelotas. Aun así, sería imposible que me hiciera frente. Lo sé. Él también lo sabe. Y por eso suplica. Sus plegarias resuenan contra el cable y yo lo único que quiero es tirar más de los mangos para tensarlo. Un gruñido me vibra en el pecho cuando intenta echar los brazos hacia atrás y arañarme la cara.

—Si te quedas quieto, te suelto.

Aunque se esfuerza por meter los dedos entre el cable y el cuello, asiente temblando. Aflojo la presión lo suficiente para que pueda coger aire.

—¿Q-qué quieres? —tartamudea.

—Tu nombre.

Noto que traga saliva porque los mangos del arma vibran.

—J-Jake. Jake H-Hornell.

Entorno los ojos. Se ha meado encima. Huelo el pis que flota en el aire, mezclado con la hierba fresca y pisoteada, esa colonia barata que lleva y el dulzor de la bebida energética que debe de haberse derramado en algún sitio que no veo porque está oscuro.

—¿Qué haces aquí? —exijo saber.

—¿T-tú qué crees? —Se sacude, vuelve a intentar zafarse de mi agarre. Tiro más del cable y deja de moverse—. Solo estoy m-mirando, ¿vale? Mirando.

Desvío la atención hacia la casa. No veo a Harper desde este ángulo, solo la luz que sale por la ventana.

—¿Ella sabe que estás aquí? ¿Es algún jueguecito que os traéis entre manos?

—N-no. Ella n-no lo sabe. No me acercaré a ella, te lo p-prometo.

La rabia me infecta las venas. Mis muelas protestan por la fuerza con la que aprieto la mandíbula. Su súplica de pánico me retumba contra las palmas, mi sonrisa es una caricia en su oído.

—Entonces ya está —susurro mientras bajo el cuerpo y lo levanto por encima del murete. Siento la tensión de la piel que por fin cede cuando lo saco a rastras de su escondite y lo alejo de la casa. El vapor se alza del torrente de sangre que se vierte en la noche—. Mejor me aseguro de que cumplas tu promesa.

CONFRONTACIÓN

Puede que no haya dormido en toda la noche, pero ha merecido la pena para tener preparada mi sorpresita. Me siento muy espabilado. Mucho más vivaracho que Harper, eso está claro. La veo bajar las escaleras por la ventana del comedor; tiene el pelo recogido en la coronilla con un moño despeinado, el flequillo y algunos mechones sueltos le enmarcan el rostro. Conforme va bajando, apaga las luces que ha dejado encendidas mientras dormía. Me resulta raro que haya dejado hasta las lámparas del dormitorio iluminadas toda la noche. Los pantalones cortos de color gris le envuelven las nalgas y le dejan las piernas al descubierto, las cuales acaban en un par de chanclas de pingüinos. Aunque tampoco es que importe cómo tenga el culo o las piernas. O que pueda verle los pezones por debajo de la fina camiseta de tirantes de algodón cuando se gira un poco hacia mí. Tal vez se me ponga dura la polla al verla pasar a la cocina y que siga mirando desde la siguiente ventana, pero es pura biología. Solo una respuesta automática a estímulos visuales. Nada más.

Verla hacerse el café es una experiencia frustrante. Tiene los ojos medio cerrados y le lagrimean un poco cuando bosteza un par de veces. Apenas consigue completar los pasos

hasta poner la cafetera en los fogones. Cuando tarda más de un intento en enroscar la parte superior a la inferior, casi me dan ganas de meterme en la cocina y hacerlo yo solo para acelerar un poco las cosas. En teoría, el agua tarda dos minutos en empezar a hervir, si bien podrían haber sido dos horas. Sin embargo, he aprendido algo importante en todos estos años de espera: la anticipación de alcanzar nuestro objetivo a veces es mejor que la satisfacción de conseguirlo.

—Aunque a lo mejor esta vez no —susurro mientras ella se sirve el café en una taza con un chorrito de leche. Se lo lleva hacia la puerta que conduce al patio que da al jardín con algo de bollería en la otra mano. Después de todo, hace una preciosa mañana soleada en Cabo Masacre. ¿A quién no le gustaría sentarse al aire libre con un café y un cruasán para ver los pájaros?

Me río para mí al tiempo que echo un vistazo por la esquina de la casa para seguir observándola.

Ha dejado el café en la mesa exterior y se sienta; no levanta la mirada, está concentradísima en el líquido de la taza. Cierra los ojos cuando le da el primer sorbo e inclina la cabeza hacia el sol para disfrutar del simple placer del calor en la piel. Ni siquiera los abre cuando el gañido de un cuervo interrumpe su momento de paz.

El ave vuelve a graznar.

—Shhh, Morfeo —dice ella. Tampoco mira hacia la fuente del sonido, pero yo sí. El corazón me retumba por debajo del esternón—. Dame un minuto, ahora te doy de comer.

Harper se lleva la taza a los labios todavía con los párpados cerrados.

El pájaro grazna aún más fuerte que antes.

Todo parece sucederse a cámara lenta. Ella frunce las cejas. Le da otro sorbo al café, como si se estuviera preparando para meterse en una pelea con el insistente animal. Gira la cabeza hacia el comedero.

El café se le escapa de los labios como un aspersor cuando abre los ojos y por fin lo ve.

El cuervo está en el comedero para pájaros, inclinado sobre el borde para picotearle un ojo a Jake Hornell; el otro ya no lo tiene. El ave saca una tira de carne de la cuenca ocular y la engulle. Aletea y le grazna a Harper, claramente complacido consigo mismo.

—¿Jake...? —susurra la chica.

La alegría me recorre las venas. Me oculto detrás de la esquina de la casa cuando Harper pasa la mirada por el jardín. A lo mejor suelta un chillido de terror. Se cae de rodillas en el suelo con un aire dramático sujetándose la cabeza. A lo mejor sacude los puños hacia el cielo consumida por la culpa. Seguro que como mínimo llora. En cualquier momento...

Echo un vistazo desde la esquina. La tía está de pie, inmóvil, con la cabeza ladeada. Aunque está de espaldas a mí y no le veo la cara, parece que se ha quedado congelada.

Se viene colapso emocional. Estoy convencido.

Harper se acerca un paso al comedero. Otro. Por delante de ella pasa una mosca despacio, dibujando un arco, y aterriza sobre el pómulo de Jake antes de subir hasta la cuenca ocular vacía. Por muy acostumbrado que esté a la grotesca indignidad de la muerte, esto no deja de ser asqueroso. Seguro que a ella también se lo parece. Va a potar. Lo sé. El café y el cruasán van a acabar por todas partes.

Harper baja la mirada al teléfono que tiene en la mano y le da a un contacto antes de poner la llamada en altavoz. Dos tonos después, oigo la voz de un señor mayor que habla bajo y suelta un «hola» brusco.

—¿Has encontrado los zapatos? —pregunta Harper.

Hay una pausa.

—¿Qué?

—Los zapatos. Los Christina Riccis o lo que sean.

—Stefano —ladra el hombre—. Son unos Stefano Ricci, pedazo de pagana.

Aunque no le veo la cara, la chica levanta una mano para contener una risa, como si esa respuesta fuera justo la que esperaba además de divertida.

—Los Stefano Ricci, por supuesto. ¿Los has encontrado? ¿No te los llevarías a… dar una vuelta…?

—¿Por qué iba a darme un paseo con unos Stefano Ricci?

—Yo qué sé, a lo mejor querías hacer una prueba a ver cómo los llevas… Anoche…, por ejemplo.

—Sé más concreta, Harper. Estoy viendo *Notorious;* casi he llegado a la parte en la que Alicia roba la llave de la bodega.

La chica se gira un poco, lo justo para que la vea entornar los ojos antes de volver a recorrer el jardín con la mirada. Apenas consigo contener a niveles inaudibles mi susurro de «¿Qué cojones hace?» cuando la confusión y la decepción me bullen en las venas.

—Vale. ¿Te llevaste los dichosos Stefano Ricci a casa de un tal Jake Hornell y le cortaste la cabeza para traértela de *souvenir*? ¿Eso te parece lo bastante concreto?

Hay una pausa. El cuervo grazna desde el tejado del comedero antes de inclinarse por el borde para seguir picoteando el ojo. El zumbido de la mosca inquieta queda amortiguado cuando se mete en la oscura cavidad del ojo.

—No —niega el hombre al fin.

—¿Estás seguro?

—Sí.

—Eres consciente de que tienes una memoria de mierda, ¿verdad?

—Harper, yo no he matado al señor Hornell. Si esta es una de tus bromas pésimas, como aquella vez que me convenciste de que por fin ibas a dejarme acabar con ese viejo pretencioso de Simon McCarthy que no hace más que hablar por los codos, para luego llevarme a la fiesta de Irene Kennedy cuando cumplió setenta y siete… Como sea lo mismo, nunca te lo perdonaré.

—Si te lo pasaste genial aquella noche. Estás loquito por Irene, admítelo.

El hombre masculla una sarta de argumentos para desmentirlo, que suenan tan forzados y falsos que Harper se mordisquea una uña. Cambia el peso del cuerpo a un pie y se rasca la pantorrilla con la punta del otro, como si la caricia de las chanclas de pingüino la apaciguara. Parece que se va a burlar de la respuesta que le ha dado, pero, después de suspirar hondo, acaba diciendo:

—De acuerdo. Más me vale que me dé prisa.

—Espera…, rebobina un segundo. ¿La cabeza de Jake?

—Tengo que colgar. Te veo a la hora de comer.

—Harper…

Cuelga y se mete el teléfono por el escote para enganchárselo entre las tetas, en el elástico de la camiseta; luego se queda mirando la cabeza cercenada con los brazos en jarras, como si esto no fuera más que un inconveniente.

—Bueno —dice—. Esto es… raro.

¿Cómo que raro?

Casi lo pregunto en voz alta. Me deslizo hacia la sombra del edificio mientras ella se da la vuelta despacio como si fuera a buscar pistas por el jardín. Vuelve a entrar en la casa y me retiro hasta la ventana de la cocina, donde la veo quitarse las chanclas de pingüinos y ponerse unas botas de trabajo. El contraste del cuero desgastado contra sus piernas desnudas y

esos pantalones ridículos hace que me retuerza, pues empiezo a tener otra erección. Intento pensar en otra cosa que no sea esta maldita respuesta física. «Mató a tu hermano», me digo a mí mismo. «Casi te mata a ti. Eso es de todo menos sexi».

Me da la espalda cuando se dirige hacia la puerta. Le miro el culo redondeado en esos pantalones tamaño servilleta y me paso una mano por la cara, como si así pudiera borrar esa imagen de mi cerebro.

—Por Dios santo —siseo. Mi polla no recibe el mensaje cuando la puerta se cierra tras la chica con un portazo estridente.

Apoyo la espalda contra la piedra fría mientras observo cómo Harper pasa por delante de mí para ir hacia la caseta que hay pegada al murete del jardín. No está muy lejos del punto en el que maté a Jake anoche. Si se inclinara sobre la pared, verías las manchas de sangre en la hierba, justo pasando las hortensias. Pero no lo hace. Lo que sí hace es desaparecer dentro de la caseta y salir poco después caminando con grandes zancadas decididas. Lleva unos guantes de jardinería en una mano y un espray en otra. Vuelve al comedero para aves y deja el bote naranja a sus pies para ponerse los guantes. Luego extiende las manos para sacar la cabeza que he encajonado entre el tejado y la plataforma.

Qué.
Me.
Estás.
Contando.
Cuando me asomo un poco más por la esquina, la veo agarrando la cabeza por las orejas para sacarla. Siendo justos, la he metido a conciencia. Me preocupaba que algún mapache pudiera subirse al árbol y estropearme el trabajo mientras yo volvía al hostal a por más material. He tardado varias horas y

varios viajes en descuartizar el cuerpo de Jake Hornell y llevarlo a donde lo enterré junto al río Ballantyne, un lugar que elegí hace meses consultando mapas topográficos, el sitio que pretendía usar para deshacerme del cadáver de Harper. No creo que mi instrucción como bombero y agente de búsqueda y rescate estuviera pensada para que recorriera tres kilómetros cargando con una mochila llena de miembros mutilados y una pala plegable, pero al menos fue una buena sesión de entrenamiento.

Y no soy el único que está haciendo ejercicio.

—Joder… sigue… las… instrucciones…, Jake —sisea Harper con los dientes apretados mientras tira y empuja la cabeza hasta que por fin esta se mueve lo suficiente para poder desencajarla. Chilla cuando se le cae en el pecho, si bien es más un sonido de irritación que el terror abyecto que me esperaba—. ¿Desde el más allá también, Jake? ¿En serio? Menuda mierda, tío.

Es que… no lo entiendo. Y, siendo sincero, estoy un tanto cabreado. Me he pasado la noche descuartizando a ese capullo y llevándomelo a otro lado y ni siquiera he terminado, hostias. Todavía llevo a la espalda una mochila llena de partes de su cuerpo. Se tarda un huevo en hacer trocitos a una persona en la oscuridad sin despertar a tu enemiga. Y mi intención era que montara un numerito. Gritos. Lágrimas. Horror. Pánico. Pero lo que he conseguido arrancarle parece más bien una leve confusión con trazas de molestia, como si esto no fuera más que un inconveniente inoportuno que ha interrumpido su rutina matutina. Está ahí plantada sin más, impávida en apariencia, con la cabeza agarrada, estudiando fijamente las cuencas vacías y ensangrentadas donde antes estaban los ojos.

El cuervo grazna desde la rama de un manzano cercano.

—¿Te importaría ponerme al día? —le pregunta al pájaro, que vuelve a graznar, aunque juraría que mira hacia donde estoy—. Con la cantidad de comida que te doy, creo que deberías empezar a contribuir con algo más que con las baratijas que traes de vez en cuando.

Harper se gira un poco en mi dirección, sin volverse del todo hacia donde estoy ni darse cuenta de que la observo desde las sombras, está centradísima en la cabeza que sostiene entre las manos. Tiene dos manchas de sangre en la camiseta que le han hecho las cuencas oculares cuando se le ha caído encima del pecho y me siento casi abrumado por las inesperadas ganas que me invaden de resucitar a ese imbécil de gimnasio para volverlo a matar.

Sacudo la cabeza para intentar alejar esos pensamientos intrusivos que parecen apoderarse de mí cada vez que miro a Harper. Puede que solo sea el deseo de reclamar a mi presa. Está claro que ese pervertido era una amenaza. No es más que algo biológico. Soy como cualquier otro superdepredador; no estoy dispuesto a ceder mi próxima comida ni un pedacito de seguridad en este mundo implacable.

—Parece que has tenido una noche muy movidita —le dice Harper a la cabeza, girándola para examinar los bordes de la piel arrancada.

Como estaba oscuro no lo pude ver bien, pero debe de tener marcas del hacha en las vértebras. Ella suelta un «mmm» bajo y pensativo, clava un dedo enguantado en la carne, lo retira e inspecciona el hueso mientras gira la cabeza hacia la luz. Arruga la nariz. Da la sensación de que está deliberando. Cuando parece que ha llegado a algún tipo de conclusión, se encoge de hombros y, aunque por la cara que pone no se la ve muy convencida, asiente con un gesto de decisión mirando a Jake Hornell.

Y luego, para mi horror, olfatea la cabeza.

En un segundo, se aleja. Aparta la cabeza todo lo que puede con una mezcla de asco y confusión en el rostro.

—Qué grima —susurra.

¿Quiere hablar de cosas repugnantes? Yo le daré cosas repugnantes.

—No podría estar más de acuerdo —digo saliendo de mi escondite.

Levanto las manos cortadas de Jake y aplaudo despacio cuando Harper se da la vuelta para mirarme. Sigue agarrando la cabeza con las manos enguantadas. Tiene los ojos del color del acero más afilado; la sorpresa y la confusión revolotean en ellos por un instante. El estupor enseguida se convierte en una mirada asesina dispuesta a arrancarme la piel de los huesos.

—El tío del fiambre —sisea.

Le dedico una sonrisa oscura y perversa, y ella entrecierra los ojos.

—¿Así es como me recuerdas? ¿«El tío del fiambre»? Bueno —me doy golpecitos en la mejilla con un dedo de Jake en un gesto pensativo—, tiene sentido, viniendo de ti.

Me acerco un par de pasos más, pero me detengo en cuanto veo que se queda rígida del miedo. ¿Por qué me he detenido de una forma tan abrupta? No tengo ni idea. No es más que una respuesta innata, el triunfo de la materia sobre el espíritu. Y mi espíritu me dice que esta es la persona que he estado buscando. El alma que he venido a segar. Si acaso, lo que debería costarme sería no lanzarme encima de ella para estrangularla. Es lo mínimo que se merece.

Me obligo a avanzar otro paso hacia ella.

—¿Quién es Arthur?

A Harper se le ponen las mejillas rojas.

—Pero tú… —esquiva mi pregunta—. ¿Acaso me estás stalkeando?

—No te estoy stalkeando, estoy cazando. Él sí que te estaba stalkeando.

Señalo la cabeza que no ha soltado en ningún momento. Levanta las cejas mientras intenta averiguar lo que está pasando. Cuando vuelve a mirarme, ladea la cabeza; la suya.

—¿Lo has matado por mí…? ¿Para… protegerme…?

Abro y cierro la boca, pero no emito ningún sonido.

No.

… Está claro que no.

Me siento como si me hubiera estampado de morros contra una pared. Esta tía no es para nada como me esperaba. Todo esto no ha salido para nada como me esperaba.

—Escucha —bajo las manos cercenadas—, si vamos a ser enemigos acérrimos, creo que tenemos que mejorar nuestras habilidades de comunicación.

—¿Por qué quiero ser tu enemiga?

—¿A lo mejor porque acabo de matar a Jake, el tío del que estás coladita, y te he dejado la cabeza en el comedero para pájaros…?

—A mí no me gusta Jake.

Suspiro.

—Empiezo a darme cuenta.

—Si me estás stalkeando…

—Estoy cazando…

—Pues lo estás haciendo como el culo, porque está claro que no te has dado cuenta de que Jake Hornell es un puto pervertido. De ahí su mote: Jake Manoslargas. En realidad, creo que me acabas de hacer un favor. —Se encoge de hombros fingiendo una indiferencia que no le llega a esa mirada fulminante—. A lo mejor podemos ser amigos.

—No somos amigos.

Harper suspira, como si me estuviera dedicando a hacerle perder el tiempo, otro inconveniente que tiene que sortear para volver a esa vida de mierda que tiene.

—Me lo imaginaba. Bueno, pues ilumíname. ¿A qué has venido?

Me acerco un paso.

—¿De verdad no te acuerdas de mí?

—Te gusta el té en bolsas y los bocatas de pavo. —Recula un paso—. Creo que te recuerdo con bastante claridad, sí.

—Esa no fue la primera vez que nos vimos.

Harper me recorre el rostro con la mirada, deteniéndose en los contornos de mis rasgos tan despacio que siento que sus ojos me acarician la piel.

—Supongo que te dejé marca.

Me río. Es la primera carcajada real y desinhibida que suelto desde hace mucho tiempo, ahora que lo pienso. Igual que la sonrisa que se me escapó ayer en la cafetería cuando tonteé con ella; fue la primera vez desde el accidente que el corazón me dio un vuelco en el pecho. Me había olvidado de cuánto echaba de menos esa sensación, esa que te recorre entero, como si estuvieras en lo alto de una montaña rusa y de repente cayeras en picado.

—Se podría decir que sí —consigo articular por fin cuando se me apaga la risa. Resulta evidente que a ella no le parece tan divertido como a mí y me sorprende un poco que esto no haya avivado su recuerdo.

—Bueno, creo que hemos dejado claro que no tengo ni puta idea de quién eres y, al contrario de lo que piensas, no nos hemos visto antes. Así que gracias, supongo, por hacerme, obviamente sin pretenderlo, un favor por el que podrías ir a la cárcel de por vida. Pero, a no ser que quieras quedarte

a hablar de nuestras aficiones mientras desayunamos —levanta la cabeza de Jake—, quizá deberías marcharte.

Aprieto aún más las muñecas ensangrentadas del muerto. Harper parece sentir la amenaza, cataloga al segundo cada cambio que se produce en la tensión de mis músculos o la furia de mis ojos, o la sonrisa oscura y despiadada que esbozo.

—Creo que justo ahora no voy a ir a ninguna parte —digo acercándome otro paso.

Solo unos pocos más me separan de ella. Con un movimiento rápido, la tendré entre mis garras. Me obligo a recordarme que todavía no es el momento… aún quedan un par de semanas. Pero es tan tentadora la idea de abalanzarme sobre ella ahora mismo. Le sacaría esas palabras que estoy deseando escuchar a fuerza de estrujarle esa garganta tan delicada: «Es mi culpa».

—¿Harper? —la llama una voz de mujer desde dentro de la casa.

La susodicha abre los ojos como platos. Despega los labios formando un «oh» silencioso.

—¿Quién cojones es esa? —siseo, pero la puerta de la cocina ya se está cerrando y los pasos de alguien se acercan desde la esquina exterior de la casa.

El cuervo grazna y alza el vuelo desde su percha en lo alto del comedero para esconderse entre las ramas del roble, como si no estuviera dispuesto a ser cómplice del crimen que sin duda provocará nuestra inminente desaparición. ¿Y Harper y yo? Parece que no podemos hacer más que mirarnos fijamente, ambos nos hemos quedado congelados.

—Aquí estás —dice la mujer girando la esquina de la casa, lleva un libro entre las manos y apenas levanta la mirada cuando entra en el jardín. Me saluda con la cabeza antes de volver a centrarse en el libro—. Buenas.

Le suelto un débil y escueto «hola» mientras me escondo las manos cercenadas a la espalda. Pero Harper no es tan rápida. Sigue aferrada a la cabeza y, en lugar de intentar deshacerse de ella, se pega la cara al pecho y la abraza.

—Hola, Maya —chilla.

La aludida levanta la vista. Tiene unos ojos color obsidiana que entrecierra tras la montura dorada de las gafas cuando ve la cabeza y enseguida mira a Harper a la cara.

—¿Este año participas en la carrera de coches sin motor?

—Ah… sí. Supongo que sí.

La sonrisa de Harper es demasiado resplandeciente. Demasiado forzada. Baja rápidamente a la cabeza que tiene todavía contra el pecho antes de volver a centrarse en la visitante inesperada—. Se me ha ocurrido que podría… ya sabes —le da unos golpecitos en la coronilla a Jake—, lanzarme de cabeza.

Se encoge de lo malo que ha sido el chiste y Maya ladea la cabeza (la suya) como si intentara descifrar a Harper. Pero Harper Starling es peligrosa. Quizá más de lo que me imaginé aquella noche que acabé tirado en la carretera, esforzándome por seguir consciente mientras ella se alejaba de las vidas que había destrozado para siempre. Si quisiera, podría matar a la recién llegada sin ningún problema. Maya es diminuta, tiene una estructura casi frágil, unas largas trenzas negras le caen por la espalda hasta las caderas, el olor a naranja e hibiscos la envuelve como un halo dulce.

Pero otra intrusa indeseada se abre paso en mi mente, una idea que hace que me dé cuenta de algo. Por mucho que necesite proteger a Maya de Harper, también tengo que proteger a Harper, por muy peligrosa que sea. No puedo permitir que me la quiten antes de conseguir lo que he venido a hacer y lo que llevo tanto tiempo esperando. Y pensar eso es lo que me obliga a dar un paso al frente.

—Menos mal que la sangre falsa es soluble en agua —comento. Maya se vuelve hacia mí y yo saco las manos cercenadas de detrás de la espalda y las sacudo como si nada—. Soy Nolan. Te estrecharía la mano, pero estas cosas manchan un montón. Espero que valga la pena para conseguir los puntos de estilo en la carrera. No las tengo todas conmigo de que mi capacidad para construir un coche de carreras con cajas de detergente esté de verdad a la altura, ¿sabes?

Maya baja la mirada a las manos y se sube las gafas por el puente de la nariz con el extremo del lápiz.

—¿La sangre la has sacado de Cadáveres a Medida?

—Por supuesto.

Levanta la barbilla y, por un momento, me pregunto si me ha pillado mintiendo. Cuando me vuelvo a centrar en Harper, esta no me da pista alguna sobre si he metido la pata o no. Está ridícula, abrazada a una cabeza cortada, los labios voluminosos apretados en una línea tensa y los ojos abiertos como platos de la alarma. Obviamente, es una persona horrible y está desquiciada. Y yo estoy seguro al cien por cien de que no la encuentro adorable en ningún sentido. En absoluto.

—La sangre de Cadáveres a Medida aun así mancha —dice Maya; sus palabras me desconcentran y ya no puedo seguir esforzándome por aniquilar cualquier pensamiento intrusivo sobre el atractivo de Harper Starling. Agradezco la distracción y me esfuerzo todo lo posible en centrarme en la mujer que se halla entre mi enemiga jurada y yo. Intento ignorar que hacer esto es mucho más difícil de lo que debería ser—. Yo preparo un quitamanchas que las limpia. Puedes comprarlo en la tienda que tengo en la calle principal: Los Mejunjes Mágicos de Maya. Y también vendo sangre falsa de mejor calidad. Incluso es comestible... La puedes poner en tartas, bebidas. Tengo de sabor fresa y de sabor frambuesa. Si echas un poco en la nata montada del chocolate caliente con chili que hacen en Un Grano Náufrago, te cambiará la vida. —Maya saca una tarjeta de visita de las últimas páginas del libro y se me acerca para metérmela en el bolsillo de la camisa, luego me da una palmadita en el pecho antes de volverse hacia Harper—. Y ahora que sale el tema, necesito fresas. ¿Te quedan?

—Eeeh… —Harper carraspea e intenta forzar una sonrisa, pero acaba siendo más bien una mueca. La tensión que le sube por las mejillas impide que la luz le llegue a los ojos—. Claro, sírvete tú misma.

—Gracias. —Maya nos hace un gesto con la cabeza a cada uno, se quita una bolsa de tela del hombro y camina hacia la puerta del muro trasero del jardín antes de desaparecer entre la vegetación.

Harper se me queda mirando fijamente. Yo le devuelvo la mirada. Y entonces, para mi sorpresa, viene directa hacia mí; no se detiene hasta que se encuentra a unos centímetros de mi cara, el olor a muerte y a cítricos y a hierbas aromáticas emana de su piel.

—Lárgate —gruñe.

—No he terminado de crear mi propio cadáver a medida.

—Ve a reconstruirlo a cualquier otra parte. Y llévate esto.

Me estampa la cabeza en el pecho, pero no se la quito.

—Quédatela —le digo empujándola con las manos cortadas de Jake—. Considéralo un regalo.

—¿De despedida? ¿Porque te vas a largar de aquí y no vas a volver en la vida?

Una sonrisa se me dibuja en los labios y Harper ve que se me ilumina la cara con una promesa mortífera. La siento, como una corriente. Un zumbido. Un hormigueo en la piel. Tenso los dedos alrededor de las muñecas que todavía no he soltado y dejo marcas en la piel fría.

—No voy a irme a ninguna parte.

Espero que la amenaza la asuste. Quiero sentir su terror. Ver el modo en que se le contraen las pupilas hasta no ser más que un agujerito u oler el miedo. Por desgracia, no es lo que le provoco. Solo escucho desafío cuando me dice:

—Yo tampoco.

—Bien. No desperdicies energía. Porque puedes irte de Cabo Masacre, pero nunca escaparás de mí.

—¿Harper? —la llama Maya desde el otro lado del murete—. ¿Este año no tienes de la variedad carnosa?

—Claro que sí. Voy a echarte una mano.

Juraría que distingo un leve atisbo de miedo recorrerle el rostro. Se desvanece tan rápido como ha aparecido, lo entierra, lo esconde detrás de una sonrisilla perversa. Sabe que no voy a hacer nada mientras Maya esté aquí.

Lo que no sabe es que esto es solo el principio. Y no he venido a precipitar las cosas.

He venido a saborearlas.

—Me da igual a dónde vayas. Me da igual el tiempo que tarde —susurro. Me acerco un poco más, apenas nos separan un par de centímetros. Mi mirada se funde con la suya y no la aparto. Y ella me responde observándome también sin parpadear—. Si huyes, te encontraré. Puedes esconderte en los confines más remotos del infierno y, aun así, daré contigo. Ni siquiera el diablo te librará de mí.

Suelto las manos cortadas en el suelo. Y, entonces, me doy la vuelta y me alejo.

FUEGO ARRASADOR

Harper

El tío del fiambre sabe muy poco sobre mí, eso está claro.

Cree que soy débil. Que voy a salir corriendo. Que me esconderé. Que puede intimidarme para que agache la cabeza o que me meta en la trampa que me tiene preparada.

Todavía no sé lo que quiere de mí, pero es obvio que está desquiciado y es peligroso que te cagas. Lo que no sabe es que yo también. Y este es mi pueblo. Yo me encargo de vigilar hasta el último metro cuadrado de este sitio.

Incluyendo el hostal El Cabo.

Lo vigilo desde la colina rocosa que se encuentra al lado del aparcamiento y veo que Nolan sale del hotel con una sudadera y unos pantalones cortos holgados. Lleva la capucha subida para protegerse de la llovizna de la niebla que viene del mar. Mira a su alrededor mientras estira. A lo mejor se siente observado, porque parece que otea el paisaje en busca de pistas. Recorre con la vista los arbustos y los peñascos en los que estoy escondida, pero no me distingue camuflada entre las sombras. Lo que sí hace es inclinarse para ajustarse la rodillera antes de estirar la pierna. Después se coloca los AirPods y echa a correr. Se dirige hacia el pueblo; tiene una ligera cojera en la pierna de la rodillera, la cual parece suavizarse cuando ya ha calentado en la pendiente.

Yo me centro en mi objetivo. El hostal El Cabo. Una emoción siniestra se me arremolina en el pecho.

Subo por la colina y me detengo en el borde del aparcamiento, por si acaso va el tío y vuelve. A pesar de que he dormido una mierda escondida detrás del escritorio de la habitación de invitados con una pistola pegada al pecho, ahora mismo me siento muy despierta. Sigo con los ojos puestos en Nolan, que llega al final de la calle y desaparece de mi vista por encima de la cresta de la colina. Y entonces echo a correr hacia el hotel.

Entro en el vestíbulo, donde se oye un ronquido suave que proviene de la oficina que hay junto a la recepción. Me deslizo por debajo de la trampilla del mostrador y me adentro en el territorio de Irene. Cuando me asomo a la oficina, la veo sentada en un sillón reclinable, con la boca abierta; en la televisión silenciada está puesta una telenovela que es casi tan vieja como la anciana. Satisfecha, vuelvo al mostrador de recepción, paso las últimas páginas del libro de registro de huéspedes, donde encuentro justo lo que estoy buscando.

«Nolan Rhodes, del 6 de junio al 15 de julio, habitación 117».

Compruebo la fecha en mi reloj, ojalá me haya equivocado. Pero no. Hoy es 8 de junio.

—¿Se va a quedar aquí seis putas semanas? —medio susurro medio gruño.

Irene resopla en la habitación de al lado y me agacho por instinto; unos segundos después, se reanuda el ronquido.

Apenas ha empezado la temporada. Hay unas pocas reservas más apuntadas para esta semana. La mayoría de la gente se queda una o dos semanas como máximo. Cabo Masacre es muy cuqui y todo lo que quieras, pero no hay mucho que hacer en un pueblo tan pequeño. A menos, por supuesto, que

vengas a ver a alguien en particular. Y creo que está claro que, con todo ese rollito de «tenemos que comunicarnos mejor si vamos a ser enemigos», esta persona ha venido aquí por mí.

Contengo las ganas de cerrar el libro de registro de golpe y lo hago con más delicadeza de la que me gustaría, luego me cuelo por debajo del mostrador y corro hasta la habitación 117.

Cuando llego, pego la oreja a la puerta para escuchar, aunque sé que el huésped ha salido. Una no puede permitirse meter la pata con un tío como este. Miro hacia atrás y luego llamo a la puerta, pero sigo sin oír nada. Entonces, introduzco en la cerradura la llave maestra que me hice hace dos años y me adentro en la guarida temporal de mi nuevo adversario.

Al principio, no encuentro nada revelador. Ha hecho la cama. Los zapatos están alineados junto a la puerta. En el soportaequipajes hay una maleta con ruedas, sin nada dentro. Le doy la vuelta a la etiqueta del equipaje y, aunque no hay dirección, viene un número de teléfono. Le hago una foto y sigo adelante. En una de las mesillas de noche me encuentro un ordenador. Lo abro por si suena la flauta, pero no me sorprende que tenga contraseña. Puede que se me dé bien hurtar algo de vez en cuando, pero no soy *hacker*. En la otra mesilla de noche hay un bote de analgésicos. Voy hacia la pequeña cocina, reviso los armarios y la nevera. No hay mucha abundancia de comida, y lo que veo es sano y fresco. Se nota que su intención debe de ser cocinar con cierta frecuencia.

A continuación, sigo con el ropero, aparto todas las prendas que tiene colgadas lo justo a ver si encuentro alguna pista, pero no tanto como para que se dé cuenta de que alguien ha tocado sus pertenencias. Debajo de la ropa, al fondo del mueble, hay una mochila negra. La alcanzo y la abro.

—Ay, señor Rhodes. —Saco un nunchaku de dentro. El cable pulido desprende olor a lejía—. Has venido al pueblo equivocado.

Rebusco en la mochila el tiempo suficiente para encontrar un par de guantes de cuero y un martillo antes de echar la cremallera y colgármela al hombro. Luego cierro el armario y me giro hacia mi siguiente objetivo.

Las estanterías que hay delante del baño.

Hay una plancha y una tabla de planchar. Un par de batas dobladas.

Toallas y almohadas extra. Y, en medio del estante, la caja fuerte.

El corazón me aporrea los huesos con fuerza. Me sudan las manos dentro de los guantes. Estoy punto de meter el código máster, el que le sonsaqué a Irene cuando la emborraché con una botella de whisky añejo de la destilería Lancaster, que por aquel entonces llevaba tiempo cerrada. Puede que esa noche la mujer me potara en los únicos zapatos bonitos que tenía, pero mereció la pena. Sobre todo en momentos como este.

Y entonces me suena el teléfono. Lo saco del bolsillo y miro la pantalla.

—Arthur. —Pongo el altavoz antes de dejar el móvil encima de la caja fuerte.

Aprieto el primer número del código.

Cero.

—¿Qué haces?

—¿Quién dice que esté haciendo algo?

—Me prometiste que me informarías si te traías algo entre menos. Soy un viejo moribundo y no me falta tanto para irme al otro barrio…

—Qué dramático eres. Aporta o aparta, viejales…

—… y necesito vivir a través de mi protegida.

Resoplo mientras pulso el siguiente botón. Nueve.

—No me traigo nada entre manos —digo. Dos—. Solo estoy echando un vistacillo.

—¿Dónde exactamente?

—En el hostal El Cabo. Estoy en la habitación de un turista.

—¿Y dónde está él?

—Ha salido a correr.

Miro mi reloj. No me ha gustado ni un pelo que se apoyara más en una pierna. Como empiece a molestarle en las colinas escarpadas que rodean el pueblo, puede que no me quede mucho tiempo. Yo también corro por esas calles. Pueden ser duras sin que te duela nada, sobre todo con esa neblina fría que parece que se te mete en los huesos y te hiela por dentro.

—Casi he terminado —afirmo más para mí que para Arthur—. Solo necesito encontrar una pista para comprobar las posibilidades que tiene este dominguero en particular de acabar en las fauces del Monstruo de las Galletas.

Aprieto el último botón de la combinación de la caja fuerte. Tres.

—¿Y a qué conclusión has llegado?

La cerradura emite un clic cuando el pestillo cede. La puerta se abre. De entre las sombras saco un libro encuadernado en cuero y me lo apoyo en la mano izquierda mientras lo abro por la página que tiene un marcapáginas.

—¿Harper…?

—Tiene muchas papeletas —susurro.

La página muestra una especie de *scrapbook*. «Trevor Fisher», reza el título. Hay un mapa a la izquierda. Una X junto a un río, dibujada con un rotulador rojo. Debajo del nombre hay una lista de fechas y crímenes. Algunos son relativamente menores. Robo en una tienda de electrónica, alteración del orden público. Otros son serios. Un asalto en un bar. Un cargo por posesión de armas de fuego. Más de una detención por violencia doméstica. A la derecha de la página hay fotos de un hombre, hechas de lejos. Y otras de cerca. Su cara, retorcida de terror. Salpicada de sangre. Y, casi al pie de la página, algo que parece cuero. Conservado, secado y arrugado… y pegado al papel. Veo los pelillos que todavía quedan en el material. Aún se distinguen las letras deformadas sobre la piel desecada.

Memento mori.

—¿Qué pasa, Harper? —pregunta Arthur. Un deje de preocupación se le cuela en la voz—. ¿Qué ves?

Cierro el libro y me lo pego al pecho, luego cojo el teléfono que he dejado sobre la caja fuerte antes de echar a andar por la habitación.

—Hemos dado con alguien muy malo.

—¿Mucho?

Podría decir «alguien como nosotros». Pero la verdad es que, aunque tengamos… actividades extracurriculares similares…, Nolan Rhodes y yo no podríamos ser más diferentes. Sin embargo, conozco a otros como él. He sobrevivido a tipos así. Y Arthur también.

—Es como La Pluma —digo.

Se hace el silencio por un momento al otro lado del teléfono, al mismo tiempo que meto el *scrapbook* en el compartimento que tiene la mochila para el portátil y cierro la cremallera. Sé que Arthur no se queda callado porque le cueste recordar. La Pluma es el último nombre que se le olvidaría. Es el nombre que lo atormentará hasta que exhale su último aliento.

La voz del viejo baja una octava cuando dice:

—Tienes que salir de ahí ahora mismo. Vete.

—Ya casi lo tengo —respondo con los dientes apretados y cuelgo antes de que Arthur pueda decir nada más.

Me detengo en la mesilla de noche y le hago una foto al bote de las pastillas, me aseguro de capturar los detalles y la localización de la farmacia que rellenó la prescripción. Entonces me quedo mirando fijamente el lápiz y el papel. Debería estar aterrada por el trofeo que he visto en ese libro. Nolan sabe dónde vivo. Ha asesinado a alguien en mi propiedad sin que yo me enterara. Está jugando conmigo.

Debería alejarme todo lo rápido y todo lo que pueda de Cabo Masacre.

Pero no basta con correr. Ya he corrido antes y me han pillado. Ya he muerto una vez y he empezado de cero. No voy a volver a hacerlo.

Garabateo una nota en el papel, la sonrisa se me va ensanchando con cada palabra que escribo.

La doblo y la guardo donde sé que la va a encontrar.

Y entonces me marcho del hostal El Cabo con la mochila colgada al hombro mientras se fragua una guerra en mis pensamientos.

Irene sigue durmiendo cuando llego al vestíbulo y me detengo en la puerta, me tomo un momento para vigilar el aparcamiento. Está lloviendo, hay niebla. Solo hay un par de coches aparcados y, aparte del viejo Hyundai de Irene, que estoy segura al noventa y nueve por ciento de que legalmente no puede conducirlo, el resto parecen en su mayoría de alquiler. Un SUV anodino. Un sedán plateado. Hay un Escalade con una matrícula personalizada, así que ese lo descarto. Esbozo una sonrisa amenazadora y salgo corriendo bajo la lluvia, directa hacia el SUV negro.

Cuando llego al vehículo, me agazapo junto a la rueda del lado del copiloto, me quito la mochila del hombro y saco de dentro un cuchillo enfundado. Un segundo después, la punta está clavada en el neumático y lo giro para que suelte el aire poco a poco. Luego me levanto, me vuelvo a poner la mochila y ajusto los tirantes. Emito una carcajada silenciosa, me doy la vuelta y corro, dejando atrás el regalito con cuchillo incluido.

Cuando llego a casa estoy calada, el sujetador y las bragas se me pegan a la piel, el agua chapotea en las botas a cada paso que avanzo hacia la mesa de la cocina para dejar encima la mochila. El miedo, la emoción y la anticipación me corren por las venas, incluso hacen que me tiemblen los dedos. Agarro la cremallera y abro el compartimento principal para sacar las armas que hay dentro. Cuchillos. Destornilladores. Una Glock y dos cargadores llenos de balas. Cúteres. Una sierra plegable. Hay hasta un cortador de queso que hace que sienta un hormigueo en la piel cuando me acuerdo del *scrapbook*. En la bolsa se encuentra todo lo que un asesino psicópata soñaría con tener en un pack de vacaciones.

Trofeos incluidos.

Vuelvo a guardarlo todo, menos la pistola y la munición, en el compartimento principal y luego abro el bolsillo del portátil para sacar el libro. Lo dejo en la mesa mientras me siento. Respiro hondo y abro la página que he visto en el hostal.

—Trevor Fisher —susurro. Paso los dedos por el nombre escrito en lo alto de la página derecha y los arrastro por el papel hasta lo que estoy segura de que es piel humana curtida—. ¿Quién eres?

No me suena nada de la información que hay sobre él. Ni sus crímenes ni el lugar marcado en el mapa ni el tatuaje de «memento mori» que incluye el *collage*. Paso a la página anterior, donde hay una disposición similar sobre crímenes menores, un mapa y un trozo de piel humana disecada, otro «memento mori» escrito con tinta en la tira de cuero. Dylan

Jacobs es el nombre que aparece por encima de las fotos de un hombre que tampoco conozco. Era tatuador, a juzgar por las imágenes cándidas en las que se lo ve trabajando en un estudio. Y debe de haber sufrido una muerte igual de tormentosa que la de Trevor Fisher. En la siguiente tanda de fotos aparece con la cara retorcida de dolor, su terror congelado en el tiempo. La foto que me interesa es en la que Nolan sale de pie al lado de Dylan en el taller; parece que se acaba de hacer el tatuaje del uróboro. El tatuador sonríe orgulloso de su trabajo. Nolan también, pero hay algo escondido en sus bordes afilados. No solo se alegra por la tinta en la piel. Está disfrutando de un chiste que solo le hace gracia a él. Es un cazador jugando con su presa.

Puede que no sepa quién es Nolan Rhodes; sin embargo, conozco a los de su calaña y no solo porque seamos criaturas similares en diferentes ramas del mismo árbol evolutivo. Después de todo, no es el primer asesino en serie que se cruza en mi camino, aunque sí el primero que ha venido a cazarme específicamente a mí. No soy una oportunidad fortuita de la que se pueda aprovechar. Soy el premio que anhela.

Y no tengo ni idea de por qué.

Oigo un tic, tic, tic en la ventana.

Me sobresalto en la silla y echo mano de la pistola, luego me giro para apuntar en la dirección del sonido. Pero no es más que Morfeo, que está encaramado a la caja de las flores, con una cadena de plata reluciente colgando del pico. Suelto un largo suspiro, temblando, y me acerco a la ventana sin soltar el arma.

—Me has dado un susto de tres pares de narices —digo cuando abro la ventana y alcanzo una tira de cecina casera del bote que tengo sobre la encimera para que la tome de mi propia mano. Me da unos golpecitos a modo de saludo y agita las alas, luego me deja el regalo en la palma antes de coger la carne y apartarse un par de pasos. Sé lo que es antes de que me toque la piel—. Ay, Morfeo. —Recorro con el pulgar la placa de plata grabada que tiene la pulsera. «A²BC». Las grietas del corazón que nunca se me han acabado de cerrar se abren un poco más y tardo un buen rato en tragarme un repentino aluvión de lágrimas. Morfeo debió de seguirme cuando fui la semana pasada a la parcela que tiene la familia Lancaster en el cementerio y me la ha traído por si la perdí—. Es muy bonita, pero pretendía dejarla donde la has encontrado. No deberías sacar cosas de las tumbas, la gente puede enfadarse mucho.

Morfeo grazna y da un par de golpes, luego imita mi voz para decir «buen chico» y clava la mirada en el bote de cecina. Suspiro y esbozo una sonrisa tensa y volátil. Dejo la pulsera en la encimera y le doy otro trozo de ternera mientras le echo un vistazo al jardín, más por precaución que por otra cosa. Ha dejado de llover, aunque la niebla no se ha levantado y oculta la casa principal. Hay muchas probabilidades de que Nolan haya regresado a su habitación en el hostal El Cabo. A lo mejor aún no se ha dado cuenta de que he estado allí, pero no tengo forma de asegurarme. Puede que no me quede demasiado tiempo.

Saco un par de tiras más de cecina para que Morfeo se entretenga y dejo la ventana abierta, pues sé que el cuervo me avisará si viene un intruso desde el jardín. Echo un último vistazo fuera y vuelvo a la mesa, todavía con la pistola cogida con la punta de los dedos, para sentarme delante del libro donde Nolan guarda sus pecados y secretos.

Paso la siguiente página hacia el principio del libro; viajo hacia atrás en el tiempo. Hay un tercero: Marc Beaumont. Otro nombre que no reconozco. Otra tira de piel, unas cuantas fotografías más. Esta vez no aparece una lista de crímenes,

sino un mapa con una X en la curva de un río sin nombre. Puede que esté enterrado ahí, o al menos lo que quede de él. Me muerdo el labio, intento unir las piezas del puzle, pero no se me ocurre nada.

Paso la página.

En esta ocasión no hay tira de carne ni nombre en lo alto de la página. Sí que está escrito en una foto, tallado en una lápida de granito: WILLIAM EMERSON RHODES. Hay fotos de un chico joven: en algunas sale solo, en otras con Nolan y una chica; distingo el parecido familiar en las formas de los labios, en los ángulos de la nariz y en los hoyuelos que tienen en las mejillas. Dos hermanos y una hermana. Miro fijamente a los ojos de William, intento forzar una conexión que parece que me está oculta, como si con solo rascar otra capa de sedimento fuera a aparecer una imagen.

Una instantánea.

Se me vuelven a ir los ojos hacia la tumba. Casi sé lo que voy a ver antes de leerlo.

El 5 de julio, hace cuatro años.

—Billy —susurro, pero no oigo mi voz, sino el tono desesperado de un hombre en mitad de la noche. Es el dolor atrapado en un grito gutural. «Billy».

Me tiembla la mano cuando paso la siguiente página.

Nolan Rhodes, de pie con un bastón, sus padres y su hermana lo flanquean; por encima de las cabezas se ve un letrero del Hospital Wycombe Memorial con letras blancas. Nolan Rhodes en las instalaciones de rehabilitación, trabajando con un fisioterapeuta, la cicatriz del codo sigue roja y se le ha curado hace poco. Nolan Rhodes aprendiendo a caminar. Aprendiendo a escribir. A comer solo. Paso la página. Nolan Rhodes en una cama de hospital. Conectado al respirador. Envuelto en metal. Rodeado de tubos. La cara hinchada e irreconocible. Nolan Rhodes aferrándose a la vida.

No hay foto del momento que veo en mi recuerdo. Un hombre en una carretera desierta, estirando el brazo hacia otro que todavía tiene los ojos abiertos pero no ve nada. Cada respiración se convierte en un rugido agonizante. Cada exhalación es un susurro. Una súplica. «Billy. Despierta, Billy. Por favor, despierta».

Paso la última página que queda, la última del libro. En ella solo hay una cosa. Una lista escrita a mano.

Marc Beaumont, asiento del copiloto.
Dylan Jacobs, asiento trasero del lado
del copiloto.
Trevor Fisher, asiento trasero del lado
del conductor.

Y, por último, la mujer que conducía el coche que lo atropelló. La mujer que le quitó la vida a su hermano. La que dejó que muriera y se marchó. La sangre se me hiela en las venas, pues las últimas palabras de la lista las tengo grabadas en el alma.

Harper Starling, al volante.

Harper Starling. La primera persona que maté.

HUELLAS

Nolan

Este pueblo tiene un aire entrañable, a pesar de la niebla y la llovizna. Las casas victorianas de colores brillantes desparejos. El agua negra que se extiende hasta el infinito y las olas que rompen contra los acantilados. La gente que vive aquí se para a hablar con sus vecinos por encima de las vallas recién pintadas. Se saludan con la mano cuando pasan con el coche por las calles flanqueadas de antiguas farolas de gas y banderolas que ondean bajo la brisa eterna. Sin embargo, hacia los turistas, los locales son amables pero reservados; protegen el verdadero Masacre de visitantes como yo. Me preguntan de dónde soy. Cuánto tiempo llevo aquí. A qué me dedico. Qué he venido a ver. Aunque no se acuerdan de lo que respondo. De todos modos, la mayoría de lo que contesto no es cierto.

La carrera me empieza a pasar factura: las colinas son escarpadas e implacables, el frío de la niebla se me cuela por la piel cubierta de sudor. Después de darle dos vueltas al pueblo, decido que no debería forzar la rodilla mucho más y vuelvo al hostal; voy andando para recuperarme cuando llego a la calle principal. Me acerco a Un Grano Náufrago y me acuerdo de Harper en la cola, con el pelo negro cayéndole por los hombros como una cascada, el aroma a café y repostería que

ocultaba su delicioso olor, el cual no aprecié hasta que salimos fuera. Dulce, hierbas delicadas, a almizcle y salvaje. Azahar y bergamota. Todavía lo recuerdo, como si estuviera suspendido en la niebla que envuelve el pueblo.

Tardo un segundo en darme cuenta de que me he parado frente a la cafetería. Miro la cola que se ha formado delante del mostrador, pero no veo a Harper. Revivo el momento en el que le pedí que me recomendara algo y ella se dio la vuelta. Esos labios carnosos. Esa piel brillante. Ese flequillo que le sobrevuela las cejas, los mechones negros que le destacan los ojos grises, los iris del mismo tono que el cielo nublado. Unos rasgos que parecen delicadísimos, pero ella no es frágil. Es fiera. Lo supe en cuanto se giró y me miró, tan guapa que casi me postré de rodillas ante ella.

El corazón se me acelera detrás de las costillas, así que me llevo la mano al pecho y cierro los ojos. Sigo sin entenderlo. ¿Cómo es posible que no me diera cuenta de quién es? ¿Cómo he permitido que me atrape en su hechizo con tanta facilidad? Es la misma mujer que me atropelló. La que me arrebató a mi hermano pequeño delante de mis narices. La que me destrozó la vida y se marchó… sin más.

Cuando abro los ojos, veo mi futuro. Le aprieto la garganta con tanta fuerza que apenas puede suplicar la clemencia que no le muestro.

Puede fingir su muerte. Huir a vivir una vida secreta e idílica en un pueblecito costero. Puede ocultar sus secretos y ganar tiempo. Pero no puede escapar de mí.

Me alejo de la cafetería y camino a grandes zancadas entre la niebla; me centro de nuevo en mi cacería, dejo que la venganza salga de nuevo a la superficie y se abra paso entre la oscuridad que parece sangrar en mi mente cuando me acuerdo de la mujer que he venido a matar.

Cuando regreso al hostal, vuelvo a sentirme en sintonía con mi misión. Sé quién es esa chica y lo que ha hecho, pero está claro que ella todavía no tiene ni idea de quién soy yo. En cierto modo, y para ser sincero, es algo que me cabrea. Al menos, le saco ventaja.

Tengo el cuerpo de Jake enterrado en un lugar secreto junto al río, listo para exhumar cuando me entren ganas de atormentarla. Nada dice «presión psicológica» como un par de pies que aparecen de repente en el buzón o que te encuentres un fémur en el armario de la cocina cuando vas a coger una taza para continuar con el largo y agonizante proceso de hacerte un café. Me aferro a esas fantasías. Me aportan la claridad que necesito tras la confusión de los últimos dos días. Puede que me duela andar, pero ahora camino más ligero. Incluso sonrío cuando entro en el hostal y llego hasta el vestíbulo. Después de todo, yo le saco ventaja.

Hasta que dejo de sacársela.

Apenas he dado un paso dentro de la habitación cuando me quedo rígido. Me paralizo mientras la puerta se cierra a mi espalda con un leve clic. Los pelos de los brazos se me ponen de punta. Los detalles que me rodean se agudizan. No ha cambiado nada en la estancia respecto a cuando la dejé, pero hay un olorcillo o una energía o un eco de intención, lo sé.

«Ha estado aquí».

Primero miro en el armario y abro las puertas de par en par, aparto las perchas que hay colgadas en la barra de metal y me topo con el fondo del vestidor.

Mi mochila ha desaparecido.

Giro sobre mí, aunque no sirva de nada, pues estoy desesperado por creer que la he guardado en otro sitio.

Que no se ha esfumado. Pero así es.

El corazón se me sube a la garganta y me ahoga con sus latidos furiosos cada vez que inhalo.

—Joder. Joder.

Corro hacia las estanterías que hay delante del lavabo, donde está encajada la caja fuerte. Me tiemblan los dedos al presionar los números.

Cero. Siete. Cero. Cinco. Tiro de la palanca.

No se mueve.

El sudor me cae entre las escápulas. Me arde la piel. La visión se me difumina por los bordes. Lo intento otra vez, pronunciando las cifras en voz alta, como si esta vez fuera a cambiar el resultado.

—Cero. Siete. Cero. Cinco.

Esta vez sacudo el tirador, pero sigue sin ceder.

La rabia y el pánico inundan cada célula de mi cuerpo. Me aparto de la estantería y le pego un puñetazo a la encimera. La furia fiera que amenaza con salir en forma de grito aplaca el dolor. Me quedo mirando fijamente mi reflejo. Los ojos desorbitados. Las cejas fruncidas y, entre ellas, una arruga. El pelo húmedo del sudor y la lluvia. Me acerco más, hasta que las exhalaciones irregulares empañan el cristal, las manos me tiemblan cuando me aferro al borde del lavabo. A saber qué cojones ha hecho Harper con mis cosas. Ahora mismo podría estar en la comisaría, dejando mis armas una a una sobre la mesa, disfrutando de su jueguecito macabro de enseñar y contar. Podría estar mostrándoles mi libro…

Vuelvo a darle un segundo puñetazo a la encimera, el dolor me recorre los huesos.

—La voy a matar, joder.

La promesa se queda suspendida en el aliento que exhalo sobre el cristal.

Avanzo por el pasillo, mirando en todos los rincones por los que paso que no tienen cámara. Que son todos. Es una de las razones por las que elegí este puto hotel. La falta total de seguridad es una gran ventaja cuando tu único propósito para visitar un pueblo es cometer un maldito asesinato.

Al menos lo es hasta que alguien te roba tu preciado libro de tesoros de la puta caja fuerte cuando sales durante una hora escasa.

Un gruñido se me escapa al doblar la esquina y ver el mostrador de recepción.

Como siempre, la cadencia de los ronquidos de Irene surge desde la oscuridad de la oficina. Entorno los ojos y suelto un suspiro mientras le doy al timbre con más fuerza de la necesaria.

Se oye un ronquido de sobresalto en la oscuridad.

—Ya voy, ya voy, no te bajes las bragas.

Vuelvo a tocar la campanilla.

—He dicho que ya voy, por Dios santo y adorado en una cestica de pollos. —Irene aparece ante mis ojos enderezándose las gafas con los dedos retorcidos—. Señor Rhodes…

—Irene —la interrumpo tragándome el enfado, aunque apenas lo consigo—, no logro abrir mi caja fuerte y tengo que acceder a unos documentos importantes.

—Oh, oh. Un minuto.

Sacude un dedo en el aire y empieza a abrir los cajones del otro lado del mostrador para rebuscar en su contenido. Me imagino que debe de estar buscando una llave, lo que me da un leve atisbo de esperanza de que a lo mejor mi libro esté dentro sano y salvo si entre todos esos trastos la mujer tiene una llave maestra. Pero ese anhelo se evapora del todo cuando saca un pósit y me lo pasa por encima del mostrador.

—Aquí tienes.

«Cero, nueve, dos, tres», dice la nota. Y además pone: «Código maestro de las cajas de seguridad de las habitaciones».

Cierro los ojos. Respiro hondo. Lo suelto despacio mientras me pellizco el puente de la nariz.

—Irene —abro mucho los ojos y le dedico una mirada penetrante—, ¿de verdad cree usted que debería darme esto?

Le devuelvo el papel, pero ella se limita a hacer un gesto como para apartar mi preocupación y vuelve a guardar la nota en el cajón.

—Llevo cuarenta años encargándome de este hostal. He visto a todo tipo de gente ir y venir. —Me clava una mirada decidida por encima de las gafas de acetato—. De todo tipo. Gente buena y mala e indiferente. Sé, señor Rhodes, que usted es un buen hombre.

Parece que se desvanece todo lo que me gustaría rebatirle, las réplicas sarcásticas e incluso el suspiro de frustración que ya se me estaba formando en la garganta. La mujer me sonríe como si de verdad se creyera lo que acaba de decir. Como si, en cierto modo, supiera que no estoy de acuerdo con ella.

Debería decirle que no soy buena persona. Y tampoco sé si alguna vez lo he sido. A lo mejor el monstruo que hay en mí siempre ha estado acechando en las sombras, esperando el momento adecuado para salir a la luz. Y, cuando Billy murió, no había ninguna razón para seguir manteniéndolo enjaulado. Cuando probé el primer pedacito de venganza, solo quería más.

A veces, me gustaría poder confesarle a alguien el tipo de hombre que soy en verdad. Puede que no me sienta culpable por las cosas que he hecho, pero mis pecados no hacen más que crecer a mi alrededor como el muro impenetrable de un bosque remoto. En realidad, nadie puede verme cuando acecho en esas sombras. No le muestro a nadie mi verdadero ser. A menos que tenga un cuchillo en la mano y le esté clavando mi oscuridad a alguien.

Carraspeo para librarme de las protestas y las confesiones; luego le muestro a Irene una sonrisa débil.

—Gracias por el código. —Señalo el papel antes de darme la vuelta y volver a mi habitación.

Una vez allí, soy plenamente consciente de la realidad. Es imposible que mi libro esté dentro de la caja fuerte, sobre todo porque las armas han desaparecido. Me acerco a la estantería, donde la caja fuerte se ríe de mí, e introduzco el código maestro. Cero, nueve, dos, tres.

El mecanismo se desbloquea y la puerta se abre.

Como sospechaba, no veo el libro por ninguna parte. Pero, para mi sorpresa, sí que hay algo en su lugar. Saco un papel doblado y me alejo de la estantería mientras lo desdoblo para leer una letra redonda y precisa que no me resulta familiar.

> Hola, fiambre:
>
> Tengo tu proyectito de arte. A lo mejor deberías largarte de mi puto pueblo mientras puedas.
> Un saludo,
> tu enemiga acérrima
>
> P. D.: ¿Esta comunicación te parece más apropiada, gilipollas?

Cuando aparto la vista del papel que tengo entre las manos, me topo con mi reflejo. No es furia lo que veo. Es la emoción de la caza. El desafío de alguien que no es únicamente la presa, sino otro depredador, uno que puede que se parezca más a mí de lo que creo. Dejé a Harper Starling para el final porque sabía que sería el mejor premio. Solo que no

me había dado cuenta de hasta qué punto tenía razón. Hasta qué punto se merece la destrucción.

—Qué ganas tengo de matar a Harper Starling —le digo al hombre del espejo; cada palabra es un juramento deliberado y decisivo.

Doblo el papel por las marcas que ella misma ha dejado y lo coloco sobre la mesita de noche, luego cojo las llaves del coche y me marcho.

O lo intento.

Cuando salgo al aparcamiento, solo está mi coche y un Escalade, pero ni siquiera he llegado a la carretera cuando me doy cuenta de que mi SUV tiene un problema grave. Aparco entre dos plazas vacías y cierro la puerta de un portazo cuando me bajo y camino hacia el lado del copiloto.

Mi cuchillo está clavado en el neumático deshinchado.

—Por Dios santo —gruño tirando del arma para sacarla; el poco aire que quedaba en la rueda sale con un siseo por la raja que se ha abierto. La rodilla protesta a pesar de la rodillera mientras inspecciono mi entorno. No hay otra opción. En realidad, no puedo llamar a un Uber para que me lleve a la casa de alguien que a lo mejor mato con mis propias manos.

Suelto un suspiro hondo, me escondo el cuchillo en la manga y echo a correr hacia la mansión Lancaster, aunque me duela. Evito las avenidas principales. Me ciño a las calles tranquilas con su mezcla de casas victorianas y bungalós de la guerra y algún que otro edificio nuevo que siempre resulta demasiado moderno para lo que lo rodea, pero que en cierto modo parece funcionar en contraste con las coloridas casas de los vecinos.

La niebla es tan densa que apenas veo a medio metro de mí en cualquier dirección. No hay nadie por la calle, pero oigo cosas en la oscuridad. Un portazo. Niños susurrando apresurados, otro contando como si estuvieran jugando al escondite. Este entorno tan terrorífico no ayuda en nada a diluir mi obsesión, Harper acapara todos mis pensamientos, hasta tal punto que me equivoco al tomar una calle y acabo en un callejón sin salida. Me late la rodilla. Me duele el cuello. La espalda se me empieza a entumecer con la amenaza del dolor; un golpeteo que me lo recuerda con cada paso que avanzo. Aun así, no me detengo. Lo único que hago es apretar el cuchillo con más fuerza, imaginándome el momento en que agarraré a Harper del cuello, cuando sienta el latido de su corazón en el acero pulido. Me fuerzo a seguir adelante; no me permito bajar el ritmo y caminar hasta que no llego a la calle apartada donde la mansión Lancaster se cierne desde la colina, mirando desde arriba el pueblo envuelto en la niebla.

Pero, cuando por fin llego a mi destino, veo que no estoy solo.

Sam Porter se encuentra en la acera de enfrente de la mansión Lancaster, tiene la cámara montada en un trípode y está haciendo una panorámica de la finca mientras se graba hablando. Hasta que no me acerco no escucho algunos fragmentos de lo que dice: «Asesino en serie…», «Asesinada en la casa anexa…», «Nunca volvió a ser el mismo…».

—Quizá La Pluma estuvo aquí todo el tiempo. Y quizá nunca se marchó —termina, y me dedica una sonrisa siniestra cuando me detengo a unos pocos pasos. Apaga la cámara y se guarda el micrófono. Se aparta la capucha del chubasquero y se queda con su gorra de «Producciones Porter»—. Hola, tío. Hace un día estupendo para grabar algunas escenas de ambiente, ¿no te parece?

—Sí, por supuesto. Aunque no hace tan buen día para salir a correr. Creo que me voy a volver al hostal dentro de nada.

—La mentira se me escapa de la lengua con facilidad al tiem-

po que levanto la vista hacia la mansión funesta; un centinela acechando entre la bruma opresiva—. ¿Cómo va la grabación?

—Bien, gracias. —Cuando asiento y no hago ademán de sonsacarle más información, añade—: En realidad, esta semana comenzaré a entrevistar a algunos vecinos.

—Ah, ¿sí? —Señalo la mansión con la cabeza—. ¿Empezarás con quien sea que viva ahí?

A Sam se le hunden las mejillas cuando suelta un largo suspiro con los labios apretados.

—Ya me gustaría. Pero, bien mirado, no creo que el viejo esté dispuesto a concederme una entrevista.

Ladeo la cabeza, frunzo las cejas y Sam sonríe con suficiencia. Sabe que ha despertado mi interés y le he dado la reacción precisa para que me recompense con algunas miguitas de pan.

—¿De verdad que no sabes nada sobre este sitio?

Sacudo la cabeza. Esta vez, mi respuesta es sincera. Me trago el aluvión de rabia que siento por haberme centrado tanto en cazar a Harper que ni me informé sobre la historia del pueblo y ahora tengo que depender de este pavo de fraternidad con ese polo que le da pintas de pijo y esos dientes blanqueados y ese «buen» aspecto rancio pero convencional que tienen todos los miembros de un club de campo. Aprieto los dientes del enfado antes de mostrar una sonrisa perezosa y admitir:

—He oído que ganó un par de concursos de jardinería, no sé nada más.

—La mansión Lancaster es tan antigua como Cabo Masacre. La mitad de los negocios del pueblo y de los alrededores pertenecen a la familia. Una mina de plata, en sus inicios. Una destilería. Un supermercado. La lista es infinita. El problema es que, cuando te impones en un pueblo como este durante generaciones, te haces rico y tienes éxito, sí, pero también te conviertes en un objetivo.

Sam mira fijamente la casa un buen rato antes de volver a centrarse en su equipo, saca la cámara del trípode y le quita el plástico que la protege de la lluvia.

—¿Quieres decir para el tío de la pluma? —le pregunto. He dicho mal el nombre a propósito, aunque lo recuerdo perfectamente de la última vez que hablamos.

—La Pluma, sí. ¿Alguna vez has oído hablar de los Buscasabuesos? —Como sacudo la cabeza, la decepción se abre paso en su expresión. Se endereza la gorra y guarda la cámara en la funda acolchada antes de empezar a desmontar el trípode—. Soy uno de los miembros fundadores. Es un grupo de investigación *amateur* de internet. Ya hemos resuelto dos asesinatos. No estás nada puesto en movidas *true crime, ¿*eh?

—Oye, suena muy guay. —Es lo único que logro decir mientras me encojo de hombros.

Supongo que no se diferencia tanto de mí, en cierto modo, teniendo en cuenta que yo también cazo criminales en mi tiempo libre. Pero no me gusta pensar que este menda y yo podamos tener pasatiempos similares. No sé por qué me molesta. A lo mejor es esa aura que desprende, algo que no consigo ver u oír, aunque percibo. O a lo mejor solo es la puta gorra.

—Entonces, ¿qué? ¿Ahora vais a por La Pluma?

—Se podría decir así. Llevamos cinco años intentando rastrear su historia real. —Sam suelta una carcajada. Sacude la cabeza y luego señala la finca—. Por lo que sabemos, aquí es donde cometió el último asesinato. Una mujer que se llamaba Poppy Lancaster. La mató ahí mismo, en la casita de piedra donde vivía con su hijo. Según cuentan, fue el padre

de la chica quien encontró el cadáver. Acabó criando él solo al nieto.

Lo primero que se me pasa por la cabeza es Harper, sola en esa misma casa de piedra con un hombre fuera en la ventana, espiándola en sus momentos de intimidad desde las sombras del jardín. Aprieto el cuchillo con más fuerza, el temblor de los últimos estertores de Jake Hornell es un recuerdo que tengo grabado en la piel. Lo volvería a matar si pudiera.

«También quieres matarla a ella», me recuerdo a mí mismo. «Quieres encargarte de ella tú solo, eso es lo que te pasa».

—Pero yo tengo una teoría —continúa diciendo Sam, y me libera de la tormenta que se fragua en mis pensamientos—. ¿Y si Poppy Lancaster descubrió un secreto que escondía su padre, el cual dijo que no la mató para mantenerse oculto? ¿Qué mejor modo de no levantar sospechas sobre sí mismo que asesinarla usando el mismo método y cubrir sus huellas con una coartada flojucha y la carga de un nieto? ¿Y si después de asesinar a Poppy modificó su *modus operandi* por completo para poder seguir matando en Cabo Masacre sin que lo pillaran?

—Creía que los asesinos en serie no cambiaban de método. ¿De verdad crees que consiguió renunciar a su patrón y ceñirse a ello durante todo este tiempo?

Sam frunce el ceño y cierra la cremallera de la funda de la cámara con más fuerza de la necesaria.

—Tampoco es que sea algo inaudito. —Me mira a los ojos por un instante, como si le costara ocultar que le ha molestado mi comentario despectivo—. Es un tío inteligente. Si es cierto que mató a su propia hija para que no lo pillaran, no es para tanto cambiar de patrón. No sería el primero que lo hace.

—Interesante. Sabes más de estas cosas que yo, eso está claro —respondo, y él se hincha de orgullo ante semejante reconocimiento—. Supongo que tiene sentido si sigue habiendo desapariciones, como tú dices.

—Exacto. Y la policía no va a mover el culo para resolverlo. Lo único que les importa es que el turismo aumente y no deje de entrar dinero. Tampoco es que sea algo sobre lo que quieran llamar la atención, ¿sabes? Cabo Masacre era un pueblecito costero más de los que avanzan poco a poco hacia el abandono hasta hace unos años, cuando votaron a la alcaldesa Patel, que fue la que sacó adelante el plan para reavivar el turismo. Están ganando dinero a espuertas con toda esa mierda de que Masacre sea un sitio raro y turbio. Y el pueblo es propiedad de Arthur Lancaster, igual que perteneció a generaciones anteriores.

Arthur.

Tengo que esforzarme para que no se me escape una sonrisilla perversa y desvele mis deseos ocultos. Puede que Harper Starling se haya hecho con mi posesión más valiosa, pero yo tengo algo igual de potente. Tengo un lobo encadenado. Uno que ha olido el rastro de su preciada bestia. Uno que está claro que no cejará en su empeño de eliminar a su presa: Arthur Lancaster.

—Bueno, supongo que tiene sentido —respondo intentando controlar la emoción que siento con unas notas de escepticismo—. Imagino que lo único que necesitas son pruebas.

Sam guarda el trípode en una funda y se cuelga la bolsa de la cámara al hombro.

—Tengo algo mejor. Tengo la historia de toda una vida. Y lo único que debo hacer es esperar a que el sol, la luna y el mar se alineen para conseguirlo. La próxima marea viva sacará a la superficie el mayor secreto de Arthur Lancaster, aunque ni él mismo es consciente de lo grande que es.

—¿Marea viva? —pregunto.

Pero Sam no contesta. Se limita a sonreír; es un gesto pensado como cebo y control, para mantenerme enganchado a un sedal que todavía no está dispuesto a recoger.

Me da unas palmaditas en el hombro, un gesto que debería ser amistoso y que, en cambio, resulta vacío.

—¿Necesitas que te acerque al hotel?

—Nah —respondo—. Pero gracias. Seguiré corriendo un rato más.

—Ya nos veremos.

Se levanta un poco la visera de la gorra y va hacia el coche.

Lo veo alejarse en la lluvia. Espero hasta que la carretera se sume en el silencio. En unos pocos segundos, nos quedamos solos la casona de la colina y yo. Las ramas que se alzan hacia la niebla ofreciéndole sus secretos. El fantasma del que Harper Starling no puede huir.

Un cuervo grazna entre la neblina. Un motor diésel ronco empieza a sonar, proveniente de la casita de piedra.

Sonrío.

DESCENSO

Harper

—Buen chico —dice Morfeo por encima del rugido del motor cuando coge un cacho de carne picada de mi palma enguantada—. Pájaro bonito asesino.

Me quito el guante sacudiendo la mano y, con un movimiento lento y fluido, la levanto para acariciarle el lomo.

—Tienes razón. Eres un pájaro bonito asesino.

Las plumas le resplandecen bajo las puntas de mis dedos, azules iridiscentes y verdes y morados brillantes, a pesar de la luz tenue que desprende el cielo nublado. Me giro y lo dejo sobre el muro del jardín junto a un trozo de la mano derecha de Jake Hornell para que coma.

—Te traigo más chuches en un minuto.

Compruebo la hora y aprieto el brazo contra la pistola que tengo enfundada en el costado para asegurarme de que sigue ahí, como si pudiera desaparecer sin más y dejarme indefensa. Casi es mediodía, hace poco menos de una hora que volví a casa después de mi incursión en el hostal El Cabo. Puede que Nolan ya haya terminado de correr, y quién sabe cuánto tardará en darse cuenta de que he estado ahí. Podrían pasar días, dependiendo de la frecuencia con la que necesite los juguetitos de la mochila. Puede que no compruebe tanto la caja fuerte si se va a quedar por aquí varias semanas. A lo mejor no se entrega a los placeres del *scrapbooking* muy a menudo. Y tampoco puedo estar todo el día de brazos cruzados esperando a que se dé cuenta y se largue del pueblo como debería o venga a la mansión Lancaster a que lo mate. Quizá tendría que haberlo planeado mejor. Tal vez debería haberme llevado algunas cámaras para esconderlas en su habitación. Haberle hecho caso con lo de la comunicación y escribirle una carta más extensa. Haber sido más explícita sobre mi casi inocencia. Debería haberle dejado claro que tiene razón: no soy una santa. Después de todo, sí que lo abandoné en aquella carretera. Dejé que muriera para poder empezar una nueva vida. Pero no soy quien se cree que soy. Y no voy a romper la promesa que le hice a Arthur.

No voy a renunciar a la vida que tanto me ha costado construir porque él haya confundido a un monstruo por otro.

No le debo ninguna explicación, ni a Nolan Rhodes ni a nadie. Ya no. Por Dios, tengo que proteger el pueblo de los turistas de mierda y cuidar a un asesino en serie viejo que está perdiendo la memoria. No puedo poner en pausa toda mi vida porque un psicópata buenorro quiera matarme.

—Este no es el mejor uso que le puedo dar a mi tiempo. Mira, que le den a ese tío y a sus hoyuelos asesinos —le digo a la mano cortada de Jake mientras intento apartar el recuerdo de la sonrisa de Nolan en la cafetería y el modo en que avivó una llama durmiente en mi interior que hacía mucho tiempo que había descuidado.

Doblo los dedos de Jake, dejo solo levantado el corazón para que haga una peineta y luego lo lanzo a la tolva del Monstruo de las Galletas. Es la única persona que acaba en la trituradora de madera que me da pena de verdad y ni siquiera lo maté yo. Que sí, que era Jake Manoslargas, puede que incluso fuera más turbio de lo que yo misma era consciente; sin

embargo, era del pueblo y las instrucciones de Arthur fueron bastante claras: «Guardaré tus secretos, Harper, pero debes prometerme una cosa. Júrame que siempre protegerás este pueblo, sea como sea».

Exhalo un profundo suspiro de arrepentimiento, observando a la máquina devorar lo último que queda de su carne y huesos para luego escupirlo por la trampilla. Me agacho para recoger la cabeza de Jake por el pelo cuando de repente el motor se apaga de manera abrupta.

El corazón se me detiene al desenfundar la pistola. Suelto la cabeza y cojo el bote de ¡A la Mierda! conforme me enderezo, apuntando con las dos boquillas hacia la cabina del tractor.

Nolan Rhodes se planta ante mí tan tranquilo; una sonrisa siniestra saca los hoyuelos a la luz.

—Hola, Harper —saluda quitándose la capucha de la sudadera del pelo húmedo—. Me parece que tienes algo mío que me encantaría recuperar.

Morfeo grazna para advertirme con demasiado retraso mientras yo miro fijamente el tambor de la pistola, apunto con la mirilla al jeto de Nolan y le quito el seguro al arma.

—Veo que has leído mi nota. Creía que mi comunicación estaba bastante clara, pero supongo que has venido porque faltaba algo. ¿Qué te parece esto? —Carraspeo para hacer una pausa dramática y continúo marcando todas las palabras—: Vete a la mierda. Si te largas de Cabo Masacre y no vuelves en la vida, me aseguraré de que tu libro quede a buen recaudo. ¿Ahora te queda más claro?

A él se le ilumina la sonrisa. A su lado, algo destella bajo la luz tenue. Es el cuchillo que dejé clavado en el neumático; tiene los dedos cerrados alrededor de la empuñadura, ese filo mortífero está listo para matar.

—Todavía no voy a irme a ninguna parte. No hasta que me devuelvas mi libro.

—¿Piensas que voy a darte mi única baza? No te voy a devolver una mierda —declaro y agarro mejor la pistola—. Tienes que marcharte antes de que la cagues más de lo que ya la has cagado. Cometes un error. No soy quien crees que soy.

—Tienes razón. Creía que eras una cobarde que huía de su pasado, pero resulta que eres un monstruo desalmado.

Resopla, baja despacio la mirada a mis pies y la vuelve a levantar; pone una expresión de asco. Por alguna razón, eso me duele más que los comentarios mordaces que me ha hecho desde que nos conocemos.

«Tablas».

Las palabras salen de ninguna parte y me caen encima con tanta fuerza que casi pierdo de vista el presente. La voz que las pronuncia sigue clarísima en mi mente a pesar de los años que han pasado, un recuerdo que no tiene ningún derecho a colarse en un momento tan tenso.

Sacudo la cabeza un poquito, un movimiento apenas perceptible mientras intento desprenderme de ese eco. No espero que Nolan se dé cuenta, pero creo que sí lo ve, porque se le forma una arruga en el entrecejo. No es de preocupación, si bien en apariencia pueda parecerlo. Es solo confusión… soy consciente de ello. Aunque sea un leve atisbo de empatía, no la quiero. Mucho menos viniendo de él.

Cojo aire para seguir con mi argumento sobre su *scrapbook* de trofeos cuando otra voz interrumpe mis pensamientos.

—Pájaro bonito asesino —dice Morfeo desde la pared del jardín. Ambos lo miramos picotear los últimos trozos de carne que quedan sobre las piedras—. Ñam, ñam. G de galleta.

Morfeo cloquea tres veces y luego imita el sonido del motor diésel.

Nolan mira de reojo la trituradora de madera y a continuación vuelve a observarme; ahora la incredulidad se mezcla con el asco que todavía crepita en su rostro.

—¿Le has puesto a tu trituradora de madera el nombre del Monstruo de las Galletas, un personaje muy querido de Barrio Sésamo, y después le has enseñado a un cuervo a que pida chuches de carne humana que sacas de la gente a la que te cargas?

La saliva espesa se me desliza por la garganta.

—Suena peor de lo que es.

—No —me contradice Nolan, y la luz de los ojos se le apaga—. Es peor.

—Adiós, adiós, galletita —canta Morfeo en una réplica dolorosamente perfecta de mi propia imitación del Monstruo de las Galletas.

Estoy desesperada por pasarme la mano por la cara, pero no pienso soltar ni la pistola ni el bote de ¡A la Mierda! Aunque ninguna de las dos armas me parece suficiente cuando Nolan me observa fijamente con una malicia tan despiadada. Hay tanto calor en su mirada que podría provocar la erupción de un volcán dormido.

—Eres un ser humano terrible —dice, como si lo afirmara para sí mismo tanto como para mí.

—No sabes nada sobre mí —susurro.

—Vaya, ¿en serio? Yo creo que sé muchas cosas. —Se acerca un paso y, aunque todo el cuerpo me grita que corra, me quedo donde estoy apuntándolo a la cara con la pistola—. Sé que matas a la gente y te vas quemando rueda. Sé que te deshaces de los cadáveres con una trituradora de madera.

—Tú matas a la gente y la pegas en un libro, así que eso es muy «le dijo la sartén al cazo» de tu parte, ¿no te parece?

—Al menos yo me deshago de ellos de la manera adecuada. Eres consciente de que las astillas de hueso no se desintegran en la tierra por arte de magia, ¿verdad? Supongo que ahora sé cómo has ganado todos esos concursos de jardinería. A lo mejor a la policía también le encantaría saberlo. —Nolan mira la lona con el ceño fruncido y luego pasa la vista por los lechos de flores recién plantadas antes de volver a centrar su ira en mí. Se acerca otro paso, apretando con más fuerza la empuñadura del cuchillo—. Dime, ¿cazas con el viejo? ¿O solo te dedicas a limpiar sus estropicios? ¿Por eso te deja vivir en esta casa? A lo mejor eres la hija que siempre quiso tener.

La bilis me arde por debajo del esternón. No sé si entiende lo que está diciendo o si solo es una coincidencia cruel. En cualquier caso, sus palabras se me cuelan en la piel, me calientan la palma dentro del guante mientras agarro la pistola con más firmeza.

—Lárgate de mi propiedad y a lo mejor te dejo vivir —rujo cuando se acerca otro pasito.

Yo debería recular. O dispararle, aceptar el riesgo de que el estallido llame la atención de los vecinos y de los turistas que se alojan en el barrio. Puedo arrancar la hoja del libro que lleva mi nombre y entregarlo como prueba. Darme prisa para intentar limpiar el estropicio de lo que queda de Jake Hornell y esperar que el inepto del sheriff Yates no mire con demasiada atención todo lo que no sea Nolan, el hombre que se ha colado en la finca de Arthur Lancaster y me ha amenazado de muerte.

Sigo sopesando los riesgos y los beneficios de encajarle una bala a Nolan Rhodes en toda la cara cuando dice algo que se abre paso en el torbellino de pensamientos que se me revuelven dentro del cráneo:

—Como parece que por aquí la policía no resuelve ningún caso, tal vez debería dejar que lo haga ese investigador *amateur* de los Buscasabuesos, ya que resulta que el viejo ha llamado su atención.

Todo el fuego que me corría por las venas se convierte en hielo de repente.

—¿Qué has dicho?

—Los Buscasabuesos. Están aquí y es cuestión de tiempo que…

—¿Quién está aquí? —exijo saber dando un paso atrás—. ¿Quién?

Un atisbo de intriga se ilumina en los ojos de Nolan, el cual casi queda oculto por la malicia y el odio que parece llevar como una armadura. Es como si contradijera su buen juicio cuando suelta un nombre que temo escuchar. Un hombre que ha estado siguiendo mi rastro desde que desaparecí. Uno tenaz. Determinado. Y lo que es peor, uno de esos que persiguen la fama como un sabueso sigue el olor de un zorro. Uno que no me ha quitado el ojo de encima a pesar de que mi historia se diluyó y su grupo empezó a hacerle caso a otra presa. Pero sé que he cometido un error colosal cuando Nolan dice:

—Sam Porter.

El peso de esas dos palabras hace que me tambalee. Y mi adversario lo ve. El segundo en que aparto el dedo del gatillo. Cuando bajo la pistola lo bastante para dejar una abertura.

Y él la aprovecha.

El arma se me cae de la mano y aterriza en la hierba. Tengo el tiempo suficiente para darle con el bote de ¡A la Mierda! en el cuchillo para tirárselo al suelo. Pero, aunque se le cae, Nolan me agarra de la garganta con la otra mano. Me deja el aire justo para respirar. Se le tensa la palma por debajo de mi mandíbula, sus dedos son firmes e implacables sobre mi piel. Mi pulso le golpea la piel cálida cuando me acerca más a él y me mira fijamente a los ojos como si fuera a consumirme la puta alma.

—¿Dónde está mi libro? —pregunta marcando todas las palabras.

La menta y la rabia me envuelven el rostro con cada aliento que inhala. Irradia una furia que carga el aire que nos rodea. Esa mota marrón que tiene en el iris izquierdo parece oscurecerse, como si el demonio que hay en su interior surgiera a la superficie. Y yo le devuelvo la mirada, lo reto a salir. Puede que me esté asfixiando, pero mis palabras todavía guardan veneno cuando le digo:

—Vete a la mierda.

Él me aprieta más y yo me esfuerzo por no toser.

—Podría torturarte hasta que me lo contaras.

—No sería la primera vez que me torturan. Adelante —siseo.

La presión se me acumula en la cabeza con cada latido, se me emborrona la visión. Nolan frunce un poco más las cejas; solo por un segundo, sus ojos se centran en mis labios antes de volver a sostenerme la mirada.

—Pero quizá deberías saber… —Con la mano enguantada, lo agarro de la muñeca y me acerco más a él, hasta que solo nos separan un par de centímetros—. Tu precioso libro irá derechito al FBI junto con toda la información que he recopilado sobre ti hasta la fecha. La matrícula de tu coche de alquiler. La medicación que tomas. La farmacia que te hace las recetas. Tu puto número de teléfono. Hazme daño o mátame. Adelante, verás cómo tu vida se desmorona. Estoy segura de que tus padres y tu hermana estarán muy orgullosos cuando se enteren de quién es Nolan Rhodes en realidad, en especial después de todo lo que ya han perdido.

Al mencionarle a su familia, veo el primer y verdadero momento de incomodidad bajo su implacable ceño fruncido. Un músculo le tiembla en la mandíbula, como si intentara

aplacar el miedo. Afloja un poco el agarre, lo suficiente para permitirme aspirar una buena bocanada de aire.

—Solo hay una manera de que recuperes el libro —le digo. Una sombra de rabia le cruza el rostro, forma una línea tensa con los labios—. Ayúdame a proteger a Arthur. Saca a Sam de aquí.

—No voy a matarlo, si es lo que quieres que haga.

—Joder, no. —Lo miro fijamente y contengo las ganas de entornar los ojos—. Como te lo cargues, los Buscasabuesos vendrán como locos. Esos frikis conspiranoicos con gorritos de papel albal nos superarán en número. Solo tienes que hacer que se vaya.

Nolan suelta una carcajada. No hay ni alegría ni calidez en la sonrisa que me dedica.

—¿Quieres que te ayude a proteger al asesino en serie que tienes como benefactor del tío que parece que le está siguiendo el rastro legítimamente? Esa sí que es buena.

—Esa es la oferta que te hago. O la aceptas o te largas.

—¿Por qué no te quitas a Sam de encima tú solita? A juzgar por la que tienes aquí montada —señala con la cabeza la trituradora de madera—, diría que se te puede ocurrir alguna razón para que deje de hacerle caso a tu amigo y se centre en otra cosa. A lo mejor podrías ser generosa por una vez en la vida y aguantar el chaparrón por Arthur.

Me trago los juramentos que hice. Las promesas que mantendré, cueste lo que cueste.

—Si pudiera aguantar el chaparrón, lo haría —afirmo.

No estoy segura de que Nolan me crea, pero esa es la verdad. Conozco a Porter lo suficiente como para ser consciente de que no ha venido solo a resolver un misterio. Ha venido por la fama. Y nadie puede darle una historia mejor que la mía. Si permito que Sam Porter se me acerque demasiado, volverá a llevarme a rastras al punto de mira y quién sabe lo que podría quedar al descubierto bajo los focos. Todas las promesas que he hecho en la vida (a Arthur, a mí misma, a los fantasmas que dejé en el pasado) se desmoronarán como polvo entre mis manos.

Ojalá fuera tan sencillo.

Esto no puedo hacerlo sola. Puede que Nolan Rhodes haya venido a matarme, pero de repente es la única persona que puede salvarme.

—Como no me ayudes, tu libro se va derechito a las autoridades.

Él resopla y sus ojos me laceran el rostro como si pudiera arrancarme el pellejo de los huesos con solo una mirada.

—Supongamos que te ayudo. Luego ¿qué? ¿Me devolverás el libro sin más y dejarás que me vaya tan contento?

—Sí.

—¿Cómo sabes que no me revolveré y te mataré en cuanto lo tenga entre mis manos?

—Imagino que podrías hacerlo. —Me encojo de hombros—. Pero supongo que el resto de las pruebas te seguirían suponiendo un problema.

El silencio cae sobre nosotros. Me aprieta la garganta de nuevo y cojo aire para aguantar. «Tablas», vuelvo a escuchar cuando la vista se me empieza a emborronar de nuevo. Aprieto los párpados hasta que el recuerdo se desvanece y, en cuanto lo hace, Nolan también relaja el agarre lo suficiente para que el zumbido que oigo desaparezca del mismo modo.

—Te ayudaré con Arthur. Y luego me devolverás el libro y cualquier otra cosa que me hayas quitado —accede al fin.

—Te devolveré el libro y las armas. Te irás del pueblo. Todo lo demás se queda conmigo, ya que estoy segura de que recopilarás pruebas contra mí mientras nos lo pasamos pipa, cosa que estoy deseando. Lo tomas o lo dejas.

Soy consciente de lo desesperado que está por recuperar el libro. Bajo su mirada se fragua una guerra. Pero que yo tenga la sartén por el mango y lo necesite tampoco significa que pueda fiarme de él. Da igual lo que me quede cuando el trato llegue a su fin: me matará en cuanto tenga el dichoso libro entre las manos. Lo tengo claro.

La única forma de sobrevivir es matándolo a él primero.

—Pájaro bonito asesino —dice Morfeo en la bruma; su voz es una imitación impecable de la mía.

Trago saliva, suelto la muñeca de Nolan y le tiendo la mano para que me la estreche.

—¿Trato hecho?

Él baja la vista a mi oferta de tregua. Su expresión no refleja nada; tiene los ojos fijos en el guante manchado de sangre. Tarda un buen rato en volver a mirarme a los ojos y me libera la garganta apartando dedo a dedo. El cuervo grazna entre las sombras. A lo mejor es una señal de mal agüero. O el destino, que queda sellado con una melodía siniestra. Los gritos del pájaro quedan de fondo cuando Nolan me quita el guante y lo lanza sobre el césped, luego me estrecha la mano sin pestañear.

—No cometas ningún error —me advierte—. Si yo caigo, te arrastro conmigo.

—No me cabe ninguna duda. —Me resulta imposible contener la sonrisa perversa que se me abre camino entre los labios cuando le aprieto la mano dos veces—. Empezamos mañana.

Con la otra mano, alzo el bote de ¡A la Mierda! y se lo rocío en la cara.

Nolan levanta la mano y se aleja cubriéndose con el brazo para protegerse.

—¡¿Qué coño haces?! ¿De qué vas?

—Te estoy lanzando ¡A la Mierda! Ya me he tragado bastante chorradas tuyas por hoy.

—Escuece.

—Bien —gruño. Le rocío la mano otras tres veces—. Fuera de mi propiedad. Llévate contigo la dichosa cabecita. No me apetece limpiar tus estropicios.

Le arrojo la cabeza de Jake, que le da en el pecho con un golpe sordo. Se está limpiando el espray de los ojos con la manga de la sudadera cuando abro la válvula de la manguera que está junto al toldo y lo apunto con ella.

—Vuelve mañana por la tarde a ver qué hacemos con esta movida —digo. Recojo el cuchillo y la pistola mientras él intenta agarrar la manguera soltando una retahíla de maldiciones. Cuando consigue poner la cara delante del chorro de agua fría, parpadea—. Y como te vea antes por aquí, te meteré en la trituradora de madera antes de que empiece el trato.

Le dedico una última mirada, le doy la espalda al hombre que ha venido a matarme y me alejo.

TESOROS

Harper

—¿Estás segura? El Nardo Precoz es básicamente una trampa mortal —dice Lukas mientras yo retiro la lona que cubre el viejo coche de carreras.

—¿Acaso no lo son todos?

Una nube de polvo nos envuelve y atrapa el sol matutino que se cuela por la ventana mugrienta del cobertizo. Sacudo la mano delante de mi cara a la vez que me acerco al coche de carreras que él mismo construyó. El armazón está hecho con dos barriles de whisky cortados y unidos con dos paneles de acero. El ingenio de Arthur también podría estar estampado junto al logo de la destilería Lancaster, que sigue grabado en la madera de roble envejecida.

—Me parece increíble que Arthur te dejara llamarlo Nardo Precoz.

Lukas suelta una risilla y pasa la palma por el nombre desgastado que hay pintado sobre el alerón decorativo.

—La verdad es que no estaba muy puesto en jerga de penes, ¿sabes? Pero lo pilló enseguida porque Bert casi se meó encima cuando anunció mi turno y, conforme comentaba la carrera, se le escapaban indirectas bastante obvias. Después me tuvo castigado dos semanas. —La sonrisa se le vuelve agridulce y se le pierde la mirada, como si estuviera echando un vistazo en el pasado—. Aun así, mereció la pena. Fue el mejor día de mi vida.

Se me cae el alma a los pies cuando veo que el muchacho se pasa la mano por el pelo corto y moreno y la detiene en la nuca, algo que siempre hace cuando el peso de la vida se convierte en una carga demasiado intensa. Solo me mira a los ojos por un instante, pero me da tiempo a atisbar una herida en carne viva que nunca se curará. Una herida llamada Maxine, la chica que amó toda su vida. La que cogió y se largó de Masacre al amparo de la noche el día en que se graduaron sin dar explicaciones, como si no pudiera esperar ni un segundo más para marcharse.

A él le causó un daño irreparable. Y, a pesar de que es alto y está en forma, de que es rico y no depende de nadie sin llegar ni siquiera a la treintena, y de que duele ver lo guapo que es con esa aura de buena persona, estoy segura al noventa y nueve por ciento de que no ha follado en su vida. Aunque tampoco es que eso sea asunto mío.

—¿Estás seguro de que me dejas usarlo? —le pregunto para no entrar en el debate de «¿Lukas es virgen?» que tengo conmigo misma muchas veces, aunque en ocasiones me da algo de repelús, ya que siento que podría ser mi hermano. Él ya está sacudiendo la cabeza para que no me preocupe por lo del coche—. Ya se me ocurrirá otra cosa…

—Ni hablar. No pasa nada, Harp. Me encantaría verlo reclamar su antigua gloria. —Lukas le da unas palmaditas cariñosas al barril. Entonces, algo resuena bajo el chasis, cae al suelo y desaparece rodando en la oscuridad—. Bueno… supongo que a las partes recicladas no les ha venido muy bien que este trasto se quedara aquí una década sin hacer nada. Vas a tener que desmontarlo y asegurarte de que como

mínimo está en mejores condiciones que cuando lo hicimos.

Solo quedan dos semanas para la carrera, así que, siendo realista, no entraba en mis planes hacerle una puesta a punto completa. Pero me limito a sonreír y a asentir.

—Sí, me aseguraré de que está preparado para volar. Aunque a lo mejor le pongo otro nombre. No necesito que tu abuelo me lance a los leones criticones.

—Aún estoy cabreado contigo por cómo me has sacrificado. Los canalones son una putada. Limpiarlos me va a llevar toda la tarde y no me dará tiempo a ducharme antes de ir al ensayo de teatro. Ross sigue celoso de que haya conseguido que me den el papel de Bestia. Tengo clarísimo que va a decir que apesto delante de todo el elenco.

—Entonces deberías darme las gracias por no haber sugerido que te encargaras de la fosa séptica. —Sonrío mientras él entorna los ojos y me lanza un trapo lleno de polvo—. No te preocupes, he llamado al tipo para que venga a arreglarla. No tienes que ocuparte tú. De momento.

Lukas suaviza la expresión, pasa la mano por el vinilo agrietado de un taburete y se deja caer en él.

—Gracias por cuidar siempre de mi abuelo. Este sitio se caería a pedazos si no fuera por ti.

—No es ninguna molestia.

—Es Arthur Lancaster. Siempre es una molestia.

En eso tiene razón. El viejo siempre supone algún inconveniente, pero en un sentido que admiro. Y la mayor parte de ese comportamiento problemático refleja una vida oculta de la que ni siquiera Lukas está al tanto. Yo soy una de las únicas dos personas que saben de lo que de verdad es capaz. Yo, su gran aliada. La Pluma, su enemigo acérrimo. Y supongo que ahora se nos ha unido un tercero.

Nolan Rhodes.

Me centro en la mochila que metí ayer debajo del coche de carreras antes de que Nolan se plantara en mi casa.

—En realidad —digo recuperando el bulto—, necesito pedirte un favor.

Lukas hace una mueca formando una pregunta en silencio y le sonrío como respuesta mientras le tiendo la mochila.

—Necesito que escondas esto. Ponlo donde yo no vaya a encontrarlo. Y no le digas a nadie dónde está. A no ser que me ocurra algo.

Frunce el ceño. Mira fijamente el bulto como si fuera a explotar si lo tocara. Al final, traga saliva, lo acepta y se lo coloca en el regazo.

—¿Qué quieres decir con lo de que a no ser que te ocurra algo?

—En plan si desaparezco. O si aparezco muy malherida, tanto que nunca podré despertarme para contarte lo que ha sucedido. O si me encontráis muerta.

—¡¿Qué cojones?! ¿Estás metida en un lío?

—Todo va bien.

—Pues no lo parece. ¿Qué pasa?

Sacudo la cabeza y pongo la mano sobre la suya cuando empieza a abrir la cremallera. Lukas no pertenece a la oscuridad, a pesar de que esta ha envuelto su vida, a menudo sin que él mismo sea consciente. No voy a permitir que el trabajo al que Arthur ha dedicado toda su existencia se desmorone por mi culpa.

—Es una de esas situaciones en las que hay que saber lo justo. Y, cuanto menos sepas, mejor para todos. —Asiento una vez y le aprieto la mano—. Por favor. Tú guárdala en un sitio donde esté a salvo y no mires dentro. Si ocurre algo, mándasela directamente al FBI.

—¿Al FBI? ¿Te estás quedando conmigo?

—El sheriff Yates sería igual de útil que una piedra con tetas. Esto tiene que acabar en manos de alguien que tenga dos neuronas que hagan sinapsis.

El silencio se apodera del cobertizo. Lukas me escudriña el rostro, las motas de polvo vagan en el haz de luz que nos separa, una frontera etérea entre dos criaturas que bien podrían pertenecer a dos mundos diferentes. Lukas Lancaster es el ángel de Cabo Masacre. Y yo soy el demonio que reclama las almas que vienen a contaminar su paraíso.

Cuando se echa la mochila al hombro y asiente con la cabeza, no puedo evitar sentir que he fallado a la hora de mantener a salvo su santuario.

—¿Estás segura de que te encuentras bien? Me dejas muy preocupado —insiste; esos preciosos ojos marrones buscan algo en los míos, el ceño fruncido está cargado de inquietud. Para tener la pinta que tiene, con ese pelo oscuro y esa barba incipiente, la mandíbula cincelada, el cuerpo atlético y los hombros anchos, nadie pensaría que es como es; todas sus preocupaciones quedan reflejadas en el mosaico de camisas a cuadros remangadas y en ese olor a cebada malteada—. Siento que hayas cargado con la mayor parte del trabajo de cuidar de Arthur. Puedo pasar más tiempo aquí…

—No, Lukas. —Tiro de la lona para volver a tapar el Nardo Precoz y una nubecilla de humo se alza a nuestro alrededor, como si fuera un fantasma piroclástico—. Me encanta pasar tiempo con Arthur. Y a él le hace muy feliz que estés restaurando la destilería. Sé que eso es algo que lleva mucho tiempo. Estoy bien.

—¿Estás segura?

—Confía en mí. —Le doy unas palmaditas en el brazo de camino hacia la puerta. Él se levanta para seguirme—. Si necesito que me eches una mano, te lo haré saber, sin duda alguna. No te preocupes, dentro de nada recuperaremos unos horarios más normales. Y todo merecerá la pena. El pueblo se alegrará un montón de ver que la destilería está a punto y que vuelve a funcionar como Dios manda.

Lukas se encoge de hombros, se gira para envolver los tiradores de la puerta del cobertizo con la cadena y echa el candado. Se detiene a mi lado y nos quedamos admirando las vistas. Desde lo alto de la colina donde se encuentra la mansión Lancaster se ve todo el pueblo. Por encima de nosotros se desplazan las nubes blancas, impulsadas por la implacable brisa marina. Los rayos del sol se cuelan entre los bordes mullidos buscando el agua, los barcos atraviesan la superficie brillante allá a lo lejos. Las casas victorianas del centro del pueblo le dan la espalda al mar, con esos colores vivos que luchan contra la melancolía de las profundidades, que albergan muerte y recuerdos oscuros para quienes llevan aquí el tiempo suficiente. Cada pedazo de este pueblo existe bajo la sombra de la mansión Lancaster. Incluso los que viven en sus terrenos.

—No sé si la gente se alegrará mucho —dice Lukas, como si me estuviera sacando los pensamientos de la cabeza—. Algunas personas sí, claro. Pero no todo el mundo.

Levanto la vista y lo miro, entrecierro los ojos escudriñando su expresión pensativa.

—¿Por qué piensas eso?

—No lo sé. Es solo que me da la sensación de que nunca estarán preparados para superar ciertas cosas. Como lo que le ocurrió a mi madre. —Se encoge de hombros; no deja de contemplar el pueblo mientras se aferra al tirante de la mochila—. Esta mañana, cuando he ido a la tienda de Maya a por algo para limpiar los canalones, me ha dicho que un tío ha estado preguntándole cosas sobre la finca para un documental que está grabando. Un documental, Harper. Es como

si siempre hubiera alguien dispuesto a exhumar el pasado de mi familia, ¿sabes? —Sacude la cabeza sin mirarme, lo cual agradezco. Porque, si lo hiciera, vería que tengo la mandíbula tensa por estar apretando los dientes, o el color que me arde en las mejillas—. Al parecer, el otro día estuvo hablando con Daryl Winkle sobre las tierras que tenemos junto al río Ballantyne.

Frunzo el ceño y ahora sí que me mira como si sintiera la alarma que de repente me recorre el pecho.

—¿Por qué le interesa ese terreno?

—Quizá porque lo vendí el mes pasado, aunque no estoy seguro de por qué iba a importarle eso.

Casi me ahogo al ir a coger aire.

—¿Que has hecho qué?

—Lo he vendido —repite Lukas; se le forma una arruga entre las cejas—. Ya no nos hacía falta, y el ayuntamiento iba a aprobar por la vía rápida una solicitud de desarrollo...

—¿A quién? —Me doy cuenta demasiado tarde de que mi tono es más duro de lo que debería y ahora sus rasgos muestran cierta sospecha cuando me devuelve la mirada—. Lo siento. Arthur me contó que te firmó el poder notarial y no es asunto mío ni nada. Supongo que solo estoy sorprendida, eso es todo.

—¿Tiene algo que ver con lo que me has pedido que esconda?

—No. —Sacudo la cabeza como si eso fuera a conseguir que se deshaga la mentira que se me ha quedado atascada en la garganta—. No, la verdad es que solo tengo curiosidad, eso es todo.

Aunque sigue escudriñándome, la preocupación de Lukas se evapora poco a poco y también afloja la tensión de la mandíbula.

—Una empresa de desarrollo inmobiliario que se llama Viceroy. Me contactaron hace un tiempo porque quieren construir un nuevo hotel *boutique* junto al río. Están bastante ansiosos por empezar. Bert me contó que ya han conseguido los permisos y alquilado las excavadoras. Supongo que he estado tan centrado en todo lo de la destilería que se me olvidó mencionarlo… Lo siento. Ese sitio me está comiendo todo el tiempo.

—No, no te disculpes. —Consigo formar una sonrisa que espero que lo convenza lo suficiente. Entonces suelto otra mentira—: Es estupendo.

Un latigazo de culpa me sacude el corazón. En mi existencia ya hay tantas decepciones que intento limitar el número de mentiras directas que le digo a la gente que me importa. Aparte de Arthur, Lukas es la única persona que de verdad dejo que se acerque, y ya me siento bastante culpable de normal porque no sabe el tipo de mujer que soy en realidad. No me gustaría empeorarlo.

—¿Cuándo se cierra la venta?

—Justo dentro de tres semanas.

—Justo tres semanas —repito como un loro y me trago las ganas de soltar una carcajada amarga—. Guay… Chachi. Bueno, será mejor que me vaya. —Intento aplacar la sospecha que veo alzarse en su mirada una vez más dedicándole una sonrisa tranquila, despreocupada. Me despido con un gesto breve pero incómodo y me vuelvo hacia el sendero que lleva a mi casa, al límite de la propiedad—. Pásalo bien con los canalones.

—¡La próxima vez, vas a ser tú la que aguante a los leones criticones! —grita a mi espalda; yo me limito a hacerle una peineta y lucho contra las ganas de cubrir corriendo la distancia que me separa de mi casa.

Cuando entro, tengo la respiración acelerada; el corazón me golpea los huesos con cada latido. «Tres putas semanas».

Camino hacia la escalera, subo los escalones de dos en dos y, al llegar al rellano, me giro hacia la habitación de invitados. Parece que el aire nunca se mueve en el cuarto que ocupaba Lukas cuando solo era un bebé. Aparte de la cocina, sé que es la única estancia a la que Arthur se negaría a entrar si viniera a buscar su bolsa, pues tiene tan incrustados los recuerdos que no creo que ni la enfermedad se los arranque. Me detengo el tiempo justo para sacar la bolsa que metí debajo de la cama y bajo de nuevo.

—De una bolsa de asesino a otra —mascullo en voz alta cuando me siento en uno de los sofás mullidos y la suelto en el suelo—. ¿Qué narices he hecho con mi vida?

Sin duda, esto no era lo que esperaba. Tuve un buen hogar. Una infancia feliz. Creía que tendría una vida normal. Pero al universo le encanta demostrarte que te equivocas. Un día, todo cambia de manera drástica. Un día, te atrapa un asesino en serie y te mete en un sótano mientras el universo dice: «A tomar por culo tus expectativas».

Así que aquí estoy ahora, sacando el *Libro de los muertos* de Arthur de su bolsa de chucherías.

—Madre del amor hermoso. Esto es tan… Arthur.

Paso los dedos por el título grabado en el cuero suave, cada letra está cubierta de oro que él mismo debió de estampar en la caligrafía. Esta es la primera vez que me atrevo a mirar con detenimiento este preciado registro de nombres y fechas y formas de morir. Abro la tapa desgastada. Dentro hay recetas de veneno. Notas sobre gases nocivos. Clasificaciones de armas, métodos de descomposición. A lo largo de muchos años, ha detallado cómo eliminó cada cuerpo, hay localizaciones marcadas con números en mapas de sus terrenos.

Paso las páginas hasta la propiedad junto al río Ballantyne. Estoy bastante segura de que la sangre deja de correrme por las venas.

Cierro los ojos y suelto un largo suspiro de resignación.

—Estoy jodidísima.

Se me va la mirada al tablero de ajedrez que hay al lado de la chimenea apagada.

«Tablas».

Vuelvo a acordarme de su voz.

Cierro los ojos de nuevo y me los aprieto con las palmas de las manos.

«Ninguno de los dos ganó», repite su voz esta vez.

«Deja que esta vez pierda yo, Adam», recuerdo haber dicho. Fue el día que esperamos a que viniera la grúa a recoger el vehículo que nos había dejado tirados en una carretera desierta y polvorienta. Todavía huelo el palo santo ardiendo en el quemador de incienso con forma de medialuna que le encantaba a Adam, el que siempre estaba encima de la estufa de madera en la caravana que llamábamos hogar. Fue el día que nuestra vida se desmoronó, se hizo añicos y colapsó a nuestro alrededor.

A veces siento como si los cinco años que han pasado desde aquel día nunca hubieran existido. No cuando oigo su voz con tanta claridad.

«Siempre perderé por ti». Esa sonrisa sempiterna suya le daba calidez a sus palabras cuando lanzaba el rey sobre el tablero para dejarme ganar, como solía hacer cuando ya no se podían realizar más movimientos.

Apenas fue un segundo después cuando llamaron tres veces a la puerta corredera.

Me obligo a abrir los párpados, me alejo de manera voluntaria de esa época que no permito que se me acerque, la que

me ahogaría si la dejara. Me quedo observando las piezas de ajedrez, colocadas para una nueva partida. Las miro un buen rato, respirando hondo una y otra vez, hasta que el recuerdo de la sonrisa de Adam por fin se desvanece.

Tengo que mantener las promesas que hice. A Adam, no perder nunca la esperanza. A Arthur, proteger este pueblo.

Las que me he hecho a mí misma.

Me obligo a volver a centrarme en el libro que tengo abierto sobre el regazo. No despego los ojos del mapa cuando me saco el móvil del bolsillo, apenas aparto la vista lo suficiente para pasar el pulgar por el nuevo contacto. «El tío del fiambre».

Llamo y pongo el altavoz.

Dos tonos después, recibo un caluroso saludo de Nolan Rhodes.

—¿Quién es?

—¿Tú qué crees?

Sigo observando mi futuro cercano, dibujado con tinta y manchas marrones que sospechosamente parecen sangre seca. Me acerco el libro a la cara y escudriño las gotitas, luego las olisqueo con cuidado. El aroma a tinta y cuero se desprende de la página, el olorcillo a humedad flota como un fantasma en las fibras del papel de algodón que tiene los bordes picoteados. Arrugo la nariz.

—¿Qué les pasa a estos tíos con los libros de sangre y pellejo?

—¿Qué has dicho?

Entrecierro los ojos, cierro el *Libro de los muertos* y lo dejo a mi lado en el sofá.

—¿Sigues interesado en recuperar tu precioso cuaderno de *scrapbooking*?

—¿Sabes que tengo cosas que hacer? No puedes decir *«scrapbooking»* y esperar que vaya corriendo a tu puerta.

—Ambos sabemos que eso es mentira. Has venido aquí por mí. Para convertirme en uno de tus trofeos de curtiduría. Y, como ahora yo tengo tu expositor, según lo veo yo, dispones de tiempo.

—Así que esperas que todo el mundo revolotee a tu alrededor. Me dejas anonadado.

Me muerdo el labio para no responderle algo sarcástico. Las ganas de decirle que no tiene ni idea de con quién está hablando se me deslizan entre el esmaltado dental hasta que me las trago. Se me vuelven a ir los ojos al tablero de ajedrez. Da igual cuánto trate de alejarme de la persona que era antes: esa chica sigue ahí, dispuesta a reclamar un pasado que he intentado borrar. Pero no la he mantenido oculta durante tanto tiempo para que alguien como este tío la saque a la luz.

—Te he hecho una pregunta muy sencilla, Nolan. Si prefieres, podría mandárselo al FBI.

Hay cierta satisfacción en su voz y me imagino que debe de estar sonriendo con suficiencia cuando dice:

—Si fuera tan fácil, ya lo habrías hecho. Pero no lo es, ¿verdad? Necesitas mi ayuda.

Por el amor de Dios, cómo odio a este hombre. Y no solo porque tenga razón.

—¿Quieres tu puto libro o no?

Hay una larga pausa. Por un momento, creo que se ha cortado la llamada; sin embargo, en la pantalla siguen corriendo los segundos. El *Libro de los muertos* que tengo al lado parece susurrarme en el silencio. Hay demasiados nombres en el mapa de los terrenos del río Ballantyne. Demasiados cuerpos como para desenterrarlos todos yo sola en tan poco tiempo. Independientemente de que sea mi enemigo o no, Nolan Rhodes es la única persona en la que puedo confiar para que me ayude a proteger el secreto de Arthur, a mantener a Lukas

y al resto de Cabo Masacre a salvo. Y no sé qué voy a hacer como se niegue.

Cuando por fin responde, solo dice una palabra, pero en su tono oigo tanto preocupación como determinación:

—Sí.

—Entonces tenemos trabajo por delante.

EXHUMACIÓN

Nolan

—Faltan tres semanas para que se cierre la venta. Tres putas semanas.

Harper asiente una sola vez.

—Tres putas semanas.

—¿Y cuántos cuerpos dices que hay? —pregunto, aunque la he escuchado perfectamente la primera vez que me lo ha dicho. Le clavo la mirada en el perfil del rostro, pero ella no aparta la vista del banco limoso del río que se extiende ante nosotros, el agua oscura fluye allá donde no alcanza la luz de la linterna que lleva en la cabeza.

Traga saliva. Se aclara la garganta.

—Dieciséis.

—*Dieciséis* putos cadáveres. Eso es casi uno por noche y eso asumiendo que las condiciones sean perfectas y no cometamos ningún error.

—Sí —responde, los ojos le brillan bajo la luz tenue cuando los entorna—. Gracias por hacerme *mansplaining* de matemáticas. No sé qué habría hecho sin esa contribución tan trascendental.

Resoplo irritado.

—No intento hacerte *mansplaining* de matemáticas.

—¿Por qué no me explicas entonces ese plan sin duda tan elaborado que tienes para que Sam se largue de la ciudad? Porque eso sí que sería útil.

Cierto. También esta eso. Esta misma mañana he empezado a seguir la pista de sus andanzas para poder sacar los patrones de comportamiento que quizás pueda truncar o aprovechar. Hasta el momento, no se me ha ocurrido ninguna solución factible, salvo la posibilidad de sabotearle el equipo y el coche.

—Estoy trabajando en ello —gruño.

Harper resopla.

—Seguro. Bueno, pues más vale que te des prisa, fiambre. —Me estampa el mango de una pala contra el pecho con precisión, aunque ni se vuelve ni mira en mi dirección—. Tenemos que sacar a un Buscasabuesos de este pueblo y exactamente 0,76 cuerpos que exhumar por noche en las tres gloriosas semanas que vamos a pasar juntos, así que más vale que nos pongamos manos a la obra.

Echa a andar hacia la pequeña cuesta que baja hacia la franja de cieno de la ribera del río, donde la vegetación es escasa y hay pocos puntos de referencia.

Podría matarla. Darle un palazo en la cabeza y arriesgarme a que no fuera de farol con lo del libro. Desaparecer en el bosque. Resignarme a no volver a ver a mi familia en la vida, romperles aún más el corazón hecho añicos. Al menos sabrían que impartí justicia a aquellos que la merecían.

Aflojo un poco la mano con la que sostengo la pala mientras veo a Harper dejar su bolsa de tela gruesa en el suelo, junto a la que coloca su pala. Está de espaldas a mí, un charco de luz recorre el barro cuando inspecciona el espacio que la rodea, como si estuviera proyectando sus pensamientos en la tierra. Está asustada, pero no de mí y tampoco por ella mis-

ma. Le preocupa el viejo. Está tan atormentada que está dispuesta a jugarse el cuello para arrastrarme a su control. Y quiero saber por qué.

Aunque la idea me repugna, comprendo por qué lanzó el coche por un acantilado y fingió su propia muerte después de haber atropellado a alguien y huir. Por qué ha estado cuatro años escondiéndose en un pueblecito extraño. Supervivencia. Pero no entiendo por qué lo arriesgaría todo por un viejo que puede que matara a su propia hija. ¿Cómo es posible que alguien que no tuvo ningún escrúpulo cuando nos dio por muertos a mi hermano y a mí sea tan leal hacia este hombre? Hasta el punto de ponerse a sí misma en peligro.

Esta chica tiene algo que incita preguntas en los recovecos más oscuros de mi mente y no son las mismas que quería que me respondiera cuando vine a Cabo Masacre.

Harper se agacha y abre la cremallera de la bolsa antes de rebuscar dentro. La fantasía que he estado viviendo durante los últimos cuatro años se encuentra a escasos metros de mí. He soñado tantas veces con arrancarle la confesión de los labios mientras la estrangulaba. Me acerco unos cuantos pasos. En un par de segundos, podría controlarla. En cambio, lo que hago es bajar la pala, respirar hondo y caminar despacio hacia donde está, haciendo suficiente ruido para no asustarla. «Conseguiré las respuestas que he venido a buscar», me prometo. «Estoy aquí para que se enfrente a las consecuencias de las decisiones que tomó, esas de las que ninguno podemos escapar. Pero quiero conocer todos sus secretos antes de hacerlo».

—Bueno. —Me detengo a su lado—. ¿Por dónde empezamos?

Me encojo cuando me apunta a los ojos con la luz de la cabeza; desvía la atención por un segundo a la pala que tengo en la mano, antes de volver a mirarme a la cara. La estoy haciendo sentir insegura. Quizá debería deleitarme en la incomodidad que le provoca mi presencia.

No lo hago.

Clavo la pala en la tierra a mi lado y lo digo todo alejándome un paso de ella y cruzándome de brazos. Y, como si ella me diera también algo a cambio, apaga la linterna que lleva en la cabeza y enciende un farolillo de *camping*.

—Imagino que podemos empezar por el límite de allá e ir trabajando de izquierda a derecha. —Señala con la cabeza hacia unas rocas de granito que se encuentran a lo lejos.

Saca un metro de la bolsa y me lo lanza a los pies antes de enderezarse con una botella en una mano, la linterna la ilumina desde atrás en un ángulo que haría que la mayoría de las personas se vieran fatal. Pero no Harper. Ella tiene una belleza cautivadora, etérea bajo el resplandor azulado de la linterna y la luna. Incluso las gotitas que le caen sobre el pelo cuando empieza a rociarse algo por la coronilla brillan.

—¿Qué es eso?

—Jodebichos.

Suelto una carcajada. A ella ni siquiera le tiemblan los labios mientras se rocía una nube de pulverizador alrededor de la cabeza. Un mosquito se me detiene en el cuello el tiempo suficiente para picarme y le doy un manotazo.

—¿En serio?

Ella se encoge de hombros.

—A Maya le gusta ponerse creativa con los nombres. Pero se sacó el doctorado en Química en el Instituto de Tecnología de Massachusetts, ya ves. Todo lo que hace es increíble, flipas. Esta mierda es buena.

Harper se rocía los brazos sin apartar los ojos de los míos en ningún momento, como si estuviera dispuesta a apuntarme con la boquilla del espray, aunque solo me retuerza un

poquito y eso a ella no le guste. Estoy seguro de que me despellejaría la cara con las uñas si pudiera, a juzgar por la mirada implacable con la que me taladra. Es adorable en un sentido asesino.

«No, no lo es, joder. ¿Qué cojones te pasa?».

Sacudo la cabeza, tal vez con la esperanza de despejarme esos pensamientos tan caprichosos, quizá con el anhelo de que algunas de las gotas de la nube con olor a citronela se desvíen lo suficiente por la brisa ligera para cubrirme la piel.

—Me gustaría echarme un poco de repelente —pido.

Harper entrecierra los ojos hasta que se le convierten en una delgada rendija de malicia.

—¿Dónde te has dejado el tuyo?

—En el hostal.

—¿Me estás diciendo que te ganas la vida en búsqueda y rescate y has venido a la fiesta nocturna de la exhumación de un cuerpo junto al agua sin repelente para insectos?

Aplasto otro mosquito, pero dos más consiguen aterrizarme en el cuerpo en lo que yo he matado solo a uno.

—En primer lugar, estás usando a la ligera el término «fiesta». En segundo lugar, cuando has dicho: «Ven a recogerme a las diez que tienes que ayudarme con una cosa de Arthur», te has olvidado de mencionar la parte de los cadáveres junto a un puto río. Así que… ¿me prestas tu repelente?

Una sonrisilla de suficiencia maliciosa le tiembla en los labios.

—No tienes muy buenos modales, ¿no? A lo mejor si hubieras dicho «por favor» desde el principio, te habría devuelto el libro cuando me lo pediste.

—No, no me lo habrías dado.

—Tienes razón. Y tampoco me apetece mucho dejarte mi espray —dice mientras se rocía por delante, todavía con los ojos clavados en los míos.

La sangre me ruge en los oídos. No sé si es la rabia o lo audaz y tentador que es su desafío o el modo en que la bruma le cubre la piel del pecho y le brilla en el esternón. A lo mejor es la combinación de las tres lo que me enciende.

Aprieto la mandíbula al acercarme un paso.

—Podría quitártelo.

La tengo a unos pocos centímetros de distancia, mirándome fijamente con una provocación total, los labios carnosos apretados en una línea de determinación.

—Y yo podría rociarte la cara. La última vez te vino muy bien.

Me acerco más. Ella sigue sin apartarse de mí. Lo que sí hace es colocarse el espray a la espalda con un ademán que casi me desafía a que se lo quite, a que extienda el brazo y la envuelva y se lo arrebate de las manos. Por mucho que intente no evocar lo que se sentirá al notarla pegada a mí, me lo imagino. Su calidez. Su pecho subiendo y bajando contra el mío. La cadencia de sus latidos.

Ella me clava la mirada dura en los ojos, se me cuela en cada capa hasta que siento que se me ha incrustado en el corazón, que me perfora de dentro hacia fuera.

—Por favor, Harper —digo al fin; no se me pasa por alto el modo en que baja la vista a mis labios y la mantiene ahí mientras yo permito que su nombre me envuelva poco a poco la lengua—, ¿me dejas el espray de los bichos?

Ella responde casi sin aliento:

—¿Vas a quejarte menos si te lo doy?

—No me cabe ninguna duda de que encontraré otra cosa por la que refunfuñar, no te preocupes.

Saca la mano despacio de detrás de la espalda y veo el bote por el rabillo del ojo.

—Qué ganas de averiguar qué más se te ocurre.

Nuestros dedos se rozan cuando le quito el bote. Un calambre me recorre la piel incluso cuando el contacto momentáneo ya ha pasado. Y me pregunto si ella también lo ha notado. Si ha sido así, no lo demuestra. En cuanto suelta el repelente, se agacha para coger la linterna y la cinta de medir con una mano y la pala con la otra.

—Sígueme —es lo único que dice.

Cojo la bolsa de lona y la pala, también me echo la bruma Jodebichos mientras ella encabeza la marcha hacia las piedras que se encuentran al final de la llanura. Cuando llegamos, suelta la linterna y la pala, me pasa el extremo del metro y se queda con el carrete en la mano.

—¿Tienes el mapa? —pregunto.

Me fulmina con la mirada.

—Yo soy el mapa. Seis metros desde el centro de la roca más grande. Debería haber una rajita. —Pasa el dedo por la superficie de la piedra—. Aquí está.

Me acerco a donde tiene el dedo y, cómo no, hay una pequeña muesca en la piedra hecha por una mano humana. Cuando me enderezo, ambos nos volvemos para evaluar el banco del río—. Pero ¿cómo sabes que tienes que ir en línea recta? Podría estar ahí —propongo señalando un punto del suelo cerca de la orilla— o ahí. —Me giro dibujando un arco y vuelvo a apuntar—. O podría incluso estar en algún sitio intermedio. A menos que haya un segundo punto de referencia, podría ser en cualquier parte.

Harper pasa la mirada por el río, que avanza lento, y se fija en otro conjunto de piedras que hay en la otra orilla. Los hombros se le hunden por un segundo, lo suficiente para que me dé cuenta.

—Sí que hay otro punto de referencia. La roca que está más cerca del agua.

—Vale… bueno… eso es útil, supongo. Si no tenemos en cuenta que está al otro lado del río.

—Sí.

Nos quedamos callados un buen rato. Esperaba que fuera directa hacia la ribera y se metiera en el agua con la cinta en la mano, y puede que incluso con un cuchillo entre los dientes. En cambio, no hace nada. Se limita a mordisquearse el labio antes de encogerse de hombros como si pudiera ocultar sus preocupaciones bajo un gesto de indiferencia.

—Creo que irá bien si nos limitamos a medir desde esta roca —dice y me hace un gesto para que enganche el extremo del metro en la rendija de la piedra—. Siempre y cuando esté más o menos en línea recta…

Suelto un suspiro audible y la detengo tocándole el brazo, lo cual hace que se sobresalte.

—Tú misma lo has dicho, no tenemos mucho tiempo. Será mejor que nos ahorremos la molestia de tener que excavar por todo el terreno. ¿Llevas otro metro?

Me acuclillo para empezar a rebuscar en la bolsa y al levantar la vista veo que Harper niega con la cabeza. Puede que no tenga otro metro, pero sí que lleva un rollo de cuerda de nailon de sesenta metros nuevecito, el cual espero que sirva.

—¿Qué distancia hay en tu mapa desde las rocas del otro lado del río hasta el primer cuerpo?

—Cuarenta y cuatro metros.

—Vale. Esto es lo que vamos a hacer.

Medimos cuarenta y cuatro metros de cuerda y la atamos al marcador. Luego marcamos los seis metros con la cinta de medir y la bloqueamos con la pestaña. Cuando todo está preparado, nos dirigimos hacia la orilla con la linterna y la cuerda. Solo queda una cosa por hacer.

Respiro hondo y me agarro el cuello de la camisa por detrás para quitármela.

—¿Qué coño haces? —sisea Harper entre susurros. Mira a nuestro alrededor frenética, como si alguien estuviera acechando.

Suelto una risilla y a continuación me desabrocho el cinturón.

—Voy a darme un baño.

Estoy seguro de que se está poniendo roja. Casi siento la sangre que se le sube a las mejillas. Aunque intenta apartar la vista, parece que no puede contenerse. No hace más que mirarme de vez en cuando, se fija en mis abdominales o en mis pectorales o en mis hombros o en mis manos mientras yo me tomo mi tiempo en desabrocharme los vaqueros. Básicamente, se detiene en cualquier parte en la que haya piel al descubierto o la posibilidad de que haya más.

¿Qué cojones? No estoy tonteando con la mujer a la que puede que mate.

Que mataré. La voy a matar. Luego.

—Supongo que ahora lo entiendo —digo.

—¿El qué?

—Por qué llevas tanto tiempo escondiéndote en Cabo Masacre en concreto.

Me quito los zapatos haciendo palanca con la punta del otro pie y me bajo la cremallera de los pantalones. Harper me mira a los ojos y ladea la cabeza. Juraría que siento la ausencia de sus ojos sobre la piel, aunque solo es el escalofrío que me provoca el aire frío nocturno.

—¿Y por qué, oh, gran sabio?

—Al principio creía que solo te gustaba porque es… estrafalario. —Me bajo los vaqueros por las caderas y, pese a que esperaba que ella siguiera el movimiento con la mirada, no lo hace. Siento una punzada de decepción en la garganta cuando trago saliva—. Pero tiene aún más sentido que te pases el tiempo libre cuidando a La Pluma y haciendo sus trabajitos sucios de asesino a cambio de comida y alojamiento.

Si hubiera estado tonteando con ella, cosa que no estaba haciendo, lo que acabo de decir habría matado de un plumazo todas mis posibilidades. Ella me dedica una mirada más que letal. Incendiaria.

—No puedo creerme que tú seas la persona que intenta matarme. Un tío que no podría estar más perdido ni esforzándose. Enhorabuena, no has acertado ni una de las suposiciones que has hecho sobre mí o sobre nadie. —Sus ojos son cuchillos de malicia, pero creo que distingo un destello de dolor en lo más profundo antes de que suelte el extremo de la cuerda a mis pies—. No te ahogues. Sería una tragedia que este mundo de mierda se pierda esa mente tan brillante que tienes.

Con un gesto de desdén, enciende la linterna que lleva en la frente y me ciega antes de darse la vuelta y dirigirse hacia las rocas. Aunque no la veo bien con el resplandor de luz que me quema los ojos, dudo que se gire para echarme un último vistazo. Si siente el peso de mi mirada sobre los hombros, no hace nada que lo indique.

El halo se disipa poco a poco, ya solo atisbo el pálido tono azulado de la linterna y la oscuridad del bosque que se encuentra al otro lado del río.

Me ato la cuerda al tobillo y vadeo el agua, que me muerde la piel con sus mandíbulas amargas.

La arena suave cede bajo mis dedos de los pies mientras me alejo de la orilla y dejo que me envuelva la corriente, tan lenta que no cuesta luchar contra ella, pero tan rápida que me aparta un poco de mi objetivo. La fragancia del agua fresca se mezcla con la citronela aceitosa que todavía tengo pegada al

cuerpo. Me abro paso en la oscuridad sin perder de vista la roca plateada. Debería estar pensando en cómo narices voy a recuperar mi libro o qué estrategia voy a seguir para librarme de este plan de exhumar cadáveres. Pero no. Estoy pensando en Harper. Recuerdo ese destello de dolor que acabo de verle en los ojos. No he sentido lo que creía que sentiría al saber que lo he provocado yo.

Cierro los ojos y hundo la cabeza en el agua; intento sacarme a la fuerza esa imagen de la memoria. Por desgracia, sigue ahí incrustada. No está dispuesta a marcharse.

Un escalofrío me recorre el cuerpo cuando subo por el estrecho banco del río. Ladeo el cuello de un lado a otro, la presión negativa cruje entre las vértebras. Estiro y doblo el brazo a ver si se me pasa el dolor del codo. La rodilla me palpita porque el otro día fui a casa de Harper corriendo demasiado rápido. Tejido cicatrizado y piezas rotas que nunca se van a curar del todo. Cuando miro hacia la ribera contraria, ella me está observando; tiene la linterna de la cabeza apagada, la única luz proviene de la otra que tiene a los pies. Me pregunto qué pensará de las marcas que me ha visto en la piel cuando me he desnudado. Si se imagina el sufrimiento que supuso soportarlas o la pena que se encuentra bajo las cicatrices.

Estamos demasiado lejos y está demasiado oscuro para que nos podamos ver el uno al otro con claridad. Pero ninguno de los dos se mueve, al menos por un instante que parece alargarse tanto como el río que nos separa.

Harper es la primera que se aparta. Se agacha para coger el otro extremo de la cuerda que sigo llevando atado al tobillo.

—¿Estás preparado? —me grita.

Yo continúo sin moverme.

Por fin me apoyo sobre una rodilla para desatarme la cuerda y llevarla a la piedra que tiene tallada una muesca en la superficie. Harper tira de ella y la alinea con el metro. Cuando encuentra el punto en el que coinciden ambas medidas, clava el pico de la pala. No oigo ni una sola palabra al otro lado del agua. Ella empieza a excavar. Yo, a nadar.

Cuando llego a la orilla, ya ha avanzado bastante en el lecho blando. Observo sus movimientos fluidos y rítmicos mientras me visto, todavía empapado. La veo hundir la pala en la tierra y profundizar en el hoyo que está cavando. Es fuerte. Grácil. No baja el ritmo, ni siquiera cuando yo cojo la otra pala y me uno a ella. No hablamos. No creo que se fije en mí en ningún momento, al menos no del mismo modo en que la estudio yo, lanzándole miraditas de vez en cuando como si fuera un ladrón. Hasta que no golpea una textura extraña con la punta de la pala, no me mira a los ojos.

—Supongo que tu plan ha funcionado —susurra.

Asiento.

—Uno fuera.

—Faltan quince.

Intercambiamos una única mirada lúgubre cuando sacamos el cadáver, del que no queda nada más que huesos en un saco de polipropileno putrefacto con una tipografía negra y desgastada en la que se puede leer: «Centeno». Una vez que hemos tapado el hoyo y recogido las herramientas, nos quedamos ahí plantados observando el banco del río y todo el trabajo que aún nos queda por delante. Y puede que ella también esté pensando lo mismo que yo cuando nos volvemos y echamos a andar de nuevo hacia la carretera. Sé que no debería estar deseándolo, pero una vocecilla traicionera que se me ha instalado en el cerebro dice lo contrario. Es la emoción que precede a la caza… nada más. Estoy reuniendo pruebas y estudiando las rutinas de mi presa. Lo de esta noche solo prepara el camino para las cosas que puedo apren-

der para derrotarla. Lo único que he hecho ha sido satisfacer mi curiosidad.

—Gracias. —Harper rompe el silencio, en el cual ni siquiera me había fijado porque estaba sumido en mi avalancha de pensamientos.

—Claro.

—¿Qué pasa?

La miro parpadeando.

—¿Qué quieres decir?

Se encoge de hombros, sin que se me pase por alto que frunce el ceño mientras me observa, como si buscara pistas en mi cara.

—Llevas toda la noche con aire deprimido, aunque ahora estás… aún más deprimido. No creía que fuera posible, pero aquí estamos.

—A lo mejor solo estoy pensando en lo jodido que es todo esto.

—La verdad es que no me imaginaba que fueras de esos a los que le corta el rollo una reubicación de cadáveres, teniendo en cuenta lo aficionado que eres al *scrapbooking*. Pero sí —responde, se detiene para pasarse los dedos por la mandíbula al mismo tiempo que inspecciona la carretera que tenemos delante. Me gustaría recordarle que ha estado manipulando un saco donde había un muerto y que sin duda los fluidos de descomposición humana se han filtrado por las fibras. No lo hago—. Supongo que sí que supone cierto engorro.

—Un poco. Y ahora estoy ayudando a una mujer a la que quiero matar a cubrir los crímenes cometidos por otro asesino en serie. Nunca había oído hablar de una quedada de asesinos más incestuosa que esta.

—No tienes ni idea —masculla Harper mientras se echa el saco de huesos al hombro y comienza a andar.

—Espera… ¿qué? ¿Qué quieres decir? —Corro un par de pasos tras ella antes de que me dedique una mirada perpleja. No sé explicar por qué, pero siento que la sangre que me recorre las venas está demasiado caliente, decenas de grados por encima de lo normal—. ¿Arthur y tú tenéis algún tipo de… relación… o algo?

—¿Qué coño? No. Ay, madre mía. ¿Alguna vez aciertas en algo? Arthur está loquito por Irene. —Resopla y, aunque se da la vuelta antes de que pueda verla, juraría que la oigo entornar los ojos—. Olvídalo, tío del fiambre.

Harper se dirige hacia el apeadero de gravilla en el que he aparcado. La sigo, pero cuando llega al coche de alquiler continúa andando sin más, hacia el sendero que se adentra en el bosque que está al otro lado de la carretera.

—¿Adónde vas? Te he traído yo —digo mientras camino hacia el medio de la carretera oscura.

—Estoy bien. Hasta mañana.

Sin decir ni una palabra más, desaparece. E igual que la primera vez que nos vimos, me deja solo.

En la oscuridad.

ALTO

Harper

No hay café suficiente en el mundo que me permita sobrevivir a hoy, así que mucho menos a diecisiete días de esta mierda. Apenas me da para pensar con claridad cómo preparar la cafetera, por Dios. Ayer hasta me olvidé de encender el fuego. Durante diez minutos.

Es el cuarto día, pero juraría que se siente como si hubieran pasado cuatrocientos ochenta y cinco. Lo de las últimas noches me está matando. No es solo que me esté quedando despierta hasta las dos o las tres de la madrugada, o el trabajo físico adicional que supone exhumar cuerpos después de una jornada ya de por sí exigente preparando los extensos jardines de Arthur para otra temporada en la que diezmaremos las esperanzas y los sueños de Sarah Winkle. Tampoco intentar arreglar el viejo y oxidado Nardo Precoz o que me preocupe que Sam Porter aparezca de repente en mi puerta sacudiendo las manos con un aire triunfal como si acabara de hacer un truco de magia.

No. Es el estrés de estar recluida en un lugar con un hombre que quiere matarme y lo único que se lo impide es una prueba que ahora mismo está en posesión de Lukas Lancaster, que, aparte de ser encantadoramente ingenuo, siempre está en la parra.

¿Y cuál es el otro factor que hace que todo este programa de reubicación de cadáveres sea insoportable hasta decir basta?

Que Nolan Rhodes está buenísimo.

Esos hoyuelos. Serían mi perdición si me sonriera con algo más que desprecio. Su piel. La piel de un hombre nunca había estado a punto de dejarme sin habla hasta Nolan. La luna le cae encima todas las noches como si la tía estuviera determinada a iluminar las llanuras de músculos que le recorren ese cuerpo ridículo cuando se desnuda para nadar hasta la otra orilla del río. A veces el brillo se desliza entre las cicatrices que le cruzan el codo. El hombro. La espalda. El abdomen bajo. Dios, eso es lo peor. Sigue esa cresta de músculos diagonal que conduce hacia la cinturilla de los calzoncillos. Siempre los lleva bajos, en las caderas, como si me provocara a propósito, como si me retara a mirar ahí abajo mientras se quita la ropa para poder meterse en la corriente negra y deslizarse entre su abrazo traicionero. Nunca en la vida había estado celosa del agua, joder. Pero aquí estamos.

Sin embargo, no es solo su aspecto. Es su presencia. Aunque soy consciente de que lo más seguro es que él prefiera darme un palazo, tener una amenaza tácita junto a mí todas las noches tiene algo que me reconforta, por extraño que suene. El monstruo más peligroso es el que tengo justo al lado. Cuando él está ahí, no le tengo miedo a la oscuridad.

Es como si tuviéramos entre manos un rollito estilo síndrome de Estocolmo superretorcido. De manera racional, sé que en su mente soy suya. Nada ni nadie se interpondrá entre Nolan Rhodes y la vida que ha venido a reclamar. Pero ese otro lado no tan razonable piensa que está tremendo. Si bien suena a locura, es intoxicante ser el objeto de la obsesión de alguien que podría cargarse a cualquiera que te amenace. Soy consciente de que eso suena fatal. Y sé, con hasta la última fibra de mi ser, que necesito matar a este hombre antes de acabar siendo un *souvenir* en su libro de pellejos. Aunque debería estar corriendo en dirección contraria para comprobar esa teoría suya de que me encontrará vaya a donde vaya, la idea de que me siga hasta el fin del mundo en cierto modo consigue que me parezca aún más atractivo.

Este celibato autoimpuesto que dura ya varios años no me está haciendo ningún favor ahora mismo. Es tentador imaginarse un final alternativo para esta historia tan amarga, a lo mejor uno feliz; pero la realidad es que me mataría, eso es lo que haría. Probabilidades de muerte: cien por cien.

Suspiro y entorno los ojos, con las manos apoyadas a ambos lados de los fogones.

—Recompónte —susurro cuando me doy cuenta de que no he encendido el fogón para calentar el agua de la cafetera. Me ha vuelto a pasar. Solo es un tío. Un asesino en serie desquiciado con una piel impoluta, músculos para dar y regalar y unos hoyuelos muy monos. Cierro los ojos con fuerza y me apoyo contra la encimera—. Deberías dárselo de comer al Monstruo de las Galletas y acabar con esto de una vez por todas.

Aunque pronuncio esas palabras en voz alta, sé que no van a cambiar el modo en que me siento para que suceda lo contrario.

Tengo a mi enemigo justo donde puedo verlo. No es solo que necesite su ayuda. Es que la quiero. Es posible que una parte de mí incluso lo desee.

—No, no lo deseo en absoluto —me digo cuando el agua empieza a hervir—. Solo necesitas cafeína.

Apago el gas mientras sigo reprendiéndome por esos pensamientos intrusivos y traicioneros que se niegan a dejarme en paz. Por fin me sirvo el café e intento elaborar una lista

mental de las piezas del Nardo Precoz cuando oigo un estruendo proveniente del terreno que se encuentra al otro lado del jardín de mi casa. El sonido me sorprende tanto que sacudo el brazo y la mitad de la cafetera hirviendo se me derrama en la mano y sobre la encimera.

—Me cago en todo —siseo cuando noto el dolor en el dorso de la mano. No me da tiempo a meterla debajo del agua fría para aplacar la quemazón. Agarro un paño de cocina y me la envuelvo mientras corro hacia la puerta—. Nolan Rhodes, como esto sea culpa tuya, te la cargas.

Salgo y cruzo la verja de atrás que hay en el murete de piedra, pero a quien me encuentro es a Arthur bajándose del carrito de golf, el cual ha estampado contra un árbol.

—Dios santo, Arthur. —Lo cojo del brazo para que no se caiga—. ¿Te encuentras bien?

—Estoy perfectamente.

—¿Qué narices estás haciendo?

—Estrellar esta tartana —dice y le da un garrotazo al capó abollado—. ¿A ti qué te parece?

—¿A propósito?

—Por supuesto que no. —Clava el bastón en el césped y echa a andar a trompicones hacia mi casa como si no hubiera pasado nada—. El acelerador estaba atascado.

—¿Debajo de tu pie? ¿Porque lo estabas pisando a fondo en lugar de pisar el freno?

Él refunfuña una respuesta que no oigo.

—¿Dónde está el andador? —le pregunto examinando el guardabarros abollado del carrito de golf antes de seguirlo. Un aleteo rápido me hace desviar la atención hacia la pared, donde Morfeo acaba de posarse y agita las alas mientras nos observa con interés. Apenas consigo contener un gruñido—. ¿Te lo has dejado en casa?

—Sí.

—¿Por qué?

—No me hace falta. Solo me ralentiza.

Esto nunca es buena señal. Cuando la determinación de matar se le abre paso entre los huesos y arraiga, Arthur tiende a olvidarse del voluminoso andador en favor de uno de sus bastones fabricados a mano. Sobre todo el que lleva ahora, que está hecho de madera de roble rojo con una cabeza de lobo de bronce en el mango. Veo la energía oscura que lo envuelve cuando se aferra al garrote y avanza hacia la verja del jardín con determinación. Sé lo que va a decir antes de que la pregunta se le escape de la boca.

—¿Dónde está mi maletín negro?

Trago saliva y me preparo para ponerme una máscara de inocencia cuando gira la cabeza para mirarme.

—No lo sé, Arthur. ¿Dónde lo guardaste?

—Sé que te lo llevaste. Te vi en la cámara de seguridad cuando revisé la grabación para identificar al ladrón que me quitó el paraguas Pasotti.

—¿Alguien te ha robado el paraguas?

Él no responde.

—¿Lo has encontrado?

—Eso no tiene nada que ver, Harper —dice; me muerdo el labio bajo su escrutinio incisivo—. Quiero mis cosas.

—¿Por qué?

—No es asunto tuyo.

—Asesino —suelta Morfeo desde la pared. Arthur pone cara de asco mientras busca con esa mirada funesta la fuente del ruido—. Asesino precioso.

—Pájaro bonito asesino —lo corrijo.

Morfeo vuela hasta lo alto del comedero para pájaros sin despegar esos ojos de ónice de Arthur.

—Ñam, ñam, galleta.

—Harper, ¿por qué sigues empeñada en darle de comer a esa alimaña?

—No es una alimaña. Es un córvido bastante inteligente.

—Un córvido bastante inteligente que estaría encantado de arrancarte los ojos si tuviera la oportunidad. —Arthur sacude la mano hacia donde está el ave, pero Morfeo se limita a gaznar para demostrar su desafiante rechazo a verse sometido, a lo que sigue una retahíla de «ñam, ñam, galleta» cuando pasamos por el comedero—. Necesito mi bolsa. Sé que la tienes aquí.

Arthur baja el ritmo cuando llegamos a los adoquines del patio y se detiene al alcanzar la mesa. Observa la casa. Afloja el garrote y lo vuelve a sujetar con firmeza, dobla los dedos como si las imágenes pudieran escurrírsele de la memoria. Arrastra los pies, pero no se acerca a la puerta: la determinación se le está evaporando poco a poco.

El dolor aparece en sus rasgos. La pena es un fantasma que nunca se rinde. Jamás se cansa de atormentarnos el corazón. Se aferra, en cierto modo sobrevive incluso cuando otros recuerdos se han alejado. Le dejó tal huella en el alma que creo que todo lo demás podría cambiar mientras la enfermedad desmorona su identidad, pero eso aún persistiría. Puede que algún día a mí me pase lo mismo. El dolor que todavía me aprisiona como un manto quizá siga ahí cuando el resto se diluya en la oscuridad. El miedo también. Los terrores que parece que se me han tallado en los huesos.

Odio todo lo que tiene que ver con este momento. Odio la pérdida que Arthur se vio obligado a soportar hace tantos años. Odio tener que esconderle y no devolverle las herramientas con las que podría sobrellevarlo. Odio perder al amigo y mentor al que tanto amo por un deterioro tan cruel.

Deslizo la mano en la suya. Él se sobresalta, aunque no aparta los ojos de la casa. Tiene los labios fruncidos formando una línea fina cuando me devuelve el apretón.

—Estoy segura de que quieres recuperar esa bolsa por una razón importante. ¿Por qué no te sientas y te preparo un té? Podemos hablar de ello. —Retiro una de las sillas de la mesa del patio para que se acomode y señalo el asiento mullido—. ¿Por favor?

Hay una pausa y creo que por un momento se va a oponer, pero asiente y yo suelto el aire entre los labios apretados. Lo ayudo a sentarse en la silla y luego lo dejo con el cuervo cuando entro a hacer el té y otra cafetera. Mientras espero a que el agua hierva, me pongo una enorme gasa en el dorso de la mano sin dejar de hacer muecas. Cuando saco las bebidas en la bandeja con un par de pastas y una chuche para Morfeo, Arthur se está mirando las manos entrelazadas, jugueteando con la tensión de los dedos. Por un lado, me alivia que siga aquí sentado. Por otro, en cambio, desearía que se hubiera largado, porque al menos así sabría que está decidido a hacer lo que quiere.

—¿Estás seguro de que te encuentras bien? —Coloco la bandeja enfrente de él antes de dejar un trozo de pescado en el comedero para pájaros. Cuando me siento al lado de Arthur, él sigue mirándose las manos—. ¿Te has hecho daño?

—No —responde y desentrelaza los dedos lo suficiente para hacer un ademán de despreocupación.

—¿Para qué quieres la bolsa, Arthur?

Espero que me diga que quiere matar a ese tipo que se está quedando en el Airbnb de Maria Flores, el del perro feo que se le caga en los rosales. O a lo mejor ha encontrado a otro candidato, alguien que de verdad merece que lo mate un prolífico asesino en serie mayor que se considera el protector de

Cabo Masacre desde hace sesenta años, mucho antes de que perdiera a la hija que murió en la casa que tenemos delante. Este es uno de esos sitios que siempre necesitan protección, ya sea de un modo u otro, y ¿quién mejor para ofrecérsela que un hombre brillante y de principios bien asentado en la comunidad que resulta que también disfruta de cometer asesinatos calculados cuando hace falta? Estoy segura de que me va a hablar de las fechorías que ha cometido alguien. Puede que incluso sea un pecado aún más atroz que cagarse en el jardín o dejar marcas de ruedas en la hierba.

Arthur no me mira a los ojos cuando por fin admite:

—Para recordar quién soy.

Siento como si me hubieran dado un puñetazo en el pecho. Me quedo sin aire en los pulmones y se me escapa de los labios en un instante. De repente, un escozor me sube por la garganta y me arden los ojos.

—Eres Arthur Lancaster —susurro.

—Sé cómo me llamo —responde con el ceño fruncido. Aunque se le pasa enseguida, la angustia le suaviza las arrugas profundas—. Pero siento que estoy desapareciendo. Estoy perdiendo a quien soy en realidad.

Le cubro las manos mientras me trago una bola de cuchillas.

—No necesitas la bolsa para eso. Yo puedo recordártelo. —Arthur me mira a los ojos; la superficie turbia de los suyos está cubierta por un brillo vidrioso—. Te gustan las películas de Hitchcock. Te encanta la música clásica. Tienes muy buen gusto para los zapatos. Los Christina Riccis son impecables, en serio.

Me dedica una mirada letal.

—Stefano Ricci, terca filistea.

—Por supuesto. Stefano. Culpa mía. —Le muestro una sonrisa que me parece demasiado frágil bajo el peso de estas emociones mucho más pesadas. Se me borra cuando le aprieto la mano y él me agarra los dedos en respuesta. Busca algo en mi rostro con los ojos y yo le devuelvo la mirada seria, como si fuera capaz de imprimirle su identidad de nuevo—. Eres el hombre más formidable que conozco. Eres mordaz, pero cariñoso. Eres duro, pero amable. Eres mi mejor amigo.

Una brasa de sorpresa prende en sus ojos. Traga saliva. Aprieta los labios formando una línea tensa. Asiente una sola vez antes de apretarme los dedos por última vez y entonces aparta las manos de las mías para coger la taza de té.

—Bueno. Tú eres… —Se aclara la garganta, asiente otra vez y le da un sorbo al té—. Tú eres…

—¿Una terca filistea?

—Sí. —Suelta una risilla, un sonido raro y preciado—. Pero eres una buena chica cuando no te empeñas en ser testaruda. Y yo… te agradezco que estés aquí.

No puedo evitar lanzarle la sonrisa que le lanzo, aunque no está dispuesto a seguir mirándome más que unos segundos. Morfeo grazna desde el comedero… Emite tres chillidos punzantes y fuertes.

—Aun así, creo que deberías devolverme mi bolsa. Y también deshacerte de esa alimaña.

El cuervo gruñe tres veces más. La sonrisa que acababa de esbozar se me borra.

—Pues yo creo que no —digo cuando oigo un zumbido que proviene de la carretera que se encuentra al otro lado de la casa.

—Es molesto.

—También nos está advirtiendo.

Un escalofrío me recorre la columna vertebral cuando me levanto y miro hacia la casa. Es el mismo ruido que escuché

el otro día, cuando iba de camino al gimnasio y me detuve a hablar con Jake Hornell.

Entonces me acuerdo de lo que me dijo Nolan aquella mañana en mi jardín, cuando yo sujetaba el regalito sangriento que me había dejado. Sus palabras se me deslizaron en el cerebro y se me grabaron en la memoria, pero con el ajetreo del momento me pareció que no tenían sentido. Se me quedaron ahí clavadas, como una espina bajo la piel.

«¿A lo mejor porque acabo de matar a Jake, el tío del que estás coladita...?».

—¿Cómo que advirtiéndonos? —pregunta Arthur, su voz queda ahogada bajo el velo de latidos furiosos que me ruge en los oídos—. ¿Por qué...?

Un dron se alza por encima del tejado y planea sobre nosotros. Es el mismo que vi el otro día en el gimnasio, aunque entonces no le di muchas vueltas. El mismo que debe de haber pilotado cierto enemigo que hace solo un par de días estaba plantado en mi jardín con la cabeza cortada de Jake entre las manos. El que claramente me está volviendo a acechar.

—Porque alguien ha venido a espiar la mansión Lancaster.

¿Las ganas que sentía hacia Nolan? ¿Ese deseo inexplicable? Parecen desgarrarse entre las hélices blancas del dispositivo que sobrevuela mi casa. Es una punzada venenosa que duele más de lo que debería. Pero el dolor puede ser un fuego purificador. Y solo deja una verdad a su paso.

Nolan Rhodes debe morir.

DESVIACIÓN

Nolan

Estoy en el supermercado de la avenida Davis, metiendo en el carrito de la compra cosas que no debería estar adquiriendo para mi enemiga mortal.

Tal y como llevo haciendo tres días seguidos.

Después de que aquella primera noche tuviera que nadar por la corriente gélida del río Ballantyne, compré un medidor láser, de manera que solo tuviéramos que apuntar a las rocas que se encuentran al otro lado del agua para conocer la distancia correcta en cuestión de segundos. Me autoconvencí de que lo hacía por mí, para no tener que enfrentarme a otro chapuzón nocturno. Pero cuando la recogí con el coche esa segunda noche, no dejaba de pensar en el modo en que me había observado mientras me desnudaba. El modo en que deslizó los ojos por mi cuerpo en la oscuridad como si me acariciara con la punta de los dedos. Lo sentí, incluso cuando aparté la mirada. Pensé en el modo en que se mordió la comisura del labio. A lo mejor no debería haber deseado que volviera a pensar en mí una segunda noche. O una tercera, o una cuarta. Pero lo deseé y lo sigo haciendo.

El medidor láser se ha quedado en la nueva mochila que también me compré; la caja continúa sin abrir.

Al día siguiente, le compré a Harper una pala de mejor calidad. Me dije que aligeraría toda esta experiencia de desenterrar cadáveres. Quedan poco más de dos semanas antes de que se complete la venta del terreno y todavía nos falta cubrir nuestras huellas cuando hayamos acabado. En realidad, compré la pala nueva porque tenía una punta bastante protuberante y afilada. Dado que insiste en volver a casa andando todas las noches con un saco de huesos al hombro, me imaginé que al menos debería llevar algo que pudiera utilizar como arma en caso de que apareciera otro Jake Hornell. Maldito pervertido.

A lo mejor debería haberme planteado más seriamente que la tía podría usar la pala contra mí. Pero cada vez que me acuerdo de cómo me observaba al desnudarme para nadar, creo que no lo haría. Puede que no se sienta cómoda cerca de mí, aunque dudo que se deba solo a que la he amenazado o al tipo de hombre que sabe que soy.

Ayer le compré repelente para osos. ¿Qué pasa si una pala no es la mejor arma? No quiero que un puto oso se le ponga a tiro. Se me retuerce el estómago solo de imaginarme que esa bestia le desgarra la piel. Pero eso no se lo dije cuando se lo di, por supuesto. Le eché la culpa a que tiene el libro, el cual dejó bastante claro que iría a parar a las autoridades como le ocurriera algo, y la tía es lo bastante atrevida y lista para cumplir semejante promesa. No diría que va de farol.

—No quiero ir a la cárcel si te ataca un animal salvaje —le dije al lanzarle el espray como si fuera una molestia y no un regalo—. No dejes que se te acerque nada.

Ella inspeccionó el bote como si dentro hubiera explosivos hasta que al final soltó un discreto «gracias» y se lo guardó en el bolsillo de la chaqueta. Y entonces, con la bolsa de huesos echada al hombro como si viniera de comprar verduras del

mercado, dijo un escueto «adiós» y se adentró en la noche. Me la quedé mirando conforme se alejaba, regañándome a mí mismo por no acompañarla, y maldiciéndome aún más por preocuparme por la mujer que me arruinó la vida.

El problema es que, cada vez que recuerdo que ella me arrebató a Billy, o que me rompió los huesos e hizo añicos mi existencia, o que huyó y me abandonó para que muriera solo en la carretera, una serie de preguntas traicioneras surgen entre la oscuridad de la rabia latente: «¿Y si no me arruinó la vida? ¿Y si me dio un propósito cuando no tenía ninguno?».

—Eso es una estupidez —afirmo en voz alta mientras vuelvo a dejar en la estantería un dispositivo que repele los mosquitos.

Una mujer que empuja un carrito con un niño arruga la nariz y me mira con asco. Le muestro una sonrisa avergonzada y asiento, meto de nuevo el aparatejo en la cesta de la compra. Ella entrecierra los ojos cuando pasa por mi lado y continúa por el pasillo. Cojo un recambio extra y paso a lo siguiente que tengo apuntado en mi lista mental. Una lona. Una mochila tamaño expedición. Una linterna que alumbre más que la que tiene. ¿Es demasiado?

Al final del pasillo, cojo un hornillo de *camping*. Que le den. No tengo que dárselo a ella. Me lo puedo quedar yo. A lo mejor hago el chocolate y me lo bebo yo solito en un intento lamentable de antagonizarla. Es adorable que te cagas cuando se ofende.

«No, no lo es».

Tenso los dedos sobre la caja antes de meter el hornillo en la cesta.

Encuentro el resto de cosas que estoy buscando y pago antes de encaminarme hacia el coche de alquiler y guardarlo todo en el maletero. Todavía es por la mañana y hace sol, pero supongo que cuando estemos buscando la siguiente tumba ya habrá cambiado el tiempo y será una noche miserable con lluvia fría. De momento, avanzamos a buen ritmo, a cuerpo por noche. Harper trabaja duro. Nunca se queja, jamás protesta por las horas o el esfuerzo tedioso o los insectos persistentes, ni siquiera cuando un escarabajo se le cayó de la lámpara de la cabeza a la camiseta. Chilló y palmoteó y se dio la vuelta para sacárselo del sujetador; luego se limitó a apagar la linterna y a seguir trabajando con la luz de la luna.

—Cabrón insolente —masculló mientras yo apretaba los labios para no sonreír en caso de que mirara en mi dirección—. Primero podrías haberme invitado a una copa.

Apenas pude contener la risa.

Incluso ahora, cuando me siento al volante del coche, veo un atisbo de esa sonrisa en el retrovisor.

—Cierra la puta boca —le gruño a mi reflejo antes de arrancar el motor y alejarme del bordillo.

Giro para incorporarme a la calle principal. Harper sigue protagonizando mis pensamientos cuando veo su pelo oscuro y esos andares que ya me resultan tan familiares. Está entrando en Los Mejunjes Mágicos de Maya y yo aparco en un hueco libre que hay junto a la acera antes de ser del todo consciente de lo que estoy haciendo.

Podría marcharme. Continuar con mi día como si lo que ella hiciera no fuera asunto mío, al menos no hasta que se acabe nuestro trato. Puede que incluso me viniera bien un poco de distancia, para que lo obsesionado que estoy con ella no domine todas las horas que paso despierto igual que domina todas las que paso dormido.

Cruzo la calle corriendo antes de darle más vueltas a las protestas.

Intento no fijarme en el cartel de «Desaparecido» que hay pegado en un poste del teléfono en la puerta de la tienda; el nombre de Jake Hornell está escrito en negrita y su foto me devuelve la sonrisa. La rabia se me arremolina por debajo de las costillas antes de volver a centrarme en mi destino. Ralentizo el paso para echar un vistazo por el escaparate. Harper se mueve por la tienda, con una cesta colgada del codo, y se dirige al pasillo que dice «Primeros auxilios». Agarra un bote para examinar la etiqueta. En el dorso de la mano izquierda lleva puesta una venda.

Lo siguiente que sé es que abro la puerta de la tienda y camino hacia ella con grandes zancadas.

—¿Qué hostias es esto? —siseo mientras le sujeto la muñeca y me cierno sobre ella. Los ojos se le iluminan de la sorpresa; brillan tanto que le arden al rojo vivo del enfado.

—Hola a ti también, acosador psicópata. —Intenta soltar el brazo de mi agarre, pero no se lo permito—. ¿Qué narices te pasa…?

—¿Qué es esto? ¿Ocurrió algo anoche?

—Eh…

—¿Fue de camino a casa? Joder, te dije que te llevaba yo…

—No fue…

—¿Esto te lo ha hecho alguien? ¿Fue un animal salvaje? ¿Por qué no usaste el repelente para osos?

—¿Con la puta cafetera?

La miro atónito, luego le quito el bote que tiene en la mano y lo giro para leer la etiqueta.

—¿Quemaduras y ampollas…?

Harper entorna los ojos. Tiene las mejillas rojas.

—Es una pomada para quemaduras, rarito de mierda —dice con los dientes apretados—. Y estás montando un numerito. ¿Qué narices te pasa?

Le lanza una sonrisa frágil al mostrador que queda a mi espalda y sigo la dirección de su mirada. Maya se sube las gafas; tras los cristales sus ojos son tan afilados como unas cuchillas de obsidiana. Se fija en la tensión de mis hombros, en el modo en que agarro la delicada muñeca de Harper, la cual parece que soy incapaz de soltar. Le dedico a la dueña de la tienda una sonrisa fugaz y la saludo como si nada con la pomada que tengo en la mano antes de darle la espalda y centrar toda la atención donde corresponde. En Harper.

—No entiendo qué neura te ha dado —me susurra, retorciendo el brazo hasta que al final la suelto.

Siento la palma fría en ausencia de su calor. Antes de que pueda indagar mucho más en ese escalofrío desagradable que me recorre la piel, me quita el bote de la mano y lo mete en la cesta.

—¿Te has quemado?

Ella me fulmina con la mirada; esos ojos grises están afilados con malicia pura.

—Sí, y ¿a ti qué demonios te importa? No voy a enviar tu preciado libro al FBI porque haya tenido un maldito accidente con el café —susurra antes de echar a andar por el pasillo.

«Debería comprarle una cafetera automática», afirma una vocecilla traidora en mi cabeza.

No. No le voy a comprar una puta cafetera, joder.

—¿Estás...? ¿Te has...? —Carraspeo, tampoco estoy seguro de lo que intento preguntarle.

Quiero saber si está bien, pero eso no debería importar. Quiero drenarme de las venas la culpa por haber permitido que pasara, pese a que ni siquiera sé por qué siento que es culpa mía. De todos modos, no creo que ella aprecie mi preocupación, a juzgar por la mirada letal que me dedica. Somos

enemigos. Esta tía mató a mi hermano. Me destruyó la puta vida. Algunas cosas no se pueden perdonar. Está claro que ella sí se está ciñendo al plan. Entonces, ¿por qué no puedo hacerlo yo?

—Como ya he dicho, he tenido un percance con el café. Pero me sorprende que no lo supieras ya, teniendo en cuenta que te has pasado la mañana vigilándome.

—¿Qué?

Harper se encoge de hombros, aunque el tema sí que tiene importancia.

—Me imaginaba que, ya que te tomabas la molestia de volar un dron por encima de mi casa, lo más seguro es que también te pasaras todo el rato espiando por mi ventana.

Frunzo las cejas de la confusión, pero Harper apenas me mira y sigue avanzando por el pasillo, fingiendo interés en las diferentes pomadas y mejunjes de las estanterías.

—Yo no he volado un dron por encima de tu casa —niego.

—Vaya, ¿en serio? Porque no sería la primera vez que me espías, ¿verdad? —medio susurra medio ruge. No es una pregunta, sino una acusación. Me hace un gesto con la mano vendada y contengo las ganas de arrancársela de cuajo para poder echarle un buen vistazo a la herida que se esconde ahí debajo—. El otro día estabas pilotando esa cosa cuando yo iba al gimnasio. De ahí sacaste esa idea absurda de que estaba coladita por… —mira a nuestro alrededor a toda prisa antes de acercarse más— quien tú sabes.

«Puto Jake Hornell». Lo volvería a matar si pudiera. Y me tomaría mi tiempo para hacerlo. Le haría sufrir.

Sacudo la cabeza para desprenderme de esas fantasías asesinas y todas las preguntas que amenazan con surgir sobre por qué me resultaría tan satisfactorio volvérmelo a cargar.

—Te lo juro, hoy no he pilotado ningún dron.

—Por supuesto. Casi te creo.

—Te digo la verdad.

—Entonces, ¿quién era?

—No lo sé.

Me rasco la barba incipiente, la preocupación se me aferra a las tripas mientras Harper me observa, me fijo en el miedo que se esconde por debajo de su fachada de tía dura. Sí que me pasé un tiempo siguiendo a Sam durante los primeros días. Tampoco fue muy revelador. Se entretuvo entrevistando a los vecinos en la privacidad de sus hogares o comercios. Pero cuando lograba acercarme lo suficiente para poner la oreja, la conversación se centraba en descubrir lo que fuera que demostrara que Arthur Lancaster es el infame La Pluma. Estaba obsesionado. Y, a juzgar por cómo torcía el morro y fruncía las cejas mientras apuntaba cosas en su cuaderno de cuero, no conseguía el gran triunfo que estaba esperando obtener. Todavía.

Hasta la fecha, no se ha acercado a la mansión Lancaster. ¿Que cómo lo sé?

Porque yo no me he alejado de Harper Starling.

Cuando me he sentido razonablemente seguro de que Sam estaba ocupado con sus entrevistas, me he permitido sucumbir al placer de seguir a Harper, como si me diera el gusto de tomar una droga a la que no me puedo negar. Saltaba el muro de piedra que circunda su casa y observaba desde los arbustos como si fuera un tío turbio de verdad, mientras ella trabajaba en el jardín de la mansión, preparaba los lechos, plantaba las flores, podaba arbustos y árboles.

Otras veces, se encargaba de cuidar los jardines públicos del pueblo. Las flores que rodean el letrero de «Bienvenidos a Cabo Masacre». El parque de la calle Randall. Las cestas colgantes que bordean la calle principal. Con eso la ayudaron

tres tíos que reconocí de cuando estuve el otro día en la cafetería. Eran todos mayores y llevaban alianzas, pero igualmente me puso de los nervios. Podría haberle echado una mano yo. A lo mejor, si lo hubiera hecho, ella habría bajado la guardia y me habría dado información suficiente para averiguar dónde ha metido mi libro. Entonces, podría volver a centrarme en la verdadera razón por la que estoy aquí. Al menos eso es lo que intento decirme a mí mismo.

—El piloto de dron que tiene contratado Sam —digo al fin. El cabreo me recorre la piel como si fueran insectos escabulléndose. Creía que había conseguido tener relación suficiente con Sam para que me volviera a pedir ayuda con el dron si la necesitaba, pero está claro que me equivocaba—. Supongo que debe de haber llegado esta mañana.

—¿Supones? Pensaba que era parte de nuestro acuerdo: que se suponía que tú le seguías la pista a Porter y lograbas que se largara.

—Es lo que he hecho.

Harper resopla.

—Ya lo veo.

—A lo mejor he estado demasiado ocupado con otros proyectos.

Cojo un botecito, «Jugo Resucitamuertos Resacosos» pone en la etiqueta negra por encima del dibujo de un esqueleto bailando. Lo lanzo a la cesta de Harper y ella me dedica una mirada asesina.

—No eres tú el que también tiene que trabajar durante todo el día. Y además tengo que reconstruir un puto coche de carreras para poder cubrirte el culo por el regalito que me dejaste en el comedero para pájaros. De nada, por cierto. —Coge varios botes de sangre falsa y los echa en la cesta. Un pequeño destello parece brillarle en los ojos, lo suficiente para que se despierten mis instintos de supervivencia, y entonces la tía me da la espalda y sigue andando por el pasillo—. Espero que estés disfrutando de tus estúpidas vacaciones en mi pueblo. ¿Qué haces en todo el día? Aparte de no cumplir con tu parte del trato.

«Vigilarte», ofrece con muchísimo entusiasmo mi monólogo interior, que no sirve para nada.

—Cierto —dice ella antes de que me dé tiempo a elaborar una respuesta—. No has hecho nada de nada, lo cual es supersorprendente. Estoy anonadada. Y ahora, como no has conseguido que desvíe la atención tal y como prometiste, Sam está pilotando drones por encima de la puta casa de Arthur, espiándonos mientras intentábamos tomarnos una taza de café. ¿Y qué recursos tengo yo para detenerlo? Tampoco es que quiera llamar al sheriff Yates, ¿sabes?

—¿Por qué no? ¿La Pluma también enterró cadáveres en los terrenos de la casa?

Harper llega al final del pasillo y se vuelve hacia mí. Aunque me esperaba verle esa mirada fulminante porque lo que he dicho iba a joder, no es eso lo único que atisbo en sus ojos. Esas profundidades color plomo están vidriosas. Traga saliva y levanta la cabeza para mirarme desafiante.

—Cree lo que quieras sobre mí. Sé lo que crees que he hecho y no me importa una mierda, ni siquiera voy a intentar que cambies de opinión. Pero te equivocas, Nolan. Arthur Lancaster no es La Pluma.

Podría discutírselo. Decir algo sobre que nuestras excursiones nocturnas parecen demostrar lo contrario. Sin embargo, la convicción que veo en sus ojos hace que me detenga. Y ella aprovecha ese segundo para pasar por mi lado, restregándose los dedos de la mano vendada por debajo de las pestañas.

—Harper…

—Déjame en paz.

La veo caminar hacia el mostrador y vaciar la cesta; es obvio que Maya está preocupada, por cómo pasa la mirada entre Harper y yo. Le susurra algo a su amiga, que se limita a asentir antes de pagarle en metálico con dinero que se saca del bolsillo de la pechera de la desgastada camisa a cuadros. Mete la compra a toda prisa en la mochila y se la echa al hombro. Cuando camina hacia la puerta, me mira de reojo un instante. Pero es tiempo suficiente para que se me grabe en la memoria la imagen de su dolor y su rabia, y luego se marcha. Me acerco al escaparate y la veo bajar por la calle. La mano vendada se balancea bajo el sol mientras se aleja de mí con paso firme, todo lo rápido que puede sin correr. Me planteo salir de la tienda para poder seguirla desde la acera, pero me quedo ahí, mirando por la ventana como si fuera a volver. Respiro hondo y centro la atención en el otro lado de la calle, me voy fijando en los comercios que cada vez me resultan más familiares. Un Grano Náufrago. Cadáveres a Medida. Abogados Bhandari. Barbería Discoteca. Acaba de abrir una nueva oficina, Inmuebles Viceroy.

Y de pie junto a la entrada de Viceroy se encuentra Sam Porter. Se aferra a un puñado de papeles. Lleva la bolsa de la cámara colgada al hombro. Está mirando en la misma dirección por la que acaba de marcharse Harper. Tiene los ojos clavados en algo que está a lo lejos.

O en alguien.

Un segundo después, salgo de la tienda de Maya y avanzo hacia él con grandes zancadas.

Cuando me ve acercarme a paso ligero, me muestra una sonrisa y me saluda con los papeles que tiene entre las manos, antes de abrir la solapa de la bolsa y meterlos dentro. Antes de que desaparezcan en las sombras, me da tiempo a ver un atisbo de color verde pálido y azul; es un mapa. Siento que el corazón me martillea contra las costillas.

—Hola, Sam —lo saludo; intento que me salga un tono ligero, aunque me cuesta más de lo que pensaba.

—Rhodes. Ey, tío. —Me tiende una mano y se la estrecho, pero apenas me ha tocado la palma cuando señala con la cabeza hacia el lugar por donde se acaba de marchar Harper—. ¿La conoces?

Sigo su gesto y miro hacia el final de la calle; la brisa agita el pelo negro de Harper. Continúo escaneando la acera, no quiero fijarme demasiado en ella por si se da cuenta.

—¿A quién?

—A esa mujer —dice señalándola—. La de la camisa de cuadros. Estaba en la misma tienda que tú.

Sacudo la cabeza y me encojo de hombros, sin apartar los ojos de ella hasta que gira en la calle y desaparece.

—No. Lo siento. No la conozco.

Sam suelta un «mmm» pensativo con una nota de decepción. Le dedico una sonrisa despreocupada, pero él me responde con otra vaga. Sé que tiene la cabeza en otra cosa y, cuando se le van los ojos al punto en el que ha desaparecido Harper, no es difícil seguir su hilo de pensamientos.

—¿Cómo va el documental? —pregunto en un intento por tragarme las ganas repentinas que siento de despistarlo—. ¿Progresa adecuadamente?

—Ahí vamos. —Le da unas palmaditas a la bolsa de la cámara con algo más de entusiasmo que hace un momento—. He terminado un par de entrevistas; estoy esperando que me confirmen unas cuantas más.

—¿Necesitas ayuda con el dron? Tengo tiempo libre. Encantado de echarte una mano, si te hace falta.

—Gracias, hombre. Mi ayudante ya ha venido, así que debería estar todo bajo control, pero yo te aviso.

Sam sonríe, aunque los ojos se le vuelven a desviar hacia la calle y los entrecierra el tiempo suficiente para delatar en qué está pensando. Estoy seguro de que Harper es su nuevo objetivo, si es que la ha visto sentada con Arthur en la puerta de la casa que perteneció a Poppy Lancaster. Otra capa más en una historia que de por sí ya es complicada.

Pero el brillo que le veo en los ojos me hace sentir que hay algo más. La expresión que tiene ahora es la antítesis de la que le vi después de las entrevistas, cuando era obvio que le faltaban piezas del puzle que estaba intentando armar.

Ahora el hombre que tengo delante es un cazador. Tiene el aspecto de un depredador que ha olido a su presa en el aire. Lo sé porque es la misma que tengo yo cuando me he mirado al espejo y me he imaginado la sangre que estaba a punto de derramar. La he visto cuando le he dicho a mi reflejo que iba a matar a Harper Starling.

—Bueno —Sam le da unas palmaditas a la bolsa en la que ha escondido los papeles—, será mejor que me vaya, tengo un montón de curro. Ya nos veremos por ahí, ¿no?

—Por supuesto —respondo.

Me deja plantado en la acera, pero ese temor creciente sigue ahí mucho después de que se haya alejado con el coche.

A LA DERIVA

Harper

Está lloviendo a cántaros. Y hace un frío que pela. Estoy acostumbrada a estar al aire libre cuando hace un tiempo de mierda, pero de día. Estar sola en la oscuridad bajo un aguacero es algo completamente distinto. Me acerca demasiado a un pasado que hago todo lo posible por olvidar. Me recuerda a esa primera bocanada de libertad después de un terror tan arrollador que devoró todo lo bueno que quedaba en mí, dejando solo una aleación de acero cruda. Algo que se podría transformar en una cuchilla, pero que aún era demasiado débil para ser mortal. Solo había visto la forja. Todavía no había aceptado su llama.

Agarro mejor la pala que tengo apoyada en el hombro mientras camino por el sendero sin luz que conduce al río Ballantyne y a su correspondiente banco. Aunque el terreno es inestable, pues está cubierto de rocas y raíces, no le presto mucha atención al camino ni a los peligros que acechan en la oscuridad. Sigo atrapada en el pasado, pese a que odio acordarme de esa época. No solo de la casa ruinosa a la que me vi arrastrada, ni del frío opresivo del sótano, ni del olor a meados y mierdas, a temor y muerte.

No es solo el recuerdo de los pasos por encima de nuestras cabezas, o el modo en que la desesperación y pesimismo me mermaron el alma cuando me arrebataron a Adam. No es solo el estruendo de la motosierra o los gritos de mi novio o la risa maníaca que profería aquel hombre mientras lo asesinaba en el piso de arriba. No es solo el recuerdo de taparme las orejas con todas mis fuerzas con la esperanza de poder sacarme ese sonido a base de apretarme el cráneo. Después de escaparme de aquella casa infernal, los primeros días fueron un suplicio; me vi arrastrada por el torbellino de policías, abogados y periodistas. Me vi obligada a enfrentarme a mis vulnerabilidades.

La verdad es que yo no me sentía como una superviviente. Me sentía un fraude.

Quería ser como aquella mujer a la que arrojaron al sótano conmigo el día que murió Adam. Mientras yo balbuceaba un mantra impotente sobre que mi novio estaba muerto, ella se mantuvo fría y tranquila, a pesar de que tenía chorretones de sangre por la cara y se había dislocado el hombro.

—Sí. Ha matado a Adam —me dijo—. Y te prometo que Adam será la última persona que Harvey Mead habrá matado en su vida.

Entonces me dio la puta camisa que llevaba puesta.

Sloane Sutherland. No era solo una superviviente: era una guerrera. Valiente. Determinada. Indomable.

Cualquiera pensaría que lo que sentí al saborear la libertad tras escapar de aquel sótano fue alivio, o puede que incluso orgullo. Pero no. Sin embargo, ahí escondida, en la lluvia, observando a Sloane y al que ahora es su marido vengarse de aquel maldito monstruo que era Harvey Mead, entendí lo débil que era yo en realidad. Sloane no era solo dura; también era una asesina, mucho más peligrosa que Mead, algo que no comprendí del todo hasta que no la rastreé y descubrí sus secretos más oscuros. La infame Tejedora de Orbes, asesina de

asesinos: una mujer que perseguía a asesinos en serie y los convertía en arte. Pero incluso en aquellos primeros momentos, solo con verla a ella y a Rowan derrotar al hombre que nos había secuestrado y casi me mata, me di cuenta de que tenía que llegar igual de lejos para transformarme en una mujer tan invencible como ella.

Quizá nunca llegue a serlo.

Estoy segura de que jamás seré exactamente como ella. Seguro que ella no duerme con la luz encendida. Apostaría lo que sea a que no tiene miedo de estar sola bajo la lluvia y de noche. Apostaría a que ella ya habría matado a Nolan diez veces. Ella habría dicho: «Mira, que te den a ti y a tu libro de pellejos y a tus hoyuelos asesinos y a esos estúpidos ojos bonitos. No voy a permitir que me descoloque un psicópata buenorro». Y luego le habría arrancado los ojos, rajado la garganta y exhumado todos los cadáveres ella solita. Ella sabría qué hacer con Sam y cómo proteger a Arthur sin que la pillaran. Ella no necesitaría la ayuda de nadie.

Un suspiro pesado se me escapa de los labios apretados; hace suficiente frío para que mi aliento deje una nube de vaho entre las gotas de lluvia. Está claro que nunca seré exactamente como ella. Porque casi me arrepiento de haberle dicho a Nolan que me dejara en paz en la tienda de Maya. Preferiría que estuviera aquí durante las exhumaciones, aunque no sea más que otro cabrón que quiere matarme. Eso sí que es una putada.

Y lo que es aún peor es que no solo estoy enfadada por lo del dron o porque no haya conseguido quitarnos a Sam de encima o por ese comentario tan punzante que hizo sobre Arthur; ni siquiera porque se equivoca y no he hecho las cosas que él piensa que he hecho. Lo que de verdad me escuece es el dolor que hay debajo de todo eso. Creo que empecé a convencerme de que le importo un poquito cuando me regaló aquel espray para osos, o cuando me miró a los ojos mientras se desnudaba para cruzar el río a nado, observándome de una forma que pretendía dejar calor a su paso. Juraría que sentí un hilo que se tensaba entre nosotros, una energía que crepitaba a través del filamento frágil. Pero la realidad es que no es más que una estratagema. Solo me ayuda para recuperar su dichoso libro. Y supongo que tampoco le importo tanto, teniendo en cuenta que no me ha escrito ni llamado ni me ha recogido para nuestra excursión nocturna.

Ojalá pudiera recordar que la amabilidad que me muestra, por leve que sea, tiene un único propósito: acercarse a su objetivo. Matar a Harper Starling.

Me mordisqueo el labio y me subo un poco más el tirante de la mochila, luego apago la linterna de la cabeza cuando me aproximo a la carretera desierta. La luz de la luna se refleja en la superficie cubierta por la lluvia. El coche de Nolan no está. Suele aparcar en la franja de gravilla que se adentra en la propiedad, así el vehículo no destaca tanto y no está tan fuera de lugar, aunque de todos modos apenas hay tráfico en esta zona. Un torbellino de emociones encontradas me tira de las tripas. Estoy aliviada. Estoy consternada. Y, por suerte, también cabreada como una mona. La rabia es el único sentimiento útil de todos los que me embargan, así que, mientras cruzo la carretera, me centro en lo que me tengo que centrar: joder a Nolan Rhodes.

¿Cómo se atreve a librarse así del trato que hicimos? ¿Cómo se atreve a asumir lo peor de mí, aunque yo también sea una asesina en serie y esté claro que estoy protegiendo a otro asesino en serie? ¿Cómo hostias se atreve a darme un repelente para osos y dejarme que camine sola por la noche cuando podría haber osos con los que usar el dichoso espray?

¿Cómo se atreve a... hacerme chocolate caliente...?

Me detengo de repente en el límite del banco del río. Nolan está a la izquierda, junto a las piedras donde siempre dejamos las herramientas, sentado en un taburete plegable bajo una lona sujeta entre las ramas que se ciernen sobre él. Está inclinado sobre un pequeño hornillo de *camping,* dándole vueltas al líquido de un cazo. La linterna que tiene a los pies me permite ver dos tazas y un bote de nata montada.

—Empezaba a pensar que ya no vendrías —dice cuando me acerco para observar la escena que tengo ante mí. Él no me mira durante mucho rato para que no me dé tiempo a descifrar nada en su expresión. Dejo que el silencio se alargue entre nosotros; estoy decidida a aferrarme a la rabia que todavía me bulle bajo la piel. Así que me quedo ahí plantada con las manos metidas en los bolsillos, la lluvia repiqueteando contra la capucha de mi abrigo. Nolan lanza una mirada precavida hacia donde estoy y levanto las cejas a modo de pregunta.

—Se me ha ocurrido hacer chocolate para que no cojamos frío. Si vamos a ponernos a trabajar con esta lluvia, será mejor que valga la pena.

«Se me ocurren otras formas de hacer que valga la pena», pienso mientras me lo imagino desnudándose bajo la lluvia hasta quedarse en bañador. Sacudo la cabeza para librarme de esos pensamientos no deseados, pero al hacerlo él frunce aún más el ceño.

—¿No quieres un chocolate? —pregunta y, aunque intenta parecer desconcertado, creo que capto un atisbo de decepción en su cara.

Sí que quiero un chocolate calentito. Y al mismo tiempo no quiero nada de lo que me ofrezca este cabrón. Este juego me lo conozco: trata de recuperar mi favor para que no envíe por correo ese dichoso libro. Así que sacudo la cabeza.

—Estoy bien, gracias. —Dejo la mochila en el suelo y la abro para sacar la linterna.

Al hacerlo, rozo con la punta de los dedos una botella que se ha quedado al fondo. La saco para mirar la etiqueta. Baño de sangre delicia de bayas. La sangre falsa de Maya con sabor a fresa.

«Te cambiará la vida», le dijo a Nolan el otro día en mi jardín cuando sujetaba unas manos cortadas.

Yo ya he probado su sangre comestible. Y sí, sin duda, te cambia la puta vida.

—¿Sabes qué? —digo dejando la linterna. Destapo el bote y lo olisqueo. El olor a fresas me inunda las fosas nasales. No detecto la fragancia terrosa y almizcleña del resto de los ingredientes. Pero sé que están ahí y tapo la lista de la etiqueta con los dedos, igual que el recuadro rojo de advertencia que hay en la parte frontal del bote—. A lo mejor sí que tomo un vaso. Podemos echarle a la nata un poco del baño de sangre de Maya. Hace años que no lo pruebo. Tenía razón cuando dijo que te cambiará la vida.

Nolan me observa de arriba abajo, dejando a su paso un hormigueo. Yo no reacciono. Intento que no parezca que estoy muy interesada en la idea de tomar chocolate caliente, aunque en realidad tampoco es que me importe. Pero de repente sí me importa. Muchísimo.

—Vale —accede. Detecto cierto alivio en su voz. Entonces, apaga el hornillo y coge las tazas para servir el líquido humeante—. Es el chocolate con chili que venden en el Grano. Espero que no te importe.

Me esfuerzo por no sonreír demasiado.

—Perfecto.

Nolan sacude el bote de nata montada y echa un buen chorro sobre las tazas antes de pasarme una. Me echo un par

de gotas de la sangre de fresa sobre la crema blanca y luego estiro el brazo para empapar la suya con el líquido rojo y viscoso.

—No soy muy fan del sabor a fresa —digo con una sonrisa empalagosa mientras sigo apretando el bote hasta que al final él acaba apartando la taza—. Me gusta más la de frambuesa, pero a la mayoría de la gente le gusta más esta.

—Gracias —dice él mirando los chorretones de color rojo que cubren la nata montada. Cuando levanta la vista y se fija en mí, le doy un sorbo a mi bebida.

—Gracias a ti, por todo esto. —Alzo la taza como si fuera a brindar con él—. Es muy considerado por tu parte.

Nolan asiente. Cuando le da un sorbo al chocolate y se traga una buena porción de nata, me cuesta contener una sonrisilla perversa.

—Se supone que la lluvia amaina en media hora o así. —Observa el banco del río y arruga el gesto con un ademán reflexivo—. A lo mejor deberíamos esperar un poco. No sirve de nada empeorar las cosas, ya es bastante malo de por sí.

—Claro.

Me acerco la taza a los labios y coloco el dedo en el borde para apartar la nata y beber por debajo. Cuando Nolan no mira, la lanzo hacia las sombras a mi espalda. Aun así, debe de percibir el movimiento con el rabillo del ojo, porque me mira con un atisbo de sospecha en el ceño fruncido.

—Los bichos de Cabo Masacre. —Sacudo la mano delante de mi cara como si espantara a un mosquito—. Ni un poquito de lluvia los disuade.

Él asiente y saca un segundo taburete plegable mientras se aparta un poco para dejarme sitio. Aun así, no hay mucho espacio debajo de la lona. Siento su calor a mi lado. Su presencia se me cuela bajo la piel a pesar de las capas de ropa que llevo.

No hablamos durante un buen rato. No debería ser un silencio cómodo, pero lo es. Me he acostumbrado a su semblante serio por las noches. Desconozco si intenta no hablar conmigo de manera consciente, igual que yo trato de no hablar con él. O a lo mejor es que es así sin más. Estoico. Parco en palabras cuando no tiene ni ganas ni necesidad de ser encantador. Sin embargo, por mucho que tratemos de mantener conversaciones impersonales y centrarnos en el trabajo, a veces hay un impulso de decir algo más. Al menos, a mí sí que me pasa.

—Me apuesto lo que sea a que cuando eras pequeña nunca pensaste que estarías aquí —dice sin apartar la vista del cazo que parece alargarse en la oscuridad. Sigo su mirada. Cuesta distinguir donde hemos estado excavando gracias a que no hay luz, a las fluctuaciones de la tierra húmeda y a la escasa vegetación que han arrastrado las lluvias.

Le doy un trago al chocolate.

—No puedo decir que esto estuviera en mi *vision board*, no.

—¿De verdad tenías de eso? —Le lanzo una mirada inquisitiva y veo que me está observando con más interés del que esperaba—. ¿Hacías *vision boards*?

—Sí —respondo; una sonrisa melancólica me tira de los labios—. En serio. Durante mucho tiempo, en realidad.

—¿Y qué ponías en ellos?

Esta vez, cuando me vuelvo hacia Nolan, me permito quedarme un ratito más mirándolo a la vez que me aparto la capucha del pelo mojado. ¿Por qué me lo pregunta? ¿De verdad quiere saberlo? ¿Cuánto le cuento? ¿Cuánto me guardo para mí cuando ese hilo entre nosotros tira de mí como una súplica para que le dé un poquito a ver qué recibo a cambio?

—Al principio mierdas de princesas Disney —confieso—. Quería trabajar en un zoo o amaestrar animales. Así que,

cuando mis padres por fin me dejaron tener un perro, ponía un montón de trajecitos para él.

—No me imaginaba que fueras de las que tienen un vestidor para el perro.

Me encojo de hombros y desvío la mirada.

—Una vida diferente. Una época diferente.

—¿Tus padres te permitieron satisfacer esa fijación por los modelitos caninos?

Una sonrisa agridulce me tiembla en los labios.

—Mientras pudieron.

No explico más. Ni siquiera lo miro. Permanezco con los ojos fijos en el cementerio que se extiende ante nosotros. Al echar la vista atrás, siento que la muerte no hacía otra cosa que clavarme más las garras cada vez que le rogaba que me dejara en paz. Y, cuando por fin decidí aceptarla, averigüé que la muerte era la clave para vivir. Ahora estoy inmersa en ella. La esgrimo. La protejo. Lucho por ella. Pero ¿la primera punzada de pérdida? ¿Ese primer beso del dolor? Aún hoy daría lo que fuera por no sentirlo.

—Ya no los tienes —dice Nolan.

—¿La ropa del perro? No. Me deshice de toda en sexto, cuando Pips atacó la pernera del pantalón del señor Taylor y luego se cagó en el escenario durante el concurso de talentos. Me vi obligada a enfrentarme a la cruda realidad de que se me daba de culo amaestrar animales.

Nolan suelta una risilla. Aun siendo pequeña, es una risa sincera, y no se la había vuelto a escuchar desde que nos conocimos en la cafetería. Me golpea como un dardo, hace que mi buen juicio se tambalee.

—Habría pagado por verlo.

—Sí —entorno los ojos—, estoy convencida de que habrías disfrutado de mi humillación.

Le doy un sorbo al chocolate y siento el peso de su mirada en la venda de la mano. Lo observo por el rabillo del ojo y al principio creo que no me va a intentar sonsacar nada más. Pero entonces dice:

—No me refería a la ropa del perro. Quería decir tus padres. ¿Ya no los tienes?

Trago saliva. Sacudo la cabeza.

—No. —Me miro las manos, como si en ellas pudiera encontrar algo que no he visto antes—. Fue un accidente de tráfico. Un conductor borracho. Yo me había ido de pijamada para que ellos pudiesen salir a cenar por su aniversario. Estábamos comiendo tortitas cuando la policía se presentó en casa de Caroline.

Me quedo mirando fijamente la taza, parpadeando, luchando con los recuerdos. Estoy segura de que Nolan piensa mil cosas horribles sobre mí. Quizá algunas hasta sean ciertas. Puede que yo no lo atropellara, pero sí que lo vi en aquella carretera. Sí que lo abandoné ahí a su suerte. Y mi brújula moral ya estaba distorsionada mucho antes de que nos encontráramos. Porque desde el día en que murieron mis padres, lo único en lo que pude pensar, lo único que pude desear, fue la destrucción de quien había cometido semejante fechoría. Aunque tuviera que volverme igual.

—¿Por eso me abandonaste cuando me atropellaste en la carretera de Division?

Me vuelvo hacia él: lo hago despacio y con toda la intención. Él me mira fijamente. Igual que todas las noches, está demasiado oscuro para distinguir el borde marrón de su iris. Pero hoy lo he visto. El modo en que esos ojos parecieron volverse más oscuros cuando pensó que había dado en la diana con aquel comentario sobre La Pluma. Y me pregunto si es eso lo que está ocurriendo ahora.

Nunca va a cambiar la opinión que tiene de mí. Así que, ¿para qué me voy a esforzar en convencerlo de que soy mejor persona de lo que cree?

Solo le respondo con una palabra. Y la pronuncio con precisión y claridad:

—No.

Yo soy la primera en apartar la mirada; me centro en la ribera del río mientras nos obligo a permanecer en silencio. Me termino el chocolate caliente, pero sigo aferrada a la taza, igual que Nolan. Seguimos sin hablar conforme la lluvia amaina poco a poco hasta convertirse en una llovizna y el golpeteo de las gotas se reduce hasta ser un suave repiqueteo sobre la lona que nos cubre. Me planteo sugerir en voz alta que empecemos a trabajar cuando oigo un sonido en la distancia, algo que viene de la carretera.

Me enderezo y me retuerzo en el taburete.

—¿Has oído eso? —susurro.

—No…

Me esfuerzo por escuchar, esperando que no sea más que mi imaginación, pero entonces lo vuelvo a oír. La puerta de un coche o de una camioneta cerrándose. Ese ruido sordo inconfundible que tan integrado tenemos en la vida diaria que somos capaces de reconocerlo en la distancia.

—¿Qué pasa? —pregunta Nolan.

—He oído algo. Sonaba como la puerta de un coche. —Salgo de debajo de la lona para mirar hacia la carretera. Hay demasiados árboles y arbustos densos como para ver algo desde donde estamos. Avanzo un paso en esa dirección, concentrándome en ver si escucho cualquier otro ruido—. A lo mejor no es nada… —digo. Pero yo nunca ignoro mis instintos. Y ahora mismo me están diciendo que sin duda alguna he oído algo.

Avanzo otro paso hacia el sendero que conduce a la carretera.

—¿Ves eso? —pregunta Nolan y suena tan realmente acojonado que me doy la vuelta. Me lo encuentro agazapado, mirando fijamente la linterna con la boca abierta del estupor.

Ay, mierda.

—Mmm… ¿que si veo qué…?

Él se acerca a la linterna, mueve la cabeza de un lado a otro como si estuviera buscando algo dentro de la luz.

—Se ha movido.

—Estoy segura de que solo es el viento.

—No. —Pone las manos a ambos lados de la linterna con una expresión de incredulidad—. Había una especie de… criatura… dentro de la luz. ¿La has visto?

—Shhh. —Le hago un gesto con la mano y me esfuerzo en comprobar si escucho algo que venga de la carretera—. La vista te está jugando malas pasadas. Probablemente sea la falta de sueño.

—No, Harper. No me lo estoy inventando. Míralo. —El sonido lejano de una voz baja llega de entre los árboles. No estamos solos—. Se está moviendo…

Le quito la linterna de un tirón, la lanzó al banco del río y al agua, ante el grito ahogado de terror que suelta él.

—Lo vas a ahogar, pedazo de monstruo…

Me arrodillo y le tapo la boca con la mano para acallar sus protestas consternadas.

—Escúchame bien, Nolan Rhodes —siseo. Tiene los ojos desorbitados de la alarma y lo miro fijamente en un intento por alcanzar la poca claridad que le quede—. No hay nada dentro de la puta luz, ¿vale? No hay ninguna criatura ni hada ni espíritu ni lo que sea. Está todo en tu cabeza. Puede que te haya… dado algo.

Su pregunta amortiguada hace que me vibre la mano.

—Cuando Maya te dijo que su sangre falsa te cambiaría la vida, no era coña. —Sigo tapándole la boca y mirándolo a los ojos cuando cojo el cazo del chocolate que veo de soslayo y lo lanzo al agua. Enseguida le sigue el hornillo—. Contiene psilocibina. Setas alucinógenas.

Nolan me tira de la mano para que le destape la boca.

—¿Me has drogado?

Me encojo de hombros.

—Puede que un poquitito —admito y tiro las dos tazas por el terraplén—. Y cuando digo «un poquitito», me refiero a que tal vez muchísimo. Quién sabe.

—¿Qué quieres decir?

—Te lo he echado un poco a ciegas, ¿sabes? Tampoco es que te haya medido el IMC antes, ¿no?

—Eres una persona horrible —medio susurra medio ruge.

—Pero tú eso ya lo sabías, ¿recuerdas? —Quito el taburete, en el que está a punto de dejarse caer, quizá para replantearse todas sus elecciones vitales, y lo lanzo al agua justo cuando él se cae de culo en la tierra húmeda con un ruido sordo—. Bueno, ya te desquitarás conmigo luego, porque hay alguien aquí y tenemos que escondernos. Ahora.

—No me puedo creer que me hayas drogado, joder —dice. Mira a su alrededor, como si viera un mundo completamente diferente al oscuro y deprimente que nos envuelve.

—Y yo no me puedo creer que te muevas al mismo ritmo que un puto glaciar cuando te he dicho que he oído a alguien acercarse a nuestra excavación de tumbas. Mueve el culo. —Me cuelgo mi mochila a un hombro y la suya sobre el otro, luego lo agarro de la muñeca y tiro de él para que se ponga en pie. Le encasqueto la pala en la mano—. Hoy en la tienda has sido un capullo. ¿Qué esperabas?

—Ah, ¿sí? —Frunce el ceño, sigue mi mano con la mirada mientras yo desengancho la lona de las ramas de un tirón. Me he puesto una venda nueva en la piel quemada—. Solo estaba preocupado por ti.

Mis movimientos se ralentizan conforme sus palabras calan en mi mente, la calidez florece en mi pecho. Y estoy segura de que eso es justo lo que él esperaba, a pesar de que tiene pinta de que me está confesando una verdad que ha surgido por la neblina inducida por las drogas. Sin embargo, es un ardid. Quiere el libro. Diría cualquier cosa para conseguirlo.

Sacudo la cabeza y vuelvo a centrarme en mi tarea con la esperanza de que el calor que todavía me envuelve el corazón se extinga y muera.

—No voy a enviarte a la cárcel porque me haya hecho una quemadura de nada, Nolan. Estás rarito con lo de la mano, sí, pero has sido un cabrón por lo de Arthur.

Me meto la lona debajo del brazo y compruebo el terreno que nos rodea, sin estar segura de que haya un buen sitio donde podamos escondernos. Los árboles están muy separados los unos de los otros. Las rocas, demasiado expuestas. Si cruzáramos la llanura corriendo para ir hacia ellas, nos podrían ver, y aunque no nos vean, dejaremos un rastro de huellas en el barro.

Nolan me coge de la mano.

—Vamos —me dice mientras la voz se acerca. Tira de mí cuando echa a andar hacia la ribera y el río que serpentea entre los árboles.

—No…

—Es el único sitio que nos queda.

Tiene razón… Es el único escondite viable. Y ahí seré aún más vulnerable que sentada en medio del campo. Porque no sé nadar.

La adrenalina me corre por las venas cuando me agarro a su mano con fuerza y lo sigo pendiente abajo hasta la estrecha orilla. No se detiene en el borde del agua; se adentra en el río negro, tirando de mí como si no notara la duda de mis pasos o el temblor de mi mano. Una corriente helada me llena las botas y me envuelve los tobillos. Me sube por los gemelos y se me arremolina en las rodillas. Consigo meterme el móvil en el bolsillo que tiene la chaqueta en la pechera antes de que el agua me llegue a la cadera. Cuando el río me empieza a acariciar las tetas estoy temblando, aunque no sé si de frío o de miedo.

—Para —susurro.

Nolan se vuelve, sus ojos me recorren despacio. No tiene la mirada afilada e inquisitiva de siempre, si bien, a pesar del abotargamiento psicodélico, parece entender que no puedo ir más lejos. Abre la boca para decir algo, pero en la oscuridad se oye una voz que lo detiene.

—… imágenes del dron para seguir el río —dice un hombre desde el banco por encima de donde estamos—, con una voz en *off* sobre la adquisición de la propiedad tras la desaparición del dueño anterior…

—Es Sam —susurro.

Nolan asiente y me tira de la mano para acercarme más a él, para protegerme tanto de la corriente como de que me vean desde la orilla.

—Lo he visto hoy, saliendo de la sede que tiene Viceroy en la calle principal.

—Esa es la empresa que ha comprado el terreno.

—… tomas rápidas, niebla o nubes pesadas. Trae un detector de metales…

Nos quedamos quietos y callados en el río. La voz de Sam se vuelve más lejana mientras recorre un terreno en el que no tiene permiso para estar. Me tiemblan los labios. Sigo centrada en la dirección desde la que he oído a Sam, a pesar de que cada vez me cuesta más escucharlo por encima del siseo de la lluvia sobre el agua y el corazón que me ruge en los oídos. Aunque siento los ojos de Nolan sobre mí, no lo miro. No hasta que susurra algo tan inesperado que de repente la amenaza de Sam parece un recuerdo lejano.

—Eres preciosa.

Lo miro a los ojos, intentando descifrar su expresión pese a las sombras.

—¿No lo dirás porque estoy hecha de luciérnagas o alguna mierda así?

—No.

No sé si es consciente de que todavía me tiene cogida de la mano por debajo del agua. O de que no hace más que dibujar el mismo patrón repetitivo con el pulgar sobre la venda. O de que podría hacerme daño si lo pretendiera. Solo una leve presión contra la herida, un recordatorio, un mensaje claro de que seguimos siendo enemigos. Pero no lo hace. Lo que sí hace es levantar la otra mano, moviéndola despacio como si no quisiera asustarme, y recorre la curva de mi mejilla dejando atrás el olor del río.

—Bueno, ahora que lo mencionas, sí que tienes luciérnagas en la cara.

—Genial.

—Pero también pensé que eras guapa cuando nos conocimos.

Me acaricia la mandíbula, baja por el cuello para deslizarla por el pecho que me martillea a través de la piel. Observa el progreso de su roce, que parece tan reverencial como prohibido. Tengo que esforzarme para no acercar más los ojos. El corazón me implosiona por debajo de los huesos.

—Y entonces te diste cuenta de quién soy.

—Eso no cambió nada.

—No. Lo cambió todo.

Me mira a los ojos, su mano descansa en mi cuello. No le costaría nada agarrarme la garganta y estrangularme. Solo tardaría un segundo en sumergir mi cuerpo en el río. Apenas unos instantes para obligar al aire a que abandone mis pulmones y estos se llenen de agua.

A lo mejor él también lo piensa, porque me sostiene la mirada mientras levanta los dedos uno a uno; luego deja caer la mano. Parece que una sombra se ha cernido sobre nosotros. Algo oscuro y frío y sobrenatural. Seguimos mirándonos el uno al otro cuando la voz de Sam se oye como si se estuviera retirando hacia la carretera. No rompemos nuestra conexión cuando pasa. Ni siquiera cuando la puerta del coche se cierra un instante después. Hasta que no oímos que el coche cruza por encima del puente, no se rompe el hilo que nos une. Entonces, volvemos andando a la orilla.

Sin embargo, hasta que no estamos de pie sobre las rocas que hay en lo alto del banco, mirando el cementerio que se cierne ante nosotros, Nolan no me suelta la mano.

ENVUELTO EN UNA NEBLINA

Nolan

—Hace mucho que no conduzco —dice Harper.

Tiene los ojos fijos en el retrovisor y lo está ajustando. Se muerde el labio y, cada vez que se clava los dientes, surgen haces de luz. Tengo que dejar de mirarle la boca fijamente. Es bastante difícil, porque es tan guapa que el corazón me implosiona cada vez que me obligo a apartar la vista. Es como un ángel: la piel se le ilumina con colores que cambian y brillan desde dentro.

«No es un ángel, me cago en todo. Me ha drogado. Es un puto demonio. Pero no lo pienses demasiado, porque a lo mejor empiezas a ver demonios por todas partes y te cagas vivo».

Desvío la mirada y aprieto los párpados mientras apoyo la espalda en el asiento del copiloto; el mundo no para de retorcerse a mi alrededor.

—No me imagino por qué.

—No es por lo que tú crees.

Giro la cabeza lo justo para verle la cara.

—¿No fue razón suficiente?

El dolor surge en los ojos de Harper antes de que los aparte y arranque el coche. Nunca se siente como debería cada vez que consigo colar una flecha a través de sus defensas. Sigo esperando sentir satisfacción por lograr mis objetivos, pero cuanto más me acerco a la diana y más hondo la clavo, más siento que he fallado el tiro con creces.

Ella no responde nada; se limita a meter la marcha del coche y a alejarse del camino abandonado donde he aparcado, por si daba la casualidad de que Sam se pasaba por los terrenos del río Ballantyne mientras nosotros estábamos con las manos en la masa. Puto Sam Porter de las narices. Se está acercando demasiado a ella. Le voy a arrancar la puta cara. Eso también sería muy satisfactorio, sentir la piel que se desprende de los huesos, despellejarlo con mis propias manos. Aunque quizá sea una mala idea, y tengo que mantener la poca cordura que me queda. Así que respiro hondo, vuelvo a cerrar los ojos y me hundo en el respaldo del asiento hasta que noto que me absorbe.

—Bueno —dice Harper con tono siniestro—, supongo que en ese caso no te llevo al hostal.

—¿Por qué no?

—Porque acabas de decir que quieres arrancarle la cara a Sam con tus propias manos.

—¿Lo he dicho en voz alta?

Ella me mira de repente. Creo que veo un rubor rosa clarito subirle por las mejillas. No me responde cuando reduce la velocidad y toma el desvío que conduce a la mansión Lancaster.

Podríamos tardar seis años en llegar a nuestro destino o tal vez solo unos minutos. Para mí el tiempo ya no tiene sentido. Lo único de lo que estoy seguro es de que Harper Starling me ancla al planeta. Si no estoy con ella, acabaré atrapado en esta otra dimensión. Necesito tocarla. No he podido evitar hacerlo en el río. Tampoco puedo contenerme ahora. Así que ex-

tiendo la mano y la apoyo en su brazo, el cual sacude cuando se sobresalta.

—Ya hemos llegado —dice, y apaga el motor.

Se aleja de mi agarre. ¿Por qué siento en la mano que he perdido su calor? ¿Por qué he intentado tocarla? Está claro que ella sí se está ciñendo al plan. Enemigos hasta que la muerte o la destrucción nos separen. ¿Por qué no puedo hacer yo lo mismo?

La sigo mientras ella encabeza la marcha desde la calle hasta la cancela de la verja, que sujeta abierta para que pase. Cuando llega a la puerta de la casa, abre y no mira para comprobar si estoy detrás. He visto la casa por las ventanas, claro, pero esta es la primera vez que entro. Es exactamente como me imaginaba que sería el lugar donde vive Harper, sin tener en cuenta que estoy bastante seguro de que el patrón geométrico de los ladrillos se mueve y me ha envuelto los pies. Es sencillo. Práctico. No hay muchos elementos decorativos, y tengo claro que los pocos que hay están cargados de significado. Un tablero de ajedrez con piezas que sé que se están moviendo solas. Una orca de madera tallada. Un macramé de colores vivos que representa un paisaje desértico del suroeste. Una foto de un hombre y una mujer con una niña rubia, de unos cuatro o cinco años. Cojo el marco y analizo fijamente las caras. Debe de ser ella con sus padres. Muestra una sonrisa relajada, una cierta ligereza que no existe en la versión que ahora está de pie en la cocina. A la mujer que yo conozco la ha forjado la destrucción. A lo mejor esa es la única forma de sobrevivir en este mundo. Convertirse en el destructor.

Me vuelvo hacia Harper. Se está quitando el abrigo y estelas de luz siguen todos sus movimientos. Gira la cabeza para mirarme, como si sintiera que la estoy observando.

—Voy a traerte un albornoz para que podamos lavar tu ropa —dice desabrochándose la camisa de cuadros.

En este momento, daría lo que fuera para que se diera la vuelta y me mirara de frente. Por ver la bioluminiscencia que le cubre todo el cuerpo. Por ver la forma de sus pechos mientras se alzan y se hunden por la respiración acelerada. Por ver la luz de su piel. Las curvas de sus caderas. La suavidad de su piel. Verle el coño brillando de lo cachonda que está por mí.

«Hostia puta».

—Vale. —Me paso las manos por la cara; la polla me duele de la necesidad repentina.

Harper me lanza una mirada perpleja que parece quedarse ahí. La luz de su interior se vuelve más oscura, en tonos rojos y naranjas. Por un momento, creo que se va a dar la vuelta. Sin embargo, no lo hace y sube las escaleras. Yo me quedo ahí de pie con las manos en la cara, intentando que se me pase la erección, cuando ella vuelve a bajar con un albornoz puesto y otro metido debajo del brazo; en la mano vendada sostiene la ropa mojada.

—Toma —me dice tras acercarse lo suficiente para tenderme la prenda. La acepto inseguro—. Sígueme. —Me conduce a un pasillo corto que sale de la cocina, señala un baño mientras mete su ropa en la lavadora que está enfrente, dentro de un armario—. Puedes meter la ropa cuando termines de cambiarte. Cierra la tapa y se pondrá en marcha ella sola.

Asiento y hago lo que me pide, aunque esta simple tarea me lleva más tiempo de lo que debería porque me quedo mirando mi reflejo, intentando encontrarle sentido a la persona que me devuelve la mirada. He llegado hasta aquí y he esperado todo este tiempo para vengar a mi hermano. ¿Y ahora estoy en la casa de su asesina y tengo una erección por culpa de la mujer que le robó la vida?

«Son las setas», me digo a mí mismo. «Te nublan el juicio».

El problema es que, cuanto más me lo repito, más mentira me parece. ¿Y si no me están nublando nada? ¿Y si están apartando la neblina mental?

Cuando salgo del baño y pongo la lavadora, Harper está apoyada en la encimera de la cocina abriendo una cerveza; al lado ya tiene otra vacía. También ha sacado una botella de tequila y se toma un chupito después del trago de cerveza.

—Vas a tener que quedarte aquí esta noche, porque no te voy a llevar a ninguna parte —afirma cuando me acerco—. Así que supongo que tendré que hacerte de canguro. Menuda fiesta.

Suelto una risilla. Al menos uno de los dos puede centrarse en nuestra situación. Yo tengo que hacer lo mismo.

—Me parece adecuado. —Cojo el tequila y bebo directamente de la botella. El ardor se me desliza por la garganta y me aferro a esa sensación. Necesito arrancármela de las venas—. Matas a Billy. Vengo a matarte yo, me robas mi libro y me drogas. Y entonces me cuidas. Parece que se cierra el círculo, ¿verdad? —digo levantando el brazo para enseñarle el uróboro. Sé que ha cotilleado mi cuaderno. Ya ha averiguado quién me hizo el tatuaje y lo que le hice yo a él cuando acabó.

Le doy otro trago a la botella y ella observa todos mis movimientos con una expresión atormentada; la luminiscencia de su piel se enfría y adquiere un tono azul claro. Habla con voz firme, pero detecto cierta melancolía por debajo, el temblor de algo más profundo y escondido cuando dice:

—No quiero discutir contigo ahora mismo, si es lo que pretendes.

—¿Con qué argumentos podrías defenderte? Lo hecho, hecho está.

—Oh, tengo muchos argumentos a mi favor. —Entorna los ojos antes de darle un buen trago a la cerveza—. El problema es que te pondrías a discutir conmigo si te dijera que el cielo es azul, eres de ese tipo de personas. Si quieres creer que es verde, no vas a dar tu brazo a torcer. Daría igual que te estuvieras equivocando de cabo a rabo. Vas a creer lo que quieres creer y nadie va a lograr que cambies de opinión.

—¿En qué momento te he dado la impresión de que no soy razonable?

—No lo sé —ruge, a cada palabra va subiendo la voz—, ¿qué te parece la vez que me dejaste una cabeza cortada en el puto comedero del pájaro? ¿Te parece algo que haría una persona razonable?

—¿Y tú eres el baluarte de la moralidad? Llamaste al viejo asesino de la colina para preguntarle si lo había hecho él y luego perdiste el culo para sacar la cabeza del comedero para olisquearla y darle un achuchón. Tal vez sí que sea algo que haría alguien que atropella a una persona y huye, ¿no te parece?

Me arranca la botella de las manos y le da un buen trago antes de dejarla en la encimera con un golpe seco.

—No tengo modo de saberlo.

—De acuerdo. —Me acerco más a Harper, la acorralo contra la encimera. Ella no se resiste, no se achanta. Ni siquiera cuando me inclino tanto que huelo el tequila en cada una de sus exhalaciones. Baja los ojos a mis labios y, cuando levanta la vista para mirarme a la cara una vez más, juraría que veo algo más que furia en esos iris de mercurio—. Huyes de todo, ¿a que sí? Has huido de mí.

—¿De verdad? Porque tú me has amenazado, me has intimidado, me has espiado y aquí sigo aún, joder.

Tiene razón, pero también se equivoca. Y no me refiero solo al accidente. Hablo de ahora, en Cabo Masacre. En la tienda de Maya. Todas las noches que excavamos y ella insis-

te en volver a casa andando. En el coche, cuando se ha apartado de mi roce. Hace solo un instante. Sé que ha visto el modo en que la observaba. Me mira fijamente hasta que siento un tirón innegable, una cuerda invisible que parece tensarse cada vez que ella está cerca. Incluso ahora, me contempla con ese desafío embriagador, pero por dentro sé que se está retirando, replegándose sobre sí misma. Huyendo.

Y si cree que ahí no la puedo encontrar, se equivoca. Porque estoy en sus pensamientos, igual que ella siempre está en los míos. Lo veo en las motas plateadas que van cambiando en sus ojos. En el tono sonrosado que le ilumina las mejillas. En el latido que lanza una corriente de luz en su garganta y en la respiración irregular que le tiembla en el pecho. Está en el deseo que le atormenta el rostro cuando los ojos se le vuelven a ir a mis labios y se quedan ahí.

Pasa un segundo en el que me limito a mirar a Harper Starling. Es un momento que podría alargarse hasta el infinito, guardando el equilibro en el filo de una navaja. Es un uróboro consumiéndose a sí mismo, violencia y deseo entrelazados.

Y, al segundo siguiente, colisionamos en un beso brutal. No tiene nada de tierno. No hay amabilidad. Ni clemencia.

Es dientes mordiendo labios. Uñas clavándose en la piel. Sangre enroscándose entre lenguas. Es lucha pura y necesidad cruda. Cuando le enmarco la cara con las manos, ella me muerde el labio inferior. Cuando la agarro del pelo y le echo la cabeza hacia atrás para poder morderle y besarle el cuello, me araña el pecho con tanta fuerza que me hace sangre. Y cuando la empujo contra la encimera, gime y me arranca el albornoz de los hombros, metiendo el muslo entre mis piernas para notar la erección contra la piel.

—Si tanto me odias —dice mientras le cubro la teta y le pellizco el pezón para que un jadeo se le escape de los labios entreabiertos—, más vale que me folles con toda la intención.

Con un movimiento rápido, le doy la vuelta, la encajono con el culo apuntando hacia mí, el albornoz todavía le cubre el cuerpo.

—No me digas eso a menos que vayas en serio.

—¿Qué te hace pensar que no voy en serio?

Aprieta el culo contra mí a modo de invitación, a la cual debería intentar resistirme. Pero no puedo. Le bajo el albornoz por la espalda para dejarla completamente desnuda, me dejo el cinturón enrollado en la mano y permito que el resto de la prenda caiga al suelo. Ella se estremece cuando con la otra mano le acaricio desde el cuello hasta las nalgas, no me detengo hasta que no me cuelo entre los muslos y le envuelvo el coño. El flujo, sedoso y cálido, me cubre la palma. La polla se me pone más dura de lo que creía posible. No sé si son las drogas que me sacuden el cerebro o es ella, pero ninguna mujer se ha sentido tan bien como Harper. Su calor, su olor, el modo en que parece tan dulce y maleable entre mis manos a pesar de los dardos letales que suelta por la boca. Nunca he necesitado a nadie tanto como a ella, la única persona a la que jamás debería desear.

Cierro los ojos y respiro hondo, me obligo a apartar la mano de su calor. Estoy seguro de que noto el gimoteo más suave del mundo vibrarle en la columna vertebral.

—Vas a tener que pedírmelo educadamente. —Me inclino sobre ella para hablarle al oído con mis tonos más graves—. Porque puede que haya venido a matarte, pero no soy de los que se follan a una mujer si ella no quiere. ¿Necesitas que te empotre? Me lo dices. ¿Quieres que pare? Me lo dices.

Tiembla cuando le muerdo el cuello y lo calmo con un beso; mantengo la ligera presión de los labios solo hasta que le vuelvo a morder aún más fuerte por tenerme esperando.

—Fóllame como si me odiaras —jadea.

Suelto una risilla y le paso una mano por toda la espalda para darle un azote. Ella chilla, pero el grito se disuelve en un gemido cuando se aprieta contra mí con más ganas.

—Eso no ha sido muy educado.

—Fóllame como si me odiaras, por favor.

—Eso está algo mejor. Aunque sigues hablando como una engreída.

—Vete a la mierda.

Le doy una palmada aún más fuerte en el culo y ella se agarra con las manos al borde de la encimera, los nudillos se le ponen blancos.

—Puedo seguir así toda la noche. Y lo digo en serio, teniendo en cuenta que es posible que las setas sigan en mi sistema unas seis o siete horas más. Me pregunto de quién será la culpa.

Le doy otro azote. Las olas de luz surgen del impacto y se extienden como una araña sobre su piel. Todas las sensaciones se ven magnificadas. El sonido del placer doloroso que se le escapa de los labios se transforma en una onda de color en mi visión. Es más suave que el cachemir cuando le deslizo la palma por la nalga para aplacar el escozor. Incluso la red de lunares que le recorren los hombros se convierte en un patrón fractal, una constelación de deseo dibujada en su piel.

—¿Qué quieres? —mascullo con los dientes apretados.

—Ya te lo he dicho. Pero, como siempre, no escuchas.

Otro azote.

—Me cago en todo, fóllame ya, por el amor de Dios, cabrón cabezota.

Aprieto los labios contra su oído y susurro con voz empalagosa:

—No tengo protección.

—Tomo la píldora. Y estoy limpia.

—¿Cómo sabes que yo también lo estoy?

—Eh…

Se calla, sus palabras se pierden en un silencio que se tensa a nuestro alrededor como una película transparente que se aferra a este momento. Le envuelvo la garganta con la mano y, aunque un pensamiento lejano me urge a que apriete hasta que me suplique aire, el toque es suave, poco más que una advertencia.

—Dímelo.

—Eh… —La garganta se le mueve debajo de mi palma cuando traga saliva—. Confío en ti.

El aire se me atasca en los pulmones. A lo mejor no lo dice en serio. No debería creerla. Podría ser una mentira, pero la mera posibilidad de que sea cierto hace que me arda cada célula del cuerpo.

Tenía razón cuando he dicho que debía arrancármela de las venas. Lo que no esperaba era que fuera imposible. Que primero ella reclamaría hasta el último pedazo de mi ser.

Me agarro la base de la erección, le abro las piernas con el pie y luego le penetro el coño con una única embestida brutal.

Nunca he sentido nada mejor que la calidez de Harper envolviéndome la polla.

Respiro hondo. Su latido le recorre la espalda con tanta fuerza como el mío resuena en mi pecho, y eso que ni siquiera hemos empezado. Nos quedamos quietos, sin movernos, intentando asimilar lo que estamos haciendo, este desvío del destino que ambos hemos aceptado, aunque solo dure un instante fugaz.

Se supone que me la tengo que follar con rabia. Odio que atropellara a mi hermano. Él lo era todo para mí, la persona que me hizo desear ser un hombre decente. Odio que haya

erosionado todos los planes que hice desde que llegué a este pueblo. Se suponía que sería sencillo. Venir a Cabo Masacre. Matar a Harper Starling. Saciar la venganza que me consume el pensamiento. Seguir con mi vida. Encontrar a una buena mujer, alguien amable y de trato fácil que llene los vacíos que dejó la ausencia de Billy. Vivir una vida normal, sana, productiva. No se suponía que iba a estar aquí, enterrado hasta las pelotas en la mujer que casi me mató. Y, sobre todo, me odio a mí mismo por lo débil que soy. Porque no preferiría estar en ningún otro sitio.

Pero aún nos puedo castigar a los dos por ello.

Me aparto para dejar dentro solo la punta de mi erección y vuelvo a meterme hasta el fondo de una sola embestida. Dios, sí que es un puto ángel por el modo en que su coño se cierra alrededor de mi polla. Su gemido es tan sobrenatural que lo veo, son ondas de color que me rodean. Otra embestida implacable y me cubre la mano con la suya recién vendada. Tira del cinturón que todavía tengo en el puño, se me había olvidado con todo eso de la estúpida necesidad de enterrarme en ella.

Cuando aflojo el agarre, me arranca la tela de un tirón y se la pone en el cuello, dejando que ambos extremos caigan por los hombros. Me quedo inmóvil. Sigo con la polla metida hasta el fondo, intentando procesar lo que está pasando, cuando ella gira la cabeza lo suficiente para mirarme de soslayo. Lo veo todo en esa breve conexión. Toda su amargura, su rabia áspera. Pero también distingo sufrimiento y pérdida y pena. Incluso un atisbo de la culpa que he estado buscando, ahí en la capa vidriosa que se le acumula en la línea de las pestañas.

—Como si fueras en serio —dice y mira con toda la intención el cinturón que le cuelga del hombro antes de volverse a girar al frente—. Castígame. Fóllame como si nunca fueras a perdonarme.

Estoy seguro de que abandono mi cuerpo.

Me envuelvo los dos extremos del cordón alrededor de la mano y la muñeca hasta que le tira del cuello. Luego salgo de ella, pasándole una mano por la cintura, y la levanto de la encimera. La llevo hasta el salón y la pongo de rodillas sobre el sofá, dejando el cinturón lo bastante holgado para no ahorcarla. Suelta un gimoteo cuando le pongo la otra mano entre los hombros y empujo para que baje el pecho, manteniendo arriba el culo y ese coño que le brilla bajo la luz tenue. Me sitúo a su espalda y vuelvo a retorcer el cinturón, lo suficiente para que se estremezca, pero que siga respirando sin problema.

—Ya me has escuchado antes. —Coloco la punta de la polla en su entrada. Y no creo que sea solo un recordatorio, sino una plegaria velada cuando digo—: Dime que pare. Da unos golpecitos.

A ella se le escapa una risa lóbrega y sin alegría.

—Y tú ya me has escuchado a mí. Me detestas, así que adelante. Intenta destruirme con todas tus ganas. Me lo merezco después de todo, ¿no te parece?

Con un gruñido, le doy un azote bien fuerte y me introduzco en su estrecho calor todo lo que me permite su cuerpo, el gemido que suelta recorre la cuerda que tengo aferrada en la mano.

Me deslizo hasta dejar solo la punta y la vuelvo a penetrar, adquiriendo un ritmo de embestidas profundas e implacables para castigarla. Aprieta el coño en torno a mí como si no pudiera soportar que me vaya. El flujo le cae por los muslos. Le doy otro azote, conectando mi mano con su culo una y otra vez hasta que se le pone rojo. Sus sonidos de placer se elevan

a mi alrededor, permanecen en el aire, en el olor a almizcle del sexo. No sé cómo, cada vez que tenso más la cuerda, ella consigue igualar la moderación que voy perdiendo poco a poco y me reta a tomar todo lo que pueda. Con cada embestida brutal e impacto de mi mano en su nalga, soy yo el que se está haciendo pedazos: el deseo desesperado que siento por ella me está destruyendo.

—Más —me pide con los dientes apretados mientras yo estiro la mano para acariciarle el clítoris. El sudor le cubre la espalda, iluminada por el brillo de su piel. Juro que siento cada uno de los latidos de su corazón a mi alrededor conforme se va acercando al orgasmo—. Dame más.

El cinturón se tensa en mi puño y ella exhala un gemido.

—Te —arremeto con tanta fuerza que se inclina hacia delante con un grito— odio —lo vuelvo a hacer y su gemido llena el salón— con toda —otra embestida perversa y su flujo me cubre la mano— mi alma.

—Yo también te odio —dice con voz áspera mientras me la follo sin piedad—. Y como no hagas que me corra, te voy a matar con mis propias manos.

La embisto más rápido. Más fuerte. Le acaricio el clítoris con los dedos mojados y ella suelta un grito de necesidad agonizante. Un siseo se me escapa de los labios cuando la corriente eléctrica se me acumula en la base de la espina.

—Maldita sea. Podría follarte hasta que te fueras al más allá.

Su interior se estrecha a mi alrededor. Le encantan esas promesas que podrían ser tanto una amenaza como una fantasía. Así que se las sigo diciendo, inclinado sobre ella para estar cerca del oído y susurrarle los deseos a los que la oscuridad y el pecado les han dado forma. «A lo mejor debería envolverte la garganta con las manos y apretar hasta que no puedas respirar. ¿Es eso lo que quieres? ¿Suplicarme aire mientras eyaculo en tu coño hasta que se desborde? A lo mejor debería darte la vuelta y tensar la cuerda mientras te ahogas con mi polla. Estarías guapísima comiéndomela con la cara roja y los ojos inyectados en sangre. ¿Quieres que mi semen sea lo último que pruebes en vida?».

No es solo mi polla dilatándole el coño o mi toque sobre el clítoris lo que la lleva al límite. Son esas fantasías que le susurro. Ella grita mi nombre cuando se desmorona y yo me lanzo por el precipicio con ella; la polla todavía me late, encajada en lo más hondo mientras la lleno. No aflojo el cinturón hasta que no expulso las últimas gotas de semen. El corazón me palpita desbocado en los oídos, amortiguando todos los sonidos de la estancia. Solo entonces la suelto, pero continúo enterrado en su calidez, pues no estoy preparado para marcharme. No estoy seguro de si alguna vez lo estaré. Y esa idea me aterra porque, por muy excitante que sea que me envuelva su calidez, me sigue pareciendo algo prohibido. Que estoy tomando algo que nunca debería haber tomado. Que estoy traicionando todo lo que decidí hacer desde el día en que me desperté en aquella cama de hospital hace cuatro años. Y aun así lo deseo, tanto como deseo que se haga justicia. La deseo.

Y no tengo ni puta idea de lo que está pensando ella.

Sigue de espaldas a mí, recuperando el aliento con la frente apoyada en el brazo. Intento encontrar un modo de preguntárselo cuando se oye un pitido en el pasillo. La lavadora. Es un dardo de lo mundano que hace explotar la burbuja de sudor y piel y exhalaciones irregulares.

Salgo de ella poco a poco, cautivado por el brillo de mi polla deslizándose fuera de su piel rosada e hinchada; estelas de luz y color siguen el movimiento.

—Quédate aquí —le digo una vez soy libre, observando las primeras gotas de semen que se acumulan en su entrada y se le deslizan por los muslos—. Enseguida vuelvo.

Ella no responde. Me marcho para meter la ropa en la secadora, luego voy al baño para coger una toalla empapada en agua caliente y otra seca para poder limpiarla. Mi reflejo me distrae por un segundo. No reconozco esta versión de mí mismo. Le motiva algo que no es la venganza, al menos por un momento. Su propósito parece envuelto en una neblina. Este instante parece estar muy lejos del cataclismo que me trajo aquí. A lo mejor me gustaría ver dónde acabaré cuando se despeje la bruma, si ese lugar no es como yo pensaba que sería.

Me echo un último vistazo y regreso al salón. Pero Harper ya se ha ido. Su albornoz ya no está en el suelo. El mío está bien colocado en el respaldo del sofá, junto a una manta, una toalla y dos cojines. En la mesita auxiliar hay un vaso de agua y un bote de ibuprofeno. Oigo un crujido en el piso de arriba y, por la posición, adivino que debe de venir de su dormitorio.

Me quedo desnudo plantado en medio del salón un buen rato, la toalla húmeda se me enfría en la mano. No sé lo que esperaba que pasara después, pero no era esto.

Al final, me pongo el albornoz, me siento en el sillón y me quedo mirando fijamente los patrones geométricos que se mueven por el suelo. A lo mejor se me está empezando a pasar un poco el efecto de las setas, porque de todo lo que me rodea eso es lo único que me parece extraño. Ya no hay luces vibrantes ni sonidos que se convierten en colores.

No me muevo de ahí durante mucho tiempo, intentando revivir cada momento de esta noche con Harper, desde el modo en que cerró los ojos cuando le toqué la cara en el río y le dije que era preciosa hasta el instante en que salí de su coño manchándole los muslos; finalmente, el pitido de la secadora me saca de mi ensoñación. Respiro hondo, me dirijo al armario y doblo la ropa. Dejo la mía en un sillón y dudo al pie de la escalera con las prendas de Harper en una mano. Y, antes de que pueda convencerme a mí mismo de que es una mala idea, subo cada escalón en silencio y con cuidado, hasta llegar al rellano del piso de arriba.

La puerta de su habitación está entreabierta, la luz se cuela por la rendija. Al principio pienso que a lo mejor sigue despierta, pero no lo está. Sus respiraciones profundas y regulares resuenan en el pasillo. Igual que la noche en que maté a Jake, duerme no con una lámpara encendida: con dos. Resulta extraño, igual que me lo pareció entonces, dormirse no solo con una luz nocturna que la guíe si se despierta, sino con dos lámparas para mantener las sombras a raya. Da la impresión de que su vida está rodeada de oscuridad y, cuando me deslizo en su cuarto, pienso que no entiendo por qué le resulta incómoda para dormir.

Me quedo en el umbral de la puerta de la habitación y veo el modo en que el pecho le sube y le baja bajo la colcha de *patchwork*. Las cosas que habría hecho en este momento si hubiera ocurrido hace unas pocas semanas.

Ahora, en cambio, siento que no tengo derecho a invadir la privacidad de su espacio sin invitación. Cada paso que me aproximo a ella soy consciente de que debería parar. No debería dejarle la ropa doblada encima de la cómoda ni detenerme junto a su cama para cernirme sobre su silueta dormida como un espectro. No debería arrodillarme, acercar la cara tanto a la suya que puedo oler la menta de la pasta de dientes en su aliento ni levantar la mano para apartarle del cuello un mechón mojado. Sobre todo, no debería darle un beso en la

mejilla. Pero me siento tan impotente como el mar ante la luna. Estoy atrapado en su fuerza gravitacional, a pesar del abismo oscuro que nos separa.

Dejo los labios en su piel con tanto cuidado que no se mueve, no se despierta. Pero, cuando me separo, Harper brilla.

ARPÓN

Nolan

La luz se cuela entre las cortinas y me da en la cara como una bofetada.

—Hostia puta, estoy hecho polvo.

Me estiro, mi cuerpo ya se queja por haber dormido una mierda en un sofá que es demasiado corto para alguien que mide uno noventa y dos. Me duele el codo. Me late la rodilla. El cuello protesta cuando intento girarlo a la izquierda para comprobar el reloj. Son casi las diez y media de la mañana. Soy de esa gente que a las seis ya está despierta. Supongo que esto es lo que pasa cuando alguien te droga con setas y no se te pasa el colocón hasta las cuatro de la mañana.

Con un gruñido, me siento y observo a mi alrededor.

—¿Harper?

No hay respuesta.

Miro hacia la cocina. La ventana está abierta, pero fuera no se oye ningún ruido que indique que está en el jardín. Tampoco huelo a café, aunque desde donde estoy veo un termo para llevar junto a un hervidor de agua rojo, una caja de té Earl Grey y las llaves de mi coche.

—Harper… —La vuelvo a llamar, esta vez más fuerte para ver si así me oye desde donde esté. Al principio, me encuentro con el silencio. Y entonces se oye un aleteo.

El cuervo se posa en el quicio de la ventana; algo le cuelga del pico. Lo deja a sus pies, pero el graznido ahoga el repiqueteo metálico cuando el objeto se escurre del estrecho alféizar y se cae al fregadero.

—Pájaro asesino —imita la voz de Harper al mismo tiempo que avanza hacia un recipiente de plástico que hay en un estante a su alcance. Me mira y le da unos picotazos a la tapa del frasco—. Ñam, ñam.

—Ni siquiera he tomado cafeína —protesto.

—Asesino.

—Está bien.

Me levanto del sofá, me ajusto el albornoz y me ato el cinturón mientras los recuerdos de la noche anterior me inundan. Me duele la polla solo de pensar en meterme de nuevo en el coño de Harper. Dios. No me puedo creer que haya hecho eso. Fue una locura horrible, impulsiva y ridícula de narices. Debería aprovechar que estoy en su casa para destrozarla y buscar mi libro y mis armas, no para fantasear sobre las muchísimas posturas en las que me encantaría volver a follármela.

—A lo mejor deberías asesinarme —le digo al pájaro, acercándome a la ventana. Él alza el vuelo para posarse en la mesa del jardín y me observa con interés—. Porque anoche cometí una estupidez monumental y, a este paso, me lo merezco, vaya que sí.

Cojo un puñado de lo que espero que sea cecina de ternera y lo lanzo a las piedras del patio ante los gruñidos de deleite del cuervo. Tras poner a calentar el agua, alcanzo el regalito que ha traído: es una esclava de plata. Tiene una inscripción sencilla en la que pone: «A^{2}BC». No estoy seguro de dónde la habrá encontrado ni de a quién debió de pertenecer, así que la sostengo mientras espero a que el agua hierva y me sirvo el té. Dejo que se infusione sobre la encimera antes de recoger la ropa y dirigirme al baño para cambiarme.

Acabo de terminar de vestirme cuando oigo la vibración irregular de un destornillador eléctrico en la distancia, proveniente de la colina en la que se encuentra la mansión. Me meto en la bañera con patas de garra y abro la ventana de cristal esmerilado. A través de una maraña de ramas de rododendro, veo a Harper inclinada sobre lo que debe de ser el coche de carreras. Deja la herramienta y empuja el vehículo hacia delante y hacia atrás un par de veces. Cuando parece satisfecha, lo tapa y se lo queda mirando fijamente, inmóvil.

No le distingo la expresión desde esta distancia. Es imposible ver si se está mordisqueando el labio como siempre hace cuando le entra la ansiedad o si tiene el ceño fruncido por la rabia o si esos ojos de tormenta le brillan de repente al intentar contener una sonrisa. Pero aún percibo el conflicto que se debate en su interior. Se gira y da un par de pasos hacia su casa. Entonces se detiene de golpe. Gira sobre sí misma y se dirige a la mansión. Se para de nuevo. Se vuelve hacia su casa y echa a andar una vez más y casi sonrío ante su frustración. Sacude la cabeza y se da la vuelta por última vez, luego se aleja en dirección a la mansión con grandes zancadas y desaparece de mi vista.

Se me retuercen las tripas ante la decepción.

Si soy sincero conmigo mismo, cosa que últimamente odio, esperaba que regresara a casa. Cada vez que se ha vuelto hacia aquí, el anhelo y la anticipación me laceraban el pecho. Cada vez que se giraba hacia la mansión, mis esperanzas se desplomaban como si sus alas de cera se hubieran derretido al sol.

Me paso las manos por la cara cuando oigo el sonido lejano de una puerta cerrándose desde la colina, un mazazo que aca-

ba con la idea de que Harper quiera verme. Como si la taza para llevar no fuera un «lárgate de mi puta casa» bastante claro.

—Deberías estar buscando el libro, idiota —me recrimino mientras empiezo a girar la manivela de la ventana del baño—. Deberías volver a seguir el plan de las narices, no preocuparte sobre si esa tía quiere verte o no.

La ventana está casi cerrada cuando oigo un zumbido.

Uno que me cubre la visión con pensamientos de niebla roja.

«Conozco ese maldito ruido».

Salgo deprisa del baño y agarro las llaves, pero no toco el té y corro hacia la puerta trasera. Un dron dibuja un arco suave por encima del jardín para dirigirse hacia la mansión. Harper está en la casa principal, gracias a Dios. Aunque podría haberla estado vigilando cuando estaba fuera sin que ella se enterara. Y esa cosa no debería ni acercársele.

—Puto Sam —siseo.

Hago un esprint por la puerta trasera sin perder de vista el dron a lo lejos, que continúa con su trayectoria. Voy hacia la izquierda y me mantengo fuera de su rango de visión, corro por el césped hacia donde puedo atravesar unos arbustos densos y saltar el murete de piedra. Cuando aterrizo en la acera, me sacudo la ropa, cojo aire para calmarme y retrocedo hacia la verja de la casa.

Al otro lado de la calle tranquila, junto a lo que parece un coche de alquiler, hay un tipo que no conozco. Está centradísimo en la pantalla y el control remoto que tiene entre las manos. Entre nosotros se encuentra mi SUV, aparcado cerca de la entrada de la casa de Harper.

Me lo quedo mirando, sopesando mis opciones, cuando oigo un graznido que viene de la casa. Cuando levanto la vista, el cuervo está encaramado a las ramas de un árbol que sobresalen por encima del muro de piedra, observándome. Genial. Lo último que necesito es que la alimaña empiece a chillarle «pájaro bonito asesino» al operador del dron, que sin duda ha venido porque Sam está buscando cualquier detalle que vincule a Arthur Lancaster con La Pluma. Además, es una investigación que, cuanto más avanza, más en peligro pone a Harper.

Me trago un nudo de oscuridad que me cierra la garganta mientras cruzo la calle. Me meto las manos en los bolsillos para no arrancarle el aparatejo de las garras y metérselo por el gaznate.

—Ey, tío —saludo forzando un poco mi relajado acento sureño. Él aludido me dedica una sonrisa fugaz. Solo saluda con la cabeza, así que sé que pretende deshacerse de mí—. Mola la casa, ¿eh?

Él suelta una risilla.

—Sí, supongo.

—¿Está en venta o algo? ¿Estás sacando fotos para una inmobiliaria?

—No. —Aprieta los labios en un «que te den» silencioso.

El cabreo me bulle en las venas cuando oigo el zumbido del dron en la distancia. Solo de escucharlo se me aviva la furia que me recorre el pecho.

—Vale… mola… Bueno, si buscas edificios históricos, deberías echarle un vistazo al *bed-and-breakfast* que hay en la calle Ortolan. Es una antigua casa victoriana. Un viejo me contó en la cafetería del centro que no sé qué asesino en serie famoso se alojó allí hace como treinta años. ¿La Gluma? ¿La Bruma? La Algo…

—¿La Pluma? —pregunta el tipo. Se le afila la mirada del interés y por fin se fija en mí durante más de dos segundos consecutivos.

—Sí, eso. La Pluma. El colega dijo que el tal La Pluma se hospedó allí antes de matar a una chica y desaparecer. Dijo que era un tipo raro, no sé. Me contó también una historia extraña sobre tortitas o alguna mierda así. —Me encojo de hombros y aprieto la pulsera que tengo en el bolsillo; invito al dolor de la cadena de metal a que se me clave en la palma—. En fin, buena suerte con… lo que sea esto.

Con un único gesto de la cabeza, sigo caminando. No sé una mierda sobre el *bed-and-breakfast* de la calle Ortolan, solo sé que es viejo y que está en la otra punta del pueblo. Muy lejos de Harper.

Tengo que reunir hasta el último retazo de control que me queda para mantener la cabeza agachada y no darme la vuelta y rajarle la garganta a ese tío con mis propias manos. Cuando llego al final de la manzana, me permito echar un vistacillo hacia atrás. Una sonrisa perversa me alza la comisura de los labios cuando veo que el dron está regresando por encima de la casa de Harper. Sé que ha mordido el anzuelo.

En cuanto estoy fuera de su vista, me escondo detrás del tronco ancho de un olmo y me quedo ahí hasta que oigo que arranca el motor y el vehículo se aleja. Cuando estoy seguro de que no me va a ver, me dirijo a mi coche y arranco. Agarro el volante con tanta fuerza que me duelen los dedos. Cuanto más se acerque Sam a Arthur, más amenazada se verá Harper por los efectos colaterales. Si ha estado cubriendo los crímenes del viejo, y ese parece ser el caso teniendo en cuenta que me ha arrastrado a una exhumación múltiple, es cuestión de tiempo que ella también se quede atrapada en la telaraña.

No puedo permitir que eso pase, independientemente de que quiera matarla y, al segundo siguiente, besarla.

Suelto un gruñido de furia y le doy un puñetazo al volante. No es ni de lejos tan satisfactorio como lo será reventarle los pómulos a Sam, pero de momento tendrá que bastar. Inspiro una inhalación firme que me llega hasta el fondo de los pulmones, luego me alejo del bordillo y me dirijo hacia las afueras del pueblo.

Diez minutos después, aparco en el único lugar en el que nunca pensé que asomaría la cabeza por voluntad propia. Mucho menos por el bien de Harper Starling.

Me echo un último vistazo en el retrovisor. Tengo los ojos un poco rojos, atormentados por las ojeras. El pelo un tanto desaliñado. Necesito cafeína y una ducha, pero esto tendrá que valer. Es una locura, una idea imprudente. No es el tipo de cosas que suelo hacer. Aun así, necesito disuadir a Sam. Algo oficial. Algo que le haga perder el tiempo y que se lo piense dos veces antes de vulnerar la privacidad de Harper.

Practico mi mejor sonrisa inocente de «soy un ciudadano ejemplar y para nada un asesino», me bajo del coche y echo a andar hacia la entrada de la comisaría de Cabo Masacre.

Cuando entro, un hombre de cuarenta y pocos que está sentado en el mostrador de recepción levanta la vista, subiéndose por la nariz unas gafas de montura negra.

—¿Puedo ayudarle?

—Eso espero. —Le dedico una sonrisa que ojalá sea una mezcla de preocupación y buena voluntad—. He visto algo que quizá sea un tanto sospechoso y se me ha ocurrido que a lo mejor deberían saberlo.

—De acuerdo. —El tipo hace un par de clics con el ratón y abre algo en el ordenador mientras me lanza una mirada insulsa y desinteresada—. ¿Cómo se llama usted...?

—No estoy ocupado, Tom —lo interrumpe un hombre.

Sale de un despacho que hay detrás de recepción, el cual tiene unas persianas de plástico beige que no permiten ver qué hay al otro lado. El recién llegado es alto, e impone más

con el uniforme; tendrá unos cincuenta y tantos, aunque cuesta dar con una edad específica. El pelo y la barba bien recortada son de color gris; solo le quedan unos cuantos pelos más oscuros de su juventud, pero se ha esforzado por mantenerse en forma, pues a pesar del atuendo formal es obvio que tiene las piernas y los brazos musculados. Me sonríe; tiene unos ojos de un color azul soso, igual que todo lo que le rodea.

—Ven por ahí, hijo. Tengo tiempo.

Le devuelvo la sonrisa y dejo atrás el mostrador de recepción para entrar en el despacho del sheriff Yates.

Él se queda junto a la puerta, indicándome que me siente con el brazo extendido hacia las sillas forradas de vinilo. Le doy las gracias y hago lo que me indica sin demora, esforzándome por seguir en mi papel de ciudadano-preocupado-no-asesino. Entrelazo los dedos y espero en una postura rígida. El tipo cierra la puerta y se acomoda al otro lado del escritorio soltando un largo suspiro contenido. El despacho está decorado con fotos de quienes deben de ser su esposa y sus dos hijas, y entre las imágenes de familia feliz se intercalan otras en las que aparece pescando y cazando. Yates con un pez. Yates con un ciervo muerto. Yates con una vida perfecta en un pueblo pequeño.

La luz se cuela por los estores que tiene a la espalda y me provoca un dolor de cabeza punzante que ignoro por todos los medios.

—Me alegra que haya venido —dice Yates. La sonrisa hace que se le plieguen las comisuras de los ojos. Pese a que esas arrugas revelan que se ha pasado la vida lanzando sonrisas relajadas y acogedoras, la incomodidad me sube por la columna vertebral—. Le agradezco que me distraiga, así no tengo que volver a mirar los planes para la Feria de Masacre. Creo que los he revisado con el ayuntamiento como mínimo sesenta veces.

—Me alegra serle de utilidad. —Asiento con respeto—. Estoy seguro de que merecerá la pena. He oído que es todo un evento.

—Lo es. Un tanto caótico, pero está todo el pueblo igual durante la temporada alta de turismo. —Yates entrelaza las manos encima de la mesa y apoya la espalda en el asiento; la sonrisa se convierte en un gesto más serio cuando me observa—. Bueno, ¿qué puedo hacer por usted, señor...?

—Rhodes —digo.

—Señor Rhodes. Le he oído decirle a Tom que ha visto algo sospechoso, ¿es así? ¿Por qué no me lo cuenta?

Me aclaro la garganta, esperando que Yates tome papel y lápiz o encienda el ordenador, cosa que no hace. Tan solo levanta las cejas y hace un gesto leve con la cabeza para animarme a hablar.

—Bueno, puede que no sea nada, pero hay un hombre que se aloja en el mismo establecimiento que yo, el hostal El Cabo. Está grabando un documental, tiene algo que ver con una especie de grupo de investigación *amateur* en el que está. Los Buscasabuesos.

—Ah, sí —confirma el sheriff; una sonrisilla perpleja le levanta la comisura de los labios—. Sé quiénes son. Vienen por aquí de vez en cuando.

—Sí, bueno, es que me parece un tanto... obsesivo. Y no estoy seguro de si juega limpio. —Señalo con la cabeza más o menos hacia donde está el pueblo y pongo cara de preocupación sincera, una forma de alejarme de la rabia lacerante que todavía me arde en lo más profundo del pecho cuando me acuerdo del piloto del dron—. Anoche lo vi husmeando en una propiedad del río Ballantyne que tiene señales de «prohibido el paso».

—¿El río Ballantyne?

—Eso es, señor.

—¿Tiene usted permiso de pesca?

—Mmm… —Siento que el cerebro se me da la vuelta; estoy intentando procesar esa pregunta con insuficiencia de cafeína—. No estaba pescando, señor…

Yates ladea la cabeza como un perro curioso.

—Esa suele ser la razón por la que la gente va al río. No estará usted cazando fuera de temporada, ¿verdad?

—No, señor. —«A menos que cuente la caza humana», afirma una voz poco útil en mi cabeza—. Por supuesto que no.

—¿Está seguro? Permitiré que se vaya solo con una advertencia siempre que sea sincero conmigo. El diputado Collins es vegano y se toma la caza ilegal muy en serio. Como escuche algo por ahí…

—Se lo juro, señor. No estaba cazando en el río —respondo mientras intento que se me ocurra algo para librarme del torbellino en el que por lo visto me he metido. Yates parece relajarse ante mi declaración, deja caer los hombros y se le vuelve a suavizar el entrecejo—. Pero ese tal Sam, no sé por qué estaba ahí, paseándose por una propiedad privada. Y hace poco vi su dron sobrevolando la finca que hay en la colina, la vieja mansión victoriana. Había una mujer en la puerta de la casa anexa de piedra que hay en la propiedad, y parecía bastante molesta.

La expresión de Yates se vuelve adusta. Menos desenfadada. Se inclina un poco sobre el escritorio y me mira a los ojos; los suyos parecen decididos y sombríos bajo las cejas fruncidas.

—¿Estaba volando por encima de la mansión Lancaster?

Asiento una sola vez.

—Sí, señor.

—¿Y no pilotaba usted?

Siento que se me drena la sangre de las extremidades y atrás solo quedan cristales de hielo. Se me acelera el corazón, me late alarmado contra las costillas.

—¿Señor...?

—Usted pilotaba el dron del señor Porter hace poco... hace unos seis días, ¿es correcto? El último día en que fue visto Jake Hornell.

El sabor amargo del miedo se me queda en la lengua cuando se me seca la boca. Yo no le dije mi apellido a Sam en ningún momento.

Yo no hago las cosas así, no me pongo en el foco de búsqueda de manera imprudente. Me quedo en las sombras. Sé que se me da bien encandilar a la gente cuando quiero, manipularla para que muevan las piezas del tablero, para que las coloquen justo donde tienen que están. Pero también soy consciente de que no soy indestructible. No me lanzo a una comisaría creyéndome que tengo la sartén por el mango.

Y, aun así, es precisamente lo que acabo de hacer. Y no es solo una necesidad incontenible y obsesiva por proteger a Harper lo que me ha llevado a este momento, pero puede que ahora no solo me haya puesto a mí mismo en peligro, sino también a ella. Porque ella aparece en esas imágenes que grabé con el dron. Tal vez ella fuera una de las últimas personas que vio con vida a Jake Hornell. Hay trocitos suyos en su puto jardín. Y el resto del cuerpo está enterrado junto al río Ballantyne, en el terreno de Arthur, no muy lejos de donde exhumamos sus víctimas todas las noches. En la tumba que cavé yo. La que estaba pensada para ella.

Esta cascada de pensamientos me recorre la mente en pocos segundos, y otra parte de mi cerebro entra en modo autoprotección cuando dice:

—Yo le hice el favor de pilotar el dron hace un par de días, sí. Pero solo aquella vez. El tío fue un tanto… raro… sobre las cosas en las que quería que me centrara. Insistente. Pretendía que grabara a ciertas personas. No me pareció correcto. Me sentía… invasivo. —Sacudo la cabeza y me encojo de hombros para disimular esa mentira parcial con indiferencia—. En cualquier caso, imagino que el tipo del dron tiene que haber aparecido.

—Entonces, ¿no era usted la persona que estaba pilotando el dron sobre la mansión Lancaster?

—No.

—Entonces, ¿qué hacía allí?

—Estaba paseando.

—Estaba paseando —repite. Da unos golpecitos con el largo dedo índice en el escritorio; el fantasma de una sonrisa revolotea en sus labios. No le llega a los ojos. Al fin, se repantinga de nuevo en la silla y exhala un suspiro hondo—. Mire… Cabo Masacre es un pueblo pequeño que tiene una historia inusual. Cada pocos años aparecen tipos como Porter para buscar algo que creen que van a hallar. Tal vez alguna verdad tras las leyendas urbanas, pero no descubren nada porque aquí no hay ningún secreto antiguo oculto que encontrar. En el pasado de todos los pueblos pequeños hay algo turbio, igual que en Cabo Masacre. Eso no quiere decir que haya un asesino acechando a la vuelta de cada esquina. Y, la mayoría de las veces, sus jueguecitos nos joden a gente como el diputado Collins o yo cuando tenemos un trabajo de verdad que hacer. Como averiguar qué narices le pasó a Jake. Es posible que solo se haya ido de la ciudad, después de todo. —Le da unos toquecitos a un sobre de manila que tiene encima del escritorio, el cual asumo que contiene algo que tiene que ver con el desaparecido. Pero no deja de mirarme a los ojos cuando entrecierra los suyos—. Sin embargo, supongo que podría equivocarme. Usted no sabrá nada sobre el paradero del señor Hornell, ¿verdad?

Sacudo la cabeza, consciente de todas las microexpresiones que pongo mientras le sostengo la mirada.

—No, señor.

—Ajá.

No estoy seguro de si es un «ajá» en plan bien o un «ajá» en plan mal, pero espero, con una expresión impávida e inocente a pesar de la gota de sudor que me cae por la columna vertebral.

—Bueno —dice Yates al final; rueda la silla hacia atrás y se pone en pie—, le agradezco su preocupación. Estaré atento.

Me ofrece la mano por encima del escritorio y se la estrecho, preguntándome qué pensará de la temperatura de la mía, y digo:

—Cuando quiera, señor. Encantado de ayudar.

Con un asentimiento y una sonrisa más luminosa, el sheriff me suelta y rodea la mesa para abrir la puerta del despacho, luego se hace a un lado para dejarme pasar. Justo cuando cruzo el umbral, me pone una mano en el hombro.

—Ah, por cierto, hijo…

—¿Sí…?

—Si ve al señor Porter, dígale que se pase por la comisaría. He intentado que me enseñe las imágenes del dron por si el señor Hornell aparecía en ellas, pero, por alguna razón, parece que me está evitando. Más vale comprobar hasta el más mínimo detalle y preferiría no tener que pedir una orden judicial. No está muy bien visto durante la temporada alta de turismo, sobre todo porque los Buscasabuesos vendrán en manada si consideran que estoy provocando a su abeja reina.

—Por supuesto, señor.

Me da una palmada paternal en el hombro y me suelta. Yo salgo de la comisaría midiendo todos mis pasos. Tengo que hacer un esfuerzo descomunal para no huir del aparcamiento quemando rueda.

Hasta que no estoy sentado en el borde de la cama del hotel, no siento que por fin puedo respirar.

Desde que puse un pie en Cabo Masacre, nada ha salido como creía. El futuro que me imaginaba cuando vine se ha descompuesto a través de un prisma, fracturándose en retazos irreconocibles a partir del simple rayo de luz sin color con el que emprendí esta misión. Empezó en el momento en el que conocí a Harper en la cafetería. Y ahora siento que estoy derribando todos esos planes meticulosos que tracé, desesperado por acercarme más a ella, sin importar cuánto me esfuerce por volver a encarrilarme.

¿Qué pasaría si intentara dejar de odiarla?

Cada vez me cuesta más aferrarme a la rabia que siento hacia Harper. Veo la lealtad fiera que le profesa a Arthur. Se pone a sí misma en peligro por mantenerlo a salvo a él. Veo cuánto le importa Cabo Masacre, desde su negativa a marcharse a pesar de la amenaza que supone mi presencia a sus esfuerzos por hacer que el pueblo sea más bonito, aunque debe de estar exhausta. Creo que incluso intuyo cuánto se preocupa por mí. Está en las miradas largas que me lanza bajo la luz de la linterna. En la culpa que hace que los ojos se le pongan vidriosos. Estaba ahí anoche, pese a que intentó ocultarlo. Y tiene razón en no fiarse de mí. Como ella misma dijo, la he amenazado. La he intimidado. La he espiado. Nunca le he ofrecido un espacio seguro. Ni siquiera he permitido jamás que ese concepto se desarrolle en mí, pues siempre estoy batallando para someterlo.

Así que, ¿qué pasaría si tan solo… dejara de luchar contra ello? ¿Qué haría ella si me permito preocuparme? Preocuparme de verdad.

Miro hacia el armario donde antes guardaba la mochila de armas. La que Harper me robó después de meterle una cabeza en el comedero del pájaro y amenazarla. Cuando le prometí que daría igual dónde se escondiera o hasta dónde corriera, pues la encontraría. De algún modo, hasta ese juramento ha cambiado de color en el prisma del tiempo.

Con una inhalación brusca, me levanto de la cama y voy a la ducha. Quince minutos después, estoy saliendo de la habitación, de camino al supermercado para reemplazar todo lo que ella misma lanzó al río Ballantyne. A lo mejor hasta compro un par de cosas más. Cuando vuelvo al hostal, le mando un mensaje.

> ¿Me paso a las 21:00 para recogerte?

Me quedo mirando la pantalla un buen rato. Pero no responde, ni siquiera cuando los últimos tonos índigo se han extinguido en el cielo. A pesar de no recibir respuesta, me paso por su casa de todos modos de camino al río y reduzco la velocidad cuando me acerco a la puerta del muro de piedra. Tiene las luces apagadas.

Aparco en el camino que hay junto al río, donde el vehículo quedará oculto. Con mis nuevas pala, linterna y lona metidas en la mochila húmeda y otra pala sin usar encima del hombro, me encamino hacia las piedras que dan al cementerio de Arthur. Saco dos tazas. Preparo chocolate caliente. Pero Harper no aparece.

Son casi las once y media cuando por fin lanzo los restos que quedan en el cazo al río para lavar el chocolate que se ha

enfriado. Cuando termino, me vuelvo hacia el terreno y paso la mirada por la expansión de secretos. Sin Harper, no sé cuáles son las medidas. No sabría por dónde empezar a buscar a la siguiente víctima de Arthur.

Pero no he venido por eso.

Vuelvo a las rocas y guardo mis cosas; luego camino por la orilla, vadeando el agua hasta la orilla que se estrecha y desaparece y el granito se hunde en el agua. En pocos minutos, llego a un terreno embarrado más pequeño. Lo conozco. No necesito mapa. Sé dónde excavar.

Clavo la pala en el suelo.

Bajo la luz tenue que emite la luna creciente, abro la tumba que cavé para Harper Starling.

CORRIENDO EN LA OSCURIDAD

Harper

> ¿Me paso a las 21:00 para recogerte?

Las nueve fueron hace tres horas. No he llegado a responderle, aunque se podría alegar que tengo varias razones de peso.

Razón número uno: lo odio. En serio. Y me niego a que ese gilipollas me hipnotice con la polla.

Razón número dos: no importa cuánto me esfuerce por hallar pruebas de lo contrario: Nolan Rhodes también me odia. Él mismo me lo dijo. Varias veces. «Me odia, me odia, me odia».

Razón número tres: ahora mismo no lo necesito. Para nada.

Y, la más importante, razón número cuatro: Arthur. He tenido suerte de encontrarlo en el suelo de la cocina cuando lo he encontrado. Aunque intento no pensar que podría haberse matado con semejante caída, es una idea que me atormenta, que se niega a marcharse.

Miro a donde está durmiendo a pierna suelta a pesar del pitido del monitor cardiaco y el intenso olor a desinfectante y las voces de las enfermeras y pacientes que se oyen al otro lado de la cortina que nos separa del resto de la sala de urgencias. Tiene una venda blanca en la frente. El cuello de la bata de hospital está salpicado de sangre seca.

Frunzo el ceño. Tengo el interior del labio inferior en carne viva de tanto mordérmelo. A veces no voy a la casa principal después de cenar para comprobar cómo está Arthur una última vez antes de dormir. Puede que haya racionalizado demasiado a la ligera que no me necesita. O asumido que ya está en su habitación y que se ha ido a la cama sin revisar la cocina. Podría haberse pasado toda la noche tirado sobre esos azulejos fríos y despiadados. Podría haber estado ahí solo. Podría haber…

Sacudo la cabeza; me obligo a apartar mis peores temores. «No necesito a Nolan. No estoy sola. No tengo miedo. Esto puedo hacerlo por mí misma. No lo echo de menos».

Gruño y apoyo la cabeza contra la pared que tengo detrás con la esperanza de que me absorba y me lleve a una dimensión menos complicada. Tener un enemigo mortal es mucho más duro de lo que esperaba. Porque no debería desear que estuviera aquí. No debería echarlo de menos. En absoluto. Pero creo que sí que lo echo en falta.

Me muevo en el asiento de vinilo; el dolor que siento entre las piernas es un recordatorio persistente de la noche que pasé con Nolan. No debería estar pensando en eso ahora. Sin embargo, cada vez que cierro los ojos, lo oigo susurrarme al oído. Noto sus manos callosas en la piel. Percibo su aroma en el aire, bergamota y especias. Y no es solo sexo. Es la conexión que vino con este. Siento que me ha abierto lo suficiente para permitir que un poquito de mí salga a la luz. Después de tanto tiempo escondida, me siento vista. Por un momento.

«Pero me odia. Creo».

Me llega un mensaje que me vibra en la mano y, por un segundo, el nombre de Nolan se me pasa por la cabeza. No es

él. Es Lukas, e intento apartar la punzada de decepción que se me clava en el pecho.

¿Cómo está el aguafiestas?

¿Aguafiestas? Seguro que a Arthur le encanta que lo llamen así.

¡EL AUTOCORRECTOR! Abuelo. Pero aguafiestas también es correcto.

El aguafiestas está durmiendo. Estoy esperando a que venga el médico. Con suerte nos darán el alta pronto.

Vale. He cambiado los billetes para coger el primer vuelo que sale mañana; debería llegar a casa hacia mediodía. Siento estar fuera en un momento de mierda.

No es tu culpa. No te preocupes, no me importa.

Aun así, aprecio muchísimo tu ayuda. Gracias.

No me las des aún. Me voy a chivar de lo de «aguafiestas» en cuanto se me presente la primera oportunidad.

Suelto una risilla y me guardo el teléfono en el bolsillo justo cuando la cortina se aparta y entra la médica con una enfermera, a la que el pijama se le tensa por encima de la tripa de embarazada. Con destreza, la doctora me muestra una sonrisa que se encuentra a caballo entre el consuelo y la profesionalidad; luego saluda con la cabeza mientras la enfermera se pone a comprobar los fluidos de la vía intravenosa.

—Soy la doctora Reid —se presenta con un cálido acento jamaicano. Las reconozco a las dos de verlas por el pueblo, aunque nunca nos hemos conocido de manera oficial—. ¿Es usted Harper? ¿La nieta de Arthur?

—Oh… no, bueno, sí soy Harper, pero no somos familia. Solo somos amigos. Entiendo si tiene que esperar y darle la información médica a su nieto. Está fuera porque tenía una reunión, lo puedo llamar si prefiere hablar directamente con él.

Ella le da unos toquecitos a la tableta.

—No, no pasa nada. Arthur la autorizó en sus registros médicos. —Miro hacia la cama. El susodicho está dormido, ajeno a que mi corazón ha duplicado su tamaño—. No parece que haya signos de apoplejía o hemorragia interna después de la caída. Tiene algunos golpes y moretones, claro, pero no se ha roto nada. Sin embargo, en los análisis de sangre hemos visto deficiencia de vitamina B_{12}. ¿Ha estado irritable últimamente?

—Es Arthur Lancaster. Siempre está irritable.

La doctora Reid hace todo lo que puede por contener la sonrisa; los leves trazos desaparecen tan rápido como han aparecido.

—¿Ha mencionado que sienta cosquilleos en las manos o en los pies? —Sacudo la cabeza—. ¿Problemas de coordinación y equilibrio?

—Ayer se chocó con el carrito de golf.

La doctora suelta un «mmm» pensativo mientras toca la pantalla de la tableta con el lápiz para anotar el detalle.

—¿Los síntomas de alzhéimer han empeorado de manera notable de un tiempo a esta parte?

Saboreo la sangre en la lengua cuando me muerdo el labio de la preocupación. Me siento fatal por haber pasado por alto una constelación de síntomas que señalaban a otro problema de salud que se podría haber solucionado.

—No sabría decirle. Pierde cosas más a menudo. Está un tanto paranoico con que alguien se le cuela en casa para robarle. Pero son cosas que llevan pasando un tiempo.

La médica asiente, me dedica una sonrisa educada.

—Entiendo. Lo vamos a dejar ingresado un par de días para poder subirle los niveles de B_{12} y monitorizar otros síntomas. Lo transferiremos al área de geriatría, donde estará mucho más cómodo. Una vez lo estabilicemos…

Lo que la doctora iba a decir a continuación se pierde en una cacofonía repentina que viene del otro lado de la cortina: un golpe metálico contra el suelo, gritos ininteligibles y gente que alza la voz. Intercambio una mirada de preocupación con las sanitarias; ambas salen corriendo al pasillo y yo voy detrás de ellas pisándoles los talones.

Un hombre que parece un mamut se encuentra de espaldas a nosotras frente a un médico, en uno de los bóxeres que están al otro lado del vestíbulo. Junto a la cortina hay un carrito de acero inoxidable tirado e instrumentos de metal esparcidos por el suelo. La áspera barba pelirroja le brilla del vómito y tiene manchas en la parte superior de la camisa blanca. Tiene un tajo abierto en la ceja; una aguja le cuelga de un hilo que lleva cosido a la carne. El médico que lo estaba tratando alza las manos para aplacarlo y sé que estar entre ese gigante y un amasijo de cables y equipo médico lo pone nervioso.

—Señor McMillan…

—¡¿Cuál es tu puto problema?! —vocifera el hombre; pronuncia las palabras arrastrándolas y alargándolas. Dos celadores, así como la médica y la enfermera que estaban atendiendo a Arthur, se acercan levantando un halo de «tranquilícese, señor».

—Por favor, siéntese para que el doctor Aspen pueda terminar de darle los puntos —dice la doctora Reid con una autoridad sosegada. Solo una retahíla de insultos de un borracho responde a la petición que ha hecho de manera educada—. Señor, la policía intervendrá si no se calma.

—Deje de decirme que me tranquilice, joder.

El hombre sale corriendo, se tropieza con el carrito y se cae llevándose por delante a la enfermera embarazada, que se da un buen culazo y suelta un grito agónico. Ambos médicos corren hacia ella mientras los celadores retienen al borracho contra el suelo. Un policía entra corriendo poco después y los médicos ayudan a la enfermera a ponerse de pie; le brillan los ojos de las lágrimas que no ha derramado y se cubre la tripa con la mano en un gesto protector.

La furia se precipita por los ventrículos de mi corazón. Tengo los puños cerrados; las uñas me están dejando marcas de medias lunas en las palmas. Cuando giro la cabeza hacia donde está Arthur, veo que se ha despertado y me observa con una determinación lúgubre.

Me volteo de nuevo hacia el hombre. El policía lo tiene inmovilizado con una rodilla. Los detalles de la estancia parecen volverse más nítidos cuando esposa al desconocido y lo obliga a levantarse. No estoy segura de si él llega a verme cuando nuestras miradas se cruzan en el pasillo, pero yo sí lo veo a él.

Cuando la doctora Reid regresa, solo se queda un instante para ver si tengo alguna pregunta. Y, una vez se ha marchado, me centro en Arthur. Lleno un vaso desechable con agua y se lo acerco a los labios. Desenchufo su móvil, que he dejado cargando, y se lo pongo al lado de la mano. Dice que no necesita ayuda mientras se remueve en la cama, pero aun así le recoloco las almohadas hasta que las tiene donde le gustan. Insiste en que me vaya por mi propio bien. Soy consciente de que quiere descansar, así que no me entretengo, a pesar de que siento que debería hacer algo más para que se sienta cómodo. Le doy un beso en la mejilla; él finge que le da asco, aunque me da unas palmaditas en la mano, y me marcho tras prometerle que regresaré en cuanto pueda.

Son casi las dos de la mañana cuando llego a casa; mucho después cuando por fin consigo dormirme. Sin embargo, a las seis de la mañana ya estoy con los ojos como platos, preparada para un día completito. Preparo café. Le doy de comer a Morfeo. Compruebo que mi amienemigo Nolan no me haya dejado ningún miembro lacerado en el jardín de regalo. No hay nada. Frunzo el ceño mirando el comedero para pájaros, aunque no sé por qué debería sentir una decepción punzante ante la ausencia de una cabeza cercenada. Luego me dirijo hacia la casa principal y limpio la sangre que quedó en el suelo de mármol de la cocina tras la caída de Arthur.

En cuanto acabo con las tareas mundanas, ejecuto los planes que me han hecho dar vueltas en la cama hasta las tantas de la madrugada. Levanto la tabla suelta que hay en el suelo de la habitación de invitados de mi casa, donde escondí algunas de las cosas que me recordaban a mi antigua vida cuando llegué a Cabo Masacre.

Esto es un riesgo enorme.

Hace cuatro años, Sam se interesó por mi verdadera identidad y mi desaparición, quizá tanto como lo está ahora en la historia de La Pluma. Yo ya estaba intentando desaparecer cuando llegué a Maryland y el destino intervino para regalarme a Harper Starling. Pero tuve cuidado de hacer lo máximo posible para no dejar rastro alguno aquí. Aunque el Buscasabuesos no ha mostrado ningún indicio de que haya averiguado que acabé en Cabo Masacre, ya ha estado espiando la propiedad en la que vivo. No es exagerado que pueda reconocerme a pesar del pelo oscuro y el nombre robado.

Sin embargo, esto también podría ser una oportunidad de oro para acabar con el rumor de que Arthur es La Pluma y quitarle a Sam de encima al viejo de una vez por todas. Y, después de sentirme tan indefensa en el hospital, me vendría bien coger las riendas y hacer algo productivo para mantener mis promesas. Respiro hondo, me preparo y me ciño al plan.

Saco del escondite un par de recuerdos que a lo mejor le interesan a Sam, pero que tampoco sean pruebas concluyentes de que he estado aquí. Un quemador de incienso con forma de medialuna. Lo tenía encima de la estufa de leña de la caravana que compartía con Adam. Una navaja japonesa *higonokami*. La usé en algunos de los vídeos que grabamos cuando les explicábamos a nuestros seguidores cómo montar el campamento en las diferentes paradas del viaje en carretera que hicimos por el país. La punta de la cuchilla tiene un ángulo poco común y a alguien tan observador como Sam Porter le será fácil reconocerla. Una sudadera de Texas Tech que era de Adam; se la quité tantas veces que al final me la agencié. Aprieto la nariz contra el tejido e inhalo. Ya no huele a nosotros. Suspiro y paso la punta de los dedos por las letras bordadas. Llevo por lo menos un par de años sin mirar estos *souvenirs,* pero que estén en la casa me proporciona cierta tranquilidad. Sin embar-

go, últimamente me siento menos apegada a ellos. A lo mejor no estoy preparada para renunciar a todas las reliquias personales que tengo aquí escondidas; en cambio, al poner la tabla en su sitio pienso que a lo mejor sí que lo estoy para desprenderme de algunas.

Meto la navaja, la sudadera y el quemador de incienso en una bolsa junto a un par de cosas más, luego me dirijo hacia el garaje que hay junto a la casa de Arthur y le cojo prestado el antiguo Jaguar para conducir hasta la granja abandonada que hay en la carretera de Clarke, a veinte minutos del pueblo. Ni siquiera sé de quién es ese terreno. Solo sé que no es de Arthur y es lo único que me importa.

Mientras observo el tejado derruido y las paredes llenas de grafitis, tardo un buen rato en convencerme de seguir el sendero descuidado que conduce hacia la tierra cubierta de maleza. A cada paso que doy, el recuerdo de los buitres posados en un árbol amenaza con hacerme volver al coche. Me sudan las manos. El corazón me late desbocado en los oídos. «Esta es mi oportunidad de proteger a Arthur», me repito una y otra vez cuando cruzo corriendo el umbral, donde una puerta blanca descolorida cuelga de las bisagras oxidadas. «No es la misma casa». Subo la escalera podrida hasta el primer piso. «No huele igual. No es idéntica. Ni siquiera tiene sótano».

Encuentro una tabla suelta en uno de los dormitorios y la golpeo con el talón hasta que se hace añicos. Sigo con el pulso acelerado cuando cojo aire para tranquilizarme, digo «adiós» en silencio y escondo mis pertenencias bajo los restos de la madera desmenuzada. Tras sacar una foto rápida con el móvil, salgo fuera y le echo un último vistazo a la casa. Entonces vuelvo al pueblo.

Una vez he dejado el distintivo vehículo de Arthur a un par de manzanas del hostal El Cabo para que nadie lo vea, voy a mi atalaya de la colina para esconderme entre las rocas, desde donde observé a Nolan el primer día que salió a correr. Su coche no está en el aparcamiento e intento no pensar dónde puede haber ido.

—Me importa una mierda lo que esté haciendo ese gilipollas —me susurro.

Inicio sesión en el Discord de Los Buscasabuesos con mi cuenta falsa. Los ojos se me van al coche de alquiler de Sam, aparcado junto a un hueco libre, que parece ser el que más le gusta a Nolan. El calor se me retuerce por debajo del ombligo: el dolor de antes me late entre las piernas. Me pregunto qué pasaría si me colara en la habitación de Nolan y lo esperara en lencería. ¿Se daría la vuelta y se marcharía? ¿O me sujetaría contra la cama y me follaría hasta que me hiciera rozar el cielo con los dedos? ¿Y si me llevara mi vibrador dual Lelo Enigma? ¿Y si...?

—Ay, me cago en la puta. Concéntrate, guarra. Deja de pensar en lo desatendida que tienes tu vagina y piensa con el cerebro.

Sacudo la cabeza, vuelvo a centrarme en el dispositivo que tengo entre las manos para mandarle un breve mensaje privado a Sam. Incluyo los detalles de la localización de la granja de la carretera Clarke alegando que encontré las cosas cuando estaba fisgoneando en la casa abandonada. Una vez enviada la foto, espero.

La respuesta llega en apenas unos instantes y, aunque el tío parece dudar al principio, la emoción es palpable en sus mensajes cortos. En menos de diez minutos, Sam y el piloto del dron se ponen a cargar el coche de alquiler y se marchan del hostal El Cabo.

Una sonrisa siniestra me tira de los labios cuando corro hacia el coche de Arthur y pongo rumbo a mi siguiente destino.

Cualquiera pensaría que la próxima parte del plan sería la más difícil de todas, pero en realidad no es tan desafiante como parece. Al sheriff Yates no le gusta retener a la gente más de lo necesario, así que es probable que ya hayan soltado al encantador señor McMillan. Y un tipo así no es de los que se alojan ni en el hostal El Cabo ni en un *bed-and-breakfast*, así que hay muchas papeletas de que se quede en el motel La Cabeza del León, un sitio turbio que está junto a la autovía que conduce al pueblo. Estará durmiendo la mona o empinando el codo hasta perder el conocimiento de nuevo en la taberna de Gus, a la que se puede ir andando desde el alojamiento.

Primero me paso por el contenedor que hay detrás de la pizzería Milo para coger una caja que hayan tirado, luego echo a andar hacia el motel; me apuesto lo que sea a que es tan temprano que ni siquiera está preparado para ir al pub. Una vez aparco donde no se me vea desde el motel, saco el teléfono y marco el contacto de recepción.

—La Cabeza del León, ¿en qué puedo ayudarle? —saluda un hombre tras descolgar al segundo tono. Sé por el timbre de la voz que se trata del joven que entró a trabajar la temporada pasada y se me ensancha la sonrisa perversa que tengo dibujada en la cara desde que me he marchado del hostal El Cabo. Es un chico de esos tranquilos, un tanto tímido. Solo curra aquí para pagar el alquiler. Y le importan tres pepinos detalles como las normas y la privacidad.

—Hola, soy la repartidora de la pizzería Milo —digo con voz distante—. Un tipo que se apellida McMillan ha hecho un pedido para entregar en La Cabeza del León, pero Milo escribe como el culo y no consigo descifrar el número de habitación. Tampoco coge el teléfono. ¿Podrías decirme en qué habitación se supone que tengo que dejar la pizza para que Milo no me dé por culo por haberla entregado tarde?

—Sí, claro. Dame un segundo. —Mi sonrisa se podría divisar desde el espacio. Estiro el brazo hacia el asiento trasero y cojo la caja de pizza vacía junto con un par de cositas de mi mochila. Al otro lado de la línea se oye un teclado—. Habitación 320.

—Muchísimas gracias. Me salvas la vida.

—No hay de qué.

Cuelgo y bajo del coche con la caja en la mano; la sangre me hierve de la adrenalina. «Soy una repartidora de pizza», me digo caminando junto a los setos que rodean el aparcamiento del motel. Hay un par de coches esparcidos delante de las habitaciones, pero todas las cortinas están echadas. No hay nadie por los alrededores.

Me centro en la puerta de la habitación 320.

«Tengo derecho a estar aquí. Solo estoy haciendo mi trabajo». Me hace gracia cómo puedes colarte entre la sociedad cuando no solo cuentas una mentira, sino que la aceptas. Si haces el esfuerzo de creértela, el resto del mundo también se la suele tragar.

Respiro hondo, cambio la sonrisa perversa por un gesto menos siniestro y llamo tres veces a la puerta.

—¡Pizza! —grito con voz cantarina. Al otro lado de la puerta se oye retumbar un gruñido malhumorado—. ¿Pepperoni con extra de queso? Para… ¿McMillan?

La sucesión de tacos cansados y de zapatillas arrastrándose se vuelve más fuerte conforme el tipo se acerca a la puerta. Se me ilumina la cara cuando gira el pestillo. La puerta se abre y McMillan me mira fijamente, lleva una bata gris deshilachada que apenas le cubre la camiseta manchada y los calzoncillos.

—Yo no he pedido una puta pizza…

Levanto la caja lo suficiente para que vea la pistola que sostengo por debajo, el silenciador le apunta al ombligo. La sorpresa le arde en los ojos enrojecidos.

—Si viene conmigo, señor McMillan —le quito el seguro al arma con un clic amenazador—, a lo mejor le dejo con vida.

FANTASMAS

Nolan

Casi es mediodía y estoy de pie en la calle, frente a la casa de Harper, como un puto pardillo obsesionado.

Me subo las mangas de la Henley color gris carbón hasta los codos. Le gustan mis antebrazos. Creo. Los mira muchísimo. A no ser que esté delirando que lo flipas, cosa que... puede que sea cierta. También parecen gustarle estos pantalones de trabajo que llevo a veces.

—¿Eso es parte de tu uniforme? —me preguntó hace un par de noches señalando los pantalones y las botas de trabajo.

—No tengo uniforme, aparte de un chaleco y la chaqueta, pero... supongo que sí.

Todavía siento el calor en la piel que me provocó el hecho de que me contemplara de arriba abajo durante una fracción más despacio de lo que se consideraría apropiado para una némesis, a menos que estuviera buscando el punto en el que me dolería más que me clavara un cuchillo.

—Ajá —fue lo único que dijo antes de seguir con lo suyo. Aun así, pillé la miradita que me lanzó.

Me limpio de la ropa una mota de polvo que no está ahí. ¿A lo mejor le gusta lo que ve? No debería importar, pero cada vez tengo más la sensación de que sí importa.

«Esto es una estupidez. Déjala en paz».

Suelto un suspiro de frustración y me doy la vuelta como si de verdad hubiera conseguido persuadirme a mí mismo de volver al hostal El Cabo. Y entonces me giro de nuevo hacia su casa.

Como anoche no respondió al mensaje de si la recogía y luego no apareció para sacar a las víctimas de Arthur, intenté convencerme de que solo necesitaba algo de espacio para procesar el alucinante polvazo que echamos. Bueno, a mí me pareció alucinante. El mejor polvo que he echado en la vida, y sé que no fue solo por las setas. Con ella me pareció que era lo correcto. Natural. Como si nuestra energía encajara, dos imanes que se juntan. Pero a lo mejor ella no siente lo mismo y eso me reconcome. Esta mañana seguía sin responder. Y hace una hora, cuando la he vuelto a escribir, tampoco ha dicho nada.

Los minutos se me estaban haciendo eternos y cada vez estaba más preocupado. Siempre contesta. Esto no es propio de ella. Ya me parece bastante mal que me esté evitando, aunque eso lo entendería teniendo en cuenta las circunstancias. Pero ¿y si ha pasado algo peor? ¿Y si está enferma? ¿Dolorida y sola? Se codea con gente siniestra. ¿Y si uno de esos fantasmas la ha atrapado? ¿Y si Arthur se ha vuelto contra ella? ¿Y si…?

Dejo de darle vueltas antes de entrar en la espiral de mis peores miedos y camino hacia la verja; no me detengo hasta que llamo a la puerta.

—Harper… —Dentro de la casa no se oye ningún sonido. Vuelvo a llamar y pego la oreja a la madera. Sigue sin pasar nada—. Harper.

Oigo un gruñido ahogado que parece venir de la parte de atrás.

En un segundo, estoy andando a grandes zancadas por el sendero de piedra que rodea la casa. Casi estoy en la esquina

cuando la puerta principal se abre y me detengo de repente al escuchar mi nombre.

—¿Nolan...? —Harper se asoma por la rendija abierta, pasa los ojos por la calle antes de volverme a mirar—. ¿Qué haces aquí?

El alivio es un torrente que me corre por las venas. Enseguida le sigue una oleada de vergüenza.

Y, luego, suspicacia.

Hay algo salvaje en la mirada de Harper. Cierta nitidez en esas esquirlas plateadas. Se aparta un poco, recula hacia su guarida como si fuera una criatura fiera. Tiene pinta de que está preparada para echar a correr. Lo que daría por ver una sonrisa perversa recorrerle el gesto antes de que se diera la vuelta para desafiarme a que la siga. A lo mejor lleva esos pantaloncitos de pijama tan cortos que le marcan todas las curvas del culo y esa camiseta de tirantes escotada que le envuelve los pechos. La fantasía repentina de perseguirla y follarla de manera brutal mientras grita mi nombre me va directa a la polla.

Carraspeo con la esperanza de que eso pueda aclararme la mente también al acercarme a la puerta con pasos cuidadosos y precavidos.

—Estaba... —¿Qué le digo? «Estaba tan preocupado por ti que me he rayado muchísimo hasta que por fin me he decidido a colarme en tu jardín, cosa que ya he hecho varias veces, aunque tú eso no lo sepas». Joder, suena fatal—. Anoche estuve en el río. Solo, a pesar de que no sé dónde hay que excavar. Se me ha ocurrido pasarme para asegurarme de que vas a venir esta noche, teniendo en cuenta que tenemos un calendario muy estricto al que ceñirnos.

—Allí estaré.

Lo afirma sin deje mordaz, sin entornar los ojos. Y eso es lo que más me preocupa. Se aleja más conforme me acerco a la puerta, se protege el cuerpo detrás de la madera, de modo que solo le veo la cara en la estrecha franja de luz.

¿Y si está desnuda?

¿Y si está desnuda y no está sola?

Los celos me explotan en cada célula del cuerpo, les prenden fuego a mis fantasías y las reducen a cenizas.

Hago todo lo que puedo por convencerme de que no es asunto mío lo que sea que esté escondiendo. Que la única razón por la que me importa su bienestar es porque tiene el potencial de afectarme. En cuanto me asegure de que está bien, me prometo que volveré al hostal y la dejaré en paz.

—¿Va todo bien? —consigo preguntar despacio y midiendo las palabras.

—Sí. —Asiente para darle énfasis—. Genial.

—¿Puedo entrar?

—¿Por qué?

—¿Por qué no?

—¿Porque me odias y quieres matarme?

Touché.

—No… ahora mismo.

—Eso no me transmite mucha seguridad.

Apoyo la palma en la puerta y ella le lanza una mirada rápida antes de volver a centrarse en mí con una furia que consigue que me arda la piel. Cuando ejerzo un poco de presión sobre la madera, ella se aparta.

—¿Por qué estás tan rara?

Suelta una carcajada burlona.

—Eres tú quien está empujando mi puerta como si fueras el puto asesino en serie psicópata que eres. Tengo tu preciado libro, no lo olvides. Si tu idea era pasarte por aquí para matarme, dale otra vuelta.

—No he venido a hacerte daño —le aseguro.

El corazón me araña las costillas cuando se me contrae ante la mirada de odio que me dedica y que se intensifica bajo el flequillo oscuro que le enmarca los ojos. He ido soltando la idea de la venganza, garra a garra. Pero es obvio que Harper nunca se lo creerá. Y va a ser un dolor de muelas convencerla. Quizá incluso imposible. Puede que necesite tanto mi ayuda que esté dispuesta a adentrarse en la noche y exhumar cadáveres conmigo; sin embargo, a pesar de lo que dijo cuando me la follé, no confía del todo en mí.

Y, en este momento, soy un visitante inesperado plantado en la puerta de su casa, atrapado en el poder corrosivo de su mirada de mercurio. Es entonces cuando soy consciente de algo que me golpea con tanta fuerza que me arrebata el aire de los pulmones. Por mucho que haya deseado justicia por la muerte de Billy y por las heridas que me atormentarán durante toda la vida, la necesidad de retribución me ha mantenido atrapado en el pasado. Si hubiera venido aquí con el deseo de conocer a Harper e, incomprensiblemente, perdonarla, a mi alrededor se habría desarrollado una vida muy diferente. Pero he estado tan centrado en nuestra historia que tal vez haya destruido las semillas del futuro que podríamos haber tenido juntos antes de darles la oportunidad de crecer.

Aparto la mano de la puerta y la dejo caer a mi lado. La saliva densa se me desliza por la garganta seca.

—Lo siento, Harper —le digo y ella frunce las cejas sorprendida y recelosa—. No debería haber...

Otro gemido de dolor que proviene de la parte trasera de la casa. Y suena como una plegaria de ayuda amortiguada.

La alarma estalla en los rasgos de Harper. Parece imposible que tenga los ojos tan desorbitados, y entreabre los labios para coger aire a trompicones. Estoy seguro de que mi expresión es un reflejo de la suya. Y, por un segundo eterno, nos quedamos atrapados en el tiempo, inmóviles.

Al segundo siguiente, la tía me cierra la puerta en las narices, pero me doy la vuelta para correr por el sendero que rodea la casa.

Llego a la esquina trasera del edificio justo cuando la puerta de la cocina se abre y la dueña sale al patio.

—Harper... —Sorprendido, la miro desde la punta de los pies hasta la cabeza y vuelvo a bajar otra vez en un intento por encontrarle sentido a lo que estoy viendo—. ¿Qué cojones?

Lleva los guantes de jardinería y un peto, esta vez negro. Además, se ha puesto sus botas de trabajo favoritas, cubriendo el cuero con unas bolsas de plástico que se ha sujetado al tobillo con cinta americana. Se ha recogido el pelo en una coleta de cualquier manera, como si estuviera preparada para cantar y bailar una coreografía completa con el hacha que tiene en la mano derecha. El flequillo y algunos mechones de pelo le caen por la cara roja. Pero es la camiseta cortada lo que de verdad me llama la atención.

«¡Cadáveres a Medida!» reza la tipografía retro sobre la tela blanca salpicada de sangre. Y estoy seguro al cien por cien de que esas manchas no son del Baño de Sangre Delicia de Bayas que hace Maya. Sobre todo porque se oye otro grito de ayuda desesperado al otro lado del muro del jardín.

A Harper se le van los ojos en la dirección de donde proviene el sonido. Doy un paso hacia la valla. Ella me pilla moviéndome por el rabillo del ojo y, al segundo siguiente, sale corriendo y yo la sigo pisándole los talones. Cuando llega a la reja, estoy justo detrás de ella y, al cruzarla, le paso un brazo por la cintura y la levanto del suelo.

—Vaya, vaya, vaya —le digo al oído mientras se sacude. Su dulce olor a hierbas frescas y cítricos me inunda las fosas na-

sales—. Voy a arriesgarme y a suponer que no te traes nada bueno entre manos.

—Déjame en el suelo, joder —gruñe.

Me araña el brazo con una mano, pero, como lleva los guantes, no consigue clavarme las uñas. Con torpeza, camino hacia las plegarias, que ahora son más insistentes; sigo sujetando contra mí a Harper, que no llega a tocar el suelo con los pies. Al girar la esquina, se oyen los sollozos desesperados de un hombre. Está cerca de las flores recién plantadas, donde a Harper le gusta usar la trituradora de madera.

—Creo que será mejor que primero comprobemos qué es ese sonido un tanto extraño que viene de tu jardín de atrás, ¿no te parece?

—La verdad es que no. No.

El crua crua crua del cuervo se oye entre las ramas de un roble. Me río contra el cuello de mi presa, atrapada contra mis costillas, y me deleito con el modo en que se estremece.

—¿Estás segura? Porque parece que tu pájaro ha venido a por galletas. No estará preparado para decir algo sobre «asesino», ¿verdad?

—¡Suéltame!

Harper me da con el mango del hacha. No es un golpe delicado, pero supongo que debería consolarme que haya decidido no usar la parte que corta. «Pequeñas victorias», canturrea una voz optimista e inútil dentro de mi cabeza mientras que yo maldigo. Renqueando, consigo llegar a la esquina del muro de piedra antes de soltarla, y la escena macabra aparece ante mis ojos.

Hay un hombre enorme y pelirrojo, aunque el pelo es escaso sobre la calva sudorosa. Está tumbado bocabajo, con los tobillos y las muñecas atadas a unas estacas que a su vez están clavadas en la tierra formando un ángulo muy pronunciado, como las picas de una tienda de campaña. Mira hacia nosotros y descubro el trapo sucio que lleva metido en la boca y atado a la nuca. La enorme losa que tiene por espalda está repleta de pequeñas heridas ensangrentadas que pintan riachuelos color carmesí sobre las costillas temblorosas al caer sobre la hierba. El olor a meado y a alcohol flota en la brisa. Cerca se encuentra una herramienta de jardín con un largo mango plateado que conduce a un rodillo cubierto de púas manchadas de sangre. También hay una máquina mucho más inquietante que funciona a gas y que parece un cortacésped, aunque desde aquí veo que los dientes huecos de la parte delantera todavía están limpios.

Parpadeando despacio, me vuelvo hacia Harper, que espera impaciente a que me ponga al día. Tiene un brazo en jarras, con el puño bien plantado en la cadera, y el hacha le cuelga de la otra mano de forma amenazadora.

—¿Qué… es eso? —pregunto sin apartar los ojos de ella y señalando con la cabeza la escena que se despliega ante nosotros.

—Un aireador de césped.

—No. Eso.

—Otro aireador de césped, pero con púas huecas.

Suspiro y me paso una mano por el rostro ante la chispa perversa que se le enciende en los iris plateados.

—Ese tío. —Apunto al hombre que patalea y gimotea sobre la hierba—. Toda esta… situación que tienes aquí montada.

Harper se señala la camiseta.

—Estoy creando un cadáver a medida, ¿a ti qué te parece? Estoy matando a este gilipollas.

Miro al tipo, luego a la asesina, después otra vez al tipo. El cuervo se deja caer sobre la hierba y rodea al hombre desde una distancia segura, como si sopesase las opciones del futuro

bufé. Cuando vuelvo a centrarme en la chica, se está mordisqueando el labio y tiene las cejas levantadas, como si estuviera esperando a que le haga la siguiente pregunta que me reconcome para que podamos aligerar las cosas.

—¿Por qué…? —digo al fin.

Ella se encoge de hombros y balancea el hacha como si fueran las agujas de un reloj.

—Empujó a una enfermera embarazada, eso fue un buen comienzo. Amenazó al personal hospitalario. Actuó como un completo capullo. Estoy segura de que hay una lista interminable de mierdas estúpidas que ha hecho en su miserable vida. —Se inclina a un lado para poder ver mejor a su víctima—. ¿A que sí, cabronazo?

El tío sacude la cabeza contra el césped y suplica a través de la mordaza.

—Claro. Eso es supercreíble. —Harper se endereza y entorna los ojos antes de mirarme fijamente con una expresión que dice que no se anda con tonterías—. Mira, no tengo tiempo para revisar todo su pasado, pero si sirve de algo…, y debo decir que de verdad me sorprende que te importe precisamente a ti, puedo garantizarte que es un pedazo de mierda y un desperdicio de los recursos finitos del planeta. Aquí se le dará mucho mejor uso —declara dando un golpe seco en el suelo con la parte superior del hacha.

Las plegarias y los lloriqueos del hombre se vuelven desesperados. Masculla una retahíla de negaciones, no aparta los ojos de mí mientras pide clemencia, pero está buscando esperanza donde no la va a encontrar. Cada vez me surgen más dudas sobre lo que está ocurriendo, y todas y cada una de ellas se centran en Harper. En su bienestar.

Conforme va aumentando el pánico, la miro. Ella no me devuelve la mirada. Está centradísima en ese tío. Hay algo más que odio o rabia o determinación en su rostro. Hay una marca de furia muy particular. Una que he visto en mis propios ojos. Esa que solo estalla cuando el mundo se agrieta y ves el abismo de pena y pérdida y angustia que acecha bajo la capa superficial. Puede que consigas abrirte paso a rastras, lleno de cicatrices. Puede que escondas tus heridas más profundas, esas que aún no se han curado, solo para conseguir salir adelante cada día. Puede que sobrevivas. Pero esa es la peor parte. Porque no puedes dejar de haberlo visto. Siempre sabes que el infierno está ahí. Es una criatura que acecha en la noche, preparada para arrancarte otro pedazo.

Puedes vivir con el miedo del siguiente mordisco o puedes devolver los bocados. Y Harper Starling está lista para comer.

Siento la rabia que mana de ella, carga el aire que nos rodea hasta que la chica ya no puede contenerla. Con la mandíbula apretada, suelta el hacha sobre la hierba y me deja ahí plantado mientras camina hacia el aireador de césped. Lo coge y se detiene al lado del hombre.

—¿Sabías que la enfermera a la que empujaste estaba recibiendo tratamiento para la fertilización *in vitro* desde antes de que yo llegara a Cabo Masacre? —le ruge levantando el artilugio para clavárselo en la espalda con un golpe nauseabundo. Las púas se le hunden en la carne, los gritos de la víctima se cuelan por la mordaza, pero Harper es implacable. Cierra el puño alrededor del mango de metal y guía el rodillo desde la lumbar hasta el hombro, dejando una estela de agujeros que trazan ríos carmesíes—. Siete años. Siete putos años de inyecciones y pruebas y Dios sabe qué más habrán tenido que soportar su marido y ella para hacer a ese bebé. Y tú casi se lo arrebatas, pedazo de mierda. —Habla con una voz que no le he escuchado nunca. Le cuesta mantenerla firme bajo la furia y el reguero de lágrimas; en cierto modo, ese atisbo de vul-

nerabilidad me aterra mucho más—. Solo eres otro turista de mierda que piensa que puede venir al pueblo y hacerle daño a quien a él le dé la gana. Mientras tú te *diviertas,* todo lo demás no importa, ¿verdad? Así que dime, señor McMillan, ¿todavía te lo estás pasando bien?

Aparta la herramienta del hombre y se lo queda mirando fijamente un buen rato; la espalda y los hombros se le sacuden al respirar hondo para, al parecer, tranquilizarse. Me planteo acercarme a ella, pero se tapa los ojos con el antebrazo, ladea la cabeza y arroja el aireador al suelo. El flequillo sudoroso le tiembla cuando suelta una bocanada de aire, me dedica una sonrisa débil y camina con calma hacia donde estoy, dejando que el hombre lloriquee y se sacuda solo.

—Bueno —dice Harper agachándose para coger el hacha. Cuando se endereza, se arregla el pelo con un guante ensangrentado, los dedos le tiemblan un poco. Yergue los hombros y levanta la barbilla—, como puedes ver, hoy tengo un día muy ajetreado, pero te aseguro que esta noche iré al río. Ahora puedes largarte corriendo a hacer… lo que sea que hagas en Cabo Masacre.

Abro la boca para decir algo, pero no me sale ni una sola palabra. No estoy del todo seguro de qué pensar sobre esta situación. Sopeso la escena. Primero está Harper, que está adorable con esa camiseta cortada que apenas le cubre la parte inferior de las tetas y con ese mono ancho, fiera, con la determinación brillándole en los ojos. Luego está el tío ese, tirado ahí como si estuviera recreando una escena de tortura medieval en una feria y hubiera llevado lo de la autenticidad demasiado lejos. A continuación, miro al cuervo, que se atreve a dar un salto para acercarse lo suficiente y arrancar un trocito de carne suelta de la espalda destrozada del hombre, que suelta un grito de agonía.

«Dios santo».

Era consciente de que Harper estaba dispuesta a hacer cosas turbias dada la situación con Arthur, pero está claro que la he subestimado. Y aunque el hecho de que le molen la tortura y los asesinatos debería darme más razones para volver a la idea de vengarme de ella, tiene el efecto contrario. Tengo que hacer acopio de hasta el último retazo de determinación para no agarrarla y estrecharla contra mí. Para asegurarme de que esa oscuridad que cultiva está a salvo conmigo. Pero sé que no está preparada. Lo sé por el modo en que frunce el ceño mientras observa hasta el más minúsculo movimiento y expresión facial que hago.

—Sabes que Sam ha estado sobrevolando tu propiedad con el dron. Podría verte —le advierto, y mi corazón mete una nueva marcha solo de pensar en que el susodicho pueda estar cerca.

Harper responde decidida:

—Su dron y él están entretenidos en otra parte. Me he asegurado de ello. No pasa nada.

El hombre del suelo se queda en silencio y, aunque por un momento albergo la esperanza de que se haya muerto de un ataque al corazón, sigue respirando, pero ahora tiene la cabeza girada para el otro lado. En la privacidad que nos concede la ausencia de su mirada, avanzo un paso hacia Harper. Ella no se mueve y doy otro más. Estoy tentando a la suerte al acercarme tanto.

—¿Qué pasa? ¿Por qué haces esto?

—¿No has escuchado la parte en la que te he dicho que es un desperdicio de pellejo? —Me estudia el rostro con un escrutinio brutal, entrecerrando los ojos de acero—. ¿Has vuelto a darle una oportunidad a la sangre con setas de Maya?

—Te estás arriesgando mucho —ignoro su broma—. Tú no te comportas así.

Resopla y hace un gesto con la mano hacia mí, casi me acaricia el pecho.

—Quieres matarme y me estás ayudando a exhumar cadáveres por la noche, así que siento diferir.

—Asumes riesgos calculados. Esto parece distinto.

—Pues en realidad no lo es. Porque Arthur tiene una coartada infalible, ni siquiera Sam va a poder darle la vuelta. Ese gilipollas de ahí es la mejor oportunidad de convencerlo por fin de que mi amigo no es La Pluma. —Cuando frunzo las cejas para hacer una pregunta que no llego a pronunciar, un hilo de dolor le cubre la mirada—. Está en el hospital. Ayer fui a hacerle la cena y me lo encontré en el suelo de la cocina con una brecha bastante desagradable en la frente. Él… no está muy bien. Por eso no fui anoche.

Joder. Joder. Debería habérseme ocurrido ir a buscarla. Tendría que haber estado allí. Sé cuánto significa Arthur para ella. Es obvio, teniendo en cuenta hasta qué punto está dispuesta a ponerse en peligro por él. Es la primera vez que me siento culpable desde… no sé desde cuándo.

—¿Por qué no me llamaste? —pregunto.

—¿Por qué iba a hacer eso?

—Porque habría ido.

—¿Por qué?

Me observa como si fuera una pregunta válida. Como si de verdad no lo supiera. ¿Acaso lo sé yo? A lo mejor lo sé desde hace tiempo, pero me he negado a reconocerlo. Y ahora me golpea con la potencia de un rayo, se abre paso en mi conciencia e incinera mis delirios.

Me estoy enamorando de Harper Starling.

«No. Imposible».

Pero así es.

Me obligo a tragar saliva a pesar del nudo en la garganta. Si Harper ve la alarmante revelación en mis ojos, no da muestras de ello.

—Habría ayudado —es lo único que consigo decir.

—No pasa nada.

Descarta mi certeza sacudiendo la cabeza, aunque sus rasgos siguen teniendo cierta pesadez, una ansiedad que proviene de algo más que una noche de preocupación y estrés. Habita en las hondonadas que le cubren el entrecejo y las ojeras. Tiene los labios hinchados de mordérselos. Con una cadencia rítmica, tensa y relaja los puños alrededor de la empuñadura del hacha.

—Hay algo más que te inquieta —le digo—. ¿Es porque estás cometiendo un asesinato con herramientas de jardín?

Hace una mueca, como si la simple idea de esa sugerencia fuera detestable.

—Joder, no.

—Entonces, ¿qué pasa?

Harper aparta la vista. No puede mirarme a los ojos. Hay algo que la agobia, que ejerce una presión enorme que no puede sacudirse de encima. Se empieza a morder el labio, y no puedo resistirme. Le aprieto el pulgar contra la carne y la libero de sus dientes, luego me permito acariciarle la mejilla con los dedos.

—Habla conmigo.

Cuando me mira a los ojos, los suyos brillan. Algo se me rompe en el corazón, una fisura por debajo de los estratos del tiempo y de la rabia. Una rendija por la que se me mete, como las raíces entre las grietas del pavimento. Y su presencia en ese recoveco no hace más que crecer cuando parpadea para ahuyentar las lágrimas. Se le amotinan en la línea de las pestañas, se niegan a someterse.

—Nosotros no hablamos —susurra Harper, pero es una protesta moribunda. Se aleja de mis caricias y eso me duele más de lo que creía.

Bajo la mano.

—Ahora estamos hablando.

—No.

—Entonces, ¿qué estamos haciendo?

—No estamos… No lo sé. —Vuelve a desviar la mirada. Está luchando consigo misma a cada segundo que pasa. Al final una lágrima logra escaparse. Su voz se apaga cuando dice:

—Estoy perdiendo a mi mejor amigo. —Le tiemblan los labios al secarse la mejilla con el borde del guante ensangrentado—. Soy una cuidadora de mierda. He pasado por alto los síntomas y ahora está en el hospital cuando es algo que yo debería haber pillado. Me siento como un pez fuera del agua.

Sorbe por la nariz y mira al suelo. A lo mejor ese peso que carga se ha aligerado un poco al confesarlo. Si pudiera, extendería la mano y la atraería hacia mí. La dejaría que llorara contra mi pecho.

—No creo que a la mayoría de la gente que tiene la responsabilidad de cuidar a otra persona le den un libro de instrucciones. Lo estás haciendo lo mejor que puedes —digo en lugar de abrazarla y ella me observa con los ojos llenos de lágrimas.

—¿Por qué eres amable conmigo por voluntad propia? —pregunta. Exuda cautela.

—Porque… no quiero que estés mal.

Harper entrecierra los ojos.

—Pero has venido a infligirme la mayor cantidad de sufrimiento posible.

—Puede que antes sí —admito—, pero no es eso por lo que he venido hoy.

—¿Esto es parte de tu jueguecito para recuperar el libro?

—No, es que…

Un estrépito se precipita hacia mí, se me cortan las palabras que iba a decir a continuación porque me caigo de bruces al suelo y me quedo sin aire en los pulmones. Siento un dolor repentino en el hombro cuando un bloque pesado me sujeta contra el césped. Un segundo después, el peso desaparece, aunque deja atrás algo que tengo bien clavado en el deltoides. Apenas registro ese dolor lacerante porque el miedo toma el control y se centra solo en Harper.

Cuando alzo la cabeza, el hombre de la tortura medieval se tambalea hacia ella, arrastra las cuerdas tras de sí y las estacas botan a su paso. Se aferra al aireador de césped, lo empuña como si fuera una maza mientras Harper camina hacia atrás para alejarse de él. Mantiene el hacha levantada, pero el tío sujeta un arma mucho más poderosa. Y es él quien tiene todas las de perder.

Agarro una de las cuerdas, me la envuelvo en el puño y tiro.

El hombre se tambalea, pero no se cae. Se revuelve hacia mí y sacude el aireador para atizarme. Levanto el brazo para que me dé ahí. Pese a que solo me golpea con la rueda, la fuerza del mamporro se me extiende hasta el codo en un shock de dolor. Juro que lo noto vibrar en los tornillos de titanio. Resoplo agónico, aunque un sonido más fuerte ahoga el mío. Uno de determinación. Harper.

—Aléjate de él, me cago en todo —ruge.

El hacha corta el aire y aterriza en el cuello del tipo con un golpe seco y repugnante. La sangre me salpica en la cara.

Todo se queda en silencio. Nada se mueve.

El hombre tiene los ojos azules desorbitados, clavados en los míos. Suelta el mango del aireador, que cae al suelo mien-

tras se desploma de rodillas y levanta la otra mano hacia el arma que tiene incrustada en la coyuntura del hombro. Se lo oye tragar, es un sonido incoherente y líquido. Entonces, cae de bruces y muere.

Por un momento, ninguno nos movemos. Harper me mira de arriba abajo hasta detenerse en la fuente del dolor que ahora me late en el hombro. Indecisa, extiende una mano hacia donde estoy, pero se detiene.

—¿Estás bien?

Al levantarme, la cabeza se me inunda con mil imágenes de lo que le podría haber pasado.

—No. No estoy bien, joder. —Apenas logro evitar chillar mientras estiro el brazo hacia atrás para sacarme la estaca ensangrentada; cuando lo consigo, la suelto a sus pies—. Hostia puta, Harper. —Temblando, me paso la mano por el pelo. Respiro hondo. Quiero agarrarla de los brazos y mirarla a los ojos y sacudirla hasta que entre en razón. Luego quiero estrecharla contra mí y no soltarla nunca—. ¿Eres consciente de lo que podría haber pasado?

Una mirada de dolor le atraviesa el rostro. Y a continuación se disuelve en algo más ligero. Algo mortífero. Antes de que me dé tiempo a coger aire y aclarar lo que quiero decir, esa furia contenida se le escapa por la boca.

—Ah, ya lo pillo, joder. Justo lo que yo pensaba. Todo se reduce a tu dichoso libro. De eso va todo esto, ¿no? Incluyendo lo de la otra noche. Me cago en todo, estás jugando conmigo. Como no puedes incluirme en tu registro, vas a buscar todas las formas posibles de hacerme sufrir hasta que lo recuperes. Y después quién sabe lo que pasará.

—Eso no es ni por asomo lo que pretendo.

—Tú mismo me dijiste que me detestabas. Hace dos noches. Mientras me empotrabas, ¿recuerdas?

—Y tú misma me pediste que te follara como si te odiara...

—Eso es lo que nos diferencia. Tú me odias de verdad.

Me quedo atónito. Por un momento, sus palabras me han dejado descolocado. A juzgar por la expresión alterada que le recorre el rostro antes de que la contenga, ella también lo está.

—No te odio.

—No te creo, Nolan.

—Entonces, supongo que no somos tan diferentes después de todo, ¿verdad? —gruño invadiendo su espacio vital y mirándola desde arriba—. Porque estás emperrada en creer lo que quieres creer, da igual cuántas pruebas de lo contrario tengas delante de las putas narices.

Ella cubre la distancia que todavía nos separa, apenas queda un hilo entre nosotros.

—Eso es justo el tipo de mierdas que haría un enemigo. Usar las palabras de su oponente en su contra. Además, ten claro que ni por asomo voy a decir: «Gracias por salvarme la vida».

Por un brevísimo instante, desvía los ojos a mi boca. La tengo tan cerca que su pecho toca el mío con cada inhalación pesada. Quiero estamparme contra ella, reclamar esos labios carnosos. Reclamarla entera. Pero ella echa a andar mientras resopla burlona. Se detiene junto al muerto para ponerle la bota en la cabeza y sacarle el hacha del cuello. Cuando por fin la libera, se la echa al hombro, me lanza una última mirada asesina y se marcha.

—¡De nada, joder! —grita cuando llega a la verja del jardín. Me hace una peineta y desaparece. La imagen del lazo que le bota en la coleta mientras la sangre chorrea del hacha y le mancha la camiseta con unos goterones color carmesí se me

queda grabada en la cabeza hasta mucho después de que haya entrado en la casa y cerrado de un portazo.

Miro el cadáver tirado en el suelo al tiempo que el cuervo se baja del muro para supervisar su próxima comida.

—Pájaro bonito asesino —grazna.

Pero lo único que escucho es la voz de Harper.

GRÚA

Me paso las manos por la falda. Aunque me queda justo por encima de las rodillas, se da un rollo victoriano, pues tiene unas rayas blancas y negras poco comunes y un tanto extravagantes, perfecta para salir de fiesta. Con una camiseta negra de manga corta, unas medias negras y un par de mocasines retro con tacón y de un profundo rojo terciopelo, estoy monísima. Luego me pongo un lazo rojo en la coleta. «Mucho más monísima». Ojalá Nolan me viera llevando algo que no esté manchado de barro o sangre.

«No, eso no es lo que quiero. Esto es una puta tontería».

Pero ¿de verdad lo es?

Siento que lo más estúpido que podría hacer es confiar (y quiero decir confiar de verdad, no esa tediosa confianza de «tengo tu libro de pellejos y harás lo que yo quiera») en un hombre que ha dicho de manera explícita que me buscaría en los confines más alejados del infierno. Uno que ha venido a matarme. De todas las mujeres del mundo, no puedo ser yo la que ceda y diga: «Hazme tuya, papi asesino».

«Joder, no». Mucho menos después de las cosas a las que he sobrevivido.

Un suspiro hondo me llena y me vacía los pulmones mientras cierro los ojos y estiro el cuello. Se me ha estado cargando de tensión y lo noto a punto de explotar. Mi cabeza dice que no puedo hacerlo. Pero mi corazón vio el dolor en sus ojos cuando le dije que no me creía que pudiera preocuparse por algo que no fueran sus cosas, las cuales Lukas ha escondido por mí. Esa pena parecía real.

Por desgracia, las apariencias pueden engañar tanto que te acaban matando.

Me alejo del espejo de cuerpo completo y abro el primer cajón de la cómoda. Bajo la ropa interior, hay una caja de joyería sin letras. No suelo abrirla mucho. No soporté ponerla debajo de la tarima ni en la tumba improvisada de la parcela que tiene la familia Lancaster en el cementerio. Pero tampoco es que tenga fuerzas para mirarlo a menudo.

Saco el reloj y me lo coloco en la palma.

No tiene correa. Solo es un cristal roto y la esfera arañada de un TAG Heuer Autavia. Esbozo una leve sonrisa al acordarme de cuando Adam cumplió veintiún años. Fuimos a cenar a casa de sus padres. Le regalaron este reloj. Se sorprendió tanto… Siempre estaba contento, era generoso con su risa y las palabras amables. Pero esa noche vibraba de tal forma que iluminaba toda la estancia. Ese fue el día antes de que nos lanzáramos a la aventura de vivir en una caravana durante los dos años siguientes.

Se me borra la sonrisa.

—Puedo remolcaros. Tengo un taller. Os arreglaré la caravana en un periquete —resuena la voz de Harvey Mead en mi memoria, corrompiendo mi mente como la tinta sobre un papel inmaculado.

Adam le mostró la misma sonrisa deslumbrante que le dedicaba a todo el mundo.

—Sería genial, gracias.

Recuerdo que Mead le devolvió la sonrisa, pero no llegaron a iluminarse esos abismos sin luz que tenía por ojos. Mientras caminábamos hacia la grúa, le susurré a Adam:

—¿Estás seguro de esto?

—Sí —me dijo y me pasó la mano por el pelo antes de darme un beso en la frente—. Parece un buen tipo.

Abro los ojos cuando la imagen de los buitres se me cuela en la mente.

Parpadeo mirando el reloj. Está igual que cuando lo saqué de entre las cenizas de la casa de Harvey Mead. Igual que cuando traté de devolvérselo a los padres de Adam. La señora Cunningham me envolvió las manos con una de las suyas y me dijo que me lo quedara. Nunca intentó hacerme sentir culpable por haber sido yo la que sobreviviera a aquel infierno en el que desmembraron a su hijo. Pero, aun así, siento la culpa.

Muchas veces he deseado haber muerto yo allí en lugar de él. La pena me desbridó como los dientes de un rallador, arrancando uno tras otro los pedazos de mi ser, hasta que solo quedaron jirones de mi vida. Y cada vez que he intentado recogerlos y moldearlos para construir algo que me resulte vagamente familiar, se desmoronan. Tuve que dejar ir a la mujer que fui y pegar mis trozos rasgados con sombra y pecado para sentir algo parecido a volver a estar entera.

No puedo renunciar a eso sin más. No puedo obligar a esa mujer rota a que salga a la luz. No puedo desmontar la vida que he creado aquí, en Cabo Masacre. No puedo permitir, no voy a permitir, que Nolan Rhodes me arrebate eso.

Guardo el reloj dentro de la caja y lo miro fijamente un rato más antes de volver a dejarlo en la cómoda e irme al pueblo. Voy a pie, me he negado a que me lleve Lukas para que pueda pasar más tiempo a solas con su abuelo. Sienta bien andar por andar. Últimamente, he estado sumida en un torbellino constante de jardinería, arreglar el coche de carreras, construir un cadáver falso y, durante las últimas tres noches, desde que despaché al señor McMillan en mi jardín, trabajando casi en silencio con Nolan para exhumar a las víctimas que Arthur enterró hace mucho.

Anoche por fin reuní valor para disculparme por casi dejar que lo maten y gritarle, aunque él no reaccionó, salvo que una mirada insondable e indescifrable de oscuridad derretida cuente como admisión tácita. Al menos lo he intentado, supongo. No me vendrá mal descansar de Nolan por una noche. Quizá ahora mismo debería estar preparándome para ir al río, pero no soportaría perderme uno de los eventos anuales de Arthur el primer día que pasa fuera del hospital.

Así que he decidido que, en vez de desenterrar cadáveres, aprovecharé que está despejado y hace buen tiempo para empaparme de los detalles de mi pueblo dando un paseo. Desde los elaborados ornamentos de madera en los tejados puntiagudos de las casas hasta las macetas colgantes que cuido cada verano, Cabo Masacre es un lugar en el que por fin siento que estoy en casa. Él me cuida a mí. Y yo lo cuido a él, tal y como me enseñó Arthur.

Esta noche empieza la época del año en la que tengo que estar más alerta. La temporada alta de turismo arranca de manera oficial. El evento inaugural de la Feria de Masacre.

Ya hay cola delante del teatro cuando llego a la calle Maple. Hay tanto visitantes como locales. Alguna gente lleva disfraces a juego con el espectáculo de hoy. Otros van como yo: arreglados, pero no tanto como para ir de candelabros o teteras o fornidos cazadores decimonónicos. Algunos, en su mayoría turistas, visten de forma más casual. Escucho las conversaciones con disimulo y me empapo de la atmósfera hasta que por fin me cogen la entrada y entro para pillarme unas palomitas y un refresco. Encuentro un asiento en el centro de

la fila siete y coloco el bolso en la butaca de al lado para guardársela a Arthur. Me acomodo y me pongo a leer el programa mientras espero a que el auditorio se llene poco a poco.

—Vaya, vaya —dice una voz a mi izquierda después de unos pocos minutos de bendita tranquilidad. Cierro los ojos un segundo y suelto despacio una larga bocanada de aire que no hace nada para aliviar el cabreo que parece ahogarme desde dentro. Vale, puede que también sienta cierta emoción, pero hago todo lo que puedo por aplacarla—. Qué sorpresa verte por aquí.

El aroma a sándalo y cedro me rodea cuando Nolan Rhodes se sienta a mi lado. Sigo con los ojos cerrados, pues no estoy dispuesta a que me asalte su físico. Es que está tan bueno que me pone de mal humor.

—No me cabe ninguna duda.

—El teatro de Cabo Masacre presenta *La bella y la bestia*. Muy adecuado, ¿no te parece? —pregunta.

Abro solo un ojo y me vuelvo hacia él. En cuanto sus ojos se cruzan con los míos, se le levanta la comisura del labio en una sonrisa ladeada. Apenas contengo un gruñido.

—Porque soy preciosa y todo eso.

Se pasa la mano por el pelo con un gesto dramático.

—Y yo soy tremendo monstruo, ¿no?

—Lo has dicho tú, no yo.

Su sonrisilla de suficiencia se disuelve en una mirada determinada, reflejo de la mía. Siento que tarda demasiado tiempo en centrar la atención en el papel que tiene entre las manos.

—¿Qué es esto? —pregunta Nolan mientras revisa el programa con el ceño fruncido.

—¿Tienes problemas de comprensión lectora? Me has leído el título hace un instante.

Nolan entorna los ojos y estira el brazo para robarme un puñado de palomitas.

Le doy un manotazo.

—Cómprate unas.

—He entendido la parte del título. Lo que no entiendo es por qué hay advertencias de contenido en *La bella y la bestia*. Es Disney.

—Esto es Cabo Masacre. Nada es Disney. Esto es la antítesis de Disney. —Le lanzo una mirada asesina y él responde a mi enfado con una de acero—. Si no te gusta, lárgate.

Una sonrisa burlona se abre paso en sus labios.

—Estoy cómodo justo donde estoy, gracias.

Algo se le oscurece en la expresión y convoca un calor bajo mis huesos, en la profundidad de la caverna donde debería encontrarse mi alma. No hay luz en sus ojos. No hay aire entre nosotros. Las voces y la risa, la gente que busca sus asientos, los instrumentos afinando en el foso de la orquesta… todo se desvanece. No existe nada más que Nolan y el modo en que me observa, como si pudiera arrancarme el corazón con sus propias manos si no tuviera escondido su preciado libro. Como si fuera a perseguirme a los confines más oscuros de la tierra si alguna vez se me ocurre desaparecer. Casi quiero salir corriendo solo para que me siga. Para que me alcance y se eche encima de mí, para que me obligue a enfrentarme al destino que me aguarda tras sus maquinaciones de depredador. Pero me tiene demasiado encandilada como para que me escape.

Y reacciono demasiado tarde cuando me roba un puñado de palomitas del bote que tengo en el regazo.

Parpadeo como para despejar la mente de una neblina y aparto el cubo, lo sostengo por encima del asiento vacío y lejos de su alcance. Cuando me vuelvo hacia él una vez más,

parece complacido consigo mismo, como si fuera más que consciente del efecto que provoca en mí, independientemente de si me gusta o no.

—Vete.

—Demasiado tarde. Ya he pagado la entrada.

—Yo misma te haré el reembolso.

—Ningún dinero significa más para que mí que tu sufrimiento, por mínimo que sea. ¿No es eso lo que piensas? —Sigue teniendo pegada a la cara esa sonrisa burlona y oscura. Entorno los ojos y me inclino hacia delante para mirar por detrás de él antes de retorcerme en el asiento para estudiar el público que entra en el teatro—. ¿Qué ocurre?

—Deja de fingir que te importa, Nolan. No te pega —mascullo moviéndome de un lado a otro en un intento por echar un vistazo por detrás de un grupito de turistas que acaban de entrar—. Ya debería estar aquí. Odia llegar tarde.

—¿Quién?

Sigo la dirección de su mirada y me sorprende encontrar el leve atisbo de preocupación en su ceño fruncido. Pero lo conozco. Lo único que le importa es ese puto libro y solo me lo ha preguntado para evaluar el riesgo en que se encuentra su preciada posesión o para explorar la oportunidad de recuperarlo.

—No lo tiene él, así que ni se te ocurra ir por ahí —le advierto siguiendo el hilo de mis pensamientos en voz alta. Nolan ladea la cabeza y tuerce el gesto como si de verdad estuviera confundido.

Le dedico una última mirada airada y centro la atención en mitad de la sala, donde por fin veo a Arthur con su traje de tres piezas impecable; con una mano sujeta el mango color índigo de su bastón de roble negro y con la otra se agarra al bíceps de Lukas. Suelto un largo suspiro con los labios apretados.

—Gracias, joder.

Siento los ojos de Nolan clavados en mi mejilla, me arde bajo la piel. Pero no lo miro. Lo que sí hago es darle la espalda mientras veo a Arthur y a Lukas descender por los escalones bajos que conducen a la fila en la que estoy sentada. Cuando llegan a mi pasillo, me levanto y me sorprende que Nolan haga lo mismo.

—Me estaba empezando a preocupar —digo cuando Arthur me coge de la mano y nos saludamos dándonos dos besos.

El viejo gruñe y le lanza una mirada de reproche a su nieto.

—Odio llegar tarde.

—Lo sabemos —responde Lukas inclinándose por su lado para darme un abrazo rápido—. Lo has mencionado como mínimo cuarenta mil veces de camino.

—¿Quién eres tú?

Cuando nos separamos, Arthur está sopesando a Nolan; una mirada de sospecha le arruga la piel, y parece incluso más amenazadora que su mirada de descanso, sobre todo con la herida y los puntos que todavía tiene en la frente.

—Nolan Rhodes, señor. —Extiende una mano por delante de mí y, aunque Arthur tarda un segundo en reaccionar, se la estrecha—. Encantado de conocerlo.

Contengo las ganas de gruñir, pero apenas lo consigo. Cómo no, Nolan ha marcado más ese acento un tanto denso que posee y se ha puesto su máscara más cautivadora para Arthur. Lo último que me hace falta es que de repente estos dos se hagan amigos.

—Nolan, te presento a Arthur y a Lukas.

—Un placer conocerte —dice este último y, aunque Nolan responde que igualmente, se siente frío y un estremecimiento me recorre la piel. Cuando miro a Nolan de soslayo,

está más cerca de lo que pensaba, su presencia se cierne a escasos centímetros de mi espalda. Pasa la atención de Lukas a mí y baja los ojos hasta mis labios. La sangre me bailotea en las venas. Frunzo el ceño en una pregunta silenciosa. Cuando vuelve a mirarme a los ojos, da un paso atrás y se sienta. La distancia que nos separa es un susurro frío en mi carne.

Carraspeo y sacudo ligeramente la cabeza. Cuando me centro de nuevo en Lukas, este parece confundido.

—¿Todo bien?

—Por supuesto. —Cuadro los hombros—. Solo me preguntaba por qué habéis tardado tanto.

Lukas muestra una sonrisa burlona poco a poco, lo que me provoca una bola de temor que me revuelve las tripas.

—Debes de haber metido las llaves en el lavavajillas, Harper. He tardado la vida en encontrarlas.

Mierda.

—Yo no he…

Arthur me dedica una de sus miradas amenazadoras pero ligeras.

—¿Por qué las has puesto ahí? Cuando quieras limpiarlas, Harper, usa el pulidor de plata. Ha sido exasperante buscarlas.

«Leones criticones», vocaliza Lukas por encima de la cabeza de su abuelo mientras lo ayuda a sentarse a mi lado.

—Pero…

A Lukas le brillan los ojos de la venganza.

—Leones criticones, Harper —susurra—. Déjalo estar.

—Harper —ladra Arthur y yo me encojo—. Hay que podar los setos.

Fulmino con la mirada a Lukas, que no hace más que ensanchar la sonrisa. No intento parecer demasiado petulante cuando me vuelvo hacia el viejo, que me observa fijamente por encima de la montura de las gafas.

—Puedo ponerme con ellos esta semana...

—En formas.

—¿Q-qué? —pregunto, aunque Arthur está estudiando el programa, sujetándose esas gafas que seguramente hayan costado una cantidad ridícula de dinero. Me cuesta tragar saliva. El temor me recorre la columna vertebral. Lukas apenas puede contener la alegría. No sé por qué, le lanzo una mirada a Nolan, que está a mi otro lado. Tal vez esté un tanto perplejo, pero estoy convencida de que está ocupado pergeñando modos de aumentar mi sufrimiento futuro. Vuelvo a centrarme en Arthur y hablo con un hilo de voz, tensa—: ¿Qué tipo de formas?

Él sacude una mano sin levantar la vista del panfleto.

—Animales. Un cisne en el boj que hay en el centro de la glorieta...

—Pero...

—Y una serie de especies nativas en los tejos del jardín delantero. Puede que un oso. Quizá un alce, pero tiene que ser majestuoso. Apropiado para la mansión Lancaster.

Lukas oculta la risa con el puño; apenas consigue controlarla cuando me inclino por encima de su abuelo y le pego en el brazo.

—Tengo que ir a prepararme —dice reculando hacia el pasillo—. No quiero llegar tarde la noche del estreno. Pasadlo bien.

—Rómpete las dos piernas. Y las manos, ya que estás.

—No es mala idea. Así la próxima vez te encargas tú de los canalones.

Me guiña un ojo; luego le hace un gesto con la cabeza a Nolan, se gira y se aleja.

—Arthur, yo no tengo ni idea de topiaria —digo con las palomitas agarradas contra el pecho mientras me agacho para

sentarme entre los dos—. ¿Cómo se supone que voy a hacer un alce?

—Practica, Harper. Usa tu jardín. —Arthur coge un puñado de palomitas sin ni siquiera mirarme—. El año pasado casi perdemos el premio al mejor jardín ante Sarah Winkle. Se nos tiene que ocurrir algo espectacular.

Tiene razón, se nos tiene que ocurrir algo espectacular. Él es demasiado cascarrabias y yo demasiado taciturna para apuntarnos a algo tan sociable como el club de jardinería, y esos cabrones se están aliando para derrotarnos. Me temo que no hay suficientes turistas que merezcan la muerte para ganarle a su creatividad solo con la calidad de las flores.

—Es solo que no estoy segura de que un alce podado en un seto vaya a ser digno del mejor jardín de Cabo Masacre, Arthur.

Nolan consigue robarme otro puñado de palomitas.

—Mucho menos si acaba pareciéndose a un fiambre.

Cuando le lanzo una mirada furibunda, los ojos le brillan de la diversión. Y, mientras estoy distraída, Arthur se aventura a robarme otro puñado de palomitas. Con un suspiro exasperado, le encasqueto el cubo y me pongo en pie, algunas palomitas extraviadas se me caen de la falda.

—Cámbiame el sitio, por favor, Arthur.

—Estoy cómodo.

—Si te mueves, te resultará más cómodo compartir tus palomitas con este… —sacudo una mano hacia atrás, más o menos hacia donde está Nolan— coso de aquí, en lugar de que los dos os tengáis que echar encima de mí. Además, estarás en el centro de la fila. El mejor asiento de todo el teatro.

—¿Adónde vas tú? —exige saber más que preguntar.

Paso por delante de él para salir al pasillo; la gente que está sentada un par de asientos más allá se mueve para dejarme sitio.

—A comprarme unas palomitas para mí. A lo mejor me acerco a los camerinos para ver si Lukas necesita ayuda con el disfraz.

—Pufff.

—Si te cambias de sitio, te traeré Milk Duds. Sabes que son de contrabando.

Apenas he pronunciado la última palabra cuando Arthur se levanta lo justo para deslizarse al asiento que acabo de dejar libre. Cuando me giro para mirar a Nolan, está inclinado en el suyo, observándome con una intensidad que me vibra en los confines del cráneo. Siento que me tambaleo. Que me desoriento. Como si alguien me hubiera empujado al borde de la realidad.

Parpadeo y me doy la vuelta. Me he levantado demasiado rápido, solo eso. Sacudo la cabeza y me abro paso por el pasillo hasta que llego a las escaleras.

Y, aunque no vuelvo la vista atrás, todavía siento sus ojos clavados en la nuca. Cuando me la toco, noto una corriente por debajo de la piel. No se desvanece hasta que estoy en lo alto de las escaleras. Pero, incluso cuando me adentro en las sombras, ese murmullo eléctrico continúa ahí.

Me dirijo hacia el vestíbulo luminoso, donde la gente sigue hablando en corrillos y haciendo cola para pedir algo de beber. Me pongo en la fila y decido que voy a pedirme un cóctel aparte de las palomitas. Necesito algo más fuerte que un refresco para aguantar a Nolan. Estoy mirando al camarero preparar un par de copas con unas gominolas de globos oculares clavados en palillos de cóctel cuando siento una presencia a mi espalda. Alguien me está observando con un interés intenso y obsesivo. Pero, a diferencia del peso de la mirada de Nolan, que me acelera el pulso y hace que me ardan las venas, esta persona solo deja hielo a su paso. Sé quién es antes de que se coloque a mi lado y me diga:

—Me suena muchísimo tu cara.

El corazón se me sube a la garganta cuando me giro y le lanzo a Sam Porter la mirada más sosa y simple que puedo reunir.

—¿De verdad? —Entrecierro los ojos y ladeo la cabeza—. Me temo que tú a mí no me suenas de nada, lo siento.

Igual que yo, Sam también se coloca una máscara en el rostro. Si bien, no es infalible. Aunque tiene una sonrisa benigna, no consigue reprimir el caleidoscopio que le brilla en los ojos. En ellos hay emoción y la anticipación de una victoria ganada a pulso. Pero también hay urgencia. Puede que incluso cierta preocupación. Me tiende una mano y dudo un segundo antes de aceptarla.

—Soy Sam Porter. Encantado de conocerte.

Le estrecho la mano una vez y, sin despegar los ojos de los míos, él me desliza dos dedos hacia la muñeca como si esperara sentir el latido de mi corazón acelerado. Le suelto la mano y me libero.

—Harper —me presento.

—¿Harper…?

Un segundo parece desmoronarse a nuestro alrededor. Todos los sonidos del vestíbulo casi se van difuminando a medida que me voy quedando sin opciones.

—Starling.

Sam asiente, como si esa sí fuera la respuesta que esperaba.

—Es un nombre singular.

—Ah, ¿sí?

Miro al frente, sin apartar los ojos de la barra, que me parece que está a un continente de distancia; a pesar de que la fila ha avanzado un poco, todavía tengo a unas cuantas personas por delante. Sam sigue a mi lado. No sé por qué me molesta tanto que la gente que nos rodea pueda pensar que somos una parejita adorable en una primera cita poco convencional, yo con mi falda de rayas, mis tacones retro y mi lazo rojo, él con el pelo rubio repeinado, una camisa azul marino abrochada hasta arriba y unos rasgos que se podrían calificar como «sensatamente guapo». Joder, odio la idea de que alguien crea que hemos venido juntos, aunque no sé por qué. Es como una piel que necesito arrancarme.

Me giro hacia el lado contrario para echar un vistazo entre la multitud, pero no veo el rostro conocido que estoy buscando. La persona que sí quedaría bien junto a mí.

Primero no puedo quitarme a Nolan de encima y de repente anhelo su presencia.

—No tienes cara de Harper —dice Sam, y vuelvo a centrarme en él. Se inclina un poquito hacia mí cuando avanzamos un paso hacia la barra. En voz baja y con cierta seriedad, añade—: La única Harper Starling de tu edad supuestamente falleció cuando su coche se cayó al mar en Maryland hace cuatro años, después de que atropellara a alguien y saliera huyendo.

—Qué turbio decirle eso a una completa desconocida. —La sangre se me congela en las venas. Se me revuelve el estómago. Trago saliva antes de que pueda hacer todo lo posible por devolverle a mi interlocutor una mirada decidida—. Supongo que tus datos son incorrectos. Porque yo no he atropellado a nadie y está claro que no estoy muerta.

—O a lo mejor tú eres otro tipo de fantasma. —Su voz es poco más que un susurro. Me mira fijamente, como si intentara llegar a los recovecos más profundos de mi alma—. ¿A lo mejor uno que tiene un nombre completamente distinto?

Los pulmones se me cierran sin llegar a soltar el aire.

—¿Qué quieres? —pregunto controlando el escozor de garganta.

—La verdad.

—Me llamo Harper y Arthur Lancaster no es La Pluma. Ahí la tienes. Ya sabes la verdad. Ya puedes marcharte.

—Tengo entendido que vives en la casa anexa que hay en su propiedad.

—Soy su jardinera, pero estoy segura de que eso ya lo sabes.

—Entonces, ¿no estás interesada en protegerlo?

—Arthur es un señor mayor que se está muriendo. Acaba de salir del hospital. Por supuesto que quiero protegerlo de alguien como tú que se ve a la legua que lo ha juzgado mal —siseo; consigo contener que sé que se rumorea que McMillan ha desaparecido. El chisme ya ha llegado al Discord de los Buscasabuesos gracias a mis cuentas falsas—. Déjalo en paz. Bastante hemos pasado ya los dos.

Siento la mirada de los clientes que se vuelven hacia mí con la tensión que pende en el aire, aunque he hablado demasiado bajo como para que me hayan escuchado. Las lágrimas de furia me nublan la visión por mucho que me esfuerce por contenerlas. La expresión de Sam se suaviza cuando las ve y, por alguna razón, eso hace que me enfade aún más. Avanzo un paso hacia la barra e intento centrar toda la atención en pedir tranquilamente las chocolatinas de Arthur con la esperanza de que Sam se largue. Pero ahí sigue. Cuando me doy la vuelta con los Milk Duds en la mano para volver al patio de butacas, lo tengo justo detrás, bloqueándome el paso entre la muchedumbre.

—Mira, lo siento. Eso no ha sido justo. No quería molestarte, de verdad. Solo estoy buscando respuestas. Sé que en Cabo Masacre está pasando algo extraño. Tú llevas aquí bastante tiempo, así que también debes de saberlo. Y puede que corras peligro. —Se mete una mano en el bolsillo, saca una tarjeta de visita y la sostiene delante de mí—. Por favor. Solo quiero hablar. Aunque nuestra conversación no salga en el documental. Quizá seas la clave para entender lo que está pasando en este pueblo en realidad.

Lo miro fijamente; por el rabillo del ojo atisbo la tarjeta blanca, como una astilla que se me hubiera clavado. Alguien que está haciendo cola detrás de mí carraspea para animarnos sin palabras a que nos quitemos de en medio, pero Sam y yo seguimos sin movernos.

—Por favor —susurra al final.

Cojo la tarjeta y me marcho.

—He encontrado un par de cosas que creo que te sonarán de algo —dice antes de que me aleje lo suficiente para no oírlo. Me giro y lo escudriño con una mirada de precaución. Pero él me responde con otra de advertencia—. Estaban escondidas en una casa vieja que hay en la carretera Clarke. Las mantendré a salvo hasta que estés preparada para hablar de cómo llegaron ahí y por qué aparecieron de repente hace tres días.

—Me temo que no sé a qué te refieres. —Con un último asentimiento, le lanzo mi mirada más fría y me alejo.

La respiración se me entrecorta mientras me abro paso entre la gente y vuelvo a la entrada del auditorio. Me tiemblan las manos. El sudor hace que me pique la nuca. Aspiro aire como si me estuviera ahogando en un intento por calmar el pulso acelerado. Le dedico una mirada de añoranza al baño de las chicas; estoy tentada de permitirme llorar en la privacidad de un cubículo, pero sigo adelante, pues me niego a dejar a Arthur con Nolan más tiempo del necesario.

Y, cuando vuelvo a mi sitio, mi preocupación queda validada.

—¿Qué haces ahí? —pregunto señalando el asiento en el que está sentado Arthur ahora. Entre Nolan y él hay un hue-

co vacío—. Se suponía que tenías que sentarte en esta butaca. A su lado.

—Es por los turistas. No hacían más que intentar sentarse aquí —sisea Arthur con un susurro de asco. Sacude una mano para apuntar a Nolan sin mirarlo—. Este hombre ha sugerido que me mueva a este sitio y así me aseguraba de que nadie se sentara entre nosotros para que pudieras sentarte tú, así que le he hecho caso.

—Pero te prometí Milk Duds —digo sacudiendo la caja.

—Él me ha ofrecido Maltesers.

Arthur me muestra una sonrisa engreída mientras mete la mano en el paquete, del que ya se ha comido la mitad, para sacar otra bola de leche malteada cubierta de chocolate. Me quedo boquiabierta. «Maldito traidor». Esto es lo último que necesitaba después de encontrarme a Sam Porter en el vestíbulo. La cabeza no hace más que darme vueltas, los pensamientos se me cuelan en el cerebro como si el cráneo no pudiera contenerlos. Ni siquiera consigo responder algo con coherencia. Cierro la boca y paso por delante de Arthur para dejarme caer en el asiento vacío que hay entre los dos.

—Creía que ibas a por palomitas —dice Nolan, aunque apenas registro sus palabras. El encuentro que acabo de tener acapara todos mis pensamientos cuando paso la mirada entre el público en busca de Sam.

—Sí… palomitas. Iba a…

No sé dónde se ha metido Sam. Me giro lo suficiente para echar un vistacillo hacia atrás y miro hacia delante enseguida; no estoy dispuesta a dejar que vea cuánto me ha aturdido si todavía me está vigilando.

Intento centrarme en el escenario, donde las cortinas corridas se sacuden; los tramoyistas deben de estar al otro lado terminando de preparar la función.

¿Cómo mantengo mi pasado fuera de este sitio? ¿Cómo sigo escondida al otro lado de la cortina cuando alguien está tirando de la cuerda, listo para retirar la oscuridad y obligarme a salir a la luz? ¿Qué podrá ver todo el mundo si me empuja al escenario?

—Harper.

La preocupación en la voz de Nolan me arranca del universo alternativo en el que me he caído y vuelvo al mundo real. Es como si ni siquiera se esforzara en esconderla. Como si fuera de verdad. No es parte de un juego, no es un truco. No es mentira.

—¿Qué? —pregunto, pero la voz me sale más débil de lo que pretendía.

Nolan estudia mi rostro. En sus ojos hay oscuridad. Hay un filo que me perforará hasta el hueso si lo dejo.

—¿Qué ha pasado?

—Nada. —Trato de desviar la atención, aunque regresa a él como si no pudiera evitar la atracción de su marea. Me arrastra mar adentro—. Estoy bien.

—¿Qué ha pasado? —repite. Me pone una mano en el brazo. Juraría que me envía una descarga eléctrica hasta la base de la columna vertebral.

Niego brevemente con la cabeza. Quizá la mayoría de la gente ni se daría cuenta, pero sé que él sí. Cuando me muerdo el labio, sigue el movimiento con la vista.

—Nada que tú puedas arreglar.

—¿Quién eres tú? —pregunta Arthur a mi otro lado. Ambos nos giramos hacia el hombre mayor que está sentado a mi derecha. La sospecha apenas cubre con un velo fino la confusión que recorre la neblina de las cataratas de sus nublados ojos grises—. ¿Estás molestando a mi hija?

Siento un pellizco en el fondo de la garganta. Veo cómo Arthur está intentando atar los cabos que no encajan. Deste-

llos de emociones le cruzan el rostro. Sabe que no soy Poppy, pero también que me quiere como a la hija que le arrebataron. Igual que yo lo quiero como al padre que perdí. Como al amigo que más necesitaba cuando estaba sola en el mundo. Es descorazonador ser consciente de que cualquier día de estos no me recordará en absoluto. Sin embargo, los momentos más duros de la demencia de Arthur son estos, en los que sus recuerdos más dolorosos salen a flote embarrados en las confusas aguas del tiempo, solo para volver a aplastarlo. Es el ciclo de olvidar los instantes más devastadores de la vida y arrastrarlos al presente. Y luego llega lo más cruel: recordarlo todo de nuevo.

Cuando centro la atención en Nolan, tiene las cejas fruncidas y busca algo con la mirada. Atraviesa cada detalle de mi rostro, se abre paso entre la carne y el hueso. No estoy segura de lo que ve. A lo mejor un atisbo de pánico, aunque hago todo lo que puedo por ocultarlo. Odio pensar que pueda hallar fisuras en la formidable armadura de Arthur. Odio pensar que encuentre mi punto débil. Sé que distingue algo bajo la máscara obstinada que no consigo ponerme por mucho que lo intente. En sus rasgos veo que es consciente de algo. Está en las arrugas del entrecejo que se le vuelven más profundas. En las curvas y en los pliegues de sus ojos. En la carne de sus labios, que se separan cuando exhala aire. Y entonces, en un parpadeo, se le despeja la expresión. Aparta la mano de mi brazo. Se inclina hacia delante y se la tiende a Arthur por encima de mi regazo con una sonrisa débil pero acogedora.

—Lo siento, me he olvidado de presentarme. Soy Nolan Rhodes, señor. Encantado de conocerlo.

Arthur me mira como buscando validación antes de aceptar el apretón.

Las luces se atenúan. Los dos vuelven a acomodarse en sus asientos a mi lado. Un foco se enciende. La banda empieza a tocar, los instrumentos de viento componen una melodía que se abre paso entre los susurros y las toses débiles y al frufrú de la tela.

La mano de Nolan encuentra la mía en la oscuridad. No gira la cabeza ni ve la lágrima que me cae por la mejilla. Pero me aprieta la mano como si supiera que está ahí. Cierro los ojos. Y casi puedo ver el modo en que una lucecita se enciende en mi corazón. Su toque es un faro en la noche.

En el escenario, las cortinas se abren. Y entonces comienza el verdadero espectáculo.

LASTRE

Harper

Nolan me coge de la mano durante toda la primera parte de *La bella y la bestia*. Cuando la obra entra en materia al más puro estilo Cabo Masacre y la sangre empieza a salir a chorros, se me secan los ojos y él comienza a dibujar círculos en mi piel con el pulgar, sobre la quemadura que casi se me ha curado del todo. Es un patrón ausente, como si este contacto fuera tan fácil y natural que se ha convertido en una costumbre.

Hasta me lo imagino, siendo pareja y sentados cómodamente en la oscuridad. ¿Y si esto fuese una cita de verdad? ¿Después iríamos a cenar? ¿Hablaríamos y nos reiríamos como hace la gente normal? Ha pasado tanto tiempo desde que me permití soñar despierta con una relación que en realidad no me había percatado de cuánto lo había echado de menos. El hueco que tengo en el estómago me duele de una forma diferente a cuando pienso en Adam y cómo me lo arrebataron. Sé que lo echo en falta. Sé que estoy sola. Sin embargo, en este momento, cuando la calidez de la mano de Nolan envuelve la mía, me doy cuenta de la verdad de lo que he estado haciendo realmente durante los últimos cuatro años. Creo que empiezo a entender el verdadero impacto del trauma del que me he estado intentando esconder. Me he enfocado tanto en sobrevivir a mi pena que me he olvidado de vivir.

Es un cambio agradable que me duela por lo que quiero en lugar de por lo que he perdido.

Cuando las luces se encienden en el descanso, Nolan me da un apretón en la mano antes de soltarme. Lo miro parpadeando, en un intento por apartar la sensación de que me estoy despertando de un largo letargo.

—Voy a por esas palomitas —anuncia, como si no aceptara ningún pero—. ¿Quieres algo más?

De repente, se me seca la boca. No sé cómo, consigo formar una palabra, aunque la voz me sale ronca.

—Fiambre.

Nolan se ríe. Me había olvidado de cómo suena su risa. La escucho muy pocas veces. Al menos, no una risa real y sincera como esta. Resonante y cálida. Se le ilumina el rostro y esos hoyuelos mortíferos hacen acto de presencia. Madre mía: es tan guapo, joder, que me duelen los ojos.

—No estoy seguro de que tengan fiambre en el menú.

—Pues me tendré que conformar con las bolas de ojos. —Esbozo una sonrisa y él levanta una ceja a modo de pregunta silenciosa—. Tienen un cóctel con chuches en forma de globos oculares. Me tomaré uno, por favor.

Asiente con la cabeza y, antes de dirigirse hacia el vestíbulo, comprueba si también quiere algo Arthur, que se ha terminado las chocolatinas y casi ha dado cuenta de todo mi cubo de palomitas. No puedo evitar observar a Nolan mientras se marcha. Con esa autoridad fría, esos ademanes de depredador. Se mueve como si la letalidad estuviera incrustada en su ADN. ¿Por qué siempre tiene que estar perfectísimo, joder? Ya sea con la ropa de trabajo que lleva en nuestras aventuras nocturnas o con su camisa de vestir color carbón arremangada hasta los codos y los pantalones negros que le marcan el culo de manera experta, no ha habido ningún mo-

mento en el que me haya resultado feo. Y no es solo por el aspecto que tiene. Es algo que guarda relación con el hombre que se esconde detrás del caparazón. El modo en que se fija hasta en los detalles más ínfimos. Su autoridad calmada y calculadora que se cuela por debajo de la superficie de una máscara carismática, esa que solo se pone cuando quiere. Soy la única persona en el mundo que sabe exactamente quién es. Y eso me resulta embriagador.

Soy consciente de que debería tener cuidado cuando se trata de Nolan Rhodes. Pero no puedo olvidarme del modo en que me miró el día que maté a McMillan. Como si la desesperación y la angustia se hubieran abierto paso hasta la superficie y ya no pudiera retenerlas.

«Porque estás emperrada en creer lo que quieres, da igual cuántas pruebas de lo contrario tengas delante de las putas narices», me dijo.

—Ese hombre y tú estabais cogidos de la mano —interviene Arthur.

Me da un susto de muerte, a pesar de que ha estado a mi lado todo este tiempo. He estado tan inmersa en los detalles del culo bonito de Nolan y esa atracción de asesino en serie enigmático que no he reparado en lo que me rodea.

«Dios». Sí que necesito esa maldita copa.

—Siendo exactos, él me estaba cogiendo la mano a mí —respondo como si fuera una adolescente intentando restarle importancia a que le gusta un chico delante de su padre. Cuesta no sentirse así cuando Arthur me observa sin pestañear.

—¿Quieres que le corte las manos?

Se me escapa un resoplido cuando trato de calmar ese rubor que me arde en las mejillas.

—Dios, Arthur. No.

—Pues no es lo que me ha parecido a mí —repone con su gruñido más cascarrabias.

Sacudo la cabeza y vuelvo a revisar los asientos que quedan a mi espalda a ver si encuentro a Sam. Satisfecha de que no haya rastro de que esté acechando por ahí, me cruzo de brazos y me hundo más en el asiento.

—Bueno. ¿Quién es ese hombre que te estaba cogiendo la mano del mismo modo en que tú estabas cogiendo la suya?

El rubor se niega a largarse.

—Se llama Nolan —respondo por si acaso se le ha vuelto a olvidar—. Ha venido de vacaciones.

Arthur suelta un resoplido bajo de fastidio. No es muy fan de los turistas, aunque como todos los habitantes de Cabo Masacre entiende lo necesarios que son para que florezca la economía del pueblo. Sin embargo, también acarrean problemas y, teniendo en cuenta que se ha pasado toda la vida adulta cuidando de nuestro extraño hogar, nunca superará cierto nivel de sospecha inherente hacia los visitantes.

—¿Se porta bien contigo? —pregunta al fin.

Esa simple cuestión parece desmantelar mis pensamientos. Debería ser fácil responder. «No», me gustaría decir. Ha venido a asesinarme lenta y dolorosamente. A arrancarme trozos del cuerpo para pegarlos en su maldita vitrina de los trofeos. Sin embargo, también «sí». Sé que me ha estado echando una mano para ayudarse a sí mismo, pero siento que hay algo más. La pala, el espray para osos, el chocolate caliente… Aunque intenta hacer como que son cosas prácticas que lo benefician a él, cuando me las da me mira como si esperara que me hicieran feliz. El modo en el que me observa parece real, por mucho que me esfuerce en convencerme de que todo es parte de su juego. El dolor que atisbé el otro día en sus ojos. No creo que eso pueda fingirlo. Incluso lo de cogerme de la

mano hace un rato. Si de verdad quisiera hacerme sufrir, si realmente me odiara tanto, ¿me ofrecería un consuelo tan simple como significativo?

—No lo sé —digo, sin estar segura de si respondo a la pregunta de Arthur o sigo con mi propio hilo de pensamientos—. Aunque me gustaría pensar que sí.

—Esa respuesta no es muy alentadora.

—Es la mejor que tengo.

—Razonable —masculla Arthur antes de desviar la atención—. Últimamente es difícil juzgar el carácter de una persona.

No sé si lo dice porque se le está deteriorando la salud o por el estado en general del mundo o por ambos.

—Vendría bien tener un libro de instrucciones. Cierto criterio.

—A lo mejor podrías preguntarle si permitiría que su perrito asqueroso se aliviara entre mis rosas premiadas y si luego no lo limpiaría —comenta con los ojos clavados en un hombre calvo de sesenta años que avanza de lado hacia su asiento en la fila tres. Una mujer con el pelo rubio ahuecado lo sigue de cerca con varias capas de cadenas de oro chabacanas alrededor del cuello. Parecen unos domingueros, con su ropa del club de campo y sus sonrisas demasiado blanqueadas y sus gafas de sol. Arthur detesta a ese tipo de turistas. Llamativos. Que se creen superiores. Cuando llegué a Cabo Masacre, los crímenes como un perro cualquiera cagando no se consideraban ofensas dignas de asesinato… Arthur solo se planteaba matar a gente que había hecho cosas horrendas de verdad. Pero ¿últimamente…? No estoy segura de que su barómetro para lo que se entiende por «ofensa digna de asesinato» sea muy preciso.

—No creo que lo permitiera, no —respondo.

Arthur ya no me presta atención. Está centradísimo en la pareja, que se sienta para hablar y reír un par de decibelios por encima del gusto de Arthur. Sigue observándolos de manera intensa cuando suelta de repente:

—No puedes contárselo.

—¿El qué?

Arthur se vuelve hacia mí; tiene la mirada más clara que en toda la noche.

—Quién eres.

—No pensaba hacerlo. Te prometí que no se lo diría a nadie y voy a cumplir con mi palabra —respondo; le pongo una mano en el brazo y le doy un apretón—. Yo cuidaré del pueblo, no te preocupes…

—No lo digo por el pueblo, Harper, sino por ti.

Arrugo el ceño.

—¿Qué quieres decir?

—El hombre equivocado descubrió mi verdadera naturaleza, mi identidad, y eso me convirtió en un objetivo de valor. Y mira lo que me ha costado —dice. Le brillan los ojos cuando levanta una mano hacia mi rostro—. Mantén tu pasado a salvo. Si no, todo el mundo se te echará encima y no sabes qué criaturas se verán obligadas a salir de la oscuridad. No soportaría perder a otra hija.

No confío en mi voz para que forme palabras porque el corazón se me está desmoronando en el pecho, como cuando aplastas flores. No le cuento que Sam se está acercando. O que puede que sea una causa perdida mantener mi identidad oculta. No le susurro todas las preocupaciones que se me echan una encima de otra y que me sofocan. Tan solo coloco la mano sobre la suya. Disfruto de la calidez de su palma. Asiento, reafirmando esa promesa que le hice hace cuatro años.

Arthur me dedica una sonrisa débil y vuelve a centrarse en la pareja de delante.

—Eres una buena chica, Harper. Aunque pusieras las llaves en el lavavajillas.

Se me escapa una carcajada mientras me paso un dedo por las pestañas húmedas.

—¿Estás seguro de que tú no…?

—No cabe ninguna duda de que yo jamás metería las llaves en el lavavajillas, si es eso lo que estabas a punto de insinuar. —Baja las cejas cuando la mujer que se encuentra tres filas más allá se ríe muy fuerte de algo que dice el hombre—. Estoy deseando ver cómo podas los setos. A lo mejor deberías empezar con un castor.

—No tengo ni puta idea de cómo hacerlo.

—Aprenderás. Tengo fe en ti.

—Por favor, no.

Arthur ignora mis protestas mientras la pareja sigue hablando y riéndose, su agravio se vuelve más intenso con cada momento de su existencia. Aunque no intento desviar su atención, parece estar sumido en su cabreo y puede que también un tanto cansado por las emociones que han aflorado en nuestra conversación. Así que permito que nos sumamos en un silencio agradable. Nolan no tarda mucho en volver con un cubo de palomitas en una mano y dos cócteles en la otra.

—Un «órbituario» —dice pasándome la copa con una expresión desconcertada—. Este sitio es rarísimo.

—Eso es lo genial de Masacre. No le acompleja ser raro —digo.

Nolan parece darle vueltas a esa idea mientras yo le quito las palomitas fingiendo que lo estoy ayudando para que se siente, pero cuando va a recuperar el cubo lo alejo de su alcance.

—¿Dónde te has dejado las tuyas? —pregunto con falsa inocencia—. No te las habrás olvidado en la barra…, ¿verdad?

La mirada seria que me lanza sabe mejor que el cóctel dulce al que le doy un trago. Él baja la vista a mis labios y se le oscurecen los ojos. Siento que el hambre que exuda no tiene nada que ver ni con el azúcar ni con la sal. Una oleada de calor me recorre lo más profundo del vientre. Estoy tonteando con él. Y funciona.

Espera un segundo… estoy tonteando con él. Y es…

—¿Has cenado? —me pregunta. Parece que le supone un esfuerzo apartar la mirada de mi boca. Sacudo la cabeza. Estira el brazo, me envuelve el antebrazo con su palma cálida y tira hasta que las palomitas descansan en mi regazo—. Después vamos a cenar.

Arrugo el ceño. El corazón se me agita en el pecho como un pez ahogándose con el aire.

—¿No tenemos trabajo por delante?

Se limita a encogerse de hombros sin más. Sigue centrado en el escenario conforme las luces se van apagando y el silencio desciende sobre el público, y aun así siento el tirón de sus pensamientos, como si quisiera mirarme a los ojos pero no se lo permitiera a sí mismo.

—Tenemos que comer —dice al fin.

Cierto. Es solo alimentarse. Cosas biológicas normales en los seres humanos. Tampoco es que sea una cita ni nada. Ni siquiera hemos superado en realidad el asunto de McMillan, a pesar de que anoche me disculpé. Que me coja la mano como muestra de empatía y me traiga palomitas no soluciona que hayamos discutido por un asesinato. Probablemente.

No estoy segura de que mi corazón capte el mensaje. Me recuerda su existencia con cada latido atronador. La cosa solo empeora cuando el espectáculo se acerca a su fin y Lukas, dis-

frazado de Bestia, recibe un disparo de Gastón, lo cual provoca un chorretón de sangre, y se cae sobre una colchoneta que han puesto detrás del escenario. Bella se venga dejando a Gastón encerrado en un incendio y, en un halo de fuegos artificiales, el clímax dramático enseguida da paso a un final feliz. A pesar de que los actores hacen malabares con miembros mutilados, apenas me concentro en el acto final de música y baile, pues Nolan acapara gran parte de mis pensamientos. Cuando el elenco se despide con una reverencia, ayudo a Arthur a levantarse del asiento para la ovación y entrelazo mi brazo con el suyo para que se mantenga erguido. Cuando alzo la vista hacia Nolan, me observa como si no supiera a quién está mirando.

La gente comienza a abandonar los asientos. Tiro de Arthur cuando empiezo a seguir a Nolan por la fila, pero el viejo me suelta el brazo y se vuelve a sentar.

—¿Qué haces? —pregunto.

—Voy a esperar aquí a Lukas —responde y apoya el bastón en el asiento vacío que tiene al otro lado. Clava la mirada en el escenario—. Vete a cenar con el turista.

Como dudo, me hace un gesto con la mano. Me ha echado, pero no sin que un leve atisbo de sonrisa le tire de la comisura de los labios. Nolan aguarda al final de la fila de butacas cuando se percata de que no lo estoy siguiendo, y ahí está de nuevo esa expresión de perplejidad, como si yo hubiera desafiado alguna expectativa y él no supiera qué pensar de mí.

Sigue sin haber ni rastro de Sam entre la gente que nos cruzamos en el vestíbulo; tampoco está en la calle cuando salimos, donde la brisa cálida de la noche nos envuelve con un leve olor a mar. Gran parte del público se va al pub La Boya y la Baliza después de *La bella y la bestia*: hay karaoke temático y copas a mitad de precio. Otros se dirigen hacia la calle principal o hacia el paseo marítimo, donde están los restaurantes más elegantes y los que abren hasta tarde. Pero Nolan y yo avanzamos como si estuviéramos atrapados en nuestra propia estela, atraídos hacia un lugar más oscuro y tranquilo en dirección contraria a la multitud. Nos alejamos sin prisa de las voces y las risas y el brillo de las farolas victorianas ornamentadas que flanquean la calle. Nolan se queda a mi lado y, aunque no me toca, el calor de su presencia me templa la piel como una caricia fantasma.

—¿Vas a contarme qué es lo que te ha descolocado cuando no has traído las palomitas? —pregunta con la cabeza inclinada para mirarme.

Suelto un suspiro lento y pesado mientras aparto las ganas de inspeccionar lo que nos rodea motivada por el pánico obvio.

—Sam.

—¿Lo has visto?

—Más que verlo. He hablado con él.

Un parpadeo de incomodidad le cubre el rostro a mi acompañante, un músculo le tiembla en la mandíbula apretada.

—¿Sobre Arthur?

Me encojo de hombros y me clavo las uñas en la palma de la mano para evitar morderme el labio.

—Sobre mí.

—Sobre ti —repite incrédulo. Densas oleadas de furia emanan de él—. ¿Por qué? ¿Qué quería?

—Mi historia. —No es mentira, pero Nolan me observa como si supiera que esa no es toda la verdad—. Quiere entrevistarme para su documental. Intuyo que sigue convencido de que Arthur es La Pluma. Y sin duda sabe que hay más cosas en Cabo Masacre de lo que parece a simple vista.

—¿Crees que desviará la investigación cuando corra la noticia de la desaparición del tal McMillan?

—Es lo que yo esperaba, pero no lo sé —respondo—. Pensaba que, si sucedía mientras Arthur estaba en el hospital, sería la coartada perfecta que acabara de una vez por todas con esa teoría de que es La Pluma. Estoy segura de que otra desaparición hará que Sam siga interesado en Masacre, aunque al menos Arthur estará a salvo, y me imaginaba que terminaría por marcharse si no tenía el cadáver ni el sospechoso al que quería cargarle el muerto, literal. Pero ¿y si Sam está demasiado entretenido para centrarse en otra cosa que no sea la historia que está decidido a contar? A lo mejor todo ese esfuerzo ha sido en vano.

—No. —Nolan me coge de la mano. Su cálido toque es todo un alivio. No sé lo que está cambiando entre nosotros ni por qué. No entiendo la expresión atormentada que me lanza. Solo sé que no quiero que acabe esta sensación—. Encontraré un modo de llevarlo al camino correcto.

—Ese camino lleva directo hacia mí. A lo mejor… —Trago saliva, aparto la mirada y me fijo en las sombras cada vez más profundas que nos envuelven—. A lo mejor he cometido un error. Me dejé llevar demasiado por las emociones, hasta el punto de que me convencí de elegir la opción equivocada.

—El camino correcto lo llevará fuera de este pueblo. Y es ahí a donde se va a ir. Es una puta promesa, Harper —afirma en voz baja con un filo perverso. Me aprieta la mano.

Cuando levanto la cabeza para mirarlo, no hay ni una sola duda escrita en su rostro, no hay agitación. No es un héroe. Esta no es una promesa vinculada a la moralidad. Nolan Rhodes es un villano. Mentirá, manipulará, incluso matará para mantener su palabra. Reduciría este pueblo a cenizas para cumplir su palabra.

—Hiciste lo que tenías que hacer y ese tío se marchará cuando no consiga la historia que quiere. Lo que tenemos que hacer es no ceder hasta que se vaya.

Le dedico una sonrisa débil y asiento. Sin embargo, soy consciente de que será complicado hacer que Sam se centre en una nueva presa herida cuando ya está siguiendo el rastro de sangre de otra.

Puede que Nolan no sepa todos los detalles de mi encuentro con Sam, pero me pregunto si estará pensando lo mismo, pues no me suelta la mano cuando empezamos a seguir el sendero serpenteante de gravilla que lleva a un parque desierto. O a lo mejor está sopesando todas las formas en las que pretende despistar a Sam. Aunque le lanzo miraditas por el rabillo del ojo, solo distingo esa expresión seria de determinación y la vista clavada en el camino que tenemos delante. Y tal vez no debería fiarme demasiado de sus promesas. Sin embargo, mientras reducimos el paso hasta detenernos y miro el sendero por el que hemos venido, caigo en la cuenta de que sí lo creo. Puede que no tenga fe en los héroes, pero confío en que el hombre que tengo al lado mantendrá la promesa que ha hecho.

Durante un rato, nos quedamos en silencio sin más, observando el pueblo y el atardecer. Desde la pequeña colina en la que estamos, vemos que la gente que sale del teatro toma diferentes direcciones. El mar brilla en la distancia, recogiendo las últimas luces del día que se desvanece.

—Deberíamos dejarles a todos esos que decidan a dónde van —dice—. Así no tendremos que pelearnos por una mesa.

Me siento en uno de los columpios y me balanceo hacia delante y hacia atrás.

—Aunque me encantaría ver una lucha a muerte por los nachos de La Boya y la Baliza, estoy de acuerdo. De todos modos, me he comido mi propio peso en palomitas.

Nolan esboza una sonrisa débil antes de sentarse en el columpio de al lado. Nos quedamos un buen rato callados, dejando que los columpios chirríen en armonía. Veo a Lukas saliendo del teatro con Arthur. Lo ayuda a bajar a la acera y, aunque no oigo lo que dicen, por el lenguaje corporal que distingo está claro que Lukas está a punto de ser lanzado a los leones criticones. Cuando Arthur le da en la cabeza con el mango del garrote, suelto una carcajada.

—¿Cómo lo conociste? —se interesa Nolan mientras vemos a Lukas correr calle abajo hacia el aparcamiento público.

Tengo una mentira preparada para esta pregunta, el mismísimo Arthur se la inventó hace cuatro años. Podría soltarle a Nolan la misma milonga de que somos familia lejana. Sin embargo, en lugar de eso, digo:

—Yo estaba acampando en el quinto pino, cerca de la destilería Lancaster. Un día me acerqué al pueblo a por provisiones y estaba cruzando por este mismo parque cuando vi pasar un viejo Chevy Nova. A mi padre le gustaba arreglar coches *vintage,* así que me fijé en él enseguida. Pero, unos minutos más tarde, volvió a adelantarme, iba en la misma dirección. Y un par de minutos después, pasó de nuevo.

—¿Alguien te estaba siguiendo? —pregunta y, aunque intenta mantener firme la voz, hay un hilo de malicia entretejida en ella.

—Eso es lo primero que se me ocurrió a mí también. Así que me detuve y fingí que me ataba los cordones de las botas y esperé a que volviera a pasar el coche. Pensé que a lo mejor solo estaba paranoica. Pero, claro, el Nova pasó por cuarta vez. Dentro solo iba un hombre. Conducía despacio. Sin embargo, no me vigilaba a mí. Estaba observando a tres niñas que jugaban al pillapilla en el parque y no había ningún adulto. Y yo... tuve un presentimiento... —Me balanceo hacia delante y hacia atrás, mirando hacia la calle mientras recuerdo el instinto que se me activó en las venas. Y la rabia. Por el rabillo del ojo, veo que Nolan aprieta los puños alrededor de las cadenas y siento esa misma furia bullendo en él. Puede que empezáramos siendo enemigos. Dos monstruos desalmados. Y, aun así, nuestras sombras son similares—. Vine y me senté en los columpios, lo bastante cerca para vigilar a las niñas. Y esa noche lo perseguí. Pero Arthur lo había encontrado primero y me planté allí justo después de que lo matara.

—¿Y Arthur no trató de atacarte a ti? —pregunta Nolan.

—Se quedó bastante sorprendido, pero no. Para nada. Más bien hicimos buenas migas, en realidad. Por lo de compartir intereses y todo eso. —Una sonrisa nostálgica se me dibuja en los labios cuando veo a Lukas aparcar delante del teatro para ayudar a su abuelo a montarse en el asiento del copiloto del viejo Jaguar, y entonces se marchan a casa—. Hacia el final de la noche, me ofreció una casa permanente si prometía aprender a cuidar Masacre del mismo modo que lo hacía él. El resto es historia.

Siento que Nolan está observándome, pero no le devuelvo la mirada.

—Esa es mucha responsabilidad.

—Sí, pero es un pueblo extraño. Atrae a mucha gente buena, eso es evidente. Sin embargo, un lugar así también reúne a muchos mierdas. Enseguida se convertiría en un caos si no hubiera alguien para protegerlo. Yates y sus diputados sin duda no están a la altura, y tampoco es que Arthur pueda encargarse de ello toda la vida. Alguien tiene que coger el testigo y cuidar de Cabo Masacre.

—¿No te resulta agotador?

—Claro. —Me encojo de hombros—. A veces.

—Cuidas de Cabo Masacre. Cuidas de Arthur. —El peso de su atención me perfora el perfil de la cara—. ¿Quién te cuida a ti?

Detengo el columpio. Se me corta la respiración. El olor a sándalo y cedro todavía me inunda los sentidos. Mis pensamientos se van por diferentes derroteros al mismo tiempo. Cuando me vuelvo para mirar a Nolan, él me observa con intensidad.

—Me cuido yo.

Nos aguantamos la mirada fijamente durante un buen rato, ninguno de los dos se mueve. No sé qué piensa de lo que he respondido, pero sí sé que es una pregunta que nunca me ha hecho nadie. Aparte de Arthur, Nolan es la única persona que conoce mi verdadera naturaleza. Y también parece entender todo lo demás. El peso que acarrea esta responsabilidad. El dolor de la pérdida que no puedo detener. Nolan lo ve todo. Me ve a mí. Y ahora me está contemplando como si deseara hasta el último pedazo de mi alma rota.

Se levanta del columpio. No deja de mirarme a los ojos cuando se detiene delante de mí, impidiéndome que siga viendo la calle y el mar y la luna que sobrevuela el cielo. Todo el universo que nos rodea parece desvanecerse.

—Quizá deberías dejar que alguien te cuide a ti para variar —dice.

Se me acelera el corazón. «Debería marcharme», opina la parte racional de mi cabeza como si repitiera una plegaria. Pero esa voz se acalla a cada segundo que pasa porque Nolan me sigue mirando, hasta que se pierde en el silencio.

—Tal vez. ¿Tienes alguna sugerencia de quién podría hacerlo? Tu versión de cuidar de mí podría ser lanzarme al mar con unos zapatos de cemento.

Nolan se arrodilla ante mí y me agarra de los tobillos para que no me mueva. Los ojos le brillan en la oscuridad. Podría darle una patada. Empujarlo. Un escalofrío siniestro me recorre las venas cuando me pregunto si me perseguiría, porque ya sé que sí. No se detendría hasta que no me pillara. Se deleitaría con cada segundo de la persecución. Y lo más probable es que le encantara castigarme por ello.

Igual que disfrutaría yo.

—No voy a hacerte daño —afirma.

Puede que no lo haya dicho con la intención de que sea una promesa, pero quiero pensar que lo es. Quiero confiar en él también en esto. Y si fuera tan fácil decirle la verdad, que no soy quien él cree que soy, a lo mejor todo sería más sencillo. Soy consciente de que no soy ninguna santa, sobre todo después de las cosas que he hecho. En especial tras darlo por muerto. Aun así, me pregunto si me perdonaría en caso de que fuera sincera. Pero no voy a romper la promesa que le hice a Arthur.

—No soy la persona que crees que soy. —Es lo máximo que me permito acercarme y, aun así, solo es un susurro, como si decirlo más fuerte fuera a romper mi juramento.

—Tienes razón, no lo eres —dice mientras me aparta un pie despacio y lo desliza por encima del suelo de caucho—. Eres mucho más de lo que pensaba que serías.

Eso podría significar cualquier cosa, tanto bueno como malo, pero el calor de su roce me provoca una tormenta eléctrica en las venas. Noto que tengo las bragas mojadas. Se me tensan los pezones. Un escalofrío me recorre la piel y no tiene nada que ver con que cada vez esté más oscuro.

—Estoy desesperado por saborearte, Harper. —Arrastra mi otro tobillo por el suelo de caucho para abrirme las piernas—. Me muero de hambre, joder. —Ya no respiro, suelto jadeos superficiales cuando me pasa las manos por las pantorrillas y me las desliza por las rodillas. Me agarra el bajo de la

falda y me lo sube poco a poco por los muslos—. Es lo único en lo que soy capaz de pensar.

También es lo único en lo que puedo pensar yo. No lo digo, pero él lo ve como si estuviera proyectando las palabras en el espacio que nos separa. Sigue con los ojos clavados en los míos mientras me va subiendo la falda más y más hasta que llega a las caderas.

—¿Me dejas que lo pruebe solo un poquito?

—No —niego y se queda rígido como el mármol.

Siento cierto alivio al saber que se detendrá de inmediato sin dudarlo. Las preguntas ansiosas y las preocupaciones le arden con tanta intensidad en los ojos que casi me echo a reír. Puede que me encanten sus palabras y todas las fantasías que evocan. Sin embargo, me gusta muchísimo más llevarle la contraria, quizá porque sé que aceptará cualquier guante que le lance a la cara. En sus pupilas sigue ese retazo de miedo por si ha cruzado una línea, hasta que me acerco un poco más con una sonrisa diabólica.

—No lo vas a probar solo un poquito. No soy un puto aperitivo. —Abro más las piernas. Una sombra famélica desciende sobre el rostro de Nolan—. Si empiezas, te vas a terminar todo el plato.

EMPALME

Harper

Se ve un destello de metal en la luz tenue. Ha sacado una navaja; el filo está curvado como si fuera la garra de un tigre.

—Eres un poco engreída, ¿no? —Nolan se acerca más, el calor de su cuerpo se instala entre mis muslos. Me pasa un dedo por la costura de las medias, la tela está húmeda, y me pellizca el clítoris. Ahogo un grito. Camina entre la línea que divide el placer y el dolor mientras libera el cúmulo de nervios, sin soltar la tela de las medias y de las bragas—. Sabes lo que le pasa a la gente que va de engreída, ¿no?

—¿Que la castigan?

—Sí. Pero creo que debería castigarte después.

La punta de la navaja perfora la tela que tiene agarrada. Tenso todos los músculos para no moverme. La anticipación me recorre de la cabeza a los pies. El borde romo de la hoja me toca los pliegues, un beso frío del metal. Es presión suficiente para que sea una amenaza, una advertencia para que no me mueva. Y no lo hago. Apenas respiro cuando me roza el clítoris y el filo va desgarrando la tela formando una raja larga y delgada.

—A la gente que se lo tiene muy creído primero hay que domesticarla.

Suelto un largo suspiro cuando Nolan aparta la navaja de mi centro, pero la desvía hacia mi muslo derecho. Me observa con una intensidad que arde a través de las sombras que se ciernen sobre nosotros. Gira la cuchilla de modo que la punta me apriete la carne tierna de la cumbre del muslo. Luego me la pasa muy despacio por el interior, en línea recta hacia la rodilla, desgarrando la tela a su paso. Yo no me muevo ni un ápice, salvo por el pulso acelerado y la respiración entrecortada que hace que se me estremezcan los pulmones. La punta de la navaja me recorre la pierna con fuerza suficiente para dejarme una línea de incomodidad en la piel, pero no lo bastante como para hacerme sangre. Una vez me ha cortado las medias hasta el tobillo, pasa a la otra pierna y hace lo mismo, estaba vez de abajo arriba. Su roce es un contraste suave frente a la punzada de dolor, mientras con la mano libre va siguiendo la estela de la navaja para apaciguarme con una caricia.

Me trago un gemido cuando la cuchilla llega a la ingle izquierda. Atrapa el borde de las bragas y lo sube hacia mi abdomen bajo, tirando de ellas y de las medias con el filo hasta que ambas se me desprenden de la piel.

Nolan aparta la navaja y la cierra antes de guardársela en el bolsillo. Estoy totalmente abierta ante él. Me estremezco y me tiemblan los huesos. Percibo el leve aroma a almizcle de mi flujo; se alza en la brisa fresca que me acaricia la humedad que se me acumula en la entrada. Nolan se lame los labios, una sonrisa lenta se le empieza a dibujar en la carne brillante.

—Qué bien te has portado. Te has quedado muy quieta y ni siquiera te lo he tenido que pedir. Es casi como si estuvieras… domesticada.

Bueno… joder.

Él ensancha la sonrisa cuando ve la mirada asesina que le dedico.

—No te acostumbres —lo aviso.

Se ríe y, en la oscuridad, distingo los hoyuelos. Se pasa la mano por el pelo y los mechones vuelven a su lugar para acariciarle los pómulos y darle esa apariencia tan desaliñada que siempre hace que me dé un vuelco el corazón.

Se le desvanece la sonrisa. Se acerca un poco más a mi centro. Suelta un hilillo de aire frío a través de los labios apretados para juguetear con mi coño. Cuando me estremezco, se aparta.

—A lo mejor ha llegado la hora del castigo.

Me lanzo hacia delante para agarrarlo por la nuca, mi cara está tan cerca de la suya que, cuando se ríe, su aliento me inunda los sentidos.

—Serás cabrón, Nolan Rhodes.

—Sin duda esperaba un «por favor» cuando me pidieras que te coma el coño.

Cierro los labios de golpe. Lo que iba a decirle iba más por «cómeme el coño o te hago jirones de carne», no había ningún «por favor» a la vista. Cuando se aparta un poco y me agarra de las caderas, sé que jugará conmigo si no le digo esa palabrita que quiere escuchar.

—Creía que habías dicho que ibas a cuidar de mí —me atrevo a decir al fin.

Él levanta los ojos con una expresión pensativa, como si estuviera rebuscando en sus recuerdos.

—En realidad, he sugerido que deberías permitir que alguien cuidara de ti. Nunca he dicho que fuera a hacerlo yo.

Me arden las mejillas de la rabia y él disfruta de cada segundo de mi descenso a la locura.

—Te odio con toda mi alma…

—Pero… —me interrumpe pasándome un solo dedo por el interior del muslo y cruza hacia mi coño. Con un movi-

miento lento y largo recoge mi flujo y gira los dedos por encima del clítoris en una caricia que es demasiado suave para ser nada más que una provocación—. Si me lo pides educadamente…

—Eh… —Cualquier protesta que esperaba hacer se me muere en la lengua, me cortocircuita el cerebro cuando aprieta un poco más fuerte mi nudo de nervios sensibles. Su sonrisa lobuna. Ese brillo oscuro y peligroso que tiene en los ojos. Me está mirando como si supiera que está a punto de ganar—. Nolan Rhodes…

Bate las largas pestañas con fingida inocencia.

—¿Sí…?

—¿Te gustaría hacerme el enormísimo favor —me acerco más sosteniéndole la mirada— de quitarme la mano del coño?

Traga saliva y, a juzgar por el repentino dolor que sobresale en su expresión, puede que lo que se haya tragado hayan sido cuchillas. Pero enseguida hace lo que le pido, aparta la mano de mi clítoris y de mi rodilla sin detenerse.

Tengo que hacer acopio de hasta el último retazo de autocontrol para no sonreír. Si me siguiera tocando, lo más seguro es que pudiese notar el acelerón de mi pulso mientras la adrenalina se me precipita en las venas.

Me echo hacia atrás. Abro más las piernas.

—Y en su lugar pon la boca para que puedas devorarme —termino.

Veo el momento preciso en que mis palabras le hacen clic. En un parpadeo, el rechazo se transforma en un hambre desesperada que arde con más intensidad que hace unos segundos. Se lanza hacia delante y me agarra el culo antes de enterrar la cabeza entre mis muslos. Y entonces hace exactamente lo que le he pedido. Me devora, joder. Se da un banquete como si fuera adicto a mi sabor. Como si yo fuese lo único que lo mantiene con vida. Me succiona el clítoris hasta que me retuerzo en el columpio y luego lo colma de lametones. Lo atrapa entre los dientes con un mordisco suave y yo grito, el miedo, el placer y el leve atisbo de dolor son una mezcla embriagadora que amenaza con deshacerme.

—¿Sabes algo que me encanta? —susurra mientras me mete un dedo en el coño y lo dobla para acariciarme las paredes internas. Suelto un gemido tembloroso. Otro dedo se me desliza en la entrada y se mueve con embestidas lentas—. Cómo te pone el miedo que me tienes. Te dejo ver un pequeño atisbo, quizá te provoco una punzada de dolor, y me empapas la mano, joder. Cuando te daba azotes y me dijiste que te follara hasta que perdieras el conocimiento, se te apretó el coño tan fuerte sobre mi polla que casi me corro ahí mismo.

Nolan me cubre el clítoris con la boca y mueve los dedos mientras que con la mano libre se saca la navaja del bolsillo. Con un movimiento de la muñeca, la cuchilla se abre. No deja de mirarme cuando me toca el muslo exterior con la punta y me la arrastra con cuidado por la piel, con la presión suficiente para dejar marca. Gimo, el núcleo se me contrae con fuerza. Y él se ríe. Se ríe contra mi carne mientras el flujo le inunda la mano.

—¿Ves? —dice. La cara le brilla bajo la luz de la luna cuando saca los dedos para enseñármelos. Resplandecen bajo la iluminación tenue. Con una sonrisa de superioridad, se los pone sobre la lengua y succiona el fluido. Luego los arrastra hacia fuera y me los vuelve a meter en el coño ante mis gemidos descarados y temblorosos—. Joder, qué delicia.

Esta vez, cuando entierra la cara entre la cumbre de mis muslos y gruñe de deseo, sé que no va a parar hasta que me desmorone. Y tiene razón. El miedo y el dolor me mantienen cautivada. Con Nolan, siento que puedo reclamarlos, como si

pudiera dictar los términos de lo que estoy dispuesta a sentir. Él transforma el terror y la tortura en un placer alquímico.

Lo que me rompe no es el modo en que venera mi clítoris o cómo desliza los dedos en mi coño, ni siquiera cómo me acaricia el muslo con el cuchillo. Es darme cuenta de que Nolan me entiende como nadie. Y me está cuidado en un sentido en el que nunca nadie lo ha hecho. Persigue hasta el último segundo de mi orgasmo como si pudiera ver mi epifanía desplegándose como una flor que florece de noche.

Estoy temblando. Jadeo. Tengo los párpados apretados. Me pican los bíceps de agarrarme a las cadenas del columpio. La sangre me ruge tan fuerte en la cabeza que amortigua todos los sonidos que me rodean. Incluso el roce de la tela cuando Nolan se mueve entre mis muslos. De repente, con un movimiento rápido, me levanta del columpio y me da la vuelta, me atrapa las muñecas en la espalda con una de sus manos callosas. El asiento de goma del columpio me envuelve la cintura y descanso las rodillas en el caucho frío del suelo.

Me levanta la falda a toda prisa y me mete la polla en el coño con un único empujón.

—Hostia puta —sisea mientras yo suelto un grito agónico de plenitud. Se aparta y embiste para enterrar aún más la polla en mi interior. Ya siento la nueva oleada de placer que me recorre entera—. Puede que te hayan enviado del infierno para atormentarme, pero esto es como estar en el cielo.

Estoy del todo a su merced. Y me folla sin ninguna piedad. Disfruto de hasta el último segundo.

Me agarra las muñecas con fuerza y me clava los dedos de la otra mano en la cadera hasta que me duele. Adquiere una cadencia de embestidas largas y usa el movimiento del columpio para penetrarme. Me alejo de él mientras se desliza hasta la punta de la polla. Tira de mí de nuevo y se introduce hasta la base. Aceleramos el ritmo, y en las maldiciones y alabanzas y promesas que le susurra a la noche oigo la dolorosa contención.

—Voy a destrozarte este coño tan perfecto que tienes, joder —dice cuando la intensidad de otro orgasmo amenaza con echárseme encima—. La próxima vez que te folle, me vas a mirar a la cara y voy a ver cómo te rompes. Y luego voy a reclamarte, Harper Starling.

Cierro los ojos y me imagino todo lo que podría querer decir con esas palabras. A lo mejor cumple su fantasía de follarme hasta mandarme al más allá. A lo mejor me raja la garganta y eyacula encima de mí mientras yo exhalo mis últimos estertores. O quizá se decante por una opción mucho peor y me robe el corazón. He intentado mantenerlo a salvo en un capullo de miedo y promesas, pero él no hace más que romper mis barreras. Que desgarrar mis defensas. Puede que algún día me arranque el corazón del pecho y, si lo hace, no estoy segura de si lo mantendrá intacto. Ese destino me aterra más que cualquier otro.

—¿Y si te reclamo yo primero? —pregunto al fin.

Mis palabras rompen su cadencia. Se detiene, pero solo por un instante.

—Ya lo has hecho.

Me clava los dedos en la cadera y retoma el ritmo. Me folla con tantas ganas que veo destellos de luz en la oscuridad de mis ojos cerrados. No me rompo sin más. Me hago añicos. Soy fragmentos y esquirlas, el placer me anula los sentidos. El interior se me tensa y Nolan de repente ruge a mi espalda y se hunde en mí, llenándome el coño de semen. Lo siento temblar tanto como tiemblo yo. Oigo sus exhalaciones entrecortadas, su respiración es tan irregular como la mía. Ambos tardamos un buen rato en recuperarnos. Cuando sale de mí,

lo hace muy despacio y con mucho cuidado. Me pasa un brazo por el pecho y me levanta del columpio con cuidado, no me suelta hasta que no está seguro de que me mantengo en equilibrio. Y luego me limpia todo lo que puede con un trozo de mis medias rotas. Podría hacerlo deprisa. O podría dejar que lo hiciera yo. Pero no lo hace. Se toma su tiempo, su tacto es suave cuando pasa despacio por encima de mi piel.

—Puedo llevarte a casa para que te limpies bien —dice al fin. Hace una bola con las medias y las bragas para tirarlas en una papelera cercana.

—No —respondo. Si hubiera un poco más de luz, vería el rubor carmesí que se me sube a las mejillas—. Todavía me apetece cenar. Si quieres.

Y, aunque no lo digo, puede que me guste la idea de que su semen me embadurne los muslos. De que me haya marcado. Y, por el modo en que su sonrisa sale a la superficie, a lo mejor él piensa lo mismo que yo.

Nolan asiente una sola vez. Me tiende una mano.

Deslizo mi palma en la suya y juntos caminamos hacia las luces.

A BARLOVENTO

Nolan

Cuando veníamos andando hacia aquí, he intentado convencerme de que esto no es una cita, pero me he rendido antes de que cruzáramos la puerta.

Harper está resplandeciente. Brilla bajo la luz de las velas mientras cenamos en Bruma Nocturna, un restaurante que se encuentra al borde de la orilla rocosa. Pese a que estaba abarrotado, he echado mano de mi atractivo sureño para conseguir una mesa en un patio cubierto, cuyo techo descansa sobre unos pilares llenos de percebes. A ella parece que le ha gustado que despliegue mis encantos, a juzgar por la sonrisa que ha tratado de contener mordiéndose el labio. Hemos compartido el entrante, mejillones con vino blanco y salsa de ajo. Harper devora un plato de vieras y *linguine*. Debería ser más difícil hablar con ella, pero en realidad no cuesta tanto. Hace preguntas sinceras, no solo superficiales. Cuando le cuento que Billy se quemó las cejas intentando hacer plátanos caramelizados, lo quiere saber todo sobre su sueño de convertirse en un repostero famoso. Cuando menciono que mi hermana, Amelia, está terminando un doctorado en Nanorrobótica, quiere conocer hasta el último detalle de su campo de investigación.

Sin embargo, da igual cuánto me esfuerce, no consigo sonsacarle mucho sobre sí misma. A veces me fijo en que se detiene por un instante, que se le corta la respiración, como si supiera que no debería contarle mucho sobre ella al hombre que en teoría es su enemigo. Solo habla de anécdotas de cuando era pequeña o de los últimos años, y entremedias queda un abismo negro. Intenta centrarse en cosas con las que ya estoy familiarizado, como el coche que está arreglando o el cadáver que está construyendo para la carrera. Pero Harper no deja entrever nada de la persona que era antes de venir a Cabo Masacre. Llegué aquí creyendo que necesitaba saber hasta el último detalle de la noche en la que atropelló mi vida para poder encontrar cierta paz; sin embargo, empiezo a pensar que eso ya no es lo que quiero. La mujer que de verdad quiero conocer es la que tengo sentada a una vela de distancia.

Cuando terminamos de cenar, llevo a Harper a casa y espero en el coche de alquiler a que se cambie de ropa antes de partir de nuevo hacia el río Ballantyne. Hay que seguir exhumando cuerpos y no nos quedan muchos días. No podemos tomarnos más noches libres. Me reconcome saber que nos estamos quedando sin tiempo y que ella sea la única que sepa dónde hay que cavar. Si me lo dijera, podría hacerlo yo y trabajar hasta bien entrada la madrugada para que ella pudiera descansar. Pero la verdad es que soy consciente de que no se lo puedo preguntar. La confianza que me tiene es frágil. Siempre está buscando una razón para romperla. Lo mejor que puedo hacer por ella es guardarme mis sugerencias y seguir sus indicaciones, aunque vayamos contra reloj.

Esta noche solo conseguimos desenterrar un cuerpo y acordamos que mañana sacaremos dos. Va a hacer buen tiempo y todo el pueblo estará entretenido con la carrera de coches sin motor de la Feria de Masacre. Podemos arriesgarnos a empezar más temprano, dado que es poco probable que Sam se pierda la oportunidad de grabar uno de los eventos anuales

más importantes del pueblo. Cuando nos distanciamos del río y llegamos a la carretera, creo por un momento que Harper me va a dejar que la lleve a casa. Quizá hasta me pida que me quede. Pero no lo hace. Se echa el saco de huesos al hombro y esboza una sonrisa tímida; luego empieza a andar hacia el sendero y desaparece en la oscuridad.

La veo alejarse y me quedo ahí en la carretera mucho después de que ella se haya ido.

No consigo pegar ojo. No puedo dejar de pensar en Harper. En que Sam se le está acercando.

Y por qué.

Hay algo que no me está contando. Esconde un secreto. Cada día que pasa estoy más seguro de ello. ¿Y el modo en que el tío la ha abordado por su cuenta?

No me parece correcto.

Cuando por fin me duermo, sueño con aquella noche de hace cuatro años. Todo ocurre tal y como sucedió entonces. Cruzamos la carretera oscura. El accidente. Abro los ojos y tengo la cara pegada al asfalto helado. Incluso noto el sabor de la sangre. Pero no escucho la voz de Billy. No estiro el brazo roto hacia él. No son sus ojos ciegos los que me devuelven la mirada. Son los de Harper.

Me despierto cubierto en sudor frío poco después de las cinco de la mañana. Me duele el cuerpo. Siento un latido sordo en el codo, donde tengo un cardenal que tiñe la carne con franjas moradas. El dolor del cuello me irradia hasta la base del cráneo. Me aprieto la herida sensible del hombro con la punta de los dedos, palpando la punción por debajo del vendaje. Gruño, me tomo un par de analgésicos y me pongo a hacer mis estiramientos. Para cuando llegan las seis, estoy sentado junto a la chimenea apagada del vestíbulo tomándome una taza de té y viendo cómo se desarrolla la mañana en el hostal El Cabo. A pesar de que le he insistido a Irene en que puedo echarle una mano, esta rechaza mi ayuda; viene arrastrando los pies desde la cocina, sujetando mi plato de tostadas francesas y beicon en un ángulo precario. Es un puto milagro que no se le haya caído al suelo.

—¿Tiene algún plan interesante para hoy, señor Rhodes? —me pregunta al dejar una jarra de sirope de arce en la mesa con un repiqueteo irregular.

—A lo mejor me paso a ver las carreras de coches. Eso es todo.

—¿Nada más…?

¿Aparte de ir detrás de una mujer que no debería desear, comprar cantidades industriales de chocolate a la taza y exhumar cadáveres?

—No, señora. Nada en particular —respondo mientras remuevo el chorrito de leche que me he echado en el té y me llevo la taza a los labios.

—Entonces, ¿no ha planeado aún la segunda cita con Harper Starling? Qué pena.

Me entra la tos y escupo el té de nuevo en la taza y en mi regazo.

—No puede dejar que se le escape el tren. Nada de esas mierdas de llamarla dentro de tres días —continúa Irene quitándose el trapo que lleva al hombro y secándome el líquido de los muslos—. Si no, terminará usted en una de esas aplicaciones de citas donde una no hace más que deslizar a la izquierda o acaba eligiendo a alguien que la engaña.

—¿Usted usa esas aplicaciones?

La mujer se cuelga otra vez el paño en el hombro encorvado antes de subirse las gafas por la nariz.

—Tengo un pie en la tumba. Como siga esperando a que Arthur Lancaster dé el primer paso, me convertiré en cenizas en el viento.

—Eh… —De verdad que no sé qué decir.

—Consiga que Harper le dé un empujoncito a Arthur para que me pida ir a cenar. A no ser que la haya fastidiado tanto en la primera cita que la pobre no quiera volver a hablar con usted.

—¿Quién ha dicho que tuviera una cita con Harper?

Irene levanta la vista al techo como si estuviera leyendo una lista extensa y alza la mano para ir tachando nombres con el dedo conforme los va diciendo:

—Jimmy Baker. Maria Flores. Bert Wilson. Sarah Winkle, esa zorra borde…

—Así que todo el pueblo.

—Básicamente. —Empuja la tetera hacia donde estoy para que pueda rellenarme el té que he derramado—. A la gente de este pueblo no se le pasan muchas cosas por alto. Sobre todo cuando se trata de romance.

Se marcha arrastrando los pies, pero yo cada vez me siento más intranquilo. Si una simple cena ha causado tanto revuelto en Cabo Masacre, ¿qué no sucederá si se enteran de nuestras otras actividades? ¿Y si no hemos pasado tan desapercibidos por las noches?

Estoy dándole vueltas a esta pregunta cuando el piloto de dron y asistente de Sam que vi el otro día junto a la casa de Harper, un tipo que se llama Vinny, entra en el pequeño comedor. Es el primer huésped que hace acto de presencia. Me saluda con un asentimiento corto antes de sentarse en una mesa que se encuentra en la otra punta de la sala y, en cuanto posa el culo, saca una tableta de la mochila. No ha sido un saludo afectuoso, solo el civismo justo para ocultar una mirada asesina. O está cabreado porque lo envié a cazar gamusinos o Sam se ha ido de la lengua. A lo mejor ambas opciones.

Sam entra un par de minutos después con la funda de la cámara colgada. Cuando me ve, su sonrisa y su saludo parecen mucho más sinceros. Pero Sam es una sabandija. Es consciente de que tiene que inventarse algo creíble para evitar levantar sospechas mientras se mueve entre las sombras. Tal vez considere que se encuentra al otro lado de la ley respecto a una criatura como yo, si bien, solo somos ramas distintas del mismo árbol evolutivo. Y reconozco a mis semejantes. Así es como se comportan los bichos más turbios: mantenemos las apariencias hasta que estamos preparados para morder.

Me tomo mi tiempo para desayunar. Pretendo que voy a mi bola. Pero me cuesta no preocuparme por lo que este par se trae entre manos. Cuchichean, inclinados sobre el plato, pasándose el uno al otro la tableta, algunos papeles y el cuaderno de Sam. Cuando se terminan el café, Vinny sale al aparcamiento con el equipo y Sam se queda recogiendo sus cosas.

—¿Cómo va el documental? —le pregunto por encima del borde de la taza, ahora que el otro arisco no nos oye.

Porter se da la vuelta y me dedica una sonrisa educada.

—Bien, gracias. ¿Cómo van las vacaciones?

Hago todo lo que puedo para que no me flaquee la sonrisa, a pesar del matiz mordaz que amenaza con colárseme en la cara.

—Genial. Muy relajantes. —Sam clava la vista en el moratón que tengo en el brazo y entrecierra los ojos. Es demasiado tarde para esconderlo, así que giro el brazo para que pueda verlo mejor—. Hasta he estado con la bici en la montaña. Aunque no siempre con éxito.

Sam ladea la cabeza. No me gusta este nivel de escrutinio que no parece muy dispuesto a ocultar.

—¿Te has traído una bicicleta de montaña desde Tennessee?

«Mierda».

—He alquilado una —respondo.

Inclina la cabeza hacia el otro lado.

—Vaya, ¿en serio? ¿De dónde? Yo competía en vía única. No me importaría darme una vuelta por los senderos de la costa cuando tenga tiempo libre.

«Mierda por partida doble».

Apoyo la espalda en la silla y le doy otro trago al té, me permito esbozar una sonrisa despreocupada.

—Wallie, de la tienda de deportes acuáticos de Wallie, me hizo el apaño. Estoy seguro de que podría ayudarte.

Sam endereza la cabeza, junto con una sonrisa que, para mi gusto, se parece muchísimo a la de un depredador. A lo mejor hasta tengo suerte y no me señala la mentira. Pero en cierto modo creo que es demasiado meticuloso para eso.

—Está bien saberlo. Bueno —anuncia encasquetándose la gorra de Producciones Porter—, más vale que me vaya. Ya nos veremos.

Se despide con un gesto, se da la vuelta y echa a andar hacia la puerta. Sin embargo, apenas ha avanzado un par de pasos cuando se gira para mirarme de nuevo. El alma se me cae a los pies al ver el brillo que le inunda las pupilas.

—Una pregunta más. —Casi no es capaz de contener la sonrisa que le ilumina la cara con demasiada energía electrificada. Me señala con la cabeza sin despegar los ojos de mi codo—. ¿Wallie también alquila rodilleras y coderas? Por aquí el granito es despiadado. No me gustaría hacerme una herida cuando tengo tanto trabajo pendiente, ¿sabes...? Oye, ¿así es como te hiciste esa cicatriz tan fea? ¿Con la bici de montaña?

—No. —Esa sola palabra se queda flotando en el aire mientras dejo la servilleta al lado del plato vacío. Meto la mano debajo de la mesa para que no me vea apretar el puño.

—Entonces es una historia para otro momento, supongo.

Se levanta la visera de la gorra y, cuando respondo con el asentimiento más leve, gira sobre los talones y se marcha.

Me quedo mirando la puerta sin apenas parpadear. Cuando estoy seguro de que no volverá a aparecer por ahí, voy a mi habitación con un solo objetivo en mente. En cuanto tengo las herramientas en la mano, me dirijo al otro extremo del hostal y subo a la primera planta saltando los escalones de dos en dos. Cuando llego a la habitación 202, lanzo un vistazo rápido hacia atrás, saco la pistola ganzúa y la coloco sobre la cerradura. Con un par de clics, el mecanismo cede.

Empujo la puerta, abriéndola lo suficiente para observar el interior en penumbra, y luego me cuelo en la habitación de Sam.

Es más pequeña que la mía y el tío no es muy organizado. La maleta está abierta, la ropa está desparramada dentro y cuelga por el borde. En el escritorio hay varios papeles esparcidos. En la cómoda veo una impresora pequeña, junto a calcetines sucios y un taco de folios en blanco. El olor a comida rancia se nota en el aire, no ha ventilado. Hay un barullo de cargadores y baterías extra de la cámara enchufados en la pared. Sobre el mostrador de la pequeña cocina encuentro una caja de pizza y platos sin lavar apilados en el fregadero sucio.

Arrugo la nariz mientras inspecciono la estancia y voy hacia el escritorio.

No estoy seguro de qué estoy buscando; solo sé que necesito algo. Un indicio de lo que está investigando en realidad. Su siguiente movimiento. Algo que me diga cómo proteger a Harper.

Los primeros papeles que cotilleo son notas sobre los planos que ya ha sacado para el documental, indicando los cortes y donde irá la voz en *off*. Hay un registro de fechas y lugares,

entre los que se incluye la mansión Lancaster y el terreno del río Ballantyne. Una lista de nombres de gente entrevistada.

Le echo un vistazo a un papel tras otro, pero nada me llama la atención.

Hasta que encuentro impresa una tabla de mareas. Mareas altas y bajas. Momentos del día. Medidas en pies y en metros.

«La próxima marea viva sacará a la superficie el mayor secreto de Arthur Lancaster, aunque ni él mismo es consciente de lo grande que es». El recuerdo de lo que me dijo Sam el día que lo vi grabando en la mansión Lancaster surge entre la neblina de mis pensamientos y se niega a marcharse.

Saco el móvil y le hago una foto a la tabla. Entonces paso al siguiente papel de la pila, una foto en blanco y negro granulada que se ha ampliado muchísimo para centrarse en el fondo de la toma, no en la persona que sale en ella. Por el marco que todavía se ve en la imagen, está sacada de una red social y, en la mitad inferior de la página, aparece el nombre de usuario cortado, pero aun así es legible. El punto focal del centro del papel es un fragmento de costa, las colinas se hunden en el mar. El agua se ha retirado de la piedra, dejando atrás una franja de playa brillante. Y asomando por el borde de las olas, surgiendo de entre las sombras, hay algo enterrado en la arena. Algo artificial, hecho por una mano humana. La distintiva parte superior arrugada de lo que parece una furgoneta.

Frunzo el ceño y paso la página. Hay fechas anotadas bajo un titular que reza: «Marea viva, bajamar extrema». Y luego una lista.

11 de mayo. 27 de mayo. 10 de junio. 25 de junio. 11 de julio.

Las fechas llegan hasta finales de agosto: siguen la progresión cíclica de las mareas vivas, cuando el sol, la luna y la tierra están en línea recta y ejercen el máximo de fuerza en el océano. Sin embargo, es la siguiente fecha la que más me preocupa. Está rodeada y debajo pone:

5:32 AM marea baja, 44,6692° N, 67,2594° O

Le saco una foto a ambos lados de la página y paso a los siguientes papeles. Hay unas cuantas fotos de Arthur cuando era joven. Un par de artículos de periódico de la época en que asesinaron a su hija. Y entonces encuentro algo que hace que se me hiele la sangre, convirtiéndose en escarcha.

Fotografías de Harper.

Harper caminando por la calle con su camisa de cuadros. Harper colgando cestas de flores en la calle principal. Harper comprando material en Cadáveres a Medida, con un torso falso debajo del brazo y un par de extremidades de maniquí que sobresalen de la bolsa que lleva en la otra mano. Harper con la falda que llevaba anoche haciendo cola delante del teatro. Las páginas están impresas de imágenes digitales. Por detrás hay notas. Fechas. Horas. Localizaciones. Observaciones sobre su estado de ánimo o comportamiento. «Parece molesta, tal vez haya estado llorando, anda rápido, se va de Los Mejunjes Mágicos de Maya», dice la nota en el reverso de la foto en la que lleva la camisa de cuadros. Incluso hay apuntes de sus gestos. «Se muerde el labio. ¿Ansiedad? Verificarlo con vídeos antiguos».

Me tiemblan las manos del esfuerzo que tengo que hacer para no rasgar el papel.

Sam Porter no debería conocer todos esos detalles tan íntimos. La cara que pone cuando está molesta. Que los ojos

parece que le brillan cuando está enfadada. Que se fue llorando de la tienda de Maya después de nuestra conversación. Que se muerde el labio cuando algo le preocupa. No tiene ningún derecho a saber esas cosas. A seguirla. A observarla. A acaparar estos gestos. No se los ha ganado. Ni su confianza efímera ni su lealtad fiera. Ella no le ha dado todas esas cosas, como sí que me las ha dado a mí. El tío se ha colado en su territorio, y se cree que sabe esas cosas y lo que significan. Sin embargo, hay un detalle obvio que no ha capturado:

Es mía.

Le doy un puñetazo al escritorio.

¿Cuánto más sabe? ¿Qué ha visto? Harper no está a salvo aquí y sé que nunca va a dejar que Arthur se las apañe por su cuenta cuando hay alguien como Porter acechando en sus dominios. Estoy desesperado por arrancarle el pellejo de los huesos, pero creo en lo que dijo Harper. Si lo matamos, nos arriesgamos a que todos los Buscasabuesos vengan al pueblo. Aunque barajo todas las opciones, no veo una solución evidente.

Consigo ordenar mis pensamientos lo bastante como para echarle un vistazo al resto de documentos, aunque apenas asimilo lo que estoy leyendo con el torbellino de rabia y pánico que me nubla la mente. Una vez satisfecho porque he visto suficiente, dejo los papeles como los he encontrado. Después de rebuscar rápidamente en el armario y en la cómoda, que resulta que están vacíos, me dirijo hacia la puerta y tardo un rato en recuperar algo que se parezca a la compostura. Me paso los dedos por el pelo, pero todavía me tiembla la mano. Respiro hondo para tranquilizarme, con el corazón martilleándome hasta el último hueso. Por fin me rindo y dejo de intentar pelearme con mi desazón. Miro por la mirilla, luego abro la puerta y cruzo el umbral.

Estoy a mitad del pasillo cuando oigo unos pasos subiendo por las escaleras. Me quedo helado, pero no hay a dónde ir. Ningún sitio donde pueda esconderme. Es imposible que me dé tiempo a volver a la habitación de Sam, ya he cerrado la puerta. ¿Y si es él...?

Sigo andando, esperando que parezca que se supone que tengo que estar aquí mientras el corazón me araña la caja torácica y contradice mi inocencia a cada latido.

Casi he llegado al final del pasillo cuando aparece el sheriff Yates.

Por un instante, hay un estallido de sorpresa en su expresión, antes de que aparezca una leve sonrisa. Es un gesto profesional y relajado al mismo tiempo, pero ninguna de esas dos cosas se refleja en su mirada.

—Señor Roan —saluda con un asentimiento.

—Rhodes —lo corrijo y a él se le ilumina la cara.

—Ah, sí —dice—. Rhodes. ¿Todo bien?

No. Soy un desastre y no estoy seguro de lo que hace mi cara.

—Sí, señor. ¿Y usted?

Yates se rasca la barba grisácea de tres días y pasa la mirada de mí a la puerta por la que he salido hace tan solo unos segundos.

—Ya sabe, tenemos mucho lío organizando la feria. Iba a ver si encontraba al señor Porter antes de que saliera para su aventura de hoy. ¿Usted también se aloja en esta planta? Personalmente, no sabría decirle si me gustaría tener a ese hombre de vecino.

—No, señor. Solo me he pasado para darle información sobre alquilar bicis de montaña en la zona —respondo; me imagino que no sirve de nada mentir sobre dónde se encuentra mi habitación por si el sheriff me pilla la trola.

Aunque mantengo una expresión neutral, el pánico que me revolvía las tripas hace tan solo unos segundos se convierte en un torbellino del que no puedo salir nadando. ¿Acaso Yates ya ha venido a ver a Sam antes, cuando yo estaba ocupado, y no me he enterado? ¿Y si él también ha estado siguiendo los pasos de Sam? ¿Y si están colaborando y de algún modo se me han escapado las señales?

—Bueno. —Contengo las ganas de apretar los puños—. He estado llamando y no ha contestado, así que creo que ha llegado usted tarde.

—Mmm. Juraría que he oído que se cerraba una puerta, no que llamaban.

—El sonido hace cosas raras en los edificios antiguos como este, supongo.

Puede que la sonrisa se le ensanche un poquito, pero no me da la impresión de que Yates esté convencido.

—Sí. Lo más seguro es que tenga usted razón.

Con un asentimiento tenso, retomo mi camino hacia las escaleras y me acerco más a Yates a cada paso que doy. Con lo alto que es, el uniforme que lleva y esos ojos protuberantes que siguen cada uno de mis movimientos, parece ocupar todo el espacio. Cuando estoy a punto de pasar por su lado, me da una palmada en el hombro. Intento no encogerme cuando me aprieta justo sobre la herida que todavía se me está curando.

—Ha llegado a mis oídos que anoche tuvo una cita con la señorita Harper Starling, ¿es correcto?

—No estoy seguro de si diría que fue una cita, señor —respondo, la incomodidad hace que me pique la piel. Mi herida parece estar hablándole con el dolor, como si pudiera susurrarle todos mis secretos a su mano—. Pero cenamos juntos, sí.

—Bueno, espero que fuera una velada agradable, porque le aseguro que a esa chica le viene bien un descanso. Es buena persona. He oído que estaba con el señor Lancaster en el hospital cuando un turista montó alboroto en urgencias. Espero que no estuviera muy afectada. —Sacude la cabeza, arruga el ceño preocupado, pero enseguida suaviza la expresión—. Dígame, no sabrá nada de un hombre que se llama Sean McMillan, ¿no?

Entrecierro los ojos. Niego con la cabeza.

—No me suena de nada, señor.

—Mmm. No me lo parecía. —Me da otro apretón en el hombro y entonces aparta la mano, termina con una palmadita antes de dejar caer el brazo y descansar la mano sobre la funda de la pistola—. Resulta extraño. Primero desaparece Jake. Ahora el tal McMillan parece desvanecerse sin dejar huella.

—Siento no poder ser de más ayuda.

—No importa. Al final acabarán apareciendo por alguna parte, estoy seguro.

Nos quedamos mirándonos fijamente un segundo de más, como una única nota que permanece suspendida en el aire cuando el resto de la canción ha terminado.

—Le aseguro que le avisaré si me entero de algo —digo al fin y la cara de Yates se transforma con una sonrisa cordial. Es perturbadora después del frío que parece haberse extendido en el aire hace tan solo unos segundos.

—Lo aprecio muchísimo, hijo. Cuídese.

Asiento una sola vez. Y luego me alejo. Casi he llegado al final del pasillo cuando lo escucho hablar y me paro en seco:

—Ah, y deséele suerte a Harper de mi parte en la carrera de hoy. Lleva muchas cosas entre manos. Sé que usted se portará bien con ella, ¿verdad...?

Miro hacia atrás y lo escudriño.

—Sí. Por supuesto, señor.

Ensancha la sonrisa; aun así, no le llega a los ojos. Asiento una última vez y dejo a Yates plantado en el pasillo. Cuando llego al pie de las escaleras, espero en las sombras, escuchando a ver si el sheriff me sigue. Pero no aparece.

TEMPORAL

Harper

—Muerticia, la copiloto cadáver, presente para el servicio —digo metiendo el cadáver que he hecho en el asiento trasero del Nardo Precoz.

Puede que el coche arreglado no sea el artilugio más elaborado, pero Muerticia está impresionante con sus gafas de piloto retro, sus coletas y la sangre salpicada en la garganta. Retiro las gomas elásticas que le sujetan las cintas de colores; se las cosí a unas varas que tiene enganchadas en las palmas de las manos, así quedan detrás del coche y pueden ondear al viento mientras nosotras nos precipitamos colina abajo.

—Parece muy… vívida. O muerta, supongo… —opina Nolan con el ceño fruncido, dándole unos golpecitos con el dedo en la mejilla de silicona. Desliza la vista hacia mí, pero sigue con el entrecejo arrugado, un eco de preocupación aferrado a la piel.

—Pero qué vas a saber tú de eso, ¿verdad?

Le guiño un ojo y me arrepiento de inmediato. Seguro que tengo pinta de demente. Una asesina desquiciada con un maniquí cadáver de copiloto encasquetado en el asiento de atrás de un coche de carreras casero sin motor. Contengo las ganas de bajar la mirada a mi traje de aeronauta retro, con una camisa blanca abrochada hasta arriba y unos pantalones viejos de Arthur llenos de bolsillos y con tirantes. Estoy buenísima.

… No estoy buenísima. En absoluto.

Nolan tuerce aún más el gesto mientras escudriña mi coche de carreras antes de volverse hacia los competidores que están por delante de mí en la línea de salida.

—¿Estás segura de que esto es fiable?

—Lo he probado en la cuesta del garaje de Arthur. Parecía que iba bien.

—¿En la cuesta del garaje? —Su mirada se vuelve fría como el hielo—. Si no es para nada como el recorrido de la carrera. No estoy seguro de que esto sea una buena idea.

Resoplo y miro la carretera serpenteante que conduce hacia el mar que brilla en la distancia, en el arcén se agolpan los espectadores. Un picor de incomodidad me recorre las costillas cuando me fijo en la colina que se extiende más allá, cuyo ángulo parece mucho peor una vez me instalo en el coche. La bravuconería es completamente fingida cuando me encojo de hombros y digo:

—No ha muerto nadie aún.

—Eso no me inspira ninguna confianza.

—Hay fardos de paja en las curvas más cerradas y en la línea de meta. Estoy segura de que los turistas me amortiguarán si algo se tuerce. Puedes colocarte en la segunda curva y lo probamos, ¿te parece?

—Tú… ten cuidado —dice él.

Me dedica una mirada dura, de esas que no dejan espacio para que te muevas. Incluso cuando aparto la vista, lo siento. En cierto modo, su sombra me calienta más que el sol. Desprende cierta tibieza que me atrae.

—¿Por qué estás tan preocupado? —pregunto.

—No lo estoy.

—¿Estás seguro?

No responde. Cuadro los hombros y me agarro al volante, aunque quedan cinco competidores que van antes que yo.

Cuando le echo un vistazo rápido, no deduzco nada de la expresión estoica que tiene pintada en la cara. Esos rasgos endurecidos no me permiten descifrar sus emociones. Lo que veo podría ser aprensión o rabia. Quizá arrepentimiento. Sea lo que sea, me resulta muy frustrante. A lo mejor sería más fácil si lanzara mis propias inseguridades al vacío. Podría soltarle: «¿Y si me estoy equivocando al confiar en ti?». O: «No entiendo tus motivaciones y eso me asusta». Pero no es tan fácil salir a la luz cuando te has estado escondiendo en un santuario de sombras.

El silencio dura tanto que me decanto por la única interpretación viable de su enigmática expresión: a lo mejor está preocupado por lo que pueda ocurrirles a su libro y a sus armas si resulto herida en la carrera. Estoy tentada a decir algo mordaz, algo que le haga daño. A lo mejor solo quiero que reaccione. Cortarle la piel y ver si sangra. Pero al final me limito a decir:

—Todo va a salir bien. Tú vete a por una cerveza y relájate, o algo. Me estás acojonando.

Mira a nuestro alrededor. Traga saliva.

—Luego tenemos que hablar. De Sam. Eh…

—¿Estás preparada, Harp?

Lukas se abre paso entre los competidores que nos rodean con una sonrisa de oreja a oreja pegada en la cara. Va vestido a juego conmigo: tirantes por encima de una camisa blanca abrochada hasta el cuello, unos pantalones marrones plisados y desfasados, unas gafas de aviador retro colgando del cuello. Se gira lo suficiente para que veamos que en la espalda se ha bordado: «Tripulación cadáver del Nardo Precoz».

Me obligo a esbozar una sonrisa despreocupada.

—Espero que estés preparado para ver la cara de Sarah Winkle cuando ganemos esa maldita tarta. Se va a cabrear muchísimo.

—Ese es el espíritu. No hay mejor motivación que el deseo de hacer daño. —Lukas se detiene junto a Nolan y le tiende una mano que el otro acepta—. ¿Vas a ayudar a la tripulación del Nardo Precoz?

—Nah, él se va a pillar una cerveza y a animar desde el arcén —me adelanto antes de que pueda responder—. Creo que estamos cubiertos.

Nolan parece dudar y se inclina hacia atrás mientras sigue con los pies clavados en el suelo. Mira a Lukas antes de desearme suerte y alejarse. Lo veo abrirse paso entre la multitud y, hasta que no desaparece, no siento que sea capaz de respirar del todo.

—¿Va todo bien? —Lukas se coloca a mi lado. Está listo para quitarme los bloques de madera que sujetan los neumáticos. Me arden las mejillas cuando me escudriña el rostro.

—Sí. Todo estupendo.

—Ese tal Nolan parece… intenso.

Miro en la dirección por la que se ha ido el susodicho, pero no lo distingo entre el gentío. Las palabras de Lukas se me quedan enganchadas en el pensamiento como si llevaran una ganzúa con púas. «Intenso». Me pregunto si eso es lo que ve el resto de personas cuando Nolan me mira. Alguien intenso. Tal vez peligroso. Y aunque sus pertenencias no estuvieran en mis manos, quizá sí que lo buscarían si a mí me pasara algo. Maya vio nuestra interacción en su tienda. Podría hacerse preguntas. Lukas ha visto su lado oscuro, aun cuando no lo entienda. Nolan puede ser encantador, claro, pero solo si quiere. Y es la primera vez que me doy cuenta de que las malditas pruebas que tengo contra él no solo me mantienen a salvo en caso de que decida cambiar de rumbo y seguir con sus planes de matarme. También lo ponen en peligro.

—Solo está muy preocupado por si me estrello o algo —suelto al fin, poniéndome el cinturón y enganchando el arnés en este—. Es bueno.

—¿Está pasando algo entre vosotros dos?

—¿Pasando…?

—Ya sabes. *Pasando.*

¿A lo mejor? ¿No lo sé? ¿Follar en un columpio cuenta…?

—No.

Lukas sonríe.

—Vale. Es que ha llegado a mis oídos que cenasteis en el Bruma Nocturna, eso es todo.

Entorno los ojos, el rubor se me sube a las mejillas. Me encanta este pueblo, pero los vecinos son unos cotillas de cuidado.

—¿Y? Solo es comida.

—En el Bruma Nocturna. Sabes igual que todo el mundo que ese es el lugar de las citas.

—Si pretendes cabrearme para que baje la cuesta más deprisa, lo estás consiguiendo.

Me pongo las gafas de aviador retro mientras Lukas levanta las manos en un gesto de derrota, aunque su sonrisa es de satisfacción. Dejo que pasen unos minutos. Lukas se pone a charlar con un par de turistas que tenemos cerca que también están esperando su turno; yo no me sumo a la conversación, los miedos que empiezan a brotar consumen toda mi atención. Hasta que el siguiente concursante no desciende por la colina y Lukas me mueve un espacio más próximo a la línea de salida, no digo al fin:

—¿Te acuerdas de esa mochila que te di para que la guardaras en un lugar seguro?

Una sombra se cierne sobre sus rasgos.

—¿Sí…?

—¿Dónde está?

Lukas mira a nuestro alrededor frunciendo el ceño, como si supiera que lo que va a decir es lo bastante importante para que nadie lo escuche.

—En un sitio en el que nunca mirarías.

Puede que no lo sepa todo sobre mí. Sobre que me dedico a mantener a salvo el pueblo. Lo que eso requiere. De lo que soy capaz. Pero Lukas conoce lo suficiente mi pasado para saber a dónde no entraría ni en mil años.

—¿En el sótano de la casa principal? —susurro. El corazón ya se me ha subido a la garganta solo de pensar en buscar ahí.

Él asiente una vez.

—En las estanterías que hay al lado del calentador.

Asiento y me miro las manos. Tenso y relajo los dedos sobre el volante. La piel de los nudillos se me pone blanca.

A lo mejor estoy a punto de cometer un error tremendo. O quizá ese riesgo no es más que el precio que hay que pagar por dar un paso hacia la luz.

—Si me pasa algo, destrúyela. Asegúrate de que nadie la encuentra. ¿Vale?

Lukas frunce las cejas.

—¿Estás segura?

—Sí —respondo—. ¿Me lo prometes?

Tarda un buen rato en considerarlo. Un Lancaster no jura a la ligera. Pero, al final, accede:

—Lo prometo.

—Y la siguiente concursarte que hará acto de presencia es ¡Harper Starling! —brama Bert por los altavoces. Nosotros apartamos la mirada y nos fijamos en la torre improvisada en la que están sentados Bert y Bob—. Pilota el Nardo Precoz, en su propia interpretación de Amelia Earhart, con Muerticia, la copiloto cadáver, en el asiento trasero. —El público se ríe y vitorea—. ¿Está preparada, señorita Starling?

Levanto el pulgar de una de las manos de Muerticia.

—¡Vamos a hacerle la cuenta atrás, gente! —grita el locutor—. Cinco… cuatro…

Lukas retira el tablón que sujeta las ruedas. Los frenos chirrían bajo el peso de la madera y el metal.

—Tres… dos…

Lukas corre a la parte posterior del coche. El fuselaje se desplaza cuando coloca las manos en el borde trasero.

—¡Uno!

Se oye el pistoletazo de salida y suelto el freno. Lukas empuja el coche con todas sus fuerzas. El público vitorea. El corazón me retumba como un trueno. Los neumáticos chirrían cuando desciendo por la carretera, las ruedas de bicicleta enseguida cogen velocidad. La voz del comentarista se desvanece en el fondo mientras narra la carrera por los altavoces que hay colocados a lo largo de toda la ruta. Estoy tan centrada en superar la primera curva sin caerme que casi me olvido de que Lukas instaló unos botes con humo debajo de los alerones y sonrío cuando pulso el botón. El humo sisea a mi espalda y el público se vuelve loco. Miro hacia atrás, al rastro de bruma azul que sigue mi estela, y suelto una carcajada al ver a Muerticia. El viento le sacude los brazos y las cintas de colores ondean a su espalda.

Giro en la segunda curva y desciendo que da gusto por la recta de la calle Maple, cogiendo aún más velocidad. Mi coche es rápido. No veo el tiempo exacto que hago cuando paso por el primero de los cuatro indicadores que hay en el circuito, pero oigo la emoción en la voz de Bert. Algo sobre un récord. Podría ganar esta cosa. Me pregunto por qué narices no he participado antes en las carreras de coches sin motor. ¿Lo de bajar por la carretera con un avión casero con el público vitoreando y una copiloto demente motivándome en silencio? Esto es perfecto, joder. Los niños gritando. El olor a barbacoa. Los comentarios entusiastas de Bert. La velocidad. El viento rugiéndome en los oídos. Me lo estoy pasando como una enana. Esto es libertad. Diversión al más puro estilo «me importa una mierda». Me río. Es una carcajada que proviene de un lugar profundo que se me había olvidado que tenía. Antes me reía mucho así. Y me gustaba. Echo de menos esta parte de mí.

Paso volando por la siguiente curva. Me estoy divirtiendo tanto que apenas toco los frenos, casi me estrello contra los fardos de paja que hay en el exterior de la carretera. La multitud emite un «oooh» al unísono ante mi fallo y yo aúllo complacida.

Pero he cogido demasiada velocidad.

Por poco me choco en la siguiente sección de la curva que viene a continuación y giro el volante con fuerza hacia la izquierda para evitar una hilera de fardos de paja que recorren el borde de la calle. El público suelta otro grito de asombro y emoción cuando viro hacia el interior de la curva. Maldigo y piso a fondo el freno…

… pero no sucede nada.

—Ay, mierda.

Aprieto el freno. Nada. Giro las ruedas hacia la derecha para poder ralentizar mi descenso a lo largo del muro de paja. Y entonces se oye un chasquido. El pánico se me aferra al pecho.

—Joder… Esto no es bueno… —El coche vira bruscamente hacia la izquierda—. ¡Cuidado!

La gente que hay a la izquierda de la carretera grita. Cogen en brazos a los niños. Escupen la cerveza. Tiran las palomitas y se agarran a sus muslos de pavo. Ahogan gritos y chillan y saltan para quitarse de en medio mientras yo me precipito ha-

cia la acera. No hay paja en este lado de la curva. Nada me detiene.

Ni siquiera Nolan.

Es la única persona que reconozco entre los turistas que salen en desbandada para apartarse de mi camino. Es el único que sigue en pie casi sin moverse, solo lo suficiente para seguir el movimiento de mi coche cuando paso por delante de él en un instante que parece alargarse tanto que el tiempo y el mundo han desaparecido. Es lo bastante largo para que el pánico le hiele el rostro. A pesar de su inmovilidad, su expresión es frenética, como si la energía se hubiera canalizado en el miedo que le cubre la cara y le atormenta la mirada.

Y ese momento acaba arrancado de cuajo en un simple latido cuando golpeo el bordillo con un ruido sordo y me subo a la acera.

—¡Harper…! —lo oigo gritar a mi espalda.

—¡No es seguro! —es lo único que me da tiempo a contestar.

Y entonces cruzo el césped campo a través y me incorporo al bulevar Piper, una calle aún más inclinada.

—Mierda, no es seguro en absoluto —me digo entre respiraciones cortas que me tensan el pecho.

Giro el volante de un lado al otro, pero no tiene ningún efecto. Piso el freno, y sigue sin pasar nada. Mi coche va directo hacia la cuesta. Los comentarios de preocupación de Bert se desvanecen en la distancia. Mientras me precipito por el bulevar Piper y voy cogiendo más velocidad, lo único que oigo es el estrépito de las ruedas, el repiqueteo de Muerticia a mi espalda y algún grito ocasional de un transeúnte sorprendido.

Así es hasta que escucho a Nolan llamarme a gritos, su voz cada vez más cerca, aunque parezca imposible.

—¡Harper! —chilla y toca el timbre de una bicicleta para llamar mi atención. Me giro y lo veo pedaleando con furia en una bicicleta rosa de niña, con unas borlas en el extremo del manillar que se sacuden—. ¡Apunta hacia un arbusto y cúbrete la cara!

—¡No gira! —respondo también a gritos y muevo el volante para que vea que no hace nada—. ¡Ni frena!

Él se acerca más, está a menos de un metro de mí. Las cintas de Muerticia lo golpean en la cara y consigue cogerlas con el puño, luego tira de ellas con tanta fuerza que le arranca el brazo al maniquí y lo lanza a la calzada. Cuando se vuelve a centrar en mí, todavía tiene el pánico dibujado en el rostro, no aparta los ojos de mí. Hasta que ve lo que hay por delante y los abre como platos.

Me vuelvo y miro al frente. Estoy más cerca del final del callejón sin salida de lo que pensaba. Más cerca del sendero que conduce al Pico de la Viuda. El acantilado que cae al mar.

Joder.

—Nolan…

—¡Desabróchate el cinturón!

Aprieto el primer botón. El cierre se queda enganchado en el mecanismo. Sigo cogiendo velocidad. El final de la carretera está a solo una manzana.

—El arnés…

—Está enganchado…

—¡Creía que habías dicho que habías revisado esa cosa…!

—¡No es el momento!

Frenética, pulso el botón con el pulgar y tiro de las correas, pero lo único que pasa es que el arnés se me ciñe más al cuerpo. El sonido de las olas estrellándose contra las rocas se eleva por encima del chirrido de las ruedas, el pedaleo furioso de Nolan y el latido que me ruge en los oídos. Huelo el agua y

se me corta la respiración como si ya me estuviera ahogando. Voy como una flecha directa hacia el sendero corto que lleva hasta el precipicio, me acerco cada vez más con cada inhalación entrecortada. «No, no, no».

—¡Sigue intentándolo! Suelta el arnés del todo y levántate.

—Nolan. —Lo tengo justo detrás cuando me giro hacia su voz. Continúo forcejeando con el cinturón, intentando sin conseguirlo soltarlo con las manos temblorosas. Me atraganto con un sollozo de pánico—. ¡No sé nadar!

Un destello de puro pánico le cruza la mirada. Y entonces, tan rápido como ha aparecido ese terror, desaparece y queda reemplazado por una resolución imperturbable. Nolan mueve las piernas. Duplica sus esfuerzos por alcanzarme. Consigue ponerse al lado del coche y estira la mano para que se la agarre. Yo me echo hacia atrás. Su voz queda atrapada en una imagen a cámara lenta. «Cógeme la mano». El resto de detalles se desvanecen. Solo veo las líneas de su palma. El tatuaje de su antebrazo, la serpiente que envuelve con la boca sus propias escamas. El miedo en su mirada. Y, justo cuando sus dedos acarician los míos, golpeo el bordillo.

Grito cuando el coche sale despedido hacia el sendero. Todos los huesos del cuerpo me vibran del impacto, pero eso apenas me ralentiza. Nolan desparece de mi campo de visión. Lo oigo gritar de dolor y frustración y, al mirar atrás, lo veo enredado con la bici entre las rocas.

Yo golpeo la tierra y las piedras irregulares. En el horizonte, veo los destellos dorados del agua. Eran plateados sobre la superficie negra cuando lancé a la verdadera Harper Starling por un acantilado y se hundió en el mar. Y ahora el destino se muerde la cola, se consume a sí mismo. Me lleva con él.

El coche se desvía del camino. Se sacude, se inclina sobre dos ruedas el tiempo suficiente como para que me inunde la esperanza de que vuelque. Pero se endereza. Vuelve a sostenerse sobre las cuatro ruedas y aterriza en la cornisa de granito suave que bordea el acantilado.

Cuatro pies. Tres. Dos. Uno.

Me agarro al arnés y cierro los ojos cuando el coche sale disparado por el borde.

El viento me envuelve el rostro. Me siento ligera. El océano se sacude por debajo de mí. Recuerdo el grito de Harper Starling el instante antes de que el coche se golpeara contra las rocas, se diera la vuelta y se catapultara hacia las olas violentas y agitadas.

Y a mí solo se me escapa una palabra cuando golpeo el agua. Un nombre. Uno que me sorprende casi tanto como el impacto que me roba el aliento. Es la palabra que grito cuando el agua helada inunda el coche y lo sumerge más rápido de lo que creía posible. Sigue siendo un eco en mi mente cuando las olas se pliegan por encima de mi cabeza y me rugen en los oídos, en la boca abierta. Es el único pensamiento claro que tengo cuando estiro el brazo hacia superficie, aunque no hay nada a lo que aferrarme y el metal que me sujeta tira de mí hacia abajo. La última cinta ondea en la corriente por encima de mí mientras me sumerjo en el abismo.

«Nolan».

ABISMO

Nolan

Lanzo la bici a un lado y echo a correr. Me arden las palmas de las manos, los brazos, que me he arañado con las piedras, y es como si me hubieran prendido fuego en la piel arrancada. Pero el dolor no es nada comparado con el pánico que se me aferra al pecho cuando veo a Harper caer por el precipicio, las cintas rosas, moradas y doradas siguiéndola en el viento. Ese ardor no es nada comparado con el sonido que emite cuando grita mi nombre.

Ya no la veo. Estoy a metros de distancia cuando la oigo caer al mar.

Lo último que veo al acercarme al borde del acantilado es a Harper forcejeando con el arnés. Desesperada. Aterrada. El coche ya se está hundiendo, el fuselaje está inundado. Una ola le lame el cuello.

Levanto los brazos para lanzarme de cabeza. Respiro hondo. Cierro los ojos. Ella sigue gritando mi nombre cuando golpeo el agua.

El frío me sacude todos y cada uno de los músculos. Me llena los oídos. Me empapa la ropa, tira de mí hacia abajo. Lucho con la fuerza de las corrientes profundas y nado. Cuando salgo de entre las olas, me encuentro con el rumor del chapoteo del agua. Las gaviotas lejanas. Los barcos cercanos. La risa de las

fiestas que trae el viento. Pero Harper no está. Ningún eco de mi nombre. Solo su silencio. Por imposible que pueda parecer, la ausencia de sonido es peor que sus gritos desesperados.

Una ola me eleva lo suficiente para que vea trozos de madera rotos y las gafas flotando en la superficie. Y luego el extremo de una cinta dorada antes de que se hunda en el agua negra.

—¡Harper!

Buceo tras ella y abro los ojos para seguir su rastro.

Los rayos del sol fracturan las olas. Iluminan los hilos de color y las burbujas que ascienden. Harper estira la mano hacia la superficie. Se gira y se retuerce, no puede escapar del coche que la arrastra a las profundidades. Se ha apartado el arnés de los hombros, aunque el cinturón debe de seguir atrapándole las piernas. La luz que queda a mi espalda penetra en la oscuridad, pero no veo el fondo. Solo es un vacío negro que la aleja de mí.

El peso de la ropa y las patadas frenéticas que doy me llevan hacia ella. De todas formas, ya sé que no voy a alcanzarla a tiempo.

Ya he visto antes el miedo en rostros. He visto la muerte. La he infligido con mis propias manos. Pero nunca he sentido el terror de alguien perforarme los músculos y los huesos y sacudirme el corazón. Harper tiene los ojos desorbitados. Mantiene la boca abierta en un grito, el aire que le quedaba en los pulmones se le escapa en una ráfaga de burbujas. Quiero gritarle. «Aguanta. Ya voy». Forcejea con el cinturón antes de estirar la mano hacia mí una vez más. Las lágrimas se le pierden en el océano, pero sé que están ahí.

«No puedo perderla. Mucho menos así».

Su movimiento cambia. Un espasmo que empieza en el pecho. Se le extiende por los hombros. Se dobla por la cintura y se vuelve a enderezar. Son reflejos que no controla, el último estallido de electricidad de las células. La magia de la vida desvaneciéndose. La tensión desaparece de sus dedos cuando acarician los míos. Los brazos se le quedan flácidos, siguen la corriente mientras el coche continúa arrastrándola más al fondo. El miedo se le borra del rostro. Deja atrás una pena momentánea. La huella de un último pensamiento. Y entonces, justo cuando le agarro la mano, se le apaga la luz de los ojos.

Uso su brazo para acercarme más hasta que estoy junto a su cuerpo lánguido. Se me taponan los oídos por el aumento de la presión. Me arden los pulmones cuando me saco la navaja del bolsillo y empiezo a cortar el cinturón para liberarle las piernas. En mi desesperación, la hago un corte a ella sin darme cuenta. No reacciona al dolor. Unos hilillos de sangre flotan en el agua a nuestro alrededor. Pero no me detengo, ni siquiera por un segundo. Sigo rasgando la tela gruesa hasta que el último jirón por fin cede y el cuerpo de Harper flota del asiento y viene a mis brazos.

Suelto el cuchillo. Se hunde, sigue al coche en la oscuridad mientras yo envuelvo a Harper entre mis brazos y sacudo las piernas para subir hacia la luz.

Ella no patea conmigo. No se agarra a mí.

El pánico me cierra la garganta. Me arden todos los músculos. No me queda nada en los pulmones. Sigo esforzándome por llegar a la luz que flota en la superficie, la cual parece estar demasiado lejos de mi alcance.

Salgo a la superficie aspirando una bocanada de aire, toso, el corazón me late con tanta fuerza que me provoca un zumbido ensordecedor en la cabeza. Levanto la cabeza de Harper hacia el cielo y le aparto el pelo de la cara. Sus preciosos rasgos están inmóviles. Serenos. Tiene los ojos medio abiertos, congelados en una mirada vacía. No le tiemblan las pestañas

húmedas ante la caricia cálida del sol. El agua le cae por los labios azules entreabiertos, le chorrea por la nariz.

—¡Vamos, despierta! —Sacudo las piernas con más fuerza para poder sacar una mano de las aguas que me atrapan, lo suficiente para darle unas palmaditas en la mejilla a las que no reacciona—. No, Harper. No.

Le doy otra bofetada, pero el impacto ni siquiera le colorea la piel. El corazón no le bombea sangre que pueda alzarse ante el golpe. Se me abre un abismo profundo en el pecho y se me escapa un sonido. Un grito de angustia. Uno que solo me he escuchado proferir antes una vez, cuando mi hermano murió a mi lado y lo único que pude hacer fue quedarme ahí tirado viendo cómo sucedía.

—¡Que alguien me ayude!

—¡Aquí, hijo! —dice una voz a mi espalda.

Cuando me doy la vuelta, veo un velero que se acerca a donde estamos. Tras el timón hay un hombre, su hijo adolescente está en la proa aferrado a un salvavidas. Me lo lanza y lo agarro a la primera. El muchacho tira de él con una fuerza sorprendente y su padre se coloca junto a él para alcanzar a Harper. La levanto todo lo que puedo en las aguas turbulentas, pero el peso del cuerpo inerte amenaza con arrastrarnos a los dos al fondo, como si el mar no estuviera dispuesto a dejarla marchar.

Ni de coña voy a permitir que se la lleve. No sin luchar.

Me subo a la cubierta con la ayuda del chaval y, en cuanto estoy a bordo, corro junto a Harper.

—¿Tenéis un desfibrilador? —pregunto abriéndole la camisa, los botones salen disparados por la borda y los tirantes se le caen por los hombros.

El hombre sacude la cabeza. Cuando lo miro, veo que la angustia le pesa en los rasgos envejecidos.

—No, solo un kit básico de primeros auxilios.

—Tráelo.

Cuando el hombre baja a la cubierta inferior, vuelvo a centrar la atención en Harper: tiene los párpados entreabiertos y la mirada perdida. Los años de entrenamiento están ahí, memorizados en mis movimientos. Pero es como si todas esas acciones sucedieran al otro lado de un velo. Le compruebo el pulso. Le digo al hombre que envíe la señal de socorro. Le pido al chico que traiga mantas. Empiezo las compresiones torácicas, contando cada presión rítmica de mis manos sobre el pecho de Harper, cada chorro de agua que le sale por la boca y la nariz. Pero al otro lado del velo está el pánico desesperado amotinándose.

La estoy viendo morirse. Lo que antes creía que quería. Vine hasta aquí y he esperado todo este tiempo para esto y ahora daría cualquier cosa para que no ocurriera.

—Así no, Harper —susurro apretándole el pecho.

—¿Hay algo? —pregunta el hombre cuando me detengo solo lo necesario para comprobarle el pulso. Sacudo la cabeza y reanudo las compresiones torácicas, él me pone una mano en el hombro y me da un apretón—. No te rindas, hijo.

Las lágrimas me nublan la vista. Aunque la esperanza se desvanece a cada segundo que pasa, no me doy por vencido. No me detendré hasta que alguien me aparte de ella, e incluso entonces sé que lucharé contra quien sea para volver a estar a su lado. Para seguir intentándolo.

Miro fijamente su precioso rostro, rogándole al universo que me mande una señal. Un faro. Una vela entre la niebla.

Las imágenes de Harper transcurren por mi mente. El modo en que me sonrió cuando nos conocimos. La ferocidad de su mirada cuando nos enfrentamos en su jardín. Pero ahora siento que el abismo sigue robándome sus recuerdos. Cuan-

do dejo caer mi peso sobre las manos, me atormenta la forma en que se le sacudía el pecho cuando se le llenaba de agua. Cuando aprieto los labios contra los suyos para insuflarle aire en los pulmones, noto su sabor y su olor, pero la sal y la fragancia del mar los han arruinado.

—No puedes dejarme así —digo con los dientes apretados mientras le bombeo el pecho con un latido rítmico—. Tenemos asuntos pendientes, Harper Starling. No te vas a rendir. Venga. Vamos.

Le tapo la nariz y le echo la cabeza hacia atrás para insuflarle aire.

Luego otra vez.

Y, cuando me aparto, lo siento. Una convulsión en su pecho. Un espasmo que se convierte en una tos. Una espuma blanca se le escapa por los labios y la nariz, así que la pongo de lado, pues cada tos es más violenta que la anterior. Le coloco los dedos debajo de la mandíbula y siento el leve latido del corazón. Se va volviendo más firme con cada latido.

Le sostengo la mano para mantenerla firme mientras ella vomita y tose; el líquido espumoso le sale de la boca. Cada vez que parpadea, me parece un puto milagro, ya que hace tan solo un instante estaba ciega.

—¿Me oyes? —pregunto y ella aprieta los párpados por el dolor antes de girar la cabeza hacia mí. Está desorientada, en shock, flotando en el límite de la conciencia—. Apriétame la mano.

Le tiemblan los párpados y los abre. Baja la mirada a la mano que tengo estrujada entre la mía y, aunque de forma débil, me la oprime. Oigo un barco que viene hacia donde estamos a toda velocidad; golpea las olas con fuerza al virar. El capitán del velero me da unas palmaditas en el hombro.

—Buen trabajo, hijo —me felicita antes de ir hacia la proa e intercambiar información con los guardacostas, que apagan el motor y se colocan al lado de nuestro barco.

Cuando vuelvo a mirar a Harper, está estable, su mirada agotada me sigue, un hilo cuyo tirón siento en un lugar dormido dentro de mi pecho.

—Pensaba… —La brisa que sacude las velas se lleva las palabras de mis labios. «Creía que te había perdido. Creía que no conseguiría traerte de vuelta». Esas palabras se van flotando—. Por un momento he pensado que ibas a cancelar nuestro trato, fiambre.

Una sonrisa débil le cruza los labios. Me duele el pecho cuando la veo, como si alguien acabara de darme un golpe para mantenerme con vida.

—No podía irme… —susurra ella, aunque los labios le tiemblan del shock. Le ajusto las mantas y le froto el brazo mientras ella tirita, en parte para mantenerla consciente y caliente, pero también porque de repente no estoy seguro de qué decir o cómo actuar—. Asuntos pendientes. Tengo que apuñalarte por ese mote.

Cuando la miro a los ojos, los tiene clavados en los míos. El gris de sus iris parece más intenso, el brillo que les faltaba hace unos instantes resplandece ahora bajo el sol.

—Gracias.

Asiento una sola vez y aparto la vista, pero aun así noto que me observa.

Dos guardacostas suben al barco con un desfibrilador portátil y les cuento lo que ha pasado y cómo se encuentra Harper; es algo que tiene una familiaridad que me resulta tranquilizadora. Una vez que comprueban el estado de la paciente, se organizan con el marinero y su hijo para mantenerla a bordo y que ellos puedan escoltarnos al puerto, don-

de estará esperando una ambulancia. Y, aunque comprueban sus constantes vitales y se aseguran de que siga estable, el pánico residual sigue ahí, recorriéndome las venas. El alivio al notar su pulso bajo las yemas de los dedos mientras le sujeto la muñeca. Angustia y desesperación cada vez que se le cierran los ojos del cansancio. Los miedos intensos me reconcomen, me devoran el pensamiento a cada instante que pasa. «¿Qué ocurre con el ahogamiento secundario? ¿Neumonía por aspiración? ¿Y qué me dices de la infección? Joder, a saber qué bacteria se le ha aferrado ya a los pulmones. ¿Y si le he roto las costillas durante la RCP? ¿O el esternón? ¿Le quedará daño crónico en el pulmón? ¿Puede que incluso TEPT? ¿Y si...?».

—Hijo —me llama el marinero sacudiéndome el hombro. Parpadeo, la neblina se me despeja de la mente cuando levanto la cabeza y me doy cuenta de que lleva hablándome desde no sé cuándo. Me dedica una sonrisa amable y me tiende la otra mano, sobre la que hay un par de prendas dobladas—. Te he traído una muda de ropa. A lo mejor te queda pequeña, pero creo que te servirá. ¿Quieres bajar un rato y adecentarte?

Frío. Estrés. Es la primera vez que soy consciente de que estoy empapado, temblando debajo de una toalla que alguien me ha echado por los hombros sin que me dé cuenta. Bajo la mirada a Harper: apenas tiene los ojos abiertos, sigue con la respiración errática, una tos hace que se le sacuda el cuerpo cada pocos segundos.

Niego con la cabeza y le aprieto la muñeca, su pulso continúa siendo un repiqueteo constante que responde.

—Estoy bien. Gracias.

El hombre asiente y me da unas palmaditas en el hombro para indicarme que lo comprende.

—Te las meteré en una bolsa. Así puedes llevártelas al hospital y cambiarte allí. Ya casi hemos llegado al puerto. —Señala la orilla con la cabeza. Sigo su gesto. Una ambulancia espera junto a las dársenas con las luces encendidas—. ¿Qué te parece?

—Sería estupendo, gracias, señor. De todo corazón.

El hombre se aleja para guardar el regalo que me ha hecho y yo me quedo con la mirada clavada en la puerta por la que ha desaparecido, hasta que Harper tose y eso hace que me vuelva a centrar en ella.

—Voy a estar bien —susurra—. Puedes ir a cambiarte. Sobreviviré un par de minutos sola, no te preocupes.

—No voy a irme a ninguna parte.

—No hace falta que vengas conmigo al hospital.

La miro fijamente. Esa chispa se le enciende un instante en los ojos cuando lo hago.

—Y una mierda.

—Pero hueles a mar.

—Se supone que eso es relajante.

—En la playa, claro.

Tose y, al hacerlo, me aprieta la mano. No estoy seguro de si lo hace a propósito o es un acto reflejo de los músculos, pero a mí me da un vuelco el corazón de todos modos.

—Vas a oler como si te hubieras estado revolcando en la lonja del pescado. Te van a echar por perturbar a los pacientes.

Entorno los ojos y esta vez me dedica una sonrisa débil.

—Veo que una experiencia cercana a la muerte no ha ahogado tu humor. Y sí, va con segundas.

—Vaya chiste más malo. No creo que te dejen entrar. Hueles a pescado y haces juegos de palabras terribles en el momento más inoportuno.

—¿Por qué no quieres que vaya contigo?

Harper se detiene. Se me cae el alma a los pies, como si se acabara de hundir en el agua de la que la acabo de sacar.

—No quiero que vengas por si te trae malos recuerdos —reconoce al fin—. No te expongas a eso por mí.

La miro fijamente. El recuerdo de sus ojos vacíos todavía me acosa como una pesadilla que se te aferra a la conciencia mucho después de despertar. Y caigo en la cuenta de que ni siquiera había reparado en el hospital y en que eso evocaría un pasado doloroso. Pero ella sí lo ha pensado. Hace solo unos instantes murió entre mis brazos. Bajo mis manos. Y prefiere afrontar al caos y al estrés de un hospital sola que obligarme a enfrentarme a recuerdos difíciles.

La mujer que me atropelló. La que me dejó morir solo en la oscuridad.

Le pongo la mano en la mejilla. A ella se le cierran los párpados. Se deja caer contra mi tacto. Me aprieta la mano, y esta vez sé que lo hace a propósito. Su calidez me sigue pareciendo magia. Yo la he traído de vuelta y me parece que es el mayor logro que he conseguido en la vida.

—Voy contigo —afirmo y me inclino para darle un beso en la frente.

Cuando me aparto y le miro la cara, es como si me hubieran arrancado todos los motivos por los que vine aquí y atrás solo quedara una verdad. La cual no estoy preparado para confesarle al mundo, pero que aun así me consume.

Estoy enamorado de la mujer que he venido a matar.

SUDARIO

Harper

Abro los ojos. Las pupilas se ajustan a la luz de mi habitación. Ideas dispersas y pesadillas fragmentadas se agolpan en mis primeros pensamientos conscientes.

«Algo no va bien».

Hay un movimiento en la cama. Un estremecimiento. Un sonido extraño.

Me giro hacia el lado y veo a Nolan dándome la espalda; está temblando. Tiene el torso desnudo y la piel cubierta con una ligera capa de sudor. Aunque ya había vislumbrado antes algún retazo de la cicatriz, ahora veo que le baja por toda la parte de atrás del cuello y tiene circulitos a los lados, las marcas de los puntos o las grapas. Emite un sonido, una palabra que apenas puede formar en sueños. Es desesperada. Como una súplica.

Le pongo la mano en el hombro.

—Nolan… —Se le escapa un murmullo bajo de angustia que me perfora el corazón—. Nolan… despierta…

Se mueve de repente, se da la vuelta y me agarra el cuello. Me clava los dedos detrás de la mandíbula mientras se cierne sobre mí. Tiene el pelo húmedo del sudor, los ojos desorbitados. El miedo se refleja en todos sus rasgos. Cuando nota el latido acelerado en la punta de los dedos, por fin parpadea y deja atrás la pesadilla, procesa el mundo que tiene delante. Se estremece de la cabeza a los pies y entonces agacha la cabeza, apoya la frente en mi esternón y exhala un largo suspiro.

—Lo siento —susurra contra mi piel.

—Solo ha sido una pesadilla —respondo y, con cuidado, le pongo una mano en la nuca. Bajo la palma, noto su piel caliente y pegajosa.

—¿Estás bien?

—Estoy bien. —Le doy un apretón suave; él no parece que se quede tranquilo, como si lo que sea que ha visto en sueños todavía fuera demasiado vívido para dejarlo marchar. Y ahora sé lo que se siente. Al principio estaba agotadísima como para soñar, pero durante las últimas dos noches ha sido él quien me ha despertado cuando soñaba que caía al agua. Cada vez que daba vueltas o gritaba, él estaba ahí para despertarme con una palabra amable. Esta, sin embargo, es la primera vez que lo he visto dormir. Me pregunto si lleva todo este tiempo sufriendo pesadillas, pero yo me acabo de enterar—. ¿Y tú?

Nolan levanta la cabeza. Me recorre el rostro con una mirada atormentada; sigue recogiendo con los dedos cada latido de mi corazón, como si fuera a detenerse si dejara de tocarme. Aunque Arthur y Lukas, incluso Irene y Maya, han venido de visita, ha sido Nolan el que se ha quedado. Se pasó tres días a mi lado en el hospital. No sé cómo convenció al personal de que lo dejaran quedarse, pero lo hizo y no se despegó de mi lado en ningún momento. Ya fuera esperando en el pasillo a que me hicieran una radiografía para comprobar si tenía algún hueso roto y líquido en los pulmones u observándome desde el lado de la cama mientras me ponían oxígeno y una vía para combatir el edema y la infección, o simplemente ofreciéndome una mano firme para ayudarme a bajar de la cama e ir al baño, Nolan estaba ahí. Y parece que todavía no se ha convencido de que eso es suficiente.

No le entusiasmó mucho mi insistencia de que se fuera del hospital enseguida. Y no estuvo nada receptivo a la sugerencia que le hice anoche de retomar la exhumación. Al final llegamos a un acuerdo: yo le decía la localización de las tres siguientes tumbas, él las excavaría por su cuenta y volvería a mi casa cuando hubiera acabado. Intenté esperar despierta a que regresara; sin embargo, el cansancio me consumió de tal modo que caí rendida en la cama poco después de que anocheciera y no me desperté hasta que volvió. No esperaba que él se tumbara en la cama a mi lado, pero aquí está y, en cierto modo, parece lo correcto. Siento que su destino es estar aquí. Y, aunque sea algo que nunca esperé, ahora me da miedo cuánto me dolerá cuando no esté.

—Es lo único que veo —dice al fin. Baja la mano desde mi cuello hasta el pecho y la deja ahí. Tengo el esternón y las costillas entumecidos y cardenales por debajo de la camiseta de tirantes fina. Pero el corazón me late por él a través del dolor—. ¿Por qué no sabes nadar?

Resoplo algo parecido a una risa.

—Me caí en una piscina cuando tenía dos años y casi me ahogo. Después de eso, me negué a aprender. Supongo que mis padres no quisieron enfrentarse a las pataletas teatreras que me daban cuando intentaban llevarme a clase de natación, así que… se rindieron.

—No sabes cuánto lo odio.

—No estoy segura de que hubiera cambiado algo dadas las circunstancias, pero sí. Creo que yo también lo odio —digo. La arruga del entrecejo se le vuelve más profunda cuando se pone de lado y me levanta la camiseta para inspeccionar la gasa que cubre el tajo que me hizo con la navaja—. ¿Cómo te ha ido en el río?

—Bien —responde; sigue ensimismado en la herida—. He encontrado dos cuerpos. Mañana sacaré el que queda. Los he traído y los he escondido en la caseta del jardín. ¿Qué has estado haciendo con ellos?

—Trituradora de madera.

Nolan alza la vista para mirarme a los ojos.

—Sabes que los huesos no se disuelven sin más, ¿verdad?

—Tampoco es que esté haciendo adornos para las paredes y vendiéndolos en Etsy. Los entierro.

Mi broma no parece aplacar su expresión endurecida.

—¿Y qué pasa si alguien decide que quiere pasarse por aquí a cavar un poco?

—Primero tienen que sospechar de mí.

Nolan suelta un largo suspiro mientras se endereza y se pasa una mano por el pelo. Me permito recorrer con la vista hasta el último centímetro de su piel. Nunca había tenido la oportunidad de mirar su cuerpo tan de cerca con luz. Y ahora está sentado en mi cama como si nada, como si siempre hubiera estado aquí, con todos los moratones y las cicatrices al descubierto. Esas cicatrices no solo le cubren la piel. Son más profundas. Casi puedo ver el modo en que se agarran, tiran y envuelven sus pensamientos. Tiene miedo.

—¿Qué pasa? —le pregunto apoyándome en un codo para incorporarme.

—Sam te está vigilando. —Se gira lo suficiente para echarme un vistazo, su expresión es de tormento—. Tiene fotos. Notas y fechas y horas. Observaciones sobre tu comportamiento.

Trago saliva. Se me acelera el pulso.

—Me lo imaginaba.

—¿Por qué no me dijiste nada?

—Te conté lo del dron. Y teniendo en cuenta que no ha tenido remilgos a la hora de colarse en el terreno del río Ballantyne, quizá se daba por hecho que no tendría ningún reparo en seguirme de vez en cuando.

—Podría habernos seguidos al río. Podría haber visto algo sospechoso. Por Dios, hemos estado exhumando cadáveres de un terreno de Arthur que él mismo enterró en sacos de la destilería.

—No tengo elección —digo mientras Nolan se pasa una mano por la cara y me dedica una mirada severa—. Quedan un par de días para que se cierre la venta. Tenemos que sacar todos los cuerpos antes. ¿Qué pasa si Viceroy se pone a trabajar ahora mismo? Arthur no pasará los últimos años que le queden de vida en la cárcel. No permitiré que eso ocurra.

Le pongo la mano en el brazo y aprieto la serpiente.

—Solo quedan cuatro cuerpos. Podemos conseguirlo en un par de noches si trabajamos juntos. Pero tengo que terminarlo. Aunque yo cave sola y tú vigiles a Sam, ya se nos ocurrirá algo.

—No voy a permitir que lo hagas tú sola. —El matiz afilado de su mirada se suaviza apenas un poquito y, pese a que es obvio que no está nada complacido, identifico más preocupación que rabia—. Solo vi un par de fotos de Arthur. La mayoría eran tuyas. ¿Por qué?

—A lo mejor tiene algo que ver con la proximidad —aventuro—. Pero quizá está intentando averiguar qué pasa conmigo. Estoy segura de que ya tiene un montón de cosas sobre Arthur.

—¿Hay algo que necesite saber?

Dudo por un segundo y me siento, esbozo una mueca que espero que atribuya a mis costillas magulladas.

—Ya sabes lo más importante —respondo—. Sabes que no soy… buena. He hecho cosas horribles. Sabes que haría cualquier cosa por proteger a Arthur y a Lukas y Cabo Masacre.

Nolan asiente; es un gesto sutil y pensativo. Aparta los ojos de los míos y los posa en mis labios por un instante antes de bajar la mirada a la cama. No lo dice, pero creo que sabe que hay muchas más cosas que no puedo revelar. También parece ser consciente de que preguntarlo de nuevo no desembocará en un resultado diferente.

—Sabes cómo devolverme la vida —añado.

Enseguida vuelve a mirarme.

—No me refiero solo a que me sacaras del agua, Nolan. Quiero decir que… me había olvidado de cómo era. Lo que me estaba perdiendo. Hace mucho tiempo que no me permitía sentirme así.

—¿Sentirte cómo?

El labio se me cuela entre los dientes. Él sigue el movimiento con la mirada y estoy segura de que piensa que me voy a tragar las palabras. A lo mejor debería hacerlo, pero cuando reflexiono sobre nuestras interacciones, cada vez que he desafiado a la voz racional que me dijo que me alejara de él, el riesgo ha merecido la pena. Si no hubiera dado un paseo con él cuando nos conocimos, quizá me habría encontrado y matado al instante. Si no me hubiera arriesgado a forjar una alianza con él, no estaríamos sentados en mi cama, intentando averiguar lo que de verdad significamos el uno para el otro.

Así que coloco la mano encima de la suya. Espero hasta que me mira a los ojos.

—Siento que puedo arriesgarme y confiarte las peores versiones de mí misma sin asustarte. Porque incluso cuando quiero pelear contra ti, estoy peleando junto a ti, por eso sé que sigues de mi lado. Que puedo dejarte entrar a mi propio ritmo, a pesar de que tengo miedo. —Me permito subir la mano por su brazo, rozándole apenas el tatuaje del uróboro, una caricia suave sobre esa batalla infinita en la que se consume. Recorro con el dedo los músculos tensos, continúo por

los hombros y no me detengo hasta que le pongo la mano en la nuca. No aparto los ojos de los suyos en ningún momento mientras lo acerco más a mí, hasta que atisbo los diferentes tonos marrones en el iris—. Siento que por fin puedo respirar hondo.

Quizá no pueda decir todo lo que siento en realidad. Que está descascarillando mi corazón y que no sé cómo está pasando, pero no quiero que pare. Le he mostrado mi peor versión y sigue aquí. Y, cada día que pasa, creo que tiene menos que ver con lo que le ofrezco que conmigo. No obstante, aunque puede que no esté preparada para sacar todo lo que pienso, sí puedo mostrarle cómo me siento. Así que me pongo de rodillas. Enmarco su rostro cálido con las manos. Cubro la distancia que nos separa, aprieto los labios contra los suyos y cierro los ojos. Y lo beso con todas las emociones que todavía me cuesta entender. Vierto en mi tacto lo que no puedo decir.

Nolan me enreda la mano en el pelo, pero se resiste cuando intento arrastrarlo a la cama conmigo.

—No quiero hacerte daño —explica cuando me alejo.

Esbozo una sonrisa perversa. Me agarro el bajo de la camiseta y me la subo por el cuerpo, luego la lanzo al suelo como si fuera un desafío. Lo siguiente son los pantalones cortos.

—Mentiroso.

A él se le dilatan las pupilas y me mira fijamente, serio. Parece que le cuesta desviar los ojos de los míos cuando me pone una mano en el esternón.

—Ya sabes a lo que me refiero. Todavía te estás recuperando.

—Pero me gusta cuando haces que me duela —susurro contra su piel antes de morderle el labio inferior y le paso los dientes por la carne sensible cuando lo suelto. Sus pupilas lo consumen todo salvo una fina franja de color—. A ti también te gusta sentir un poquito de dolor.

Nolan duda tan solo un segundo antes de volver a besarme, me devuelve el mordisco y me pellizca un pezón, me provoca una punzada de dolor junto con el placer, lo que solo extiende la necesidad de más. Cuando me separo del beso y aspiro una bocanada de aire, él acerca la boca a la cumbre de mi pecho y coge el pezón entre los dientes. Le araño el cuero cabelludo mientras mis gemidos desesperados llenan la habitación.

—Puedo aguantar más —susurro cuando se aparta y deja un reguero de besos y de mordiscos suaves desde mi pecho hasta mi cuello.

—Sé que puedes. Y lo harás. Tengo planes para ti. —Me da un bocado rápido en el cuello y, pese a que gimoteo de necesidad, me suelta. Sé que esto es una promesa, aunque para otro momento—. Pero no hoy.

Me envuelve con los brazos, no deja de mirarme a los ojos cuando me tumba. Todos sus movimientos son delicados. Cuidadosos. Es como si yo no fuera alguien a quien hacerle daño, sino alguien a quien atesorar.

—¿Te acuerdas de lo que dije? —pregunta poniéndome en el muslo una de sus manos callosas y recorriéndome la piel con una lentitud agonizante. Va en línea recta hacia mi clítoris y dibuja círculos despacio por encima de ese amasijo de nervios sensible.

—¿Que era una engreída? —Me río con disimulo cuando un gruñido le retumba en el pecho. Me da un pellizco en el clítoris antes de seguir con las caricias suaves. Llevarle la contraria a Nolan como sea se ha convertido en mi juego favorito—. Sí, eso lo recuerdo con bastante claridad.

—No —responde arrastrando la palabra a modo de advertencia. Una vez más se pone serio mientras se baja los panta-

lones del pijama por las caderas y se los quita sacudiendo las piernas—. Te dije que la próxima vez que te follara, te iba a reclamar.

Alinea la erección con mi coño, coloca la punta en mi entrada, pero no me penetra.

—¿Reclamarme? —susurro; continúa tocándome el clítoris y con la polla en mi centro—. ¿Y eso qué significa?

Nolan frunce las cejas mientras me recorre la piel con la mirada, dejando una estela de calor a su paso.

—Significa que prometí que te perseguiría hasta el fin del mundo. Y tal vez cambie lo que me encuentre al final de esa persecución, pero una cosa sigue igual. Eres mía, Harper. No voy a permitir que nadie te aleje de mí. Ningún gilipollas como McMillan. Ni Sam Porter. Ni siquiera el mar.

Trago saliva; me siento como si me estuviera precipitando al borde de otro acantilado.

—¿Y si no quiero pertenecer a nadie más que a mí misma?

—No lo entiendes. —Me penetra un poco, pero no lo suficiente. Sabe que necesito más—. Puedes hacer lo que te plazca. Corre y escóndete. Quédate y lucha. Quiéreme u ódiame... eso da igual. Para mí eso no va a cambiar una mierda.

Debería estar aterrada. Me mira fijamente cuando hace esta promesa. Y podría ser mortal. Lo único que me permite seguir adelante es la confianza. Confianza en mis instintos. En él. Pero tal vez eso sea parte del encanto. Este hombre que habría registrado todos los rincones del mundo para matarme también lo destrozaría para salvarme.

Le pongo ambas manos en la cara y lo acerco a mí.

—Demuéstrame que dices en serio todo eso.

En un suspiro, el mundo se reduce a esta habitación. A mi cama. A este hombre y yo. Se desliza en mi interior, me llena poco a poco, mi cuerpo se dilata alrededor de su anchura hasta que no sé dónde acaba él y empiezo yo. Y durante todo ese tiempo no aparta los ojos de los míos. Hasta que no está metido hasta el fondo no comienza a mover las caderas contra las mías.

Esto no es el torrente vicioso de rabia. O el mordisco de deseo. Es anhelo. Cada beso es lento. Cada caricia es meditada. Cada parte de mí lo ansía cuando se desliza en mi interior con embestidas lentas. Incluso las partes que él no puede ver o saborear o sentir. Cuando entrelaza los dedos con los míos y me sujeta la mano con fuerza, siento un pinchazo de dolor, pero que florece en lo más profundo de mi pecho. Arraiga en un lugar que lleva tanto tiempo sumido en la oscuridad que empieza a arder cuando lo toca la luz.

Dibujo un mapa de todos los músculos de su espalda. Sigo el recorrido de cada cicatriz. La suavidad de su piel, la dureza del hueso. Consumo cada centímetro de su carne con mi tacto. El sándalo y el cedro me envuelven cada vez que inhalo. Me estoy ahogando. Me asfixio en su aroma y en su roce y en su beso. En sus promesas.

El ritmo de sus embestidas se vuelve más intenso. Le paso una pierna por la espalda y él me agarra del muslo, me clava los dedos en la carne, pero sigue siendo un toque cuidadoso, reverencial. Se aparta de mis labios para dejarme un reguero de besos por toda la mandíbula, baja por la garganta. Un mordisco suave en el punto donde se nota el pulso. Cuando gimo porque necesito más, siento su sonrisa en el beso que perdura en mi cuello.

—La próxima vez haré que te duela, si eso es lo que quieres —me susurra al oído un juramento decadente. Me estremezco solo de pensarlo, el interior se me contrae de la necesidad inmediata—. Pero, esta vez, vas a ser una buena chica y a aceptar la dulzura.

Algo parece esconderse tras sus palabras. Ladeo la cabeza y me obligo a mirarlo a los ojos.

—¿Por qué?

Nolan me aparta el pelo de la cara. Me embiste cada vez más despacio hasta que se detiene. Una arruga le aparece entre las cejas cuando se fija en el sudor que se me acumula en la línea del pelo. Cuando vuelve a mirarme a los ojos, esa fisura de oscuridad parece brillar contra el iris verde.

—Necesito saber que puedo tomarte sin destruirte.

El aliento se me queda atrapado en los huesos. Tardo un buen rato en poder exhalar.

—Confío en ti —confieso al fin. Le paso los dedos por el pelo húmedo. Luego le aprieto más fuerte las palmas de las manos contra la espalda.

—Hablo en serio.

Lo atraigo hacia mí para besarlo. Le demuestro que mis palabras son sinceras. Puede que sea imprudente. Peligroso. Mortal. Pero es el precio que estoy dispuesta a pagar por sentirme viva.

No dejamos de besarnos mientras Nolan aumenta la cadencia de las embestidas, se desliza en mi interior con su vaivén. Cada vez que me toca, parece algo reverencial, desde las caricias de su lengua sobre la mía hasta el modo en que dibuja un patrón sobre mi piel con el pulgar. Hago un mapa de sus cicatrices, guardándome cada una de ellas en la memoria. Cuando recorro la que tiene en la nuca, se estremece. Por un momento, cuando un gruñido bajo le retumba en el pecho, creo que he cometido un error, que he despertado algo que cree que recuerda de mí. Pero el anhelo de su beso no hace más que profundizarse. Me acaricia la mejilla con los dedos. Las embestidas se vuelven más intensas. La rozo de nuevo y él deja de besarme lo justo para susurrar mi nombre.

Siento que mi corazón se está desprendiendo de una capa de hielo, que se derrite bajo su calidez.

Nolan sigue agarrándome la pierna y me levanta el culo de la cama para colocarme las caderas en cierto ángulo y penetrarme aún más. Aumenta el ritmo. Se vuelve más urgente. Gimo mientras me embiste y cada músculo se me tensa cada vez cuando me acerco más y más al momento en que me desharé. Y entonces me quita la mano que tengo en su cuello para bajármela hasta mi centro, me pide sin palabras que me toque. Deslizo los dedos entre nuestros cuerpos, me aprieto el clítoris y gimo en su boca.

Nolan sale lo justo para mirarme la cara.

—Consumes todos mis pensamientos cuando estoy despierto. Cada puto sueño. He intentado odiarte por ello. Pero no puedo. No. —Sigue con sus caricias el rastro de mi pulso. Me pregunto si pensará en lo desesperado que estaba antes por asfixiarme o que mi corazón late por él—. Rómpete para mí.

Es como si le diera órdenes a mi cuerpo. Como si pudiera conjurar lo que él desea. El momento en que esta exigencia escapa de sus labios, un orgasmo se me acumula hasta que me arrastra consigo. Abro la boca. Cierro los ojos. El placer me hace añicos, les prende fuego a todas mis células. Arqueo la espalda sobre la cama y siento que Nolan se deshace desesperado encima de mí. Pronuncia mi nombre con los dientes apretados cuando la última embestida llega al fondo con fuerza, un temblor le recorre el cuerpo mientras me llena con su semen.

Aunque parece que podría durar por toda la eternidad, el orgasmo se desvanece poco a poco. Nolan va reduciendo el ritmo de las embestidas hasta que se detiene, pero sigue enterrado en mí.

—Eres preciosa, joder —susurra y, tras darme un beso en las pestañas de cada uno de mis ojos cerrados, deja caer su peso sobre mi cuerpo. Saboreo la deliciosa presión. Corazón y latidos. Aromas y caricias.

Despacio, trazo líneas por toda su columna vertebral. El sol empieza a colorear el mundo exterior al otro lado de la ventana con tonos grisáceos. Me gustaría imaginar que lo de ahí fuera nunca se colará en este santuario, pero hay demasiados miedos y adversarios acechando al otro lado de la puerta, no podemos permanecer aquí mucho más. Y, aunque nos quedamos enredados un rato, me sigue pareciendo demasiado pronto cuando Nolan mira el reloj, suelta un gruñido de derrota y sale de mi interior.

—Me encantaría quedarme, pero debería irme. —Arrastra su mochila hacia la cama para sacar un par de calzoncillos del fondo. Me doy cuenta de que debo de estar mostrando más decepción de la que pretendía, porque se le suaviza la expresión—. Quiero seguir a Sam. De todos modos, tú tienes que descansar y no estoy seguro de que eso pase como yo siga aquí.

Resoplo, aunque sé que lo más probable es que tenga razón.

—Puedo controlarme.

—Yo no.

Cuando sonrío, él también lo hace y le aparecen los hoyuelos en las mejillas. Creo que es la sonrisa más relajada que le he visto desde el día en que nos conocimos en Un Grano Náufrago. Pero incluso ahora atisbo las preocupaciones que no dejan de acumularse en su mirada atormentada.

—¿Nos vemos luego? —pregunto.

Nolan me pasa la mano por el pelo. Me da un beso en la frente.

—Sí. Claro que sí. Intenta descansar un poco.

Me quedo en la cama, pues quiero dejarle espacio para que se arregle y se marche. Pero mis pensamientos lo siguen como una tormenta que acecha en el horizonte. Sé que lo estoy poniendo en peligro, sobre todo si es cierto que Sam me está siguiendo, sacándome fotos y tomando apuntes. El Buscasabuesos ya ha roto más de una ley para perseguir su historia. ¿Quién dice que no hallará un modo de colarse en la mansión Lancaster para encontrar algo concreto que por fin pueda conectar a Arthur con La Pluma? No quiero tener nada condenatorio, ni que lo tenga Arthur. Nada que pudiera relacionarse con Nolan.

Cojo el móvil de la mesilla de noche y me muerdo el labio mientras le escribo un mensaje a Lukas.

Ey, Lukas.

Poco después, recibo un meme de un pulpo siguiendo a un buzo hasta un barco y hace una broma que estoy segura de que Lukas se ha estado muriendo por hacer:

He visto suficiente hentai como para saber a dónde lleva esto.

Ja, ja, ja. Eres desternillante, Lukas.

¡No sabes las ganas que tenía de usarlo! ¿Qué tal estás?

Un poco entumecida, pero poco a poco. Tengo que pedirte un favor.

Por supuesto, ¿qué pasa?

Esa cosa que te dejé para que la
guardaras. ¿Podrías cogerla y
traérmela a casa?

Claro, pero tendrá que esperar hasta la semana
que viene si no te importa. Estoy en Chicago, hay
un congreso de whisky.

Suelto un largo suspiro y cierro los ojos. No me gusta lo
que veo cuando lo hago. En ese lienzo negro no solo aparecen recuerdos, sino también amenazas a un futuro incierto.

En las estanterías junto al
calentador, ¿verdad?

Sí... ¿no puedes esperar a que vuelva?

Ojalá pudiera, pero no estoy dispuesta a poner a Nolan en
peligro. Ya lo dejé una vez en manos del destino. No voy a
volver a hacerlo.

No me pasará nada.

Le mando un último gracias a Lukas y me voy a la ducha.
En menos de media hora, estoy entrando en la mansión Lancaster, donde la obertura *Leonora n.º 2* de la ópera de Beetho-
ven *Fidelio* inunda el pasillo desde el salón. Es una de las piezas favoritas de Arthur, pero no voy a ver cómo está. Lo que
hago es quedarme frente a la puerta del sótano junto a la cocina.

Cada latido me araña los huesos. El sudor me cae por la columna vertebral. La respiración me sale en jadeos entrecortados. Siento las palmas de las manos pegajosas antes de agarrar el pomo de latón. Tengo que hacer acopio de fuerzas para girarlo. Solo una idea me hace seguir adelante.

«Tengo que devolverle la mochila».

Le doy al interruptor de la luz. La vieja bombilla incandescente apenas se esfuerza por iluminar esa oscuridad cavernosa. El olor a humedad y moho se levanta en una niebla nociva para saludarme. Hay una razón por la que evito este lugar. Huele exactamente igual que mis peores pesadillas. Estoy desesperada por cerrar la puerta y salir corriendo, pero me agarro a la fría barandilla de hierro y bajo el primer escalón de madera.

Un paso más. Un paso más. Uno más.

Cuando pongo los dos pies sobre el suelo de tierra compacta del sótano, me tiembla todo el cuerpo. Las paredes de piedra emanan ese olor mohoso de la tierra que nunca llega a secarse. Las vigas del techo están cubiertas con cortinas blancas de telarañas que la brisa mece cuando paso por debajo de ellas. Las cajas medio podridas descansan sobre estanterías oxidadas. El esqueleto de un ratón está acurrucado junto a un juego de herramientas de jardinería que no se ha usado en mil años.

—No es el mismo lugar —me repito entre una respiración entrecortada y otra, como un mantra, a cada paso que doy hacia la caldera y el calentador de agua. Veo la mochila de Nolan en la estantería, es lo único que no está cubierto de polvo. Casi he llegado cuando vislumbro las puertas que llevan al exterior de la casa.

Son como las que había en la granja de Harvey Mead. Me giro y vomito en el suelo.

Estoy temblando. Parpadeo mirando al suelo. Pero no dejo de verlas. Esas puertas y la luz que se colaba entre las ranuras por el día, cerradas por fuera con una cadena pesada. No había escaleras. Yo apenas conseguía rozar las puertas cuando saltaba. Los dos primeros días que estuvimos ahí encerrados, me subía a los hombros de Adam e intentaba probar las bisagras o partir las placas de madera con el puño. Luego Harvey Mead le rompió a Adam las dos piernas para que ya no alcanzáramos.

Oigo mi propia voz. Suplicando en un recuerdo.

—Tiene una infección. Por favor, ayúdalo —rogaba por el bien de mi novio, aporreando la segunda puerta que conducía a las entrañas de la casa. Esa no teníamos ninguna esperanza de romperla. Era de hierro y tenía una rendija en el medio por la que Mead nos lanzaba botellas de agua sucia y hamburguesas a medio comer, con el pan cubierto de huevos de mosca. Llegados a ese punto, la desesperación del hambre era tal que dejamos de molestarnos por quitarlos y nos comíamos lo que nos diera, con larvas y todo.

Al final, nuestro captor se acercó a la puerta. Quitó el pestillo. Se llevo a Adam a rastras. Y yo debería haber luchado contra él con mis propias manos. Debería haber hecho algo. Pero tenía demasiado miedo. Igual que estaba demasiado aterrada como para quedarme con Nolan en la carretera y exponerme ante el ojo público del que había estado tan desesperada por huir. Yo sería la *influencer* que había escapado de un asesino en serie, en la escena de un atropello con fuga. Un objetivo para la prensa y el público. Pensé que no soportaría la presión de la publicidad que volvería a caer sobre mí. Temía el escrutinio que había intentado evitar con todas mis fuerzas.

Las lágrimas se me deslizan por la cara. No sé si alguna vez superaré la culpa de haber sido yo la que sobrevivió o la mujer que lo dejó tirado. O la pena de todo lo que he perdido. O el miedo a despertarme sola en la oscuridad.

Pero ahora sí que puedo hacer algo.

Me tambaleo hacia las estanterías, cojo la mochila y echo a correr. Casi me tropiezo con Arthur cuando salgo disparada por la puerta y entro en la cocina.

—Harper —jadea sujetándome de los brazos.

Abro la boca para coger una gran bocanada de aire, como si hubiera estado corriendo una maratón. Esa mirada firme que siempre tiene marcada en la piel después de haberse pasado toda la vida frunciendo el ceño se le suaviza cuando ve el estado en el que me encuentro.

—¿Qué estás haciendo? ¿Estabas en el sótano…?

Asiento.

—¿Por qué…?

—Le pedí a Lukas que me guardara algo ahí para que estuviera a salvo —explico con la respiración acelerada—. Es de Nolan. ¿El chico del teatro…? —Me mira inexpresivo y me doy cuenta de que es incapaz de recordar los detalles—. Da igual. Solo quería devolvérselo.

—¿Y por eso has bajado…?

Asiento y me seco los ojos con la manga. Es consciente de que apenas puedo mirar la puerta. Al otro lado esperan demasiados recuerdos horribles.

—Mi querida Harper. —Arthur me envuelve en un abrazo—. Me lo podrías haber pedido. Habría bajado yo. No hace falta que te enfrentes tú sola a esos demonios.

Lloro por primera vez en muchísimo tiempo. Y cuando me pongo a la espalda el peso de la mochila y los secretos, pienso que a lo mejor tiene razón.

A lo mejor ya no tengo que enfrentarme sola a mis miedos.

TERRENO INESTABLE

Nolan

Es ya entrada la tarde. El sol sigue escondido tras un denso velo gris cuando llego andando a casa de Harper. Oigo el podador de setos eléctrico en la distancia conforme avanzo por los adoquines y tomo el sendero que rodea la casa hasta el jardín trasero. El sonido se vuelve más potente al cruzar el patio. Dios, espero que no esté rebanando a otro turista para meterlo en la trituradora de madera…, aunque esa idea tiene algo que me provoca una excitación inesperada. Estoy seguro de que tendrá una buena razón y un plan deliciosamente desquiciado. Creo.

Estoy a punto de salir por la puerta del jardín cuando Arthur aparece ante mí. Es como un espectro deslumbrante con su traje de tres piezas, los zapatos lustrosos y un bastón hecho a medida. Lleva el pelo blanco peinado a la perfección y baja las cejas pobladas cuando me mira.

—Hola, señor Lancaster. Me ha asustado. —Lo saludo y le abro la cancela, ya que se ve a las claras que está decidido a entrar.

—Eres el hombre del teatro. —Me recorre la cara con esa mirada penetrante.

—Eso es. Nolan Rhodes, señor.

Extiendo una mano y él suaviza la expresión. Hace un leve asentimiento y deja caer el peso en el bastón para aceptar el apretón.

—¿Está Harper por aquí?

—Sí. Está con lo de la poda ornamental.

—¿Cómo lo lleva?

—Fatal. El alce es una atrocidad.

—Tal y como me esperaba.

Arthur gruñe. Yo ladeo la cabeza y echo a andar hacia la dirección del sonido. De repente, me detiene agarrándome por la muñeca.

—Antes de que te marches, me preguntaba si no te importaría hacerme un favor —me pide.

—Por supuesto. ¿Qué necesita?

No me suelta el brazo, incluso lo usa para empujarme hacia la casa.

—Estoy buscando una bolsa que Harper me ha estado guardando. Me dijo que podría recogerla, pero debe de estar en la planta de arriba y las escaleras me cuestan. Estoy viejo, ya ves.

Suelto una risilla ante su ironía.

—Sin problema —respondo mientras avanzamos hacia la casa, el hombre tiene más vigor del que esperaba en un anciano—. ¿Cómo es la bolsa?

—De cuero negro. Se parece más o menos al maletín de un médico. Tiene dos petirrojos rebujados en un lado, entre las asas.

—¿Se acuerda de dónde está exactamente?

—Eh… no me acuerdo. Puede que en la habitación de invitados.

—Vale. Iré a echar un vistazo.

Lo ayudo a sentarse en una de las sillas junto a la mesa del patio y luego entro por la puerta trasera de la casa, que no está cerrada. El olor a palo santo flota en el aire. El interior está limpio y recogido, como siempre. Voy directo a las escaleras cuando me fijo en que uno de los peones blancos del tablero de ajedrez se ha movido. Ha saltado dos espacios, esperando a que un oponente invisible haga su jugada.

Subo los escalones de dos en dos, pues no me gusta la idea de dejar a Arthur esperando fuera: cada vez el viento viene más frío y se está levantando la niebla. Ya he visto antes la habitación de invitados, pero esta es la primera vez que entro. La distribución es sencilla: solo hay una cama y una cómoda pequeña, y debajo de la ventana hay un escritorio desgastado con objetos para coser y papeles. Miro primero en el armario y encuentro la bolsa casi de inmediato, entre las mantas dobladas y la ropa de invierno. Bajo las escaleras y salgo a la parte trasera, donde Arthur espera a la mesa, jugueteando con los dedos torcidos. En cuanto ve que la he encontrado, se le ilumina la cara y se pone en pie.

—Buen muchacho. —Por poco me arranca la bolsa de la mano cuando se la ofrezco—. Gracias. Has salvado a mis pobres rodillas. Estoy viejo, ya ves.

—Sí, creo que eso lo ha mencionado alguna vez.

—La memoria a corto plazo es lo peor cuando eres tan mayor que los huesos se te hacen polvo.

Suelto una risa y le tiendo el brazo, pero él me rechaza con un gesto con la mano. Había asumido que querría volver a la mansión, pero se dirige hacia el sendero que lleva a la parte delantera de la casa de Harper.

—¿Adónde va? —grito a su espalda.

—Tengo asuntos que atender, muchacho. Muchísimas gracias por tu ayuda.

No se da la vuelta cuando levanta el bastón para despedirse; luego desaparece por la esquina de la casa, con el maletín

bien agarrado en la otra mano. Espero hasta que la cadencia rítmica del garrote sobre los adoquines se pierde. Una vez que tengo razones para estar seguro de que ha salido de la propiedad sano y salvo, voy a buscar a Harper y la encuentro cerca del sendero principal de la casa.

No se da cuenta de que me he acercado, así que me detengo un momento a observarla. Está subida a una escalera, con el pelo recogido en un moño despeinado, y lleva unas gafas de seguridad. También tiene puesta su camiseta favorita de «Bienvenidos a Cabo Masacre» y un mono negro cubierto de restos de hojas. Esgrime un podador de setos naranja con muchísima concentración, pero muy poca maña. Si ese seto se supone que va a ser un alce, no lo veo por ninguna parte. Parece más bien un perro rabioso abstracto. Sin embargo, no se rinde. Ni siquiera cuando le corta sin querer media cabeza.

Tardo un momento en darme cuenta de que estoy sonriendo.

Sigo sin entender cómo o cuándo ha pasado esto. Hace unas semanas, habría dado cualquier cosa por acercarme tanto y usar cualquier herramienta como arma contra ella. Y ahora estoy aquí plantado con una sonrisa, admirando su determinación. Esta chica no es para nada como me esperaba. Ya no veo un monstruo cuando la miro. Veo a alguien leal que sé que se quedará aquí hasta que anochezca si es necesario para hacerlo bien por Arthur. Veo a una mujer fuerte. Una persona fiera cuando hace falta serlo, pero amable si la ocasión lo requiere. Quizá en mi caso cuando ni siquiera me lo merezco. Y no me sacio de ella, aunque eso signifique observarla desde la distancia.

Una tos violenta la obliga a detenerse; se le ha quedado después de que casi se ahogara hace un par de días, así que aprovecho que ha cejado en su empeño para acercarme.

Aunque tardo un rato en convencerla de que renuncie a la poda y lo deje por hoy, lo consigo. La llevo de nuevo a casa. Hago la cena mientras se ducha. La agarro en cuanto sale del baño y me la echo al hombro al tiempo que suelta una risa estridente. La dejo sobre el sofá y le abro las piernas y le como el coño mientras grita mi nombre. Luego le doy la vuelta y la follo con fuerza, tal y como le gusta. Cuando la agarro del pelo y tiro, ella gime. Cuando le doy azotes, chilla que quiere más. Cuando le deslizo una mano por la garganta y aprieto, se le tensa el interior alrededor de mi polla y vuelve a correrse, me arrastra a la inconsciencia con ella y la lleno hasta que ya no me queda nada más que darle.

No se lo digo, pero quiero hacer esto todos los días. No solo follármela hasta que se quede débil y temblando contra mí. También todo lo demás. Cuidar de ella después. Recalentar la pasta que se nos ha enfriado. Sentarnos el uno enfrente del otro. Hablar. Aprender las cosas que le gustan. Las que le preocupan. Me encuentro a mí mismo sopesando cómo puedo quitarle las cargas que lleva encima ahora que solo quedan cuatro cadáveres por desenterrar. Habremos acabado en un par de días y ¿qué pasará luego? Está claro que a Harper le vendría bien ayuda, ya sea con Arthur o para enfrentarse a la temporada alta de turismo o incluso con esos malditos setos. Por desgracia, no vivo ni remotamente cerca de Masacre. Mi vida en Tennessee parece estar muy lejos de la realidad que he vivido durante las últimas semanas. Y cada vez que intento recordarme que mi estancia aquí solo es temporal, acabo alejando esos pensamientos. «Ahora mismo tengo cosas más importantes en las que centrarme», me digo. «Ya te preocuparás luego por lo de volver a casa».

Pero ¿y si no quiero preocuparme por eso cuando todo esto pase? Ya le he dicho a Harper que no voy a permitir que se li-

bre de mí. Y hablo en serio. Sin embargo, ¿eso qué significa? ¿Cómo funciona? ¿Será algo que ella misma se planteará?

Sigo dándole vueltas a estas preguntas después de la cena. Pasamos el tiempo juntos hasta que la tarde se convierte en noche, momento en que volveré al hostal a coger el coche para nuestra próxima escapada al río Ballantyne. Al menos, ese es el plan hasta que alguien llama a Harper por teléfono.

—Hola, Lukas —saluda tranquila, abandonando nuestra partida de cartas para ir a poner la tetera—. ¿Qué pasa?

—¿Has hablado con Arthur? —lo oigo decir por el altavoz. Detecto su tono de inquietud, aunque intenta ocultarlo. Y entonces veo en la cara de Harper que ella también está preocupada.

—Hace un par de horas, sí. Serían como las siete en punto. ¿Por qué?

—Le he enviado un par de mensajes a ver cómo estaba, pero no ha respondido. Tampoco me ha cogido el teléfono cuando lo he llamado. ¿Te importaría acercarte a la casa a ver cómo está? Me preocupa que se haya vuelto a caer.

Harper ya está cogiendo la chaqueta y poniéndose las botas de trabajo cuando le responde a toda prisa y cuelga. Y yo salgo detrás de ella.

—Esto no es propio de él —me dice caminando hacia el jardín trasero.

Se ha levantado una niebla tan pesada que ni siquiera consigo distinguir la casa principal entre la bruma iluminada por la luna. Dentro del edificio tampoco hay luces que nos guíen.

—A lo mejor se ha entretenido con algo en el pueblo.

Harper me mira con una ceja alzada.

—¿Qué quieres decir?

La incomodidad me recorre las venas. Trago saliva, le pongo una mano en el brazo para detenerla.

Ya lo sé. He cometido un error colosal, joder.

—Lo he visto cuando he llegado —confieso—. Me ha contado que le has dicho que podía pasar por tu casa a recoger una bolsa…

—No…

—Y me preguntó si podía subir arriba a buscársela…

—Oh, no, no, no…

—Así que se la he dado. Y luego me ha dicho que tenía asuntos de los que encargarse.

—¡Nolan! —chilla y me pega en el brazo—. Es su puta bolsa de asesino. Odia entrar en la casa y ha jugado contigo como si fueras nuevo para conseguirla.

Gruño y me paso la mano por la cara. Aunque vuelvo la vista hacia la casa simplemente porque ha sido el último sitio donde lo he visto, no tengo ni puta idea de por dónde empezar a buscarlo.

—Joder. Lo siento.

—No puedes creerte nada de lo que te diga. En serio. Nada de nada.

—Es que no me lo esperaba. No hacía más que repetirme que está «viejo»…

—Lo sé —dice ella, la exasperación le pesa en la voz—. Le encanta decirle eso a la gente. «Estoy tan viejo, querida, ¿te importaría ayudar a este pobre anciano con el bastón?»… y, entonces, pum. Te clava un cuchillo en la garganta, joder. —Harper me lanza una mirada iracunda antes de sacarse el móvil del bolsillo. Furiosa, toca la pantalla con el pulgar—. No confundas edad avanzada con debilidad. Arthur se ha pasado décadas perfeccionando su arte. Si acaso, la edad le ha dado ventaja.

Aunque estoy cabreado conmigo mismo y preocupado por ella, en cierto modo me he quedado impresionado.

—Lo siento, Harper. De verdad. No volveré a cometer este error.

Solo responde lanzándome una mirada de desasosiego y mordiéndose el labio. Frunce el ceño mirando el teléfono y un segundo después se le borra la expresión, dejando solo determinación.

—Está en el cementerio. Cógelas. —Me tira las llaves—. El Jag está en el garaje. Baja por el camino principal y espérame en la verja. Nos vemos allí; yo tengo que coger una cosa de mi casa.

Asiente, se da la vuelta y sale corriendo. Yo me quedo mirándola un segundo antes de girar en dirección contraria y correr hacia la mansión. El viejo sedán se despierta con un murmullo y bajo por la cuesta del garaje hasta detenerme donde Harper me ha indicado. Aparece un segundo después; viene corriendo desde la parte de atrás de su casa con una mochila al hombro. Se la quita cuando se acerca al coche, pero hasta que no se monta no reconozco lo que es.

Mi mochila.

—Supongo que hoy la cosa va de bolsas de asesinos —dice en voz baja y me la pasa. Estoy tan aturdido que tardo un rato en aceptarla—. Tu libro también está dentro. Está todo ahí. —Se encoge de hombros—. Pero no me ofenderé si quieres comprobarlo.

Me la coloco en el regazo sin apartar los ojos de los suyos. Debería estar celebrándolo. Debería sentirme aliviado. Quizá incluso preparado para llevar a cabo la venganza que me trajo hasta aquí. Pero no. Es como si todo se hubiera desvanecido, dejando atrás solo el núcleo de mi obsesión. Harper siempre se ha encontrado en el centro. Sin embargo, lo que esta chica significa para mí se ha transformado y ahora lo único que siento es miedo por lo que pueda implicar esto.

—¿Por qué?

Intenta volver a encogerse de hombros, pero le sale un espasmo nervioso.

—Por si acaso.

—¿Por si acaso qué? —La ansiedad se me está acumulando, noto una borrasca debajo del esternón—. ¿Por si acaso nos encontramos a Sam? ¿O es por otra cosa?

—No lo sé. Es que… —Sacude la cabeza, se mira las manos mientras juguetea con los dedos en el regazo—. No quiero que te veas arrastrado si Arthur y yo caemos. —Intenta sonreír, pero el gesto se le derrumba por los lados—. Ya he provocado bastante daño, ¿no te parece?

A eso no le respondo. No puedo. No tengo ni idea de cómo sucedió el accidente ni de por qué decidió dejarnos a Billy y a mí tirados en la carretera. A lo mejor tiene razones que no entiendo. Y yo no puedo cuantificar cuánto daño a hecho ni cuánto he crecido yo por ella, aunque no quisiera hacerlo. ¿Cómo se puede medir la pérdida frente al amor? ¿La pena que he soportado contra la vida que he ganado? No puedo cambiar el pasado. Pero ¿acaso la consecuencia no es que Harper me dio un propósito?

Dejo la bolsa detrás de su asiento y le cojo la barbilla. La miro a los ojos brillantes fijamente para que sepa que lo digo en serio.

—Gracias, Harper.

Le doy un beso rápido y suave en los labios, me centro en la niebla que tenemos delante y empiezo a conducir.

Las carreteras están vacías, teniendo en cuenta la hora que es y el mal tiempo que hace. El aire parece cargarse de tensión a nuestro alrededor, Harper me indica el camino antes de volver a sumirse en un silencio contemplativo. Cuando llegamos al cementerio, la verja de hierro que prohíbe adentrarse

de noche en la carretera sinuosa está entreabierta, lo suficiente para que alguien la cruce andando, y el candado pesado cuelga abierto de la cadena.

—¿Se te ocurre qué puede estar haciendo en el cementerio?

Harper suelta un largo suspiro.

—Esperemos que disfrutar de un momento tranquilo de reflexión y soledad.

La miro y ella me devuelve una mirada seca.

—Teniendo en cuenta que tiene una bolsa de asesino, dudo de verdad que trame nada bueno. Voy a abrir la verja.

Se baja del coche y abre la cancela para que yo pueda entrar con el coche, y luego espero al otro lado a que la cierre. Cuando vuelve a montarse, oigo el ladrido agudo de un perro pequeño en la distancia, por delante de nosotros.

—Tiene pinta de que está en la parcela de la familia —comenta Harper, hace *zoom* en el mapa que tiene en la pantalla para señalar la localización de Arthur. Se guarda el dispositivo en el bolsillo y apunta hacia la carretera oscura que sube por la colina de tumbas—. Por ahí.

Sigo recto, una procesión lenta y cuidadosa entre la niebla. Casi hemos llegado a lo alto de la colina cuando un perrillo con lazos en las orejas se nos cruza por delante con la correa arrastrando detrás de él.

—Seguro que eso no es nada bueno —digo frenando.

—No. Probablemente no.

Aparco el coche y dejo las llaves puestas. Bajamos del vehículo y cerramos las puertas con cuidado, aunque sería difícil escucharnos por encima del insistente ladrido del diminuto can que no hace más que saltar entre mis piernas. Lo cojo en brazos y se tranquiliza. Harper y yo intercambiamos una mirada seria antes de que ella se vuelva hacia la sección del cementerio que está rodeada por una valla baja, con una cancela abierta que conduce a unas lápidas que apenas se ven entre la densa niebla. En un principio, el lugar parece tranquilo. Vacío. Y entonces se oye un gemido.

Corremos hacia la puerta de hierro.

Hay dos hombres tumbados de espaldas entre las tumbas. Pero solo uno se mueve.

Harper se arrodilla al lado de Arthur y le revisa la mejilla, donde tiene la piel levantada y con sangre.

—Arthur, madre mía, ¿estás bien?

El susodicho gruñe e intenta sentarse, pero no responde. Dejo el perro en el suelo y compruebo el pulso del otro individuo, aunque los ojos abiertos y perdidos, así como la piel fría, ya me advierten de que no hay ninguna esperanza de resucitarlo.

Al lado está el maletín negro, la cremallera está abierta. Cerca hay una jeringuilla tirada. Cojo uno de los muchos viales que hay esparcidos por el césped. «Midazolam», leo en una de las etiquetas, por debajo de una huella de dedo ensangrentada. Es un sedante potente de acción inmediata. Te puede matar.

Vuelvo la atención hacia Arthur; está claro que está herido y desorientado. Las preguntas se me arremolinan en la cabeza. «¿Cómo hostias ha pasado esto? ¿Y por qué quería matar a este tipo?». A juzgar por los gemidos y el balbuceo ansioso del viejo, no estoy seguro de que sea fácil encontrar respuestas.

Dejo el vial y me coloco al lado de Arthur. Entre Harper y yo lo ayudamos a que se ponga de pie y, cuando me aseguro de que no se va a caer, le paso el bastón.

—¿Estás bien? —pregunta Harper. Lo agarra por los hombros temblorosos y parece buscar algo en sus ojos con la mirada. A Arthur se le escapa un gimoteo de los labios. Parece

muy angustiado, tiene la cara retorcida de dolor—. ¿Qué ha pasado?

—Poppy. —Arthur le pasa a la chica los dedos cubiertos de sangre por la mejilla, al susurrar se le escapa de la boca un hilillo de vaho que se pierde en la noche fría—. Creía que habías muerto.

Harper desvía los ojos hacia mí solo por un instante, pero en ese breve intercambio de miradas veo que la suya está cargada de pena. Esconde su dolor con una sonrisa débil cuando vuelve a centrarse en Arthur.

—Estoy aquí —dice y le coge la mano para darle un beso suave en los nudillos—. Todo va a salir bien.

Sus palabras son dulces pero frágiles, como flores de color bajo la nieve. Sin embargo, por mucho que Arthur quiera aferrarse a las promesas de Harper, la confusión es evidente en sus ojos nublados. Lo delata el modo en que su mirada sobrevuela la cara de la chica, en el miedo y en la desconfianza que atormentan el entramado de arrugas que le cruzan la piel.

—Pero te he visto. En tu casa. —Le flaquea la voz, la mano le tiembla en el bastón. Intenta apartarse de ella y caminar agitado, aunque le cuesta moverse por el terreno irregular—. Había muchísima sangre.

—Solo ha sido una pesadilla.

—Te escribió en la piel…

—Todo va bien.

Arthur sacude la cabeza, las lágrimas se le acumulan en los ojos.

—Estabas muerta. Mi Poppy. Yo te vi.

—Shhh —susurra Harper mientras Arthur repite lo mismo. La frustración se le está colando en la voz, hace que cada nota de angustia sea más fuerte. Se pasa una mano por la cabeza como si intentara forzar a los fragmentos rotos de sus pensamientos a convertirse en una imagen que logre reconocer—. Puedo llevarte a casa.

—¿Quién eres tú?

Harper le aferra la mano con las suyas, los ojos le brillan bajo la luz de la luna.

—Soy Harper. Tu amiga.

—¿Dónde está Poppy? —Arthur me mira cuando le pongo una mano en la espalda a Harper. Tiene los músculos tensos por el esfuerzo de mantener a raya las emociones—. ¿Quién eres tú?

—Soy Nolan. —Extiendo la mano para saludarlo y él me observa con suspicacia—. Creo que ya nos hemos visto antes, pero a lo mejor no se acuerda. Fue hace mucho tiempo. Encantando de volver a verlo, señor Lancaster.

La confusión de Arthur se intensifica, si bien mis palabras parecen distraerlo y llevarlo por otro camino, que era justo lo que yo esperaba. Se cambia el bastón a la mano izquierda y acepta mi apretón con una fuerza sorprendente.

—Harper ha venido a llevarlo a casa, a la mansión Lancaster. Por la mañana puede enseñarle los setos.

—Sí, tenemos que ganar el concurso de jardines, ¿verdad, Arthur? —añade la aludida, que se obliga a que el tono le salga alegre. Con cada palabra, parece a punto de romperse, de rajarse y dejar al descubierto la magnitud de su dolor. Los ojos se le van al cadáver que hay a su lado antes de forzar una sonrisa—. No queremos que nos gane Sarah Winkle. El año pasado casi lo consiguió.

Arthur mueve la mandíbula como si masticara los pensamientos; baja las cejas blancas mientras una expresión de ira se le va dibujando en la cara.

—Sarah Winkle. Esa cotilla insípida y sin talento.

Harper se ríe, pero sorbe por la nariz y asiente. Aunque intenta limpiarse las lágrimas con discreción pasándose el dedo por debajo de las pestañas, la pena y la preocupación le siguen brillando en los ojos.

—Sí. Es una aficionada. Más nos vale asegurarnos de que te gusta el alce, porque me ha estado dando quebraderos de cabeza. A lo mejor puedes darme alguna indicación.

—Un alce, sí.

Aunque parece cansado, también se le ve intrigado ante la idea. Le vuelve la luz que le faltaba en la mirada, un destello tenue entre las cenizas. Durante un buen rato, observa fijamente la lápida que tiene más cerca; todavía se muerde el labio igual que hace Harper cuando se queda ensimismada. Y, al ver cómo lo mira esta, lo entiendo. Esto no es solo una amistad. Es un parentesco.

Harper se acerca un paso y hace que Arthur la coja del brazo.

—Puedo llevarte a casa. Te podemos asear. Te limpiaré esos Christina Riccis. Parece que se te han manchado un poco de sangre.

—Son unos Stefano Ricci, payasa cabezota.

—Culpa mía. Oye, ¿quieres contarme lo que ha pasado?

—Ese hombre —explica cuando echamos a andar hacia el coche—. Ese hombre del perrillo odioso. Me ha pegado.

—Ya lo veo. Estás un poquito echo polvo.

—Soy un pobre viejo, Harper. Ha agredido a un anciano. Demonio grosero. Viene a nuestro pueblo a permitir que este can estúpido defeque por todas partes y luego le pega a la persona más vieja de todo Cabo Masacre. Lo odio.

—Bueno, ha recibido su merecido —dice Harper y deja que pase un segundo de silencio—. Se lo merecía…, ¿verdad?

—Sí. Por supuesto que sí. Un hombrecillo violento, terrible.

Recojo la jeringuilla y los viales que hay tirados por ahí, a continuación lo guardo todo en el maletín antes de seguirlos. Dejo la bolsa detrás del asiento del conductor. En cuanto termino, vuelvo al cuerpo porque no quiero arriesgarme a seguir perturbando al viejo con mi presencia. Solo oigo fragmentos de la conversación que tienen mientras Harper lo ayuda a instalarse en el asiento del copiloto; incluso saca una manta del maletero para taparle las piernas antes de ayudarlo a ponerse el cinturón. Cuando se asegura de que el hombre está cómodo, cierra la puerta y vuelve a la parcela familiar, donde estoy yo al lado del cadáver, que se enfría por momentos.

—Ay, madre mía, esto es malo —susurra con la voz tensa, pasándose las manos por la cara—. Supermalo. Le ha faltado tallarle al hombre su nombre en la frente. En realidad, se le nota la forma del puto bastón.

Ambos nos acercamos un poco más al cadáver. Es cierto, la distintiva curva del mango y la cabeza de lobo que decora el garrote está grabada ahí, en la piel.

—Dios —siseo alargando la «s» en una exhalación prolongada mientras nos levantamos—. ¿Qué hacemos con el perro?

Harper frunce el ceño y se agacha para coger al animal en brazos.

—Llevaré a… —lee el nombre del chucho en la chapita del collar y entorna los ojos— Reinona Asesina… Por Dios santo, esto es de lo peor. En fin, el tipo se alojaba en casa de Maria, así que lo llevaré allí. Si dejo la cancela un poco abierta, su mujer pensará que aquí la Reinona se fue de la casa por su cuenta y riesgo. Con suerte… —Desvía la atención hacia el coche y luego al cadáver antes de volver a mirarme a mí—. ¿Estás seguro de esto?

—Sí, por supuesto. Llévate a Arthur a casa y métvelo en la cama, yo regresaré en cuanto pueda. Te mantendré informada.

Ella asiente una vez, pero no se mueve, ni siquiera cuando me acerco.

—Ten cuidado —le digo mirándola desde arriba. Esboza una sonrisa débil. Le paso la mano por el pelo y le doy un beso en la frente antes de dejar que se vaya—. Todo saldrá bien.

Asiente otra vez, da un paso atrás y otro y por fin se gira para alejarse.

En cuanto se marcha, echo a correr.

Dejo la puerta principal del cementerio medio abierta, lo suficiente para que nadie se dé cuenta, espero, pero también para que no tarde mucho en abrirla cuando llegue con mi propio coche. Y entonces corro hasta el hostal todo lo rápido que me permite el cuerpo.

Cuando llego a mi cuarto, me late la rodilla y la camisa se me pega a la piel; la tengo empapada de sudor. No solo cojo lo que creo que voy a necesitar para deshacerme del desconocido. Lo cojo todo. Ya me he deshecho de la mitad de la comida que había en la nevera y hecho parte de las maletas mientras lo decidía. Pero ahora lo tengo claro.

Podría huir. Desaparecer en la niebla y no volver nunca más a Cabo Masacre.

Pero no dejaré a Harper.

Mucho menos con Sam acercándose. Mucho menos con Arthur provocando el caos. Esto no puede hacerlo sola. Le guste o no, me voy a quedar en su casa. Dormiré en el puto suelo si hace falta. Si esta noche ha demostrado algo es que esa chica no está a salvo. Incluso Arthur se ha convertido en una amenaza para su bienestar. Y no voy a dejar que lo soporte ella sola.

Recorro el vestíbulo desierto con las maletas y las meto en el coche de alquiler antes de volver a mi habitación a por los dos últimos bultos, las mochilas en las que guardo nuestro material nocturno: cuerda y palas plegables, cinta americana y repelente para bichos, el hornillo de *camping* y el chocolate a la taza. Con una bolsa en cada mano, corro hasta mi coche y empiezo a cargar las cosas en el maletero. No hago más que pensar en Harper y en todo lo que tengo que hacer en el cementerio para deshacerme del cuerpo y asegurarme de que sus secretos quedan ocultos.

—Vaya, yo diría —oigo la voz de Sam a mi espalda— que eso parece el equipo de un asesino en serie como nunca se ha visto.

Me giro despacio y me encuentro cara a cara con la boquilla de una pistola.

—Buenas noches, Sam. Menuda forma tan agresiva de saludar.

Lentamente, empiezo a levantar las manos. Cuando las tengo a la altura del pecho, estiro la mano derecha con la esperanza de arrebatarle el arma.

Pero el tío es más rápido de lo que me esperaba.

Suelta una patada que no veo venir y me da un buen golpe en la rodilla izquierda. Me caigo sobre el asfalto.

—Ups. Esa era la pierna mala, ¿verdad?

La respiración no me llega del todo a los pulmones. Me cuesta centrarme en el asfalto que tengo debajo de las palmas. No es solo el ardor agonizante que siento en la rodilla. No es solo la herida que nunca se me llegó a curar del todo lo que hace que se me oscurezca la visión por los bordes. Es la rabia. Sam conoce mis puntos débiles y está dispuesto a golpearlos.

Una pregunta terrible se abre paso entre mis pensamientos como una alarma: «¿Cuántos puntos débiles está dispuesto a explotar?».

Aunque tardo un rato, me obligo a enderezarme a pesar del dolor punzante. Apoyando una mano en el parachoques, me pongo en pie y me enfrento a mi agresor una vez más.

—Empecé a investigarte —dice. Sujeta la pistola firme. Tiene una expresión de determinación. Una sonrisilla de triunfo le levanta una de las comisuras de los labios—. Cuanto más buscaba, más cosas interesantes encontraba.

—No sé de qué estás hablando.

La sonrisa se le vuelve más siniestra. Más presuntuosa. Cambia el peso de pierna, la funda de la cámara que le cae sobre la cadera sigue el movimiento.

—Estoy seguro de que no. Pero vas a meterte en el coche y a conducir a donde yo te diga. Y luego tendremos una charla a ver si te refresco la memoria.

Me acerco un paso y él da uno atrás, agarrando el arma con firmeza.

—¿Y si no lo hago? —pregunto.

—Bueno, pues supongo que te disparo. Seguramente sería bastante creíble que actué en defensa propia, teniendo en cuenta la situación. Sobre todo porque el sheriff Yates no es famoso por su habilidad a la hora de investigar, ¿sabes? Así que depende de ti si vives o mueres. Pero, en cualquier caso, si no vienes conmigo le entregaré todo lo que tengo al FBI. Expondré todo lo que sé sobre ti —me amenaza quitándole el seguro a la pistola con el pulgar—. Y sobre Harper Starling.

TEMPESTAD

Harper

| ¿Cómo vas?

Abro el último mensaje que le he mandado a Nolan; dudo con el pulgar en suspensión sin llegar a tocar la pantalla. Empiezo a escribir uno nuevo. «¿Estás bien?». Pero, cuando estoy a punto de darle a enviar, me doy cuenta de que falta algo. La notificación gris de «entregado» debajo de lo último que le he preguntado.

Un hilo de incomodidad se me enreda en las venas.

Envío el mensaje, aunque ya sé que el resultado no será diferente. Este segundo tampoco aparece como entregado. Marco su número. La llamada va directa al buzón de voz.

—Joder —susurro.

Me paso una mano por el pelo y miro fijamente a Arthur. Tiene la boca entreabierta; su respiración es profunda y regular. Una parte de mí quiere quedarse por si pasa mala noche, pero hay algo que me reconcome. Aunque intento convencerme de que a lo mejor Nolan ha apagado el móvil para minimizar las interrupciones o para evitar que lo detengan, mi instinto me dice otra cosa. Algo no va bien.

Con el ceño fruncido, miro una última vez a mi amigo dormido y le mando un mensaje por si se despierta y comprueba el móvil. Entonces me marcho y cojo el Jaguar para adentrarme en la niebla. Desde la mansión Lancaster, voy primero hacia el hostal, pues desde allí puedo girar a la izquierda y coger directamente la carretera de Spruce; el cementerio está a solo tres manzanas.

Reduzco la velocidad cuando llego al hostal El Cabo. Aquí la bruma es menos densa, pues la brisa que sacude las olas sube por las laderas. Detengo el vehículo en la entrada del aparcamiento, donde puedo ver todas las plazas. Está casi lleno, pero no localizo el coche de alquiler de Nolan por ninguna parte.

La incomodidad que me recorre empieza a bullir. Se me revuelve en las entrañas como una serpiente retorciéndose.

Giro y voy al oeste, hacia la carretera de Spruce y el cementerio de Cabo Masacre. Las calles están vacías. La niebla es densa, un sudario plateado que cubre los faros del coche. Mientras avanzo por las calles tranquilas, no podría estar más agradecida de esta bruma opresiva. Sobre todo porque cuando llego al cementerio veo que una de las cancelas todavía está abierta. La cadena cuelga de las rejas de hierro.

Trago saliva y aprieto el acelerador para que el vehículo vaya hacia delante, hasta que empuja la puerta y sube por el sendero oscuro.

La carretera serpentea entre olmos y robles y setos, pasa por estatuas de ángeles y cruces, algunas de las cuales están torcidas. Llega hasta lo alto de la colina, donde una verja baja de metal negra rodea una parcela privada. Me detengo y apago el motor. Cuando abro la puerta, el olor del mar pesa en la niebla. Presto atención, pero no se oye nada. Ningún crujido. Ni un solo susurro. Ni siquiera mis propias exhalaciones, pues el aliento se me ha quedado atrapado en el pecho.

Siento que ando a cámara lenta. Ya sé lo que me voy a encontrar cuando abro la puertecita y entro en la parcela de la familia Lancaster.

El cuerpo de un hombre tirado en el suelo. Justo donde lo hemos dejado.

Se me acelera la respiración y tengo que tragar una bocanada de aire como si me estuviera ahogando otra vez. Observo la oscuridad que me rodea, pero no veo ningún rastro de Nolan. No hay nada que indique que ha estado aquí.

No estaba en el hostal.

No ha vuelto al cementerio.

Y tiene su libro. Todas las pruebas que tenía contra él. Le dije que confiaba en él y le devolví la mochila.

Me paso los dedos por el pelo y me pongo de cuclillas, como si pudiera hacerme una bolita y acabar en otra dimensión. Me escuecen los ojos de las lágrimas. ¿Cómo ha podido marcharse sin más? No quiero creer que haya desaparecido así como así, mucho menos después de todo lo que me dijo. Sus palabras se me metieron dentro cuando hizo aquella promesa. «Eres mía. No voy a permitir que nadie te aleje de mí», me prometió.

Se sintió tan… real. Estaba segura de que era la verdad. ¿Cómo he podido equivocarme tanto…?

Tardo un buen rato en levantar los ojos de la tierra. Me fijo en la lápida que tengo a pocos pasos, la conozco bien. Tiene una forma poco común, un medio círculo que destaca entre el resto de monumentos mortuorios. No veo los remolinos verdes que crea el mármol de jade, pero las pulseras brillan bajo la luz tenue, colgadas en unos pequeños ganchos que hay bajo la curva de la medialuna tallada.

Me obligo a levantarme, se me nubla la visión detrás de las lágrimas cuando me detengo delante de la lápida. Fue un regalo que me hizo Arthur a los pocos meses de que nos hiciéramos amigos. No tenía un cuerpo que enterrar. Solo recuerdos. Solo un nombre. Adam Cunningham.

Me permito pasar los dedos por las baratijas que cuelgan de los ganchitos. Falta una: la pulsera de plata grabada. Me doy cuenta de que es la primera vez que pienso en Adam sin sentir un pinchazo de pena o que la culpa me aplasta. En cambio, lo que pienso es que fue muy bonito que Morfeo me trajera aquella esclava. Una criatura salvaje transportando recuerdos desde el otro lado del pueblo. A lo mejor ha puesto la pulsera donde regresará al estrato del tiempo. Y esa idea no me entristece. En cierto modo, me alivia.

Soy incapaz de señalar el momento exacto en que la pena se transformó por fin, al menos un poquito. Pero yo sé por qué. Desde que Nolan vino a Cabo Masacre, he deseado algo más que sobrevivir sin más en las sombras. Quiero florecer en ellas. Aunque él se haya ido. Pese a que su promesa no fuera más que una ilusión quebradiza, pues a lo mejor eso era lo único que necesitaba en realidad. Un poquito de su brillo, como una linterna en la noche.

Me seco los ojos con los nudillos y me levanto. Puede que la promesa de Nolan no fuera más que un juramento frágil, pero el mío no lo es. Yo no voy a abandonar a Arthur.

Voy hacia el cadáver que se está enfriando en el suelo. Ya casi han pasado dos horas desde que Arthur lo ha matado, así que lo más seguro es que no falte mucho para que se le empiecen a quedar los miembros rígidos. Frunzo el ceño cuando miro el coche. No tengo equipo que me facilite esta tarea. Agacho la cabeza y resoplo con fuerza, luego le quito los zapatos.

—Soy consciente de que esto es muy poco digno. —Le reviso los bolsillos de los pantalones, los tiene vacíos. A continuación, le desabrocho el cinturón, el botón y le bajo la cremallera—. Pero no tengo muchas opciones. Además, después de todo, lo más probable es que sí que le pegaras a Arthur, así que vamos a decir que te lo mereces.

Empiezo a tirarle de los pantalones por las caderas y las piernas hasta que se los quito. Una vez fuera, retuerzo las perneras para hacer una cuerda que le anudo alrededor de los tobillos. Agarro el otro extremo y comienzo a arrastrarlo hacia el coche.

—Ninguno de los dos pretendíamos pasar la noche así, lo sé —susurro entre gruñidos y tirones—. Yo creía que a lo mejor me tomaba una copa de vino y echaba un polvazo monumental con el asesino en serie que es mi casi novio. No que me ghosteara y tener que deshacerme de un cadáver. De verdad, es que los turistas lo estropeáis todos.

Sigo tirando, el sudor me cubre la piel, me cuesta respirar del esfuerzo de acarrear un cuerpo sin vida por un terreno irregular. Una vez que cruzamos la cancela, le doy un empujón para que baje rodando por la pequeña pendiente. Se detiene en la zanja poco profunda y luego lo vuelvo a arrastrar hacia el sedán, hasta la puerta trasera del lado del conductor. Cuando he conseguido colocarle los pies y las extremidades inferiores en el espacio para las piernas del asiento, me meto en el coche y empiezo a tirar de él para que entre del todo.

—Podrías facilitarme un poco las cosas —le recrimino tirando de los brazos flácidos para enderezarle el torso—. Ya te estás quedando rígido.

Con un poco de maña y más de un intento, consigo abrazarle el torso y empujarlo hacia los reposapiés de los asientos de atrás. Me detengo un minuto para que se me normalice el pulso y luego me dirijo al maletero a coger un par de mantas, esas de lana Burberry que tanto le gustan a Arthur, para tapar el cuerpo.

En cuanto acabo, volvemos al hostal El Cabo.

Sé que debería centrarme en cosas más importantes, como por ejemplo asegurarme de que Arthur no vuelve a escaparse para cometer asesinatos. O a lo mejor la prioridad debería ser deshacerme del cadáver de este turista que no conozco de nada. Sin embargo, no puedo evitarlo. Una parte de mí sabe que la explicación lógica es que Nolan se ha marchado ahora que ha conseguido lo que quiere de mí. Pero otra parte de mí no puede creérselo así como así. Lo que dijo la otra noche no me parecieron promesas falsas que se hacen con el calentón. Me niego a creer a esa voz racional de mi cabeza. Al menos hasta que lo vea con mis propios ojos.

Me detengo cerca de la entrada del aparcamiento del hostal, pero no entro. Dejo el coche en la calle, entre las sombras de esta zona en la que no hay iluminación. Compruebo el cadáver una última vez para asegurarme de que está bien tapado, salgo del coche y camino hacia el hotel.

El coche de Nolan no está en su sitio. La mayoría de las plazas están ocupadas. Cuando entro en el vestíbulo, no hay nadie, ni siquiera Irene. Me detengo un rato para confirmar que no está dormida en la salita oscura y luego emprendo la marcha hacia el pasillo que lleva a la habitación de Nolan.

Pego el oído a la puerta; no se oye nada al otro lado. Doy tres golpecitos suaves en la madera. Nadie responde. Entonces meto mi llave maestra en la cerradura y entro.

Mi parte racional me decía que esto era lo que me iba a encontrar, pero el corazón me duele igual.

El bote de las pastillas no está sobre la mesita de noche. La maleta no está en el portamaletas. No hay comida en la nevera. Cuando voy hacia el armario, dentro tampoco hay ropa colgada. Tras eso no reviso nada más. Me siento en el borde de la cama sin más. Siento como si me hubieran arrancado algo del centro del pecho. A lo mejor no debería doler tanto. Después de todo, ¿acaso conocía bien a Nolan Rhodes? Vino a destruirme. Solo encontró otra forma de apuñalarme, así de simple.

Duele. Escuece. Me siento en carne viva, como si todas las heridas sangrantes de mi cuerpo estuvieran expuestas. Aparte de Arthur, él es la única persona a la que le mostré mi verdadero yo. Vio lo peor de mí. Y creía que me había aceptado tal y como soy, pero se ha largado a la primera de cambio.

La sociedad nunca acepta todas las facetas de la verdadera naturaleza de una mujer, sobre todo cuando se trata de su dolor y su trauma y su oscuridad, pero aun así se alimenta de esas cosas hasta que las consume, dejando solo una fachada pulida. El mundo quiere a una víctima perfecta, no a la criatura en la que una mujer como yo puede decidir convertirse para sobrevivir. Lo mejor que podemos desear es hallar otra alma que nos espere en nuestro camino con los brazos abiertos para estrecharnos.

Creía que eso era lo que había encontrado en Nolan. Él ni siquiera necesitó que le contara mi trágico trasfondo. No se dio la vuelta cuando el resto del mundo lo hubiera hecho. Aceptó a la mujer que decidí ser el día que me alejé de las cenizas de mi antigua vida.

O eso pensaba yo.

Me paso el dedo por debajo de las pestañas para atrapar las lágrimas que no hacen más que reaparecer en cuanto me las limpio. Tardo un buen rato en controlar la soledad que amenaza con cerrarme la garganta, pero con el tiempo lo hago. Y lo haré. He sobrevivido a cosas peores y también sobreviviré a esto.

Me levanto. Voy hacia la puerta. Echo un vistazo por la mirilla, salgo de la habitación y me dirijo hacia el pasillo.

Cuando llego al vestíbulo, dudo. Algo me empuja a acercarme al mostrador de recepción. Me cuelo por debajo de la trampilla y voy hacia el registro de huéspedes de Irene. Paso las páginas hasta que encuentro la entrada de Nolan, deslizo un dedo bajo el renglón donde vienen los detalles de su estancia. Las fechas en que pensaba alojarse. La hora de llegada. Según el registro, no ha hecho el *check-out*.

Miro el libro con el ceño fruncido, intentando entender esta información, y comparo los datos de la entrada de Nolan con los de otros huéspedes que han venido y se han ido. En el registro no hay nada que indique que se ha marchado, aunque su habitación estaba impoluta. Parecía que estaba preparada para recibir a un nuevo huésped, como si nunca se hubiera alojado ahí. Otro fantasma de Cabo Masacre que se esfuma arrastrado por el vendaval que ha barrido los restos ocultos bajo las olas.

Las preguntas se me acumulan en la cabeza cuando oigo una voz que se acerca desde el piso de arriba. Los pasos golpean la escalera. Alguien tiene prisa. Me escondo detrás del mostrador y me hago pequeña entre las sombras.

—¿… estás seguro de esto? —pregunta una voz que no reconozco. Hay un retardo, como si estuviera hablando por teléfono—. ¿Y si Rhodes no habla?

Se me hiela la sangre. Echo un vistazo por el espacio que queda entre la trampilla, donde es poco probable que me pille. Veo un hombre que baja deprisa los últimos escalones. Hay un atisbo de miedo en su mirada. Pero también determinación. Lleva una bolsa en una mano y en uno de los lados distingo un círculo con dos P bordadas.

El grito que ahogo en silencio se pierde bajo sus pasos pesados cuando me saco la cartera del bolsillo y extraigo la tarjeta de visita que metí dentro. Es el mismo logo que aparece al lado del nombre de Sam Porter. «Producciones Porter», reza la tarjeta.

La alarma que me ha helado el cuerpo hace un rato se transforma. Me quemo en silencio. Soy un incendio dispues-

to a destruir a cualquiera que se cruce en mi camino. Empezando por este hombre, que debe de ser el piloto del dron.

—Suena arriesgado. ¿Estás seguro de que vale la pena? —Pasa por delante del mostrador, hacia la puerta—. ¿Qué me dices de la localización? En la destilería hay un eco que flipas.

Se dirige hacia la puerta; está centrado en su destino y en la conversación. No mira hacia atrás, así que no ve que he cogido la antigua perforadora de papel de tres agujeros que hay en el escritorio de Irene y que abandono mi refugio debajo del mostrador para seguirlo.

Cuando salgo del hostal, el tío ya va por la mitad del aparcamiento, sujetándose el teléfono a la oreja con el hombro. Busca las llaves en el bolsillo y abre un Honda CR-V que está aparcado a un par de plazas del sitio favorito de Nolan.

—Sí que confío en ti, tío. —Camina más despacio conforme se acerca al coche. En cuanto abre el maletero, mete la bolsa dentro y corre hacia el asiento del conductor—. Llegaré lo antes posible —dice y luego cuelga.

«No, no vas a ir a ninguna parte», pienso mientras corro hacia delante.

No me oye acercarme. Ni siquiera se da la vuelta. Lo golpeo con todas mis fuerzas, le estampo la perforadora en el lateral de la cabeza y se oye un ruido satisfactorio.

Cae inconsciente sobre el asfalto.

Al momento miro a mi alrededor. Hay un silencio espeluznante, solo se oye el ruido del océano que se alza para encontrarnos. Me permito un instante de calma y me convierto en una tormenta frenética de movimiento. Primero le quito el teléfono, corro hacia el borde del acantilado y lo lanzo al mar junto a la perforadora. A continuación, le quito la cartera y las llaves. Abro el maletero del coche, cojo la bolsa y el resto del equipo que encuentro. No tengo ninguna intención de perder el tiempo arrastrando a otro tío muerto de aquí para allá. Pero al menos puedo hacer como que le han robado y llevarme el equipo caro.

Cuando acabo, compruebo rápidamente cómo se encuentra. Respira. Le sangra la nariz. Debe de haberse dado un buen mamporro en la cara al caerse. No estoy segura de qué tipo de daño le he provocado y no voy a quedarme a esperar para averiguarlo. Puede pasar un buen rato hasta que se despierte, si es que lo hace. O podrían pasar solo unos segundos.

Lo dejo donde está y corro hacia el coche de Arthur, me alejo del hostal El Cabo y me dirijo hacia el pueblo todo lo rápido que me atrevo con un cadáver en el asiento trasero. La niebla se hace más densa cuanto más me distancio del mar. Parece comerse los faros del coche cuando giro en la carretera que lleva a la destilería Lancaster.

Nolan Rhodes dijo que recorrería el infierno para sacarme a rastras si alguna vez intentaba escapar.

Pero yo no me escondo en el infierno.

Yo lo traigo a la vida.

BORRASCA

Nolan

Los pasos de Sam resuenan en el espacio que nos separa y se quedan atrapados entre las vigas del techo abovedado de la destilería. Aunque tiro de las esposas, no consigo nada. El metal me araña la piel. Intento retorcer los tobillos, pero eso tampoco sirve en absoluto, ha usado varias capas de cinta americana para sujetarme las piernas a la silla.

—En este sitio hay mucha sinergia para grabar —dice Sam, que aparece por el pasillo con una bolsa larga y fina de la que saca un trípode. Suelta un suspiro tedioso y dramático, inhala el olor a recién pintado y a madera recién cortada—. Teniendo en cuenta que este es el corazón del imperio de Arthur Lancaster, entrevistar a otro asesino aquí, en la destilería que Lukas Lancaster se esfuerza por resucitar, es un modo perfecto de unir todas las piezas. ¿No te parece?

No respondo. No tengo ninguna intención de decirle una mierda a este tío.

Mucho menos delante de una cámara.

Él sonríe. Parece que me lee el pensamiento cuando dice:

—Vamos a hablar, tú y yo. O todo lo que sé sobre Harper Starling acabará en este documental y su vida se desmoronará, créeme.

—¿Y cómo sé que no lo harás de todos modos aunque hable contigo?

—Supongo que tendrás que confiar en mí. —Se encoge de hombros, ajusta el trípode y luego se agacha para sacar la cámara y quitarle la tela protectora. No deja de mirarme más tiempo del necesario, como si no se fiara del todo de que me ha inmovilizado a conciencia—. Si me das lo que quiero, te prometo que a ella la mantendré al margen.

—¿Y qué es lo que quieres exactamente?

Se le ensancha la sonrisa.

—La historia de toda una vida, por supuesto. Y el reconocimiento que me merezco.

Resoplo y él entrecierra los ojos hasta que se le convierten en una delgada rendija de malicia.

—¿Reconocimiento? ¿Quieres decir «fama»?

—Quiero decir acreditación. De que mi grupo ha hecho lo que nadie más ha podido hacer. —Sam aprieta un botón de los cables negros que lo rodean y dos focos portátiles se encienden. Cierro los ojos cuando la luz blanca me ciega—. Hemos resuelto casos archivados que las autoridades no han conseguido resolver. Hemos expuesto a criminales…

—Y ahora te has convertido en uno. —Sacudo las esposas a mi espalda. Tengo los brazos enganchados por debajo de los reposabrazos de la silla de metal—. Qué conveniente que te hayas olvidado de que hay leyes sobre secuestrar a gente a punta de pistola y retenerla en contra de su voluntad, entre otros crímenes, ¿no?

Sam se me acerca con un micrófono de solapa inalámbrico entre las manos. Me lo prende de la camisa evitando levantar la vista y toparse con mi mirada determinada. Cuando acaba, vuelve al trípode y se pone también otro micrófono antes de colocarse unos auriculares.

—¿Sabes? Antes de unirme a los Buscasabuesos ya creía que es necesario romper algunas reglas para que se haga justicia. Y, de toda la gente que hay en este pueblo de desquiciados, pensaba que tú estarías de acuerdo conmigo.

Se ajusta las gafas, toca unos botones de la cámara hasta que parece satisfecho con lo que está viendo en el visor y luego coge la claqueta del suelo. Con ella aferrada entre las manos, se coloca entre la cámara y yo.

—Acción —declara, y baja el brazo de rayas blancas y negras antes de salir corriendo para ponerse detrás de la cámara, donde cambia la claqueta por una libreta. Espero a que mire el visor para poner los ojos en blanco—. ¿Te llamas Nolan Caius Rhodes?

—Ya sabes cómo me llamo.

Sam me observa desde detrás de la cámara.

—Podemos empezar directamente con Harper Starling, si lo prefieres.

Me arde la sangre. Tiro con fuerza de las esposas. Estoy desesperado por arrancarle la puta garganta. Por clavarle los dedos en la carne y sentir que se le raja bajo mi mano.

—Sí —confirmo con los dientes apretados—. Me llamo Nolan Caius Rhodes.

—¿Dónde vives?

—Gatlinburg, Tennessee.

—Cuéntame qué te trajo a Cabo Masacre.

Suelto un suspiro pesado, como si esto fuera lo más ridículo que me he visto obligado a soportar.

—Avistamiento de aves.

—Avistamiento de aves —repite Sam, que no consigue impedir que la risilla triunfante se le cuele en la voz. No es para nada un entrevistador imparcial, pero tampoco es que me esperara ningún grado de profesionalidad por su parte—.

Cierto, Irene mencionó algo al respecto. Supongo que ahora tiene mucho más sentido. Dime, ¿alguna vez has observado estorninos?

Lo fulmino con la mirada.

—¿Sabes que los estorninos pueden imitar el cántico de hasta veinte especies de pájaros diferentes? —continúa—. Incluso son capaces de imitar la voz humana.

Hay algo más detrás de la sonrisa lenta que me dedica. Como si tuviera todas las cartas. Hasta las que yo no sé que existen.

Una manta sofocante de incomodidad me cae encima.

—Hazme una pregunta relevante —gruño.

—Por supuesto. —La falsa alegría de su tono me saca aún más de mis casillas. Sam pasa una página del cuaderno dándose golpecitos con el boli en la barbilla—. Ah, sí. Tengo una pregunta relevante. ¿Por qué asesinaste a Trevor Fisher?

Aprieto los labios.

—¿Y qué me dices de Dylan Jacobs? ¿O Marc Beaumont?

Yo no digo nada.

—¿Y de Jake Hornell? ¿No sabrás nada sobre su desaparición, que tuvo lugar el 7 de junio? ¿O qué tal si me cuentas lo que estabas haciendo anoche en el río Ballantyne? Porque a mí me parece sospechoso que te cagas.

Joder. No oí nada. No vi luz ni ningún otro coche. Fue una noche normal en el río, salvo porque Harper no estaba, cosa por la que ahora mismo estoy muy agradecido. Pero está claro que no me encontraba tan solo como creía.

Como sigo sin responder, Sam desprende frustración, los hombros se le quedan rígidos de la tensión. No me creo que vaya a dejar a Harper al margen de esto. Nunca confiaré en su palabra. Pero, si consigo cabrearlo lo suficiente, si puedo empujarlo hacia la frustración y la rabia, a lo mejor soy capaz de convencerlo…

—Dado que estás decidido a complicarme las cosas, señor Rhodes, vamos a hablar de lo que sabes sobre Harper Starling. Y luego te cuento lo que sé yo. —Sam pasa otra página de la libreta—. Harper conducía el coche que os atropelló a tu hermano pequeño Billy y a ti hace cuatro años. Después del accidente, se alejó con el vehículo y os abandonó para que murierais. ¿No te parece…?

Un sonido repentino resuena en el extremo opuesto de la destilería. Ambos nos sobresaltamos, Sam suelta un largo suspiro mientras sacude la cabeza.

—Joder, ya era hora. —Se mira el reloj de pulsera antes de darle a un botón de la cámara para dejar de grabar y grita—: ¡Vinny, estoy en la pasarela!

Pero no hay respuesta.

Sam saca con cuidado la pistola que se había metido entre el cinturón y la espalda. El silencio nos envuelve. Se oye otro golpe metálico, como si algo estuviera chocando con los alambiques de cobre.

—Maldita sea —susurra Sam.

Me revisa las muñecas y los tobillos, luego va hacia las escaleras que llevan a la planta de abajo y me lanza una mirada preocupada antes de desaparecer. Oigo sus pasos descender por los escalones y después empieza a cruzar la sala en dirección al sonido.

Yo sigo forcejeando con las ataduras, pero me detengo en cuanto la veo.

—¿Qué haces aquí? —siseo cuando Harper surge de entre las sombras y sale a la luz brillante de los focos. Se agazapa y corre hacia donde estoy. Le tiembla un poco la mano cuando me agarra del brazo y examina el aprieto en el que me encuentro.

—Salvarte el culo, obviamente —responde soltándome la muñeca. Baja a los pies y empieza a cortar la cinta americana

que me sujeta a la pata de la silla—. O al menos eso pensaba. ¿Cómo has permitido que te ponga unas esposas?

—¿Que lo he permitido? ¿Quién permite que lo esposen?

—Pues parece que tú. Como si fueras un aficionado. Y, si mal no recuerdo, es la segunda vez que te la meten doblada hoy.

—Ahora no es el momento, Harper. —Siento que la cinta cede cuando se rompe y luego Harper pasa a la otra pierna—. Tienes que largarte de aquí —susurro—. Está desquiciado. Tiene una pistola.

—Me he dado cuenta.

—Como te vea aquí… —Me callo cuando oímos las pisotadas de las botas de Sam subir por las escaleras. Harper consigue soltarme el otro tobillo—. Escóndete.

Nos miramos a los ojos solo por un instante, pero es suficiente para que distinga el miedo en su cara. Ya lo he visto antes. Nunca olvidaré el terror y la desesperanza que me devolvió su mirada desde el abismo del mar. Sin embargo, también soy consciente de que esta vez es diferente. No teme por ella. Tiene miedo por mí.

—Vete —vocalizo sin dejar que ningún sonido se me escape de los labios.

Harper se escabulle por el pasillo con pasos silenciosos. Desaparece entre las sombras que se encuentran más allá de las luces brillantes un segundo antes de que Sam aparezca en la pasarela, todavía aferrado a la pistola. Parece intranquilo, un tanto cauteloso. Pero la determinación parece apoderarse de él cuando regresa junto a la cámara y toca un botón. Una lucecita roja parpadea.

—Bien —se aclara la garganta—, ¿por dónde íbamos?

—Creo que estábamos en la parte en la que te digo lo trastornado que estás. Me has secuestrado y me retienes en contra de mi voluntad, así que vete a la mierda.

Aunque Sam tiene la pistola bajada, le quita el seguro y lo pone de nuevo para recordarme el poder que tiene sobre mí. Saber que Harper está escondida en alguna parte es lo único que me aterroriza de esa amenaza tácita. Pero si consigo que se acerque un poco más...

—¿Sabes lo que pasa con los tíos que son como tú? —le pregunto y me apoyo en el respaldo de la silla como si tuviera toda la noche para jugar a esto—. No te diferencias tanto de la gente que aseguras perseguir. Te has pasado tres pueblos con tu «docudrama» de crímenes reales. Pero en realidad no tienes habilidad suficiente para llevarlo a cabo.

Puede que Sam no se mueva de detrás de la cámara, pero casi siento el calor de su rabia.

—No tienes ni puta idea de cómo entrevistar a un testigo. O cómo hacer de manera legal... bueno... cualquier cosa. ¿De verdad crees que el tribunal te absolverá por volar con el dron por encima de la mansión Lancaster o por colarte en propiedades privadas o, no sé, secuestrar a alguien?

—Me da igual lo que pienses. —Sam se me acerca. Apunta con la pistola a mi sonrisa burlona—. Me importa la verdad. —Mueve los pulgares. Quita el seguro y gruñe—: Dime la puta verdad.

—¿Quieres saber la verdad? —El corazón me late tan fuerte que temo que se me van a romper los huesos—. La verdad es que no deberías preocuparte por mí.

—Sino por mí.

En cuando Sam se da la vuelta al escuchar la voz de Harper a su espalda, yo me levanto y giro. La silla de metal le golpea las corvas. Pierde el equilibrio y se cae hacia delante. Suelta la pistola. Un disparo ensordecedor recorre la destilería cuando el arma aterriza en el suelo y desaparece entre las sombras.

Yo me arrodillo, me doy con el hombro y la cara en el suelo. Pero no aparto los ojos de Harper, que corre hacia Sam agazapada para aprovechar la oportunidad. Se lanza sobre él mientras sigue tirado y lo agarra por las piernas. Su grito de furia resuena por toda la estructura de cemento y metal. Usa todas sus fuerzas para impulsarlo contra mí.

Lo suelta con un último empujón. Sam se me cae encima tambaleándose.

Y entonces yo levanto las rodillas para catapultarlo por la barandilla. El tío sacude las piernas y los brazos en el aire. Ya estoy cantando victoria porque nos hemos librado de él, pero se le queda un pie enganchado entre la plataforma de metal y se le retuerce. Tiene la bota doblada contra uno de los travesaños de la pasarela. Se queda colgado mientras el pop de los huesos dislocándose y los tendones rajándose llena el aire, seguido de unos gritos agonizantes.

—Hostia puta —dice Harper con la respiración acelerada y las manos apoyadas en las rodillas—. Eso tiene que doler un huevo.

Sam suplica ayuda.

—¿Estás bien? —me pregunta Harper, ignorando las plegarias de asistencia, y me echa una mano para que me ponga en pie. La preocupación se le refleja en los ojos. Me pone las manos en las mejillas, me pasa el pulgar por la sangre que me cae en la mejilla por un corte que me he hecho en el ojo—. La pistola…

—Estoy bien. Solo he perdido el equilibrio. ¿Y tú?

—Sí. Estoy bien. —Harper suaviza la mirada, la baja a mis labios y se queda ahí—. Creía que te habías marchado.

Frunzo el ceño. Ella me mira a los ojos solo un instante y se sonroja.

—¿Marcharme? —pregunto y ella se encoge de hombros—. No, por supuesto no. ¿Por qué iba a irme?

Ella sigue sin mirarme, está centrada en el pasillo envuelto en sombras.

—¿Por qué no?

Soy consciente de que lo que sea que esté pasando entre nosotros es diferente para mí que para ella. Solo confió en mí porque no tenía elección, así que tiene sentido que piense que me largaré a la primera de cambio. Pero no entiende que ella es lo único en lo que he pensado durante los últimos cuatro años.

Cada día, su presencia en mi mente me ha dado algo por lo que luchar. Me ha dado un propósito. Puede que mi obsesión fuera muy diferente cuando todo empezó, pero no he dejado de estar obsesionado por ella. Solo se ha transformado.

—Harper… —Suspiro cuando ella aparta la vista sacudiendo la cabeza, en un intento por ocultar ese brillo que tiene en las pestañas—. ¿Qué tal si primero me traes la llave?

—Cierto. Llave.

Sale de su crisis de confianza momentánea para ir hacia donde está Sam, que sigue colgado de la escalera, sus gritos de pánico y sus palabrotas furiosas resuenan por toda la estancia. Ella se tumba bocabajo y le rebusca en los bolsillos, suelta un aullido triunfante cuando encuentra lo que está buscando. Cuando vuelve con la llave, me quita las esposas y, una vez tengo las manos libres, dejo que la silla se caiga y la abrazo.

—No. —Entierro la cara en su cuello y me aprieto contra ella. Aspiro el aroma dulce de su olor distintivo. Me deleito en cada inhalación que ella toma contra mí, en cada roce cuando me desliza las manos por la espalda para estrecharme igual de fuerte—. No me he ido. Ya te lo dije. Eres mía y no te voy a soltar.

Ella asiente. A lo mejor se piensa que solo son palabras bonitas. Puede que no se dé cuenta de que es una promesa. Un

juramento que no tiene final. Pero entonces me aparto para atraparle la boca en un beso abrasador y demostrárselo. Aprieto los labios contra los suyos y le robo el aliento y le cubro la lengua con la mía. Enredo las manos en su pelo y la retengo contra mí. Sé que no está preparada para escuchar las palabras. Apenas tienen sentido para mí. Pero la amo y se lo demuestro con cada caricia.

—Joder, ¡ayudadme, putos psicópatas! —Los chillidos de Sam rompen nuestro momento.

Apoyo la frente en la de Harper y le dejo una marca de sangre cuando nos apartamos.

—Supongo que deberíamos hacer algo con este gilipollas.

Harper suelta un suspiro y cierra los ojos por un instante, como si estuviera saboreando mi toque.

—Sí —dice antes de dar un paso atrás—. Puede que tengas razón.

Con una sonrisa resplandeciente, gira sobre los talones y echa a andar hacia Sam. Se arrodilla para meter las manos entre los travesaños de la pasarela y las coloca a ambos lados de la bota.

—¿Q-qué haces? —tartamudea Sam.

—Ayudar, está claro. —Le tira de los cordones y se los desata—. Pero no he dicho a quién.

Harper se levanta y le da una patada a la bota. A Sam el pie se le desliza del zapato. Los gritos se detienen cuando aterriza en el suelo de la planta de abajo.

—Dios. Qué a gusto se está en silencio, ¿no? —digo mientras echamos un vistazo por encima de la barandilla y vemos su cuerpo inmóvil. Por debajo de la cabeza, un charco de sangre se extiende en el cemento.

—Sí, me estaba poniendo de los nervios. —Harper coge la bota para lanzarla por encima de la pasarela. Le da en la cara a Sam antes de rebotar en el suelo—. Va a ser una putada limpiar eso. Deberíamos ponernos manos a la obra. Estamos bastante lejos del pueblo… La finca más cercana es la granja del viejo señor Talbot, está a poco menos de un kilómetro y es bastante duro de oído, pero nunca se sabe. Puede que alguien haya escuchado el disparo de antes y haya llamado a la policía.

—Ey. —Le pongo una mano en la muñeca para que no vaya hacia las luces que todavía brillan a nuestra espalda. Levanta la cabeza y me mira con una pregunta en esos ojos plomizos—. Sé que creías que podía abandonarte, pero tú también podrías haberme dejado a mí. No estoy seguro de cómo has descubierto donde encontrarme, aunque me alegro de que hayas venido.

Ella asiente. Tarda un segundo en decir por fin:

—De nada. Para qué están los amigos, ¿no?

Le lanzo una mirada asesina.

—No somos «amigos».

—Ya, creo que eso ya lo has mencionado —responde, pero sé que sabe lo que quiero decir en realidad. Que hay mucho más. Lo veo en el modo en que me dedica una sonrisa vergonzosa que se me clava como una astilla en el corazón antes de darse la vuelta para empezar a desmontar las luces. Sé que los dos nos acordamos de aquella primera vez que nos enfrentamos en su jardín. Se suponía que era una confrontación definitiva que sellaría nuestro destino. Presa y verdugo. Crimen y justicia. A lo mejor estoy preparado para dejar eso atrás a cambio de otros recuerdos que empiezan a eclipsarlo. La rabia me sirvió de algo al principio, pero al final era una jaula. La culpa es una prisión igual de perversa y tengo claro que ahí es donde está todavía atrapada Harper.

Por primera vez, me pregunto si podré ayudarla a escapar de ella cuando fui yo quien contribuyó a que acabara ahí.

Esa idea me atormenta mientras guardamos el equipo de Sam, nos llevamos todo lo que conecta con nosotros a mi coche y el Jaguar de Arthur, que está aparcado en la parte trasera del edificio para que no se vea desde la carretera.

Después de debatir qué es lo mejor que podemos hacer con el cuerpo, acordamos que deberíamos dejarlo aquí, en la destilería, pero nos damos otra vuelta para asegurarnos de que hemos borrado las huellas de nuestra presencia para que parezca que fue un accidente casi... desafortunado.

Si lo sacamos de la escena del crimen, solo despertaremos el interés de los Buscasabuesos. Se pondrán rabiosos por conocer los detalles y no se detendrán hasta que resuelvan el misterio. Pero, si es un accidente, podríamos esperar tener menos problemas. Y si Vinny se despierta en el hostal después del mamporro que le ha dado Harper en la cabeza, será su palabra contra la mía. Esa historia absurda de que su jefe desquiciado me secuestró para entrevistarme no tendrá mucho peso para el pragmático sheriff Yates, sobre todo frente a mi coartada de que estaba durmiendo tan tranquilo en la casa anexa de la mansión Lancaster junto a mi novia.

Estamos bajando por la rampa de la entrada de la destilería, después de haberle echado un último vistazo a la escena del crimen, mientras seguimos hablando de los detalles de nuestro plan cuando escuchamos el motor de un coche y la gravilla bajo los neumáticos.

Tanto Harper como yo nos detenemos de repente y aguantamos la respiración. Pero es imposible que nos hayamos equivocado, sobre todo porque el motor se detiene y le sigue el chirrido y el golpe seco de una puerta al cerrarse.

Alguien se ha detenido en el aparcamiento principal de la destilería Lancaster.

—A lo mejor es el tío del dron —susurra Harper y le echamos un vistazo a las ventanas, por las que se ve el cuerpo bajo la luz tenue.

—Puede —estoy de acuerdo, aunque la cojo de la muñeca, preparado para tirar de ella hacia el camino donde tenemos aparcados los coches. La luz de una linterna se cuela por las ventanas que hay al otro lado del edificio. Despacio, unos pasos cuidadosos avanzan hacia la entrada, seguidos del crujido de la puerta que se abre y se cierra.

Nosotros nos damos la vuelta y corremos hacia los coches.

—Pero creo que no deberíamos quedarnos a averiguarlo.

CERO HIDROGRÁFICO

Nolan

Tal vez debería preocuparme que nos dejáramos algo. Me aterra que Yates averigüe al fin cómo hacer su trabajo y llame a mi puerta. Deberían darme ganas de huir de este sitio.

Pero no. Me siento vivo.

Son casi las tres de la mañana y la adrenalina ha estado fluyendo toda la noche. Primero el encuentro con Sam. Luego escapar de la destilería. A continuación ir corriendo al hostal El Cabo. Nos colamos en las habitaciones de Sam y Vinny para borrar o robar cualquier cosa que encontramos y que nos pareciera que conectaba demasiado con Harper o conmigo, y luego nos llevamos al turista muerto y todas las pruebas a la mansión Lancaster para esconderlos en la caseta del jardín. Incluso después de haber conseguido meter el cuerpo rígido del tipo en el arcón congelador, ambos nos sentimos con demasiadas energías como para dormir.

Así que nos decantamos por la siguiente mejor opción.

Las cuerdas cruzan la piel de Harper; cada cordel está colocado sobre su carne con cuidado y precisión. Uno le envuelve el cuello. Dos cuerdas entrelazadas le bajan por el centro del pecho y acaban por encima de la pelvis. De una serie de nudos surgen líneas perpendiculares en forma de abanico. Por encima de las tetas. Por debajo de ellas. Alrededor de la cintura. Incluso por debajo de cada cadera. Una red intrincada le sujeta los brazos a la espalda. Me he tomado mi tiempo para atar cada nudo y colocar cada una de las cuerdas donde quería. Más o menos una hora después, tiene la parte superior del cuerpo inmovilizada y está completamente a mi merced.

Cuando ato el nudo que queda, saboreo mi obra y me permito pasear la mirada poco a poco por cada centímetro de su piel. Registro hasta el último detalle. El rubor de su piel. La piel de gallina en los muslos. El brillo del flujo que se le acumula en la entrada. El modo en que se estremece cuando le paso un dedo por el coño hasta el clítoris. El sonido de su gemido, el matiz desesperado que tiene cuando aparto la mano.

—Abre —le ordeno levantando el dedo entre nosotros. Ella separa los labios y yo le pongo el dedo en la lengua—. Chupa.

Cierra los labios y me succiona el dedo con fuerza. La polla se me pone dura al acariciarme la piel con la lengua. Cuando se lo saco de la boca, se lo paso por los labios.

—¿Estás segura de esto? —pregunto.

Harper asiente sin dudarlo.

—Ha sido una noche muy dura. —Finge que hace un puchero y me mira batiendo las pestañas—. Primero me llevé un cadáver de la escena de un crimen y luego maté a un hombre. Me merezco un castigo.

—Creía que se rumoreaba que ese primer hombre se perdió paseando al perro por la noche y que el otro tuvo un accidente laboral. —Extiendo el brazo hacia la mesilla de noche, donde he dejado mi material. Me limpio las manos con una toallita desinfectante y a continuación saco un par de guantes de látex de la caja para ponérmelos.

—No puedes creerte todo lo que escuches.

Sonrío con suficiencia; ya se me está acelerando el pulso de la anticipación. Los cojines ya están amontonados a mi espalda; me tumbo en la cama, con la parte superior del cuerpo alzada.

—Entonces más vale que te subas a mi polla y recibas tu castigo.

A Harper se le oscurecen los ojos de la necesidad. Está de rodillas casi en el centro de la cama, cerca de mis pantorrillas. Se incorpora para poder acercárseme; no tiene mucho equilibrio porque lleva los brazos bien atados al cuerpo. Yo no hago ningún amago por ayudarla; me contento con presenciar lo que le cuesta moverse. Ella no despega los ojos de mi erección. Consigue colocar la rodilla izquierda entre mis muslos con cierto esfuerzo; entonces sube por mi cuerpo hasta que su coño queda alineado con mi polla. Con unas cuantas maniobras más y ninguna asistencia por mi parte, se hunde en mi longitud y me envuelve con su calor resbaladizo.

—Cabalga —le ordeno. Y es lo que hace. Con movimientos lentos y cuidadosos, se alza y se deja caer, girando las caderas mientras se muerde el labio. Cuando empieza a coger un ritmo firme, extiendo el brazo para coger otra toallita—. ¿Cuál es tu palabra de seguridad?

—Fiambre.

—Me parece un poco engreída.

—Solo un poquito.

—Ajá —digo. Se estremece cuando le paso la toallita fría por el pezón hasta que estoy seguro de que la piel está limpia—. Quizá lo deje pasar por esta vez, ya que estoy a punto de hacerte daño.

Lanzo la toallita a un lado, luego alcanzo los fórceps, los cierro alrededor del pezón izquierdo y la oigo aspirar aire de repente. Entonces cojo la aguja hueca.

—¿Estás preparada? —pregunto; sujeto el acero quirúrgico afilado entre nosotros a modo de advertencia.

—Sí.

—Pues estate quieta.

Descansa en mi miembro; se le ha sonrojado la piel del calentón y la anticipación del dolor. Dios, está perfecta, joder. Esas cuerdas rodeándole la piel. El labio hinchado entre los dientes. El pezón que le sujeto y el coño envolviéndome la polla. Quiero guardar esta imagen en la memoria para siempre.

Coloco la aguja puntiaguda contra su piel.

—Respira hondo.

Ella hace lo que le pido. Y entonces la pincho.

Un gimoteo delicioso. Una inhalación intensa. El coño se le tensa alrededor de mi erección, dura como una piedra. Deslizo la aguja en horizontal por el pezón hasta que sale por el otro lado, y entonces la saco muy despacio, dejando que aproveche el dolor que tanto anhela. Cuando quito la aguja, la reemplazo por la barra del piercing y le coloco los ópalos biselados a cada lado.

—¿Qué tal? —pregunto. Pero ya lo sé. Lo sé por el modo en que se estremece. Por el flujo que le cae del coño.

—Bien —susurra sin aliento—. Muy bien, joder.

—Demuéstramelo.

Me cabalga la polla y la observo durante un buen rato, sin desviar los ojos de esa barra de metal que le cruza el pezón, de la piel enrojecida. Creo que nunca he visto nada que me pusiera tan cachondo. Cuando consigo apartar la mirada, cojo una nueva toallita con alcohol y le limpio el otro pecho antes de abrir el envoltorio de una nueva aguja.

—Quédate quieta —le ordeno. Harper se detiene y yo le agarro el pezón con los fórceps—. Te gusta este dolor, ¿verdad?

Ella asiente.

—Sí.

—Bien. —Dejo que la punta de la aguja descanse contra su piel y ella coge aire a trompicones—. Porque voy a tomarme mi tiempo.

Dejo la aguja donde está, el frío metal presionándola, apretándole bien la carne. Hasta que no se estremece de la anticipación, no empiezo a mover la aguja. Y cumplo con mi palabra. Voy más despacio de lo necesario, empujándole la piel sensible mientras ella gime. Cuando me fijo en los detalles de su rostro, es éxtasis lo que distingo en sus pupilas dilatadas y en sus labios entreabiertos. Es deseo y necesidad.

En cuanto la aguja emerge por el otro lado, la saco con la misma lentitud y la reemplazo con un piercing igual que el otro. Cuando termino, limpio las gotitas de sangre y ambos nos quedamos mirando el precioso resultado.

—Esto me ha puesto muchísimo —dice con la voz entrecortada.

—¿Te gusta?

—Me encanta, joder.

—Entonces demuéstrame lo agradecida que estás y cabálgame la polla con todas tus ganas.

El hambre hace que le ardan los ojos. Agarro los nudos que tiene en el centro del pecho para mantenerla firme y ella monta mi erección. Soy incapaz de quitarle los ojos de encima. Me atiborro de todo lo que veo de ella, ya sea el flujo brillante que me cubre la polla cuando se levanta un poquito para volver a caer o las gemas relucientes que tiene en los pezones. Mi ansia por ella es infinita, deseo más y más y más de ella y nunca me sacio.

—Para ser un demonio que asesina a hombres inocentes y se comporta como una engreída, follas como una diosa. A lo mejor sí que te mereces una recompensa. —Extendiendo el brazo para coger lo último que queda en la mesita. Harper sigue el movimiento de mi mano, sin romper en ningún momento la cadencia mientras me cabalga la polla. Agarro el vibrador y lo enciendo; luego lo sujeto entre nuestros cuerpos—. ¿Qué te parece?

—Sí —dice pisándole los talones a un gemido.

—¿Sí qué?

Le cuesta controlar una sonrisa.

—Sí, porfi, por favor.

—Qué bien te estás portando. Me gusta, pero me da la sensación de que no debería acostumbrarme. ¿Me equivoco?

Esta pregunta hace que me gane un encogimiento de hombros coqueto, aunque ella no aparta los ojos del juguete.

—Eso me parecía a mí. Pero me alegro. Me gusta domesticarte. —Coloco la punta del juguete justo debajo del hueco de su esternón y lo arrastro hacia abajo, dejando que pase por encima de las cuerdas conforme me abro paso hasta el pecho derecho—. Me gusta castigarte tanto como a ti te gusta que te castigue.

Le toco la punta del pezón con el vibrador y ella ahoga un grito. Luego acaricio con él el extremo de la barra y su interior se tensa alrededor de mi polla; su flujo sedoso es un torrente de calidez.

—Te estás empapando con el dolor, ¿verdad? —digo haciendo lo mismo con el *piercing* de la otra teta. Deja caer la cabeza con un gemido. Está casi inconsciente del placer—. Te encanta cuando duele.

—Sí —murmura—. Pero solo contigo.

Se me corta la respiración. Es como una confesión susurrada. No son solo las palabras, sino el modo en que me mira, como si acabara de ofrecerme algo valioso. Un secreto. Da

igual lo que ocurra en el futuro, si un día me manda a la mierda o no: esto es algo que solo ha compartido conmigo.

Bajo el vibrador.

—Solo contigo —repito y se lo aprieto contra el clítoris.

Lo sujeto contra el cúmulo de nervios sensible con una mano y con la otra agarro las cuerdas para ayudarla a conservar el equilibrio mientras me da todo lo que tiene. Incluso cuando echa la cabeza hacia atrás y cierra los ojos, sigue manteniendo un ritmo desesperado, esa necesidad mecánica. Se desliza en mi polla y suspira y gime hasta que los dos nos deshacemos, caemos en el placer que nos consume. La sujeto más fuerte por los nudos del pecho para mantenerla enganchada a mí hasta que el último latido de mi miembro sucumbe y la llena de semen. Tampoco aparto el juguete hasta que no estoy seguro de que a ella se le ha pasado el orgasmo del todo. Incluso entonces lo sostengo ahí, no dejo que se aleje hasta que nuestra respiración acelerada empieza a calmarse. Después la levanto, despacio y con cuidado, y la dejo con suavidad en la cama, donde puedo quitarle las cuerdas de manera segura.

Me tomo mi tiempo para desenvolverla antes de llevarla al baño. Así es como la venero. Con agua caliente y las caricias cuidadosas de una esponja suave. Con velas y con susurros y roces delicados. Quiero hacerle daño y estoy agradecido de que me lo permita, ella quiere que lo haga. Pero, por mucho que ambos anhelemos el dolor, también quiero cuidarla. Quizá más de lo que me esperaba.

Una vez me aseguro de que se encuentra bien, volvemos a la cama y la abrazo. Ella se duerme enseguida.

Pero yo no.

Me levanto sin hacer ruido antes del amanecer. Le dejo una nota corta en la almohada prometiéndole que volveré, solo por si le quedan dudas. En veinte minutos, estoy de pie en la cornisa de granito, mirando hacia la luz que colorea el horizonte antes de que el sol asome por encima de la línea que separa el agua del cielo.

Y entonces empiezo a descender.

Se me hunden las botas en la arena cuando bajo el último saliente irregular del acantilado y piso la fina franja de playa. Hoy es 25 de junio. Estoy de pie en la latitud 44,6692° N y la longitud 67,2594° O. La marea viva todavía se está retirando despacio de la orilla. Miro el reloj: 5:22 a. m. Solo faltan diez minutos para que llegue a su punto más bajo, pero ya vislumbro la parte superior de la caravana que asomaba entre las olas en la foto agrandada que tenía Sam.

Por lo que fuera, para Porter era de vital importancia encontrar este vehículo, el cual solo debe de ser visible cuando las mareas vivas están en su punto más bajo. Y necesito saber por qué.

Dejo la mochila en el suelo y me saco los zapatos. En otro par de minutos, me he quitado la ropa que cubre el traje de neopreno que alquilé en la tienda de deportes acuáticos de Wallie. Me pongo las aletas y me ato una linterna de buceo en la muñeca. Y entonces voy hacia la ola, me cubro la cara con la máscara y el esnórquel conforme me adentro en las olas blancas que rompen.

A pesar del traje de buceo, es un shock notar el agua helada del mar. Se me cuela por los puños y el cuello, llena el espacio que queda entre la piel y el neopreno con una película fría hasta que el cuerpo empieza a calentarla. Rocas traicioneras sobresalen entre el agua. Las algas se arremolinan a mi alrededor cada vez que una ola me arrolla. Sigo con la cabeza fuera. Estoy centrado en la hoja dentada del metal oxidado. Intento no pensar en la última vez que buceé en el mar o en lo que casi perdí. Continúo pataleando, luchando contra el tirón de la corriente que trata de arrastrarme a la orilla.

Me agarro al borde irregular de la fibra de cristal donde hace mucho que la ventana se rompió y cayó, y aguanto.

Por encima de las olas no se ve gran parte del vehículo, pero con lo que sobresale puedo distinguir que se trata del techo extendido de una furgoneta camperizada. El color original se ha descolorido, la superficie está abombada y descascarillada. Ninguna de las ventanas ha sobrevivido, solo quedan los agujeros que dejaban entrar la luz. Sigo aferrado al vehículo con una mano mientras me ajusto el esnórquel y me hundo entre las olas con la esperanza de encontrar la matrícula. No me sorprende no ver nada.

Cuando salgo a la superficie, voy hacia delante. Al deslizarme por el lateral del vehículo, la fibra de cristal se dobla y gruñe contra las soldaduras y los tornillos corroídos que mantienen la estructura de acero.

Cuando llego a la parte delantera, respiro hondo y me sumerjo.

Algunos pececillos salen nadando cuando apunto con la linterna hacia el interior sin soltarme de la ventana del conductor. Las algas, los percebes y otras criaturas cuyo nombre desconozco ya han reclamado gran parte del espacio. El marco de metal está cubierto de capas de óxido. La tela de los asientos está podrida, detrás solo han quedado jirones del tapizado. Hay una pequeña zona para la cocina. Un banco y una mesa. Lo que parece una estufa a leña de hierro fundido, con el grueso cristal agrietado pero aún en su sitio. Veo una cama al fondo de la caravana y una puerta justo al otro lado que debe de llevar a un pequeño baño o zona de almacenaje. El espacio está cubierto por tonos verdes, filamentos de vida que resultan muy vívidos en un lugar que parece una tumba.

Salgo a la superficie, respiro hondo y me vuelvo a sumergir.

Esta vez, me dirijo a la luna delantera y entro. Los peces se dispersan. Inspecciono la parte inferior de la caravana, busco cualquier cosa que haya quedado atrás. Incluso compruebo los armarios de la cocina. Una de las puertas cuelga de una única bisagra oxidada, pero no hay nada.

Hago otro viaje a la superficie y me sumerjo de nuevo.

En esta ocasión, voy hacia el lado del copiloto. Me quedo cerca de la parte inferior de la luna. Encuentro la placa fija en el salpicadero. La limpio con el pulgar enguantado. Apunto con la linterna al número de identificación del vehículo. Consigo distinguir los diecisiete dígitos del código alfanumérico. Repito el código una y otra vez hasta que me aseguro de que lo recordaré. Incluso me sumerjo una vez más para comprobar que lo he memorizado bien. Se me acelera el corazón, aunque no sé qué descubriré con ese código. Puede que nada. No obstante, mis instintos me dicen otra cosa.

Le echo un último vistazo al interior de la caravana, salgo a la superficie y nado hasta la orilla.

Me repito el número de identificación del vehículo como un cántico mientras me desprendo del neopreno en la playa desierta. Me cambio a toda prisa; la brisa matutina me hace temblar de frío. Una vez vestido, anoto el número en el teléfono, luego me echo la mochila al hombro y me alejo de la arena que pronto devorará la marea.

Conduzco de nuevo a Cabo Masacre por la carretera que rodea el acantilado. No tardo mucho en pasar por el faro, donde ya hay un puñado de turistas subiendo por los escalones que llevan al edificio rojo y blanco que apunta al mar. Paso por delante de casas que ahora me resultan familiares, con sus tablones de madera coloridos y sus molduras intrincadas. En lugar de ir hacia la casa de Harper, giro hacia el hostal El Cabo y aparco en mi plaza favorita con vistas al mar. Cuan-

do apago el coche, me quedo sentado y en silencio por un instante, pensando en aquel primer día en que miré más allá de esas olas relucientes y me imaginé todos los pecados justificados que llevaba tanto tiempo queriendo cometer. Vine aquí con la intención de sacar a la luz un secreto que llevaba mucho tiempo sumergido en este pueblo, pero he encontrado mucho más de lo que pedí.

Cojo la mochila y entro en el hostal. Paso por la zona de comedor, donde los clientes sonríen por encima de un plato de tostadas francesas y hablan sobre los planes que tienen para ese día mientras el dulce aroma del sirope de arce y el café recién hecho flota en el aire. A lo mejor no tienen ni idea de lo que ha ocurrido en los últimos días. A lo mejor sí, pero no les importa. Después de todo, están de vacaciones. En cierto modo, parece oportuno que Cabo Masacre siga como si nada, imperturbable ante la corriente oscura que serpentea entre sus calles.

Voy hasta el pasillo que lleva a mi habitación antes de que Irene me vea y esas preguntas puedan salir a la luz.

Cuando llego a mi cuarto, suelto la mochila al lado de la puerta y, con un par de zancadas, me acerco a la mesita que hay junto a la ventana con el portátil en la mano. Sacudo la pierna mientras se enciende. Se pone a instalar la actualización más lenta de toda su puta vida electrónica. ¿Cómo no iba a elegir este preciso instante? Cuando por fin consigo iniciar sesión, casi estoy vibrando de la impaciencia.

Busco en Google una página en la que comprobar el número de identificación de un vehículo y tengo que meter la tarjeta de crédito para que me dé un informe completo. Dudo un segundo antes de darle al botón de descargar. Aparece un informe con los ocho dueños anteriores, el lugar de la transferencia de la titularidad y el historial de servicio de una furgoneta Chevy G20 de 1985. El último cambio de nombre fue hace cinco años, una venta privada en Lubbock, Texas.

Miro la pantalla frunciendo el ceño. Ese vehículo ha viajado muchísimo.

Aunque tenga la fecha y el lugar de la venta de un vehículo poco común, no es suficiente para saber quién fue el último propietario. Me paso el dedo por los labios, pensando en el modo en que Harper se los muerde cuando está nerviosa o ensimismada. Si Sam estaba interesado en esta *camper* en particular... a lo mejor lo dijo.

Los Buscasabuesos tienen cuenta en numerosas redes sociales y, aunque las reviso todas, no encuentro nada relacionado con la furgoneta. El contenido que suben en público es bastante vago. Pero debe de haber un lugar en el que hablen entre ellos de manera más abierta. Donde intercambien secretos y teorías.

Indagando un poco más, localizo una mención a un servidor de Discord. Me creo una nueva cuenta e intento contener la decepción cuando resulta que tengo que responder a una serie de preguntas y esperar a que un administrador apruebe mi solicitud para unirme al servidor. A saber el tiempo que puede tardar eso. Con un gruñido, me levanto y pongo a hervir agua. Mientras espero a que se caliente, me llega un mensaje de Harper.

> Te alegrará saber que pienso en ti cada vez que me muevo.

Dibujo una sonrisa de satisfacción y empiezo a escribir una respuesta cuando enseguida me llega una imagen. Es una foto de su torso desnudo, los piercings de barra le brillan en los pezones.

Creo que estoy obsesionada.

Se me pone dura la polla y me remuevo en un intento por aliviar el repentino pinchazo de necesidad.

Intentas torturarme, ¿verdad?

Por supuesto. Al cien por cien, SÍ.

Están un poco sensibles, pero quedan muy sexis,
¿no te parece?

Si te duelen, a lo mejor debería ir
a echarles un vistazo.

Estoy libre después de comer. ¿1 p. m.?

Miro el reloj. No son ni las ocho de la mañana. La espera va a ser un puto suplicio.

¿12:30?

¿Sabes? Creo que a la 1 estoy ocupada.

¿Qué te parece a las 3?

Me paso una mano por la cara, estoy a punto de arrancarme la piel. Esta mujer es un puto monstruo. Y como guinda del pastel, me manda otras dos fotos de sus tetas, una de lado y otra es un primer plano del pezón.

El hervidor de agua silba y me guardo el teléfono en el bolsillo. Mientras me sirvo el agua, me llega una notificación al portátil. El corazón me da un vuelco, un subidón de adrenalina me recorre. Con el té en la mano, voy a la mesa y, cuando activo la pantalla, descubro que han aprobado mi solicitud.

Con una sonrisa siniestra, comienzo a explorar la información del servidor.

Primero empiezo con las publicaciones más recientes de Sam. Ha estado haciéndole publicidad a su viaje a Cabo Masacre, subiendo de vez en cuando alguna imagen del pueblo o del equipo de grabación o de Vinny y él centrados en el trabajo. Me entero de que el piloto del dron es un amigo de confianza de Sam en sus escapadas para desenterrar los secretos del pueblo. Gran parte de las conversaciones más actuales se centran en La Pluma y en las entrevistas que ha hecho Sam para confirmar sus sospechas de que Arthur es el infame asesino en serie. No hay nada en las últimas publicaciones sobre la furgoneta.

Así que me pongo a revisar los archivos.

Cuando busco «Chevy G20», empieza a aparecer una nueva imagen. Las publicaciones más recientes que hacen referencia a la *camper* son de hace tres años, menciones a una furgoneta que alguien camperizó antes de hacer un viaje en carretera por los estados del sur, empezando por Texas. «AC compró la G20 en septiembre y luego se pasó el invierno camperizándola», dice uno de los posts, junto con una foto de la vieja furgoneta que parece sacada de un anuncio de un ven-

dedor de segunda mano. Compruebo el informe del número de identificación del vehículo y aparece una transferencia de titularidad en septiembre de hace seis años. Hay varias preguntas en las respuestas de la publicación. Y luego: «Sus padres se la dieron a AB al octubre siguiente, después de lo de Mead».

No tengo ni idea de lo que significa eso, pero las fechas coinciden con el informe. No sirve de nada intentar buscar «AB» o «AC». Suelto una larga exhalación para prepararme a escarbar más a fondo con el fin de entender en qué contexto ocurre lo de la furgoneta. Cuando estoy a punto de empezar a revisar los posts, llega un mensaje nuevo al chat general y lo abro.

«¿Alguien sabe algo de Sam o Vinny?», dice.

Un par de respuestas confirman que nadie ha hablado con ellos aún. La ausencia de Sam no me sorprende, claro, pero es raro que Vinny no se haya metido en el grupo si es lo que esperaban. A lo mejor Harper sí que le dio más fuerte de lo que creía y el tío se ha pasado la noche en el hospital.

«Hace un par de semanas, Sam me dijo en confianza que iba a buscar algo en la marea viva, era esta mañana a no sé qué hora», responde un usuario llamado Adalid de la Verdad. «A lo mejor todavía está en el agua. Voy a hablar con su novia y os cuento».

Este comentario anima la conversación en el grupo, una atmósfera de emoción. Otro usuario hace una pregunta que despierta mi interés: «¿Autumn?».

No sé qué podría pasar aquí en otoño. Aparte del festival Sabores de Terror que se celebra a finales de verano, no hay muchas cosas planeadas para otoño, pues el tiempo empieza a empeorar. Si iba a pasar algo que le interesara a Sam, es un misterio para mí.

Miro la pantalla frunciendo el ceño y busco «otoño», incluso «autumn». Pero no significa para nada lo que me esperaba.

Hay varios resultados para la palabra en inglés, algunos son incluso de ayer, y se remontan a hace cuatro años. Sin embargo, no se refiere a la estación del año. Es una persona. Autumn Bower. Con el nombre me acuerdo de manera vaga de algunas noticias y especulaciones. Fue carne de cañón para la prensa. Era una *influencer* conocida en su sector que sobrevivió a un prolífico asesino en serie. ¿Hay historia más tentadora que esa? Al parecer, era una chica sencilla que no sé cómo se escapó del sótano de una casa de los horrores y recorrió descalza más de once kilómetros hasta el pueblo más cercano sin nada más que una puta camisa de cuadros, dejando atrás los restos calcinados de su novio asesinado y el asesino de este.

Y varios meses más tarde, se desvaneció… sin más.

Sigo bajando por las entradas, muchas de ellas son de poco después de la desaparición misteriosa y se centran en rastrearla. «El último vídeo de Autumn», dice una publicación con un enlace de YouTube. Lo abro.

Y devolviéndome la sonrisa está Harper Starling.

—Hola —habla a cámara saludando con la mano—. Soy Autumn, bienvenidos a las camperaventuras de Autumn y Adam con Goonie, nuestra Chevi G20 de 1985, que vamos a camperizar. Tras un mes viviendo en Goonie, ya nos hacemos una mejor idea de lo que hemos hecho bien en la reconstrucción y de lo que probablemente cambiaremos. Hoy os voy a enseñar mis cinco cosas favoritas de la caravana hasta el momento. Vamos a entrar…

El resto de las palabras se pierden en el latido que me ruge en los oídos. Estoy mirando a Harper. Pero no. Parece muy diferente. Y no es solo por el pelo largo y rubio o las cejas más

claras o la piel morena brillante. No es el acento de Texas que no le he escuchado en la voz, nunca se lo he notado cuando habla. Es lo relajada que está. Lo abierta que es. Es su sonrisa acogedora, su entusiasmo.

Enseña el interior de la caravana, desde la cocina hasta la estufilla de leña; la disposición es idéntica a la de la furgoneta que se encuentra en el fondo del mar. Vuelvo a ver el vídeo y lo paro cuando su cara aparece en el centro de la toma. Entonces abro las fotos que tengo de Harper Starling de antes del accidente, las coloco lado a lado en la pantalla. Las similitudes están ahí. Deben de tener la misma edad. La forma del rostro es bastante similar. Incluso el ancho de la nariz y el ángulo de la mandíbula. Se parecen como si fueran hermanas y tuvieran el color de pelo diferente. Pero no son la misma mujer.

Cierro los ojos e intento recuperar un recuerdo que se niega a salir a la luz. Cuando hago memoria del momento en que la conductora del coche nos atropelló a Billy y a mí, a quien veo detrás del volante es a la mujer que conozco. Pero ¿lo es? Cuando recuerdo la sensación del asfalto contra la cara, es su voz la que oigo discutiendo con los hombres cuyas almas ya he reclamado. Pero ¿estoy seguro?

¿Y si lo recuerdo mal?

Fue solo un instante, sus rasgos iluminados por las luces del salpicadero un segundo antes del accidente. ¿Puede que el odio haya distorsionado este recuerdo para que encajara con lo que quería ver y escuchar?

Navego por la página del canal de YouTube y hago clic sobre el vídeo de presentación.

Vuelve a aparecer ella; está con un chico de su edad que le pasa un brazo por los hombros. Se da unos aires de surfero: sonrisa ancha y deslumbrante y una mata de pelo rubio rebelde. Es uno de esos tíos que cae bien a todo el mundo. Lo transmite a través de la pantalla. Aparecen fotos y vídeos de ellos dos trabajando en la furgoneta con una narración en voz en *off.*

—Soy Adam Cunningham —dice él.

—Y yo soy Autumn Bower —interviene ella.

—Bienvenidos a las camperaventuras de Autumn y Adam…

Me tiembla el dedo cuando le doy al teclado para detener el vídeo. Y luego me pongo de pie tan rápido que golpeo la mesa, el portátil, la taza y el plato se sacuden con un estruendo que apenas penetra los pensamientos que están encajando como imanes que se atraen. Corro a por la chaqueta que he tirado encima de la mochila y saco la pulsera de plata que guardé ahí el día que el cuervo la dejó en el fregadero.

A^2BC.

Autumn Bower. Adam Cunningham. Me siento despacio en el borde de la cama.

No es la mujer que me atropelló y me dio por muerto. Es Autumn Bower.

El atisbo de raíces rubias que noté en su pelo el otro día. El miedo que le tenía a Sam, como si supiera exactamente qué podría hacerle ese tío a su vida.

Las lágrimas emborronan la cadena de metal que tengo entre las manos extendidas.

Todas las cosas horribles que me he tirado años deseando hacerle. El modo en que la he odiado. La forma en que la he tratado. Hasta hace poco, siempre me he acercado a ella con la expectativa de que era ella quien me debía algo a mí. Y todas las palabras punzantes, todas las miradas asesinas, todas las amenazas y juramentos de causarle estragos, ella lo aceptó todo.

De alguna forma, se hizo un hueco aquí. Y, en el proceso, aunque no recuerdo cómo o cuándo, nuestros caminos se cruzaron. Debió de robarle la identidad a Harper Starling, quizá con la esperanza de evitar un pasado que se negaba a permitirle tener aquello por lo que había luchado y se merecía. Una vida.

Y casi se la arrebato. Vine aquí a destruirla. Pero ni siquiera es la mujer que estaba buscando y, aun así, ella nunca dijo ni una palabra.

¿O sí...?

«No soy quien crees que soy», me dijo; el desafío le brillaba en esos ojos plateados. Y yo en realidad no le hice ni caso. No escuché lo que me intentaba decir.

Ha sobrevivido a la pérdida. Al cautiverio. Al horror y a la muerte. Y estaba preparada para sobrevivirme a mí.

A mí.

Me he enamorado de un fantasma. De una mujer que apenas conozco. Una que jamás me contó la verdad. Me ha permitido perforarle la piel y que le jure lealtad con el dolor que anhela, pero no me dirá su puto nombre.

¿Qué le pasó a la verdadera Harper Starling? ¿Y cómo narices suplantó Autumn su identidad y acabó aquí?

No sé qué se supone que tengo que sentir en esta borrasca que se desata en el hueco de mi pecho. La culpa y la vergüenza por cómo la he tratado y lo que casi hice. Traición y rabia porque nunca me ha contado quién es en realidad, incluso después de que le prometiera que jamás la iba a dejar. Preocupación y esperanza. Anhelo y pena y arrepentimiento. Con un suspiro pesado, cierro el puño alrededor de la pulsera y dejo caer la cabeza; intento encontrar un modo de salir de esta tormenta. No veo ningún camino claro.

Una notificación suena en el ordenador. Luego otra. Y otra. Frunzo las cejas y me levanto de la cama para volver a la mesa. Cuando hago clic en la pestaña del servidor de Discord, Adalid de la Verdad ha enviado un mensaje al chat.

«Buscasabuesos, es hora de movilizarse».

Un escalofrío me recorre entero. Se me pone la piel de gallina en los brazos. Aparece una retahíla de mensajes de usuarios del servidor. Preguntas. Emoción. Suposiciones y teorías.

Yo también escribo una pregunta: «¿Movilizarse para qué?».

Adalid de la Verdad me da una respuesta que desata otra tormenta de interrogantes.

«La guerra».

El chat exuda ansiedad. La misma pregunta se repite en diferentes interacciones: «¿Por qué?».

Puede que mi instinto sospechara la respuesta de Adalid de la Verdad, al menos en parte. Pero aun así me atropella como el coche que inició esta tempestad hace cuatro años. Un impacto imparable que me golpea directo en el pecho. Aplasta músculos y huesos, me deja sin aire en los pulmones.

«Sam y Vinny han muerto», dice Adalid de la Verdad. «Es hora de sacar a la luz este caso. Nos vamos a Cabo Masacre».

EPÍLOGO

Desenfundo la pistola, apunto con la linterna por encima del cañón mientras abro la puerta de hierro con el hombro y la mantengo entreabierta con el pie cuando entro en la vieja destilería. Se oye un crujido en la oscuridad. Dirijo el haz de luz al plástico que hay pegado en la pared, que se sacude con la brisa. En el centro de la recepción hay apiladas láminas de pladur esperando a que alguien las coloque. El olor a pintura, malta y madera recién cortada flota en el aire. Paso la linterna por el espacio, pero no hay evidencias de que nadie haya estado aquí.

Dejo que la puerta se cierre a mi espalda con un golpe sordo.

Solo he estado en la destilería Lancaster una vez, hace años, antes de que me viniera a vivir a Cabo Masacre. Aun así, todavía me acuerdo de su distribución a la perfección. Primero me dirijo a la sala de catas y venta al por menor que hay a mi derecha, más allá de la zona de recepción. Hay unos mostradores pulidos, luces y muebles nuevos, pero todo ha sido seleccionado con cariño para conservar la sensación de historia de un edificio que lleva aquí casi tanto tiempo como el propio pueblo. Después de todo, Lukas Lancaster no hace nada a medias. La mediocridad no es un rasgo de los Lancaster. Es algo que he llegado a admirar de ellos.

Bien sabe Dios que he estado mucho tiempo observándolos.

Cuando me aseguro de que aquí no hay nadie, deshago mis pasos hasta la recepción y me dirijo al pasillo que conduce hacia los alambiques.

El edificio está en silencio cuando entro en la sala, se ven las vigas que enmarcan la cúpula del techo que imita el casco de un barco. Me detengo en la pasarela que hay por encima de la zona de producción principal. El cobre todavía refleja la luz de la luna que se cuela por las ventanas de cristales plomizos. Paso la linterna por el cemento, está limpio, no hay huellas que me guíen. Pero no las necesito. Sobre todo cuando me acerco a la barandilla y la luz se topa con un cuerpo que yace inmóvil abajo en el suelo.

—Señor Porter —me digo, levantándome el sombrero de la frente mientras lo miro desde arriba. Un charco de sangre le envuelve el cráneo como un halo. Tiene uno de los brazos en un ángulo imposible. Sacudo la cabeza y chasqueo la lengua—. Se ha metido usted en un desafortunado aprieto.

Estoy a punto de bajar las escaleras para seguir investigando cuando oigo un ruido que proviene de la entrada de la destilería. Levanto la pistola y apunto en la dirección en la que aparece una luz que se acerca.

—¿Sam…? —dice una voz de hombre—. Siento llegar tan tarde, tío. Eh…

—Quieto. Arriba las manos. —Vinny Meschino. El piloto de dron y ayudante de Sam. El susodicho alza las palmas—. Acércate despacio. Deja que te mire bien.

Hace lo que le pido y se detiene cuando le hago un gesto con la mano libre para que se pare justo antes de llegar al final del pasillo. En un lado de la cara tiene cortes recientes. Sangre seca alrededor de las fosas nasales. El tío ha tenido una noche dura, según parece.

—¿Quieres contarme qué haces aquí, hijo? —pregunto.

Traga saliva. Mueve los pies. Los ojos se le van al pasillo, como si pudiera arrancarles a las paredes una mentira que le convenga.

El hombre más culpable que he visto nunca. Y he visto unos cuantos a lo largo de mi vida.

—No tengo toda la noche, chaval. Venga.

—Había quedado con Sam —admite al fin—. Íbamos a grabar aquí.

—¿Con permiso de la familia Lancaster?

Él no responde.

—Eso es un no —confirmo y una expresión de decepción le cruza el rostro.

—Mire, yo solo hago lo que me pide Sam, agente.

—Sheriff.

—Sheriff. —Sacude la cabeza y baja las manos un poquito—. Lo siento, señor. Alguien me atacó en el aparcamiento del hostal El Cabo y me robó todo el equipo y el teléfono. Cuando he recuperado la conciencia, he venido directo a ver cómo estaba Sam. ¿Puedo rellenar una denuncia policial?

Me meto la linterna en el hueco del cinturón, bajo la pistola y me acerco un par de pasos. Dibujo una sonrisa tranquilizadora.

—Hijo, creo que tenemos algunos formularios que sí puedes rellenar —digo y le pongo una mano en el hombro para darle una palmadita paternal.

Antes de que le dé tiempo a parpadear, le clavo los dedos y uso todas mis fuerzas para estamparle la cabeza contra el suelo de cemento.

Se da un buen golpe. Le pongo una rodilla encima del pecho en cuanto aterriza y le apunto con la pistola a la frente. Un subidón de adrenalina me recorre las venas.

—¿Qu… qué pasa? —pregunta arrastrando las palabras al borde de la conciencia. Agita las extremidades en el suelo.

—Ay, Dios. Parece que estás en un buen lío, señor Meschino. —Se sacude por debajo de mí, pero es un esfuerzo poco entusiasta que se acaba cuando empujo la rodilla contra el pecho con más fuerza—. Dime por qué has venido en realidad.

—N… Nolan. Nolan Rhodes. Sam… Sam lo secuestró. Iba a… a obligarlo a ha-hablar antes de entregárselo a… usted.

—¿Dónde está Rhodes ahora?

—N-no lo sé.

Tomo nota mental de revisar las instalaciones a ver si encuentro alguna pista de Rhodes, aunque dudo que haya dejado nada atrás. Sin embargo, hay muchas pruebas de la presencia de Sam en un edificio que no le pertenece. Y ahora también está su compañero. Dos hombres que obviamente no tramaban nada bueno. Es fácil que las emociones se exacerben cuando el bien y el mal están involucrados. La moral se pone a prueba. Se rompen alianzas.

—N-Nolan Rhodes… es un asesino… —dice Meschino—. Y Harp… Harper Starling no es quien dice ser. Y Arthur Lancaster…

—Ah, sí —respondo con noto sombrío—. Arthur Lancaster. Esa ya la había oído.

—P-pero… la p-propiedad del río Ballantyne…

—¿Conoces el movimiento del simbolismo en la literatura? —lo interrumpo mientras le rebusco en los bolsillos. Gime para decir que no.

—Eso me parecía a mí. El simbolismo cree que el arte debe liberar las verdades fundamentales de la humanidad «trastornando los sentidos» de manera sistemática. ¿A que es maravilloso? «Trastorno sistemático». Tú piénsalo. —Le doy un toquecito en la sien con la punta de la pistola y gimotea.

Con un suspiro hondo, me aparto y me saco un cuchillo del cinturón con la otra mano—. *Je suis un berceau, qu'une main balance, au creux d'un caveau: silence, silence!*

Le sonrío a Meschino y observo esa confusión que se va convirtiendo en miedo. Una transformación alquímica del alma. Un brebaje delicioso. Mi elixir favorito.

—Por favor…, tengo familia. Una hi-hija…

—Qué apropiado. Vida. Muerte. La naturaleza cíclica del tiempo.

Me levanto el sombrero con la pistola y miro a nuestro alrededor, compruebo los rincones, escucho a ver si se oye algo más que los sollozos silenciosos del hombre herido que tengo debajo de la rodilla.

—El tatuaje del señor Rhodes es profético, ¿no te parece? Su destino era venir a Masacre. Igual que Harper Starling encaja a la perfección en la mansión Lancaster, ¿verdad?

Deslizo el mango del cuchillo por la palma de Meschino. Está demasiado débil para luchar contra mí. Una sonrisa leve se me engancha en las comisuras de los labios cuando el desconcierto se le cuela en la mirada. Es la primera sonrisa real que siento en mucho tiempo. El primer latido de mi corazón contra las costillas cuando le cierro la mano alrededor de la empuñadura.

—O debería decir Autumn Bower.

Levanto la mano de Vinny, muevo la punta del cuchillo para que me apunte. Él pasa los ojos de los míos al filo pulido que me acerco al cuerpo.

—¿Q-qué haces?

—Cuidar de mis juguetes.

Está demasiado débil para detenerme cuando me clavo la punta del cuchillo en el uniforme y me perforo por debajo del esternón. Le doy la bienvenida al dolor.

—¿Sabes? Debería felicitaros. No conocía su verdadera identidad. Nunca la investigué con atención. Me imaginé que el viejo sentía debilidad por una mujer que se parecía a la hija que perdió. Pero Sam y tú habéis sido los únicos en unir las piezas del puzle.

Consumo la confusión de Meschino al clavarme más el cuchillo en la carne. Me empieza a arder, acaricia el trastorno sistemático de los nervios bajo mi piel. Soy arte. Poesía que adquiere vida para desafiar la percepción que tiene Vinny del mundo mientras este se le resbala de entre los dedos. Cada vez que sacude de la cabeza, cada palabra de incredulidad, cada aliento que aumenta el terror; todo alimenta una oscuridad que me he pasado mucho tiempo intentando ocultar.

—He oído que habías venido a buscar a La Pluma —digo y me pongo de pie.

Le apunto con la pistola a la cabeza, le tiembla y la tiene cubierta de sangre. Vinny suplica por su vida cuando aprieto el gatillo. Con un solo disparo que resuena entre el ladrillo y el cobre, sus plegarias se acallan.

—La has encontrado.

AGRADECIMIENTOS

En primer lugar, gracias, querido lector, por pasar tiempo con Harper (bueno, NO Harper, en este caso), Nolan, Arthur y el resto de miembros del elenco y vecinos de Cabo Masacre. Siempre es emocionante empezar una serie nueva y de verdad siento que este pueblo me absorbió desde el principio. Algunas partes de Masacre están ligeramente basadas en algunos de los pueblos de Nueva Escocia en los que he tenido el privilegio de vivir y pasar el tiempo. Son un poco estrafalarios y la gente enseguida hace piña, están llenos de gente diversa con historias poco convencionales. No te preocupes, no hay asesinos (¡al menos, que yo sepa!) y deberías ir a hacerles una visita, te lo recomiendo. Espero que hayas disfrutado de tu estancia en Cabo Masacre y que te hayas enamorado de Harper y Nolan tanto como yo. Les queda mucho viaje por delante y ¡no sabes las ganas que tengo del segundo libro!

Gracias a Chris McKay, porque aquella pregunta que me hiciste sobre *Butcher & Blackbird* la primera vez que hablamos sobre la película desencadenó en la idea de esta nueva serie: «¿Qué pasó con Autumn?». No sabes lo agradecida que estoy de que me lo preguntaras. Se me quedó clavada la duda y eso acabó convirtiéndose en mi libro favorito de todos los que he escrito. Así que ¡GRACIAS!

Mi eterno agradecimiento a Kim Whalen de The Whalen Agency. Te mereces todo el champán del mundo. Siempre estás ahí, da igual que sea algo grande o algo pequeño. Te dejas el pellejo trabajando. Espero que sepas cuánto aprecio todo lo que haces por mí. Gracias a Mary Pender de WME por tu apoyo constante. ¡Es un placer trabajar contigo!

A Molly Stern, Sierra Stovall, Hayley Wagreich, Andrew Rein, Julia McGarry y el equipo de Zando. Gracias por ayudarme a darle vida a la Trilogía Masacre y por darme una oportunidad cuando todavía estaba en la fase «no puedo deciros lo que es porque todavía no lo sé», JA, JA. Siempre estáis dispuestos a aceptar ideas locas y estoy muy agradecida por todo el trabajo que hacéis entre bambalinas para que mis libros lleguen a manos de los lectores.

Gracias también a Ellie Russell y Becky West de Little, Brown UK, así como a Glenn Tavennec y Benoit André de Label Verso (Francia) por seguir apoyando tantísimo mi trabajo… ¡Qué ganas de ver Cabo Masacre al otro lado del charco! Y siempre le estaré eternamente agradecida a András Kepets de Hungría. ¡No estoy segura de que esto hubiera ocurrido sin tu ayuda!

A mi maravillosa asistente personal, Val Downs de Turning Pages Designs. ¡Gracias por todo lo que haces! Desde los gráficos increíbles hasta todo el apoyo invisible que me brindas, es una delicia trabajar contigo. Te aprecio muchísimo. Gracias también a Jess Stamp: no solo eres una amiga estupenda, sino que además se te da genial comprobar las *vibes* de algo desde el principio, pero no haces más que sumir mi grupo de Facebook en el caos y te estoy muy agradecida, ¡ja, ja!

Un reconocimiento ENORME a la gente que se leyó los ejemplares de cortesía y a la gente de redes sociales que ha dedicado tiempo a leer mi trabajo y ponerlo por las nubes. Muchísimas gracias a todos por leer, promocionar y comentar estas historias. ¡Muchos lleváis años acompañándome en este viaje! ¡¡¡Me cuesta tanto imaginarlo!!! Para mí significa muchísimo que estéis dispuestos a sacar tiempo para pasarlo con mis personajes y es un honor que me acompañéis en este viaje. Gracias en especial a Abbie, Chelsea, Lauren y Kristie, pues he tenido el honor de que se conviertan en mis amigas en este viaje tan loco; estoy muy agradecida a esta montaña rusa que os ha traído a mi vida.

A Samantha Brentmoor, narradora de audiolibros, emperatriz extraordinaria, gracias por tu amor constante y tu apoyo. Eres la mayor animadora del mundo y la mejor chica de chicas, estoy muy agradecida de que seas mi amiga.

Del mismo modo, quiero mandarles un agradecimiento enorme a todos mis amigos autores. Tengo mucha suerte, porque sois tantos que no os voy a nombrar por si me dejo a alguien, aunque necesito destacar a algunos que han desempeñado un papel especialmente activo no solo en el viaje de este libro, sino también en mi vida mientras surco los altibajos de la publicación. A Santana Knox y H. D. Carlton. Mi ciempiés humano. Sois las dos muy generosas con vuestro tiempo y con ese corazón enorme que tenéis, os quiero muchísimo. A mis señoras locales, Emma Noyes y Stacia Stark: ¡¿Dónde está mi sombrero?! A Lyla Sage, eres la única persona que me convencería de unirme a una secta y Zipfizz no me paga para decir esto.

A mis queridas amigas de hace tiempo, Sanja Kajic y Lynsey Wills, que siempre sacan tiempo para leer y ver cómo estoy y venir de visita. Os quiero con todo mi corazón. Cada vez que estamos juntas, siento que nunca nos hemos separado y ¡eso me alegra!

A mis abuelos maternos, Cy y Ethel. Aunque ambos fallecieron mucho antes de que escribiera este manuscrito, fueron fundamentales en mi crianza. Su lucha contra la demencia y el alzhéimer estuvo llena de elegancia, dificultades y, sobre todo, humanidad. Me enseñaron la importancia de dejar impacto en la vida y lo agridulce que es la fragilidad de lo que nos hace humanos. Siempre les estaré agradecida por el camino que me llevaron, inspiraron mi carrera científica en la investigación del alzhéimer antes de que diera un volantazo para dedicarme a la escritura a tiempo completo. Me gustaría pensar que estarían orgullosos de esta historia, pero, si os soy sincera, lo más probable es que odiaran las escenas picantes, ja, ja, ja. No pasa nada, porque sé que están orgullosos de mí. Y yo estoy orgullosísima de ellos. Abuela, abuelo… ojalá os hubiera dicho más veces lo agradecida que estoy por el modo en que disteis un paso al frente para cuidarme. Pienso en vosotros a todas horas. Espero que sepáis cuánto habéis encauzado el curso de mi barco y cuantísimo os quiero y os echo de menos.

Por último, pero nunca los menos importante, a mis maravillosos chicos. Un dato curioso: nunca habría adivinado cómo tenía que fluir la escena de Sam contra la barandilla si no hubiera sido por mi marido, Daniel, que se puso a mover los muebles y a interpretarla conmigo, JA, JA. Nada de esto sería posible sin ti, Daniel. Veo cada vez que me apoyas, ya sea trayéndome algo de comer o quedándote despierto hasta tarde sentado en silencio conmigo porque tengo una entrega o cuando me ayudas a no perder la cordura (lo cual no es tarea fácil). Y lo aprecio muchísimo más de lo que jamás seré capaz de expresar. Te quiero muchísimo. Eres sencillamente increíble en todos los sentidos y tengo mucha suerte de que nos encontráramos por casualidad y acabaras siendo el final feliz de mi vida. A nuestro hijo, Hayden, gracias por tu increíble amabilidad, tu empatía, tus abrazos y esas palmaditas en la mejilla que adoro. Te querré toda la eternidad. Eres el mejor, «infinito por infinito más uno sin llevarme ninguna». Sé que vas a preguntarme cuándo voy a dejarte que leas el libro. Convence a papá de que te permita tener un mapache como mascota y hablamos. (Es broma, la respuesta sigue siendo nunca).

Bienvenidos a
CABO MASACRE
TEATRO
CALLE MAPLE
SUPERMERCADO
MOTEL LA CABEZA DEL LEÓN
CEMENTERIO
CALLE PRINCIPAL
CEMENTERIO
DE ARTHUR
CARRETERA DE SPRUCE
UN GRANO
NÁUFRAGO
CALLE MAPLE
MANSIÓN
LANCASTER
&
CASA ANEXA